老舍作品精选

二马
牛天赐传

老舍——著

人民文学出版社

图书在版编目(CIP)数据

二马;牛天赐传/老舍著. —北京:人民文学出版社,2017(2023.1 重印)
(老舍作品精选)
ISBN 978-7-02-012223-3

Ⅰ.①二… Ⅱ.①老… Ⅲ.①长篇小说-小说集-中国-现代 Ⅳ.①I246.5

中国版本图书馆 CIP 数据核字(2016)第 297580 号

责任编辑 **甘 慧 邱小群**
封面插画 **杨 猛**
封面设计 **李苗苗**

出版发行 **人民文学出版社**
社 址 **北京市朝内大街 166 号**
邮政编码 **100705**

印 制 **山东临沂新华印刷物流集团有限责任公司**
经 销 **全国新华书店等**

字 数 **323 千字**
开 本 **890 毫米×1240 毫米 1/32**
印 张 **13.125**
版 次 **2017 年 2 月北京第 1 版**
印 次 **2023 年 1 月第 7 次印刷**

书 号 **978-7-02-012223-3**
定 价 **65.00 元**

出版说明

为纪念老舍先生逝世五十周年，特别推出“老舍作品精选”丛书。

老舍先生是中国现代文学史上的文学大家，其行文习惯和用词可能与当下的规范不一致，为尊重历史原貌，一律不作改动。

目录

二　马

第一段

1

马威低着头儿往玉石牌楼走。走几步儿，不知不觉的就楞磕磕的站住一会儿。抬起头来，有时候向左，有时候向右，看一眼。他看什么呢？他不想看什么，也真的没看见什么。他想着的那点事，像块化透了的鳔胶，把他的心整个儿糊满了；不但没有给外面的东西留个钻得进去的小缝儿，连他身上筋肉的一切动作也满没受他的心的指挥。他的眼光只是直着出去，又直着回来了，并没有带回什么东西来。他早把世界忘了，他恨不得世界和他自己一齐消灭了，立刻消灭了，何苦再看呢！

猛孤丁的他站定不走啦。站了总有两三分钟，才慢慢的把面前的东西看清楚了。

“啊，今天是礼拜。”他自己低声儿说。

礼拜下半天，玉石牌楼向来是很热闹的。绿草地上和细沙垫的便道上，都一圈儿一圈儿的站满了人。打着红旗的工人，伸着脖子，张着黑粗的大毛手，扯着小闷雷似的嗓子喊“打倒资本阶级”。把天下所有的坏事全加在资本家的身上，连昨儿晚上没睡好觉，也是资本家闹的。紧靠着这面红旗，便是打着国旗的守旧党，脖子伸得更长，（因为戴着二寸高的硬领儿，脖子是没法缩短的。）张着细白的大毛手，拚着命喊：“打倒社会党，”“打倒不爱国的奸细。”把天下所有的罪恶都搁在工人的肩膀上，连今天早晨下雨，和早饭的时候煮了一个臭鸡蛋，全是工人捣乱的结果。紧靠着这一圈儿是打蓝旗的救世军，敲着八角鼓，吹着小笛儿，没结没完的唱圣诗。他们赞美上帝越欢，红旗下的工人嚷得越加劲。有时候圣灵充满，他们唱得惊天动地，叫那边红旗下的朋友不得不用字典上找不出来的字骂街。紧靠着救世军便是天主教讲道的，再过去还有多少圈儿：讲印度独立的，讲赶快灭中国的，讲自由党复兴的；也有什么也不讲，大伙儿光围着个红胡子小干老头儿，彼此对看着笑。

红旗下站着的人们，差不多是小泥烟袋嘴里一叼，双手插在裤兜儿里。台上说什么，他们点头赞成什么。站在国旗下面听讲的，多半是戴着小硬壳儿黑呢帽，点头咂嘴的嘟囔着：“对了！”“可不是！”有时候两个人说对了劲，同时说出来：“对了。”还彼此挤着眼，一咧嘴，从嘴犄角儿挤出个十分之一的笑。至于那些小圈儿就不像这些大圈儿这么整齐一致了。他们多半是以讨论辩驳为主体，把脑瓜儿挤热羊似的凑在一块儿，低着声儿彼此嚼争理儿。此外单有一群歪戴帽，横眉立目的年青小伙子，绕着这些小圈儿，说俏皮话，打哈哈，不为别的，只为招大家一笑，露露自己的精细。圈儿外边围着三五成群的巡警，都是一边儿高，一样的大手大脚，好像伦敦的巡警都是一母所生的哥儿们。

这群人里最出锋头，叫好儿的，是穿红军衣的禁卫军。他们的腰板儿挺得比图画板还平还直，裤子的中缝像里面撑着一条铁棍儿似的那么直溜溜的立着。个个干净抹腻，脸上永远是笑着，露着雪白的门牙，头发剪得正好露出青青的头皮儿。他们是什么也不听，光在圈儿外边最惹人注目的地方站着，眼睛往四下里溜。站个三五分钟，不知道怎么一股子劲儿，就把胳臂插在姑娘的白手腕上，然后干跺着脚后跟，一同在草地上谈心去了。

青草地上的男男女女，也有脸对脸坐着的，也有搂着脖子躺着的，也有单人孤坐拿着张晚报，不看报，光看姑娘的腿的。一群群的肥狗都撒着欢儿乱跳，莫明其妙的汪汪的咬着。小孩儿们，有的穿着满身的白羊绒，有的从头到脚一身红绒的连脚裤，都拐着胖腿东倒西歪的在草地上跑来跑去，奶妈子们戴着小白风帽，唠里唠叨的跟着这些小神仙们跑。

马威站了好大半天，没心去听讲，也想不起上那儿去好。

他大概有二十二三岁的样子。身量不矮，可是很瘦。黄白的脸色儿，瘦，可是不显着枯弱。两条长眉往上稍微的竖着一些，眼角儿也往上吊着一点；要是没有那双永远含笑的大眼睛，他的面目便有些可怕了。他的眼珠儿是非常的黑，非常的亮；黑与亮的调和，叫他的黑眼珠的边儿上浅了一些，恰好不让黑白眼珠像冥衣铺糊的纸人儿那样死呆呆的黑白分明。一条不很高的鼻子，因为脸上不很胖，看着高矮正合适。嘴唇儿往上兜着一点，和他笑迷迷的眼睛正好联成一团和气。

从他的面貌和年纪看起来，他似乎不应当这样愁苦。可是，他的眉毛拧着，头儿低着，脊梁也略弯着一点，青年活泼的气象确是丢了好些。

他穿着一身灰呢的衣裳，罩着一件黑呢大氅。衣裳作得是很讲究，可是老没有撢刷，看着正像他的脸，因为颓丧把原来的光彩减少了一大些。拿他和那些穿红军衣，夹着姑娘胳臂的青年比起来，他真算是有点不幸了。

无心中的他掏出手巾擦了擦脸；擦完了，照旧的在那里楞磕磕的站着。

已经快落太阳了，一片一片的红云彩把绿绒似的草地照成紫不溜儿的。工人的红旗慢慢的变成一块定住了的紫血似的。听讲的人也一会儿比一会儿稀少了。

马威把手揣在大氅兜儿里，往前只走了几步，在草地边儿上的铁栏杆上靠住了。

西边的红云彩慢慢的把太阳的余光散尽了。先是一层一层的蒙上浅葡萄灰色，借着太阳最后的那点反照，好像野鸽脖子上的那层灰里透蓝的霜儿。这个灰色越来越深，无形的和地上的雾圈儿联成一片，把地上一切的颜色，全吞进黑暗里去了。工人的红旗也跟着变成一个黑点儿。远处的大树悄悄的把这层黑影儿抱住，一同往夜里走了去。

人们一来二去的差不多散净了。四面的煤气灯全点着了。围着玉石牌楼红的绿的大汽车，一闪一闪的绕着圈儿跑，远远的从雾中看过去，好像一条活动的长虹。

草地上没有人了，只是铁栏杆的旁边还有个黑影儿。

2

李子荣已经钻了被窝。正在往左伸伸腿，又往右挪挪手，半睡不睡的时候，恍恍忽忽的似乎听见门铃响了一声。眼睛刚要睁开，可是脑袋不由的往枕头下面溜了下去。心里还迷迷忽忽的记得：刚才有个什么东西响了一声。可是，……

“吱——啷！”门铃又响了。

他把才闭好的眼睛睁开了一小半，又慢慢把耳朵唇儿往枕头上面凑了一凑。

“吱——啷！”

“半夜三更鬼叫门！谁呢？”他一手支着褥子坐起来，一手把窗帘掀开一点往外看。胡同里虽有煤气灯，可是雾下得很厚，黑咕笼咚的什么也看不见。

“吱——唧！”比上一回的响声重了一些，也长了一些。

李子荣起来了。摸着黑儿穿上鞋，冰凉的鞋底碰上脚心的热汗，他不由的身上起了一层小鸡皮疙瘩；虽然是四月底的天气，可是夜间还是凉渗渗的。他摸着把电灯开开。然后披上大氅，大气不出的，用脚尖儿往楼下走。楼下的老太太已经睡了觉，一不小心把她吵醒了，是非挨骂不可的。他轻轻的开了门，问了声：“谁呀？”他的声音真低，低得好像怕把外边的稠雾吓着似的。

“我。”

“老马？怎么一个劲儿的按铃儿呀！”

马威一声儿没言语，进来就往楼上走。李子荣把街门轻轻的对好，也一声不出的随着马威上了楼。快走到自己的屋门，他站住听了听，楼下一点声儿也没有，心里说：

“还好，老太太没醒。不然，明儿的早饭是一半面包，一半儿骂！”

两个人都进了屋子，马威脱了大氅放在椅子背儿上，还是一语不发。

“怎么啦，老马？又和老头儿拌了嘴？”李子荣问。

马威摇了摇头。他的脸色在灯底下看，更黄得难瞧了。眉毛皱得要皱出水珠儿来似的。眼眶儿有一点发青，鼻子尖上出着些小碎汗珠儿。

“怎么啦？”李子荣又问了一句。

待了半天，马威叹了口气，又舐了舐干黄的嘴唇，才说：

“我乏极了，老李！我可以在你这儿住一夜吗？”

“这儿可就有一张床啊。”李子荣指着他的床，笑着说。

“我来这张躺椅。”马威低着头说：“好歹对付一夜，明天就好办了！”

“明天又怎么样呢？”李子荣问。

马威又摇了摇头。

李子荣知道马威的脾气！他要是不说，问也无益。

“好吧，”李子荣抓了抓头发，还是笑着说：“你上床去睡，我照顾照顾这个躺椅。”说着他就往椅子上铺毡子。“可有一样，一天亮你就得走，别让楼底下老太太瞧见！好，睡你的呀！”

“不，老李！你睡你的去，我在椅子上忍一会儿就成。”马威脸上带出一钉点儿笑容来：“我天亮就走，准走！”

“上那儿呢？”李子荣看见马威的笑容，又想往外套他的话：“告诉我吧！不然，这一夜不用打算睡着觉！又跟老头儿闹了气，是不是？”

“不用提了！”马威打了个哈哧：“我本不想找你来，不凑巧今天晚上没走了，只好来打搅你！”

“上那儿去，到底？”李子荣看出马威是决不上床去睡，一面说话，一面把他自己的大氅和毡子全细细的给马威围好。然后把电灯捻下去，自己又上了床。

“德国，法国，——没准儿！”

“给老头儿张罗买卖去？”

“父亲不要我啦！”

“啊！”李子荣楞磕磕的答应了一声，没说别的。

两个人都不出声了。

街上静极了，只有远远的火车和轮船的笛儿，还一阵阵的响，什么别的声音也听不见了。

街后教堂的钟打了两点。

“你不冷啊？”李子荣问。

“不冷！”

…………

李子荣临睡的时候，心里边一个劲儿的盘算：“早早儿起来，别叫老马跑了！起来用凉水洗洗脸，给楼下老太太写个字条儿，告诉她：有急事，不必等吃早饭啦！然后和他出去，送他回家——对，还是上铺子去好，父子见面也不好意思在铺子里再捣乱。……常有的事，父子拌嘴罢咧！……年青，老马！……太认真！……”

在梦里他还不断的这么想着。……胡同里送牛奶的小车子唧碌唧碌的响起来了，大街上汽车的声音也越来越多了。李子荣一机灵睁开了眼，太阳已经从窗帘的缝儿射进一条金丝儿。

“老马！”

毡子大氅都在椅子背儿上搭拉着，可是马威没影儿啦！

他起来，把后面的窗帘打开，披上大氅，呆呆的站在窗子旁边。从窗子往外看，正看太晤士河。河岸上还没有什么走道儿的，河上的小船可是都活动开了。岸上的小树刚吐出浅绿的叶子，树梢儿上绕着一层轻雾。太阳光从雾薄的地方射到嫩树叶儿上，一星星的闪着，像刚由水里捞出的小淡绿珠子。河上的大船差不多全没挂着帆，只有几支小划子挂着白帆，在大船中间忽悠忽悠的摇动，好像几支要往花儿上落的大白蝴蝶儿。

早潮正往上涨，一滚一滚的浪头都被阳光镶上了一层金鳞：高起来的地方，一拥一拥的把这层金光挤破；这挤破了的金星儿，往下落的时候，又被后浪激起一堆小白花儿，真白，恰像刚由蒲公英梗子上挤出来的嫩白浆儿。

最远的那支小帆船慢慢的忽悠着走，河浪还是一滚一滚的往前追，好像这条金龙要把那个小蝴蝶儿赶跑似的。这样赶来赶去，小帆船拐过河湾去了。

李子荣呆呆的一直看着小帆船拐了河湾，才收了收神，走到前面靠街的窗子，把窗户挡儿打开。然后想收拾收拾书桌上的东西。桌子上有个小玩艺儿，一闪一闪的发亮。这个小东西底下还放着一个小字条儿。他把这些东西一齐拿起来，心里凉了多半截。慢慢的走到躺椅那里去，坐下，细细的看纸条上的字。只有几个字，是用铅笔写的，笔画东扭西歪，好像是摸着黑儿写的：

“子荣兄：谢谢你！小钻石戒指一个祈交温都姑娘。再见！威。”

第二段

1

这段事情现在应从马威从李子荣那里走了的那一天往回倒退一年。

伊牧师是个在中国传过二十多年教的老教师。对于中国事儿，上自伏羲画卦，下至袁世凯作皇上，（他最喜欢听的一件事）他全知道。除了中国话说不好，简直的他可以算一本带着腿的“中国百科全书”。他真爱中国人：半夜睡不着的时候，总是祷告上帝快快的叫中国变成英国的属国；他含着热泪告诉上帝：中国人要不叫英国人管起来，这群黄脸黑头发的东西，怎么也升不了天堂！

伊牧师顺着牛津大街往东走，虽然六十多了，他走得还是飞快。

从太阳一出来直到半夜，牛津大街总是被妇女挤满了的。这条大街上的铺子，除了几个卖烟卷儿的，差不多全是卖妇女用的东西的。她们走到这条街上，无论有什么急事，是不会在一分钟里往前挪两步的。铺子里摆着的花红柳绿的帽子，皮鞋，小手套，小提箱儿……都有一种特别的吸力，把她们的眼睛，身体，和灵魂一齐吸住。伊牧师的宗教上的尊严到了这条街上至少要减去百分之九十九：往前迈一大步，那支高而碍事的鼻子非碰在老太太的小汗伞上不可；往回一煞步，大皮鞋的底儿（他永远不安橡皮底儿）十之八九是正放在姑娘的小脚指头上；伸手一掏手巾，胳臂肘儿准放在妇人提着的小竹筐儿里，……。每次他由这条街走过，至少回家要换一件汗衫，两条手巾。至于“对不起”，“没留神”这路的话，起码总说百八十个的。

好容易挤过了牛津圈了，他深深的吸了一口气，说了声“谢谢上帝！”脚底下更加了劲，一直往东走。汗珠子好像雪化了似的从雪白的鬓角儿往下流。

伊牧师虽然六十多岁了，腰板还挺得笔直。头发不多，可是全白了。没留胡子，腮上刮得晶亮；要是脸上没有褶儿，简直的像两块茶青色的磁砖。两支大眼睛，歇歇松松的安着一对小黄眼珠儿。眼睛上面挂着两条肉棱儿，大概在二三十年前棱儿上也长过眉毛。眼睛下面搭拉着一对小眼镜，因为鼻子过高的原故，眼镜和眼睛的距离足有二寸来的；所以从眼镜框儿上边看东西，比从眼镜中间看方便多了。嘴唇儿很薄，而且嘴犄角往下垂着一点。传道的时候，两个小黄眼珠儿在眼镜框儿上一定，薄嘴片往下一垂，真是不用说话，就叫人发抖。可是平常见了人，他是非常的和蔼；传教师是非有两副面孔办不了事的。

到了博物院街，他往左拐了去。穿过陶灵吞大院，进了戈登胡同。

这一带胡同住着不少中国学生。

在伦敦的中国人，大概可以分作两等，工人和学生。工人多半是住在东伦敦，最给中国人丢脸的中国城。没钱到东方旅行的德国人，法国人，美国人，到伦敦的时候，总要到中国城去看一眼，为是找些写小说，日记，新闻的材料。中国城并没有什么出奇的地方，住着的工人也没有什么了不得的举动。就是因为那里住着中国人，所以他们要瞧一瞧。就是因为中国是个弱国，所以他们随便给那群勤苦耐劳，在异域找饭吃的华人加上一切的罪名。中国城要是住着二十个中国人，他们的记载上一定是五千；而且这五千黄脸鬼是个个抽大烟，私运军火，害死人把尸首往床底下藏，强奸妇女不问老少，和作一切至少该千刀万剐的事情的。作小说的，写戏剧的，作电影的，描写中国人全根据着这种传说和报告。然后看戏，看电影，念小说的姑娘，老太太，小孩子，和英国皇帝，把这种出乎情理的事牢牢的记在脑子里，于是中国人就变成世界上最阴险，最污浊，最讨厌，最卑鄙的一种两条腿儿的动物！

二十世纪的“人”是与“国家”相对待的：强国的人是“人”，弱国的呢？狗！

中国是个弱国，中国“人”呢？是——！

中国人！你们该睁开眼看一看了，到了该睁眼的时候了！你们该挺挺腰板了，到了挺腰板的时候了！——除非你们愿意永远当狗！

中国城有这样的好名誉，中国学生当然也不会吃香的。稍微大一点的旅馆就不租中国人，更不用说讲体面的人家了。只有大英博物院后面一带的房子，和小旅馆，还可以租给中国人；并不是这一带的人们特别多长着一分善心，是他们吃惯了东方人，不得不把长脸一拉，不得不和这群黄脸的怪物对付一气。鸡贩子养鸡不见得他准爱鸡，英国人把房子租给中国人又何尝是爱中国人呢。

戈登胡同门牌三十五号是温都寡妇的房子。房子不很大，三层小楼，一共不过七八间房。门外拦着一排绿栅栏。三层白石的台阶，刷得一钉点儿土也没有。一个小红漆门，门上的铜环子擦得晶光。一进门是一间小客厅。客厅后面是一间小饭厅。从这间小饭厅绕过去，由楼梯下去，还有三间小房子。楼上只有三间屋子，临街一间，后面两间。

伊牧师离着这个小红门还老远，就把帽子摘下来了。擦了擦脸上的汗，又正了正领带，觉得身上一点缺点没有了，才轻轻的上了台阶。在台阶上又站了一会儿，才拿着音乐家在钢琴上试音的那个轻巧劲儿，在门环上敲了两三下。

一串细碎的脚步儿从楼上跑下来，跟着，门儿稍微开开一个缝儿，温都太太的脸露出一半儿来。

“伊牧师！近来好？”她把门开大了一点，伸出小白手，在伊牧师的手上轻轻的挨了一挨。

伊牧师随着她进去，把帽子和大氅挂在过道儿的衣架上，然后同她进了客厅。

小客厅里收拾得真叫干净爽利，连挂画的小铜钉子都像含着笑。屋子当中铺着一块长方儿的绿毯子，毯子上放着两个不十分大的卧椅。靠着窗户摆着一支小茶儿，茶儿上一个小三彩中国磁瓶，插着两朵小白玫瑰花。茶儿两旁是两把橡木椅子，镶着绿绒的椅垫儿。里手的山墙前面摆着一架小钢琴，琴盖儿上放着两三张照像片儿。琴的前边放着一支小油漆凳儿。凳儿上卧着个白胖白胖的小狮子狗，见伊牧师进来，慌着忙着跳下来，摇头摆尾的在老牧师的腿中间乱蹦。顺着屋门的墙上挂着张油画，两旁配着一对小磁碟子。画儿底下一个小书架子，摆着些本诗集小说什么的。

温都寡妇坐在钢琴前面的小凳儿上，小白狗跳在她怀里，歪着头儿逗伊牧师。

伊牧师坐在卧椅上，把眼镜往上推了一推，开始夸奖小白狗。夸奖了好大半天，才慢慢的说到：

“温都太太，楼上的屋子还闲着吗？”

“可不是吗。”她一手抱着狗，一手把烟碟儿递给伊牧师。

“还想租人吗？”他一面装烟一面问。

“有合适的人才敢租。”她拿着尺寸这么回答。

“有两位朋友，急于找房。我确知道他们很可靠。”他从眼镜框儿上面瞅了她一眼，把“确”字说得特别的清楚有劲。他停顿了一会儿，把声音放低了些；鼻子周围还画出个要笑的圈儿，“两个中国人——”说到“中国”两个字，他的声音差不多将将儿的能叫她听见：“两个极老实的中国人。”

“中国人？”温都寡妇整着脸说。

“极老实的中国人！”他又重了一句，又偷偷的看了她一眼。

“对不——”

“我担保！有什么错儿朝我说！”他没等温都太太说完，赶紧把话接过来：“我实在没地方给他们找房去，温都太太，你得成全成全我！他们是父子爷儿俩，父亲还是个基督徒。看上帝的面上，你得——”伊牧师故意不再往下说，看看“看上帝的面上”到底发生什么效力不发。

“可是——”温都太太好像一点没把上帝搁在心上，脸上挂着一千多个不耐烦的样子。

伊牧师又没等她说完就插嘴：

“那怕多要他们一点房租呢！看他们不对路，撵他们搬家，我也就不再——”他觉得往下要说的话似乎和《圣经》的体裁不大相合，于是吸了一口烟，连烟带话一齐咽下去了。

“伊牧师！”温都太太站起来说：“你知道我的脾气：这条街的人们靠着租外国人发财的不少，差不多只剩我这一处，宁可少赚钱，不租外国人！这一点我觉得是很可以自傲的！你为什么不到别处给他们找找房呢？”

“谁说没找呢！”伊牧师露着很为难的样子说：“陶灵吞大院，高威胡同，都挨着门问到了，房子全不合适。我就是看你的楼上三间小屋子正好，正够他们住的：两间作他们的卧房，一间作书房，多么好！”

“可是，牧师！”她从兜儿里掏出小手绢擦了擦嘴，其实满没有擦的必要：“你想我能叫两个中国人在我的房子里煮老鼠吃吗？”

“中国人不——”他正想说：“中国人不吃老鼠，”继而一想，这么一说是分明给她个小钉子碰，房子还能租到手吗？于是连忙改嘴：“我自然嘱咐他们别吃老鼠！温都太太，我也不耽误你的工夫了；这么说吧：租给他们一个礼拜，看他们不好，叫他们搬家。房租呢，你说多少是多少。旅馆他们住不起，不三不四的人家呢，我又不肯叫两个中国人跟他们打交道。咱们都是真正的基督徒，咱们总得受点屈，成全成全他们爷儿两个！”

温都太太用手搓着小狗脖子下的长毛，半天没言语。心里一个劲儿颠算：到底是多租几个钱好呢，还是一定不伺候杀人放火吃老鼠的中国人好呢？想了半天，还是不能决定；又怕把伊牧师僵在那里，只好顺口支应道：

“他们也不抽鸦片？”

“不！不！”伊牧师连三并四的说。

她跟着又问了无数的问题，把她从小说，电影，戏剧，和传教士造的谣言里所得来的中国事儿，兜着底儿问了个水落石出。问完了，心里又后悔了：这么问，岂不是明明的表示已经有意把房租给他们吗？

“谢谢你！温都太太！”伊牧师笑着说：“就这么办了！四镑十五个先令一个礼拜，管早晚饭！”

“不准他们用我的澡盆！”

“对！我告诉他们，出去洗澡。”

伊牧师说完，连小狗儿也没顾得再逗一逗，抓起帽子大氅就跑。跑到街上，找了个清静地方才低声的说：

"他妈的！为两个破中国人……"

2

马家父子从上海坐上轮船，一直忽忽悠悠的来到伦敦。马老先生在海上四十天的工夫，就扎挣着爬起来一回；刚一出舱门，船往外手里一歪，摔了个毛儿跟头；一声没出，又扶着舱门回去了。第二次起来的时候，船已经纹丝不动的在伦敦码头靠了岸。小马先生比他父亲强多了，只是船过台湾的时候，头有点发晕；过了香港就一点事没有了。

小马先生的模样儿，我们已经看见过了。所不同的是：在船上的时候，他并不那么瘦，眉头子也不皱得那么紧。又是第一次坐海船出外，事事看着新鲜有趣；在船栏杆上一靠，卷着水花的海风把脸吹得通红，他心里差不多和海水一样开畅。

老马先生的年纪至多也不过去五十，可是老故意带出颓唐的样子，好像人活到五十就应该横草不动，竖草不拿的，一天吃了睡，睡了吃；多迈一步，都似乎与理不合。他的身量比他的儿子还矮着一点，脸上可比马威富泰多了。重重的眉毛，圆圆的脸，上嘴唇上留着小月牙儿似的黑胡子，在最近的一二年来才有几根惨白的。眼睛和马威的一样，又大，又亮，又好看；永远戴着玳瑁边的大眼镜。他既不近视，又不远视，戴着大眼镜只是为叫人看着年高有威。

马则仁（这是马老先生的名字）年青的时候在美以美会的英文学校念过书。英文单字儿记得真不少，文法的定义也背得飞熟，可是考试的时候永远至多得三十五分。有时候拿着《英华字典》，把得一百分的同学拉到清静地方去："来！咱们搞搞！你问咱五十个单字，咱问你五十个，倒得领教领教您这得一百分的怎么个高明法儿！"于是把那得一百分的英雄撅得干瞪眼。他把字典在夹肢窝里一夹，嘴里哼唧着"A Noun is……"把得三十五分的羞耻，算是一扫儿光，雪得干干净净。

他是广州人，自幼生在北京。他永远告诉人他是北京人，直到孙中山先生的三民主义价值增高，广东国民政府的势力扩大的时候，他才在名片上印上了"广州人"三个字。

在教会学校毕业后，便慌手忙脚的抓了个妻子。仗着点祖产，又有哥哥的帮助，小两口儿一心一气的把份小日子过得挺火炽。他考过几回学部的录事，白折子写不好，作录事的希望只好打消。托人找洋事，英文又跟不上劲。有人给他往学堂里荐举去教英文，作官心盛，那肯去拿藤子棍儿当小教员呢。闲着没事也偷着去嫖一嫖，回来晚了，小夫妇也有时候拌一通儿嘴，好在是在夜里，谁也不知道。还有时候把老婆的金戒指偷出去押了宝，可是永远笑着应许哥哥寄来钱就再给她买个新的。她半恼半笑的说他一顿，他反倒高了兴，把押输了的情形一五一十说给她听。

结婚后三年多，马威才降生了。马则仁在事前就给哥哥写信要钱，以备大办满月。哥哥的钱真来了，于是亲戚朋友全在马威降世的第三十天上，吃了个"泰山不下土"；连街坊家的四眼狗也跟着啃了回猪脚鱼骨头。

现在小夫妇在世上的地位高多了，因为已经由"夫妇"变成"父母"。他们对于作父母的责任虽然没十分细想，可是作父母的威严和身分总得拿出来。于是马则仁老爷把上嘴唇的毫毛留住不剃，两三个月的工夫居然养成一部小黑胡子。马夫人呢，把脸上的胭脂擦浅了半分，为是陪衬着他的小黑胡子。

最痛心的：马威八岁的时候，马夫人，不知道是吃多了，还是着了凉，一命呜呼的死了。马则仁伤心极了：扔下个八岁的孩子没人管，还算小事。结婚一场，并没给夫人弄个皇封官诰，这有多么对不起死去的灵魂！由不得大眼泪珠儿一串跟着一串的往下流，把小胡子都哭得像卖蜜麻花的那把小糖刷子！

丧事一切又是哥哥给的钱，不管谁的钱吧，反正不能不给死鬼个体面发送。接三，放焰口，出殡，办得比马威的满月又热闹多了。

一来二去的，马先生的悲哀减少了。亲戚朋友们都张罗着给他再说个家室。他自己也有这个意思，可是选择个姑娘真不是件容易事。续弦不像初婚那么容易对付，现在他对于妇人总算有了经验：好看的得养活着，不好看的也得养活着，一样的养活着，为什么不来个好看的呢。可是，天下可有多少好看的妇人呢。这个续弦问题倒真不容易解决了：有一回差点儿就成功了，不知是谁多嘴爱说话，说马则仁先生好吃懒作没出息，于是女的那头儿打了退堂鼓。又有一回，也在快成功的时候，有人告诉他：女的鼻子上有三个星点儿，好像骨牌里的“长三”；又散了，娶媳妇那能要鼻子上有“长三”的呢！

还有一层：马先生唯一增光耀祖的事，就是作官。虽然一回官儿还没作过，可是作官的那点虔诚劲儿是永远不会歇松的。凡是能作官的机会，没有轻易放过去的；续弦也是个得官儿的机会，自然也不能随便的拍拍脑袋算一个。假如娶个官儿老爷的女儿，靠着老丈人的力量，还不来份差事？假如，……他的“假如”多了，可是“假如”到底是“假如”，一回也没成了事实。

“假如我能娶个总长的女儿，至小咱还不弄个主事，”他常对人们说。

“假如总长有个女儿，能嫁你不能？”人们这样回答他。

婚事和官事算是都没希望。

马威在家里把三本小书和四书念完之后，马老先生把他送到西城一个教会学堂里去，因为那里可以住宿，省去许多麻烦。没事的时候，老马先生常到教会去看儿子；一来二去的，被伊牧师说活了心，居然领了洗入了基督教。左右是没事作，闲着上教会去逛逛，又透着虔诚，又不用花钱。领洗之后，一共有一个多礼拜没有打牌，喝酒；而且给儿子买了一本红皮的英文《圣经》。

在欧战停了的那年，马则仁的哥哥上了英国，作贩卖古玩的生意。隔个三五个月总给兄弟寄点钱来，有时候也托他在北京给搜寻点货物。马则仁是天生来看不起买卖人的，好歹的给哥哥买几个古瓶小茶碗什么的。每次到琉璃厂去买这些东西，总绕到前门桥头都一处去喝几碗黄酒，吃一顿炸三角儿。

马先生的哥哥死在英国了，留下遗嘱教兄弟上伦敦来继续着作买卖。

这时候伊牧师已经回了英国二三年，马老先生拿着《英华字典》给他写了封长信，问他到底应该上英国去不去。伊牧师自然乐意有中国教友到英国来，好叫英国人看看：传教的人们在中国不是光吃饭拿钱不作事。他回了马先生一封信，叫他们父子千万上英国来。于是马先生带着儿子到上海，买了两张二等船票，两身洋服，几筒茶叶，和些个零七八碎的东西。轮船出了江口，马老先生把大眼镜摘下来，在船舱里一躺，身上纹丝不敢动，还觉得五脏一齐往上翻。

3

英国海关上的小官儿们，模样长像虽然不同，可是都有那么一点派头儿，叫长着眼睛的一看，就看得出来他们是干什么的。他们的眼睛总是一支看着人，那一支看着些早已撕破的旧章程本子。铅笔，永远是半截的，在耳朵上插着。鼻子老是皱皱着几个褶儿，为是叫脸上没一处不显着忙的“了不得”的样子。他们对本国人是极和气的，一边查护照，一边打哈哈说俏皮话；遇见女子，他们的话是特别的多。对外国人的态度，就不同了：肩膀儿往起一端，嘴犄角儿往下一扣，把帝国主义十足的露出来；有时候也微微的一笑，笑完了准是不许你登岸。护照都验完，他们和大家一同下了船，故意的搓着手告诉你：“天气很冷。”然后还夸奖你的英国话说得不错……。

马家父子的护照验完了。老马先生有他哥哥的几件公文在手，小马先生有教育部的留学证书，于是平平安安过去，一点麻烦没有。验完护照，跟着去验身体。两位马先生都没有脏病，也没有五痨七伤，于是又平安的过了一关。而且大夫笑着告诉他们：在英国多吃点牛肉，身体还要更好；这次欧战，英国能把德国打败，就是英国兵天天吃牛肉的缘故。身体检查完了，父子又把箱子盒子都打开，叫人家查验东西。幸而他们既没带着鸦片，又没带着军火，只有马先生的几件绸子衣裳，和几筒茶叶，上了十几镑钱的税。马老先生既不知为什么把这些宝贝带来，又不知为什么要上税；把小胡子一撅，糊里糊涂的交了钱完事。种种手续办完，马老先生差点没晕过去；心里说，早知道这么麻烦，要命也不上外国来！

下了船就上火车，马老先生在车犄角儿一靠，什么没说，两眼一闭，又睡了。马威顺着窗子往外看：高高低低没有一处是平的，高的土岗儿是绿的，洼下去的地方也是绿的。火车跑得飞快，看不清别的东西，只有这个高低不平的绿地随着眼睛走，看那儿，那儿是绿的。火车越走越快，高低不平的绿地渐渐变成一起一落的一片绿浪，远远的有些牛羊，好像在春浪上飘着的各色花儿。

绿地越来越少了，楼房渐渐多起来。过了一会儿，车走得慢多了，车道两旁都是大街了。汽笛响了两声，车进了利务普街车站。

马老先生还小菩萨似的睡着，忽然咧了咧嘴，大概是说梦话呢。

站台上的人真多。“嘿喽，这边！”脚夫推着小车向客人招呼。“嘿喽，那边！”丈夫摇着帽子叫媳妇。那边的车开了，车上和站台上的人们彼此点手的点手，摇手巾的摇手巾，一溜黑烟，车不见了。卖报的，卖花的，卖烟卷儿的，都一声不言语推着小车各处出溜，英国人作买卖和送殡是拿着一样的态度的。

马威把父亲推醒。马老先生打了个哈哧，刚要再睡，一位姑娘提着皮包往外走，使劲一开门，皮包的角儿正打在他的鼻子上。姑娘说了声“对不起，”马先生摸了摸鼻子，算是醒过来了。马威七手八脚的把箱子什么的搬下去，正要往车外走，伊牧师跳上来了。他没顾得和马老先生拉手，提起最大的那只箱子就往外走。

“你们来得真快！海上没受罪？”伊牧师把大箱子放在站台上问马氏父子。

马老先生提着个小盒子，慢慢的下了车，派头满像前清“道台”下大轿似的。

“伊牧师好？”他把小盒子也放在站台上，对伊牧师说：“伊太太好？伊小姐好？伊——？”

伊牧师没等马先生问完了好，又把大箱子抄起来了：“马威！把箱子搬到这边来！除了那只手提箱，你拿着；剩下的全搬过来！”

马威努着力随着伊牧师把箱子全搬到行李房去。马老先生手里什么也没拿，慢慢的扭过来。

伊牧师在柜台上把寄放东西的单子写好，问明白了价钱，然后向马老先生说：“给钱，今天晚上，箱子什么的就全给你们送了去。这省事不省事？”

马老先生给了钱，有点不放心：“箱子丢不了哇？”

“没错！”伊牧师用小黄眼珠绕着弯儿看了老马一眼，跟着向马威说："你们饿不饿？"

"不——"马老先生赶紧把话接过来，一来是：刚到英国就嚷嚷饿，未免太不合体统。二来是：叫伊牧师花钱请客，于心也不安。

伊牧师没等他把"饿"字说出来，就说："你们来吧！随便吃一点东西。不饿？我不信！"

马老先生不好意思再客气，低声的和马威用中国话说："他要请客，别驳他的面子。"

他们父子随着伊牧师从人群里挤出站台来。马威把腰板挺得像棺材板一样的直，脖子梗梗着，噔噔的往前走。马老先生两手撇着，大氅后襟往起撅着一点，慢条斯礼的摇晃着。站台外边的大玻璃棚底下有两三家小酒馆，伊牧师领着他们进了一家。他挑了一张小桌，三个人围着坐下，然后问他们吃什么。马老先生依然说是不饿，可是肚子里直叫唤。马威没有他父亲那样客气，可是初来乍到，不知道要什么好。

伊牧师看出来了：问是没用；于是出了主意："这么着好不好？每人一杯啤酒，两块火腿面包。"说完了，他便走到柜上去要。马威跟着站起来，帮着把酒和面包端过来。老马连一动也没动，心里说："花钱吃东西，还得他妈的自己端过来，哼！"

"我平常不喝酒，"伊牧师把酒杯端起来，对他们说："只是遇着朋友，爱来一杯半碗的喝着玩儿。"他在中国喝酒的时候，总是偷偷的不叫教友们看见，今天和他们父子一块儿喝，不得不这么说明一下。一气下去了半杯，对马威开始夸奖酒馆的干净，然后夸奖英国的有秩序："到底是老英国呀！马威，看见没有？啊！"嚼了一口面包，用假牙细细的磨着，好大半天才咽下去。"马威，晕船没有？"

"倒不觉得怎么的，"马威说："父亲可是始终没起来。"

"我说什么来着？马先生！你还说不饿！马威，再去给你父亲要杯啤酒，啊，也再给我来一杯，爱喝着玩儿。马先生，我已经给你们找好了房，回来我带你们去，你得好好的歇一歇！”

马威又给他们的酒端来，伊牧师一气灌下去，还一个劲儿说：“喝着玩儿。”

三个人都吃完了，伊牧师叫马威把酒杯和碟子都送回去，然后对马老先生说：“一个人一个先令。不对，咱们俩还多喝着一杯酒，马威是一个先令，你是一个零六，还有零钱？”

老马先生真没想到这一招儿，心里说：“几个先令的事，你作牧师的还不花，你算那道牧师呢！他故意的透着俏皮，反张罗着会伊牧师的账。

“不！不！到英国按着英国法子办，自己吃自己，不让！”伊牧师说。

三个人出了酒馆，伊牧师掏出六个铜子来，递给马威：“去，买三张票，两个铜子一张。说：大英博物馆，三张，会不会？”

马威只接过两个铜子，自己掏出四个来，往伊牧师指着的那个小窗户洞儿去买票。把票买来，伊牧师乐了：“好孩子！明白怎么买票了吧？”说着，在衣襟的里面掏了半天，掏出一张小地图来：“马威，给你这个。看，咱们现在是在利务普街。看见这条红线没有？再走四站就是博物院。这是伦敦中央地道火车。记着，别忘了！”

伊牧师领着二马下了地道。

4

温都先生死了十几多年了。他只给温都夫人留下一处小房子和一些股票。

每逢温都寡妇想起丈夫的时候，总把二寸见方的小手绢哭湿了两三块。除了他没死在战场上，和没给她留下几百万的财产，她对于死去的丈夫没有什么不满意的地方。可是这些问题是每逢一哭丈夫，就捎带脚儿想起来的。他设若死在战场上，除了得个为国捐躯的英名，至少她还不得份儿恤金。恤金纵然赶不上几百万财产，到底也可以叫她一年多买几顶新帽子，几双长筒的丝袜子；礼拜天不喜欢上教堂的时候，还可以喝瓶啤酒什么的。

在她丈夫死后不久，欧洲就打开了大仗。她一来是为爱国，二来为挣钱，到一个汽油公司里去打字。那时候正当各处缺人，每个礼拜她能挣到三镑来钱。在打字的时候，忽然想起男人来，或者是恨男人死得早，错过了这个尽忠报国的机会，她的泪珠儿随着打字机键子的一起一落，吧哒吧哒的往下落。设若他还活着，至不济还不去打死百八十来个德国兵！万一把德皇生擒活捉，他岂不升了元帅，她还不稳稳当当的作元帅太太！她越这么想，越恨德国人，好像德国故意在她丈夫死后才开仗，成心不叫温都先生得个“战士”的英名。杀德国人！鸡犬不留！这么一想，手下的打字机响得分外有劲；打完了一看，竟会把纸戳破了好几个小窟窿——只好从新再打！

温都姑娘的年纪比她母亲小着一半。出了学校，就入了六个月的传习所，学习怎么卖帽子，怎么在玻璃窗里摆帽子，怎么替姑娘太太往头上试帽子。……出了传习所，就在伦敦城里帽铺找了个事，一个礼拜挣十六个先令。

温都寡妇在大战的时候剩了几个钱，战后她只在公司缺人的时候去帮十天半个月的忙，所以她总是在家里的时候多，出门的时候少。温都姑娘念书的时候，母女老是和和气气的，母亲说什么，女儿听什么。到了温都姑娘上帽铺作事以后，母女的感情可不像先前那么好了；时常的母女一顶一句的拌嘴。“叫她去她的！黄头发的小东西子！”温都太太含着泪对小狗儿说。说完，还在狗的小尖耳朵上要个嘴儿，小狗儿有时候也傻瓜似的陪着吊一对眼泪。

吃饭时间的问题，就是她们俩拌嘴的一个大原因。母亲是凡事有条有款，有一定的时候。女儿是初到外边作事，小皮包里老有自己挣的几个先令，回家的时候在卖糖的那里看几分钟，裁缝铺外边看几分钟，珠宝店外又看几分钟。一边看一边想：等着，慢慢的长薪水，买那包红盒子的皮糖，买那件绿绸子绣边儿的大衫。越看越爱看，越爱看越不爱走，把回家那回事简直的忘死了。不但光是回来晚了，吃完晚饭，立刻扣上小帽子，小鸟儿似的又飞出去了。她母亲准知道女儿是和男朋友出去玩，这本来不算怎么新奇；她所不高兴的是：姑娘夜间回来，把和男人出去的一切经过，没结没完的告诉母亲。跟着，还谈好些个结婚问题，离婚问题，谈得有来有去，一点拘束没有。有一回伊牧师来看她们，温都姑娘把情人给她的信，挑了几篇长的，念给老牧师听；牧师本是来劝温都姑娘礼拜天去上教堂，一听姑娘念的信，没等劝她，拿起帽子就跑了。

温都太太年青的时候，一样的享过这种爱的生活。可是她的理想和她女儿的不同了。她心目中的英雄是一拳打死老虎，两脚踹倒野象，可是一见女人便千般的柔媚，万般的奉承。女的呢，总是腰儿很细，手儿很小，动不动就晕过去，晕的时候还永远是倒在英雄的胳臂上。这样的英雄美人，只能在月下花前没人的地方说些知心话，小树林里偷偷的要个嘴儿。如今温都姑娘的爱的理想和经验，与这种小说式的一点也不同了：一张嘴便是结婚后怎么和情人坐汽车一点钟跑八十英里；怎么性情不相投就到法厅离婚；怎么喜欢嫁个意大利的厨子，好到意国去看看莫索里尼到底长着胡子没有；要不然就是嫁个俄国人，到莫斯科去看一眼。专为看俄国妇人的裙子是将盖住磕膝盖儿，还是简直的光腿不穿裙子。

温都寡妇自从丈夫死后，有时候也想再嫁。再嫁最大的难处是经济问题，没有准进项的男人简直不敢拉拢。可是这点难处，她向来没跟别人提过。爱情的甜美是要暗中咂摸的，就是心中想到经济问题，也不能不设法包上一层爱的蜜皮儿。

“去！去！嫁那个俄国鬼去！”温都太太急了，就这样对她女儿说。

“那是！在莫斯科买皮子一定便宜，叫他给我买一打皮袄，一天换一件，看美不美？啊？妈妈！”温都姑娘撒着娇儿说。

温都太太一声不出，抱着小狗睡觉去了。

温都姑娘不但关于爱情的意见和母亲不同，穿衣裳，戴帽子，挂珠子的式样也都不一样。她的美的观念是：什么东西都是越新越好，自要是新的便是好的，美不美不去管。衣裳越短越好，帽子越合时样越好。据她看：她母亲的衣裳都该至少剪去一尺；母亲的帽子不但帽沿儿大得过火，帽子上的长瓣子花儿更可笑的要命。母亲一张嘴便是讲材料的好坏，女儿一张嘴便是巴黎出了什么新样子。说着说着，母女又说僵了。

母亲说：“你要是再买那小鸡蛋壳似的帽子，不用再跟我一个桌儿上吃饭！”

女儿回答：“你要是还穿那件乡下老的青褂子，我再不和你一块儿上街！”

母女的长像儿也不一样。温都太太的脸是长长儿的，自上而下的往下溜，溜到下巴颏儿只剩下尖尖的一个小三角儿。浅黄的头发，已经有了几根白的，盘成两个圆髻儿，在脑瓢上扣着。一双黄眼珠儿，一支小尖鼻子，一张小薄嘴，只有笑的时候，才能把少年的俊俏露出一点来。身量不高，戴上宽沿帽子的时候更显得矮了。

温都姑娘和她母亲站在一块儿，她要高出一头来。那双大脚和她母亲的又瘦又尖的脚比起来，她们娘儿俩好像不是一家的人。因为要显着脚小，她老买比脚小着一号儿的皮鞋；系上鞋带儿，脚面上凸出两个小肉馒头。母亲走道儿好像小公鸡啄米粒儿似的，一逗一逗的好看。女儿走起道儿来是咚咚的山响，连脸蛋上的肉都震得一哆嗦一哆嗦的。顺着脚往上看，这一对儿长腿！裙子刚压住磕膝盖儿，连袜子带腿一年到头的老是公众陈列品。衣裳短，裙子瘦，又要走得快，于是走道儿的时候，总是介乎“跑”与“扭”之间；左手夹着旱伞皮包，右手因而不能不僵着一点摇晃，只用手腕贴着大腿一个一个的从左而右画半圆的小圈。帽子将把脑袋盖住，脖子不能不往回缩着一点。（不然，脖子就显着太长了。）这样，周身上下整像个扣着盖儿的小圆缩脖坛子。

她的脸是圆圆的，胖胖的。两个笑涡儿，不笑的时候也老有两个像水泡儿将散了的小坑儿。黄头发剪得像男人一样。蓝眼珠儿的光彩真足，把她全身的淘气，和天真烂漫，都由这两个蓝点儿射发出来。笑涡四围的红润，只有刚下树儿的嫩红苹果敢跟她比一比。嘴唇儿往上兜着一点，而且是永远微微的动着。

温都太太看着女儿又可爱又可气，时常的说：“看你的腿！裙子还要怎么短！”

女儿把小笑涡儿一缩，拢着短头发说：“人家都这样吗！妈！”

5

温都太太整忙了一早晨，把楼上三间屋子全收拾得有条有理。头上罩着块绿绸子，把头发一丝不乱的包起来。袖子挽到胳臂肘儿上面，露着胳臂上的细青筋，好像地图上画着的山脉。褂子上系着条白布围裙。把桌子全用水洗了一遍。地毯全搬到小后院细细的抽了一个过儿。地板用油擦了。擦完了电灯泡儿，还换上两个新绿纱灯罩儿。

收拾完了，她插着手儿四围看了看，觉得书房里的粉色窗帘，和墙上的蓝花儿纸不大配合，又跑到楼下，把自己屋里的那幅浅蓝地，细白花的，摘下来换上。换完了窗帘，坐在一把小椅子上，把手放在磕膝盖儿上，轻轻的叹了口气。然后把“拿破仑”，（那支小白胖狗。）叫上来，抱在怀里；歪着头儿，把小尖鼻子搁在拿破仑的脑门儿上，说：“看看！地板擦得亮不亮？窗户帘好看不好看？”拿破仑四下瞧了一眼，摇了摇尾巴。“两个中国人！他们配住这个房吗？”拿破仑又摇了摇尾巴。温都太太一看，狗都不爱中国人，心中又有点后悔了：“早知道，不租给他们！”她一面叨唠着，一面抱着小狗下楼去吃午饭。

吃完了饭，温都太太慌忙着收拾打扮：把头发从新梳了一回，脸上也擦上点粉，把最心爱的那件有狐皮领子的青绉子袄穿上，（英国妇女穿皮子是不论时节的。）预备迎接客人。她虽然由心里看不起中国人，可是既然答应了租给他们房子，就得当一回正经事儿作。换好了衣裳，才消消停停的在客厅里坐下，把狄·昆西的《鸦片鬼自状》找出来念；为是中国客人到了的时候，好有话和他们说。

快到了温都太太的门口，伊牧师对马老先生说：“见了房东太太，她向你伸手，你可以跟她拉手；不然，你向她一点头就满够了。这是我们的规矩，你不怪我告诉你吧？”

马先生不但没怪伊牧师教训他，反说了声“谢谢您哪！”

三个人在门外站住，温都太太早已看见了他们。她赶紧又掏出小镜子照了一照，回手又用手指头肚儿轻轻的按按耳后的髻儿。听见拍门，才抱着拿破仑出来。开开了门，拿破仑把耳朵竖起来吧吧的叫了两声。温都太太连忙的说：“淘气！不准！”小狗儿翻了翻眼珠，把耳朵搭拉下去，一声也不出了。

温都太太一手抱着狗，一手和伊牧师握手。伊牧师给马家父子和她介绍了一回，她挺着脖梗儿，只是“下巴颏儿”和眉毛往下垂了一垂，算是向他们行了见面礼。马老先生深深鞠了一躬，他的腰还没直起来，她已经走进客厅去了。马威提着小箱儿，在伊牧师背后瞪了她一眼，并没行礼。三个人把帽子什么的全放在过道儿，然后一齐进了客厅。温都太太用小手指头指着两个大椅请伊牧师和马老先生坐下，然后叫马威坐在小茶儿旁边的椅子上，她自己坐在钢琴前面的小凳儿上。

伊牧师没等别人说话，先夸奖了拿破仑一顿。温都太太开始讲演狗的历史，她说一句，他夸一声好，虽然这些故事他已经听过二十多回了。

在讲狗史的时候，温都太太用“眉毛”看了看他们父子。看着：这俩中国人倒不像电影上的那么难看，心中未免有点疑惑：他们也许不是真正中国人；不是中国人？又是……

老马先生坐着的姿式，正和小官儿见上司一样规矩：脊梁背儿正和椅子垫成直角，两手拿着劲在膝上摆着。小马先生是学着伊牧师，把腿落在一块儿，左手插在裤兜儿里。当伊牧师夸奖拿破仑的时候，他已经把屋子里的东西看了一个过儿；伊牧师笑的时候，他也随着抿抿嘴。

“伊牧师，到楼上看看去？”温都太太把狗史讲到一个结束，才这样说：“马先生？”

老马先生看着伊牧师站起来，也僵着身子立起来；小马先生没等让，连忙站起来替温都太太开开门。

到了楼上，温都太太告诉他们一切放东西的地方。她说一句，伊牧师回答一句：“好极了！”

马老先生一心要去躺下歇歇，随着伊牧师的“好极了”向她点头，其实她的话满没听见。他也没细看屋里的东西，心里说：反正有个地方睡觉就行，管别的干吗！只有一样，他有点不放心：床上铺着的东西看着似乎太少。他走过去摸了摸，只有两层毡子。他自己跟自己说："这不冷吗！"在北京的时候，他总是盖两床厚被，外加皮袄棉裤的。

把屋子都看完了，伊牧师见马先生没说什么，赶快的向温都太太说："好极了！我在道儿上就对他们说来着：回来你们看，温都太太的房子管保在伦敦找不出第二家来！马先生！"他的两个黄眼珠钉着马老先生："现在你信我的话了吧！"

马老先生笑了一笑，没说什么。

马威看出伊牧师的意思，赶紧向温都太太说："房子是好极了，我们谢谢你！"

他们都从楼上下来，又到客厅坐下。温都太太把房钱，吃饭的时间，晚上锁门的时候，和一切的规矩，都当着伊牧师一字一板的交待明白了。伊牧师不管听见没有，自要她一停顿，一喘气的时候，他便加个"好极了"，好像乐队里打鼓的，在喇叭停顿的时候，加个鼓轮子似的。马老先生一声没出，心里说："好大规矩呀！这要娶个外国老婆，还不叫她管得避猫鼠似的呀！"

温都太太说完了，伊牧师站起来说："温都太太，我不知道怎么谢谢你才好！改天到我家里去喝茶，和伊太太说半天子话儿，好不好？"

马老先生听伊牧师说：请温都寡妇喝茶，心里一动。低声的问马威："咱们的茶叶呢？"

马威说小箱儿里只有两筒，其余的都在大箱子里呢。

"你把小箱子带来了不是？"马老先生问。

马威告诉父亲，他把小箱子带来了。

"拿过来！"马老先生沉着气说。

马威把小箱子打开，把两筒茶叶递给父亲。马老先生一手托着一筒，对他们说：

“从北京带来点茶叶。伊牧师一筒，温都太太一筒，不成敬意！”说完把一筒交给伊牧师，那一筒放在钢琴上了；男女授受不亲，那能交给温都太太的手里呢！

伊牧师在中国多年，知道中国人的脾气，把茶叶接过去，对温都寡妇说：“准保是好茶叶！”

温都太太忙着把拿破仑放在小凳上，把茶叶筒拿起来。小嘴微微的张着一点，细细的看筒上的小方块中国字，和“嫦娥奔月”的商标。

“多么有趣！有趣！”她说着，正式的用眼睛——不用眉毛了——看了马老先生一眼。“我可以这么白白的收这么好的东西吗？真是给我的吗？马先生！”

“可不是真的！”马先生撅着小胡子说。

“呕！谢谢你，马先生！”

伊牧师跟温都太太要了张纸，把茶叶筒包好，一边包，一边说：“伊太太最爱喝中国茶。马先生，她喝完你的茶，看她得怎么替你祷告上帝！”

把茶叶筒儿包好，伊牧师楞了一会儿，全身纹丝不动，只是两个黄眼珠慢慢的转了几个圈儿。心里想：白受他的茶叶不带他们出去逛一逛，透着不大和气；再说当着温都太太，总得显一手儿，叫她看看咱这传教的到底与众不同；虽然心里真不喜欢跟着两个中国人在街上走。

“马先生，”伊牧师说：“明天见。带你们去看一看伦敦；明天早点起来呀！”他说着出了屋门，把茶叶筒卷在大氅里，在腋下一夹；单拿着那个圆溜溜的筒儿，怕人家疑心是瓶酒；传教师的行为是要处处对得起上帝的。

马老先生要往外送，伊牧师从温都太太的肩膀旁边对他摇了摇头。

温都太太把伊牧师送出去，两个人站在门外，又谈了半天。马老先生才明白伊牧师摇头的意思。心里说："洋鬼子颇有些讲究，跟他们非讲圈套不可呢！"

"看这俩中国人怎样？"伊牧师问。

"还算不错！"温都太太回答："那个老头儿倒挺漂亮的，看那筒茶叶！"

同时，屋子里马威对父亲说：

"刚才伊牧师夸奖房子的时候，你怎么一声不出呢？还没看出来吗：对外国人，尤其是妇女，事事得捧着说。不夸奖他们，他们是真不愿意！"

"好，不好，心里知道，得了！何必说出来呢！"马老先生把马威干了回去，然后掏出"川绸"手巾，照撢绿皮脸官靴的架式撢了撢皮鞋。

6

正是四月底的天气：晴一会儿，阴一会儿，忽然一阵小雨；雨点还落着，太阳又出来了。窗户棱上横挂着一串小水珠，太阳一出来，都慢慢化成股白气。屋外刚吐绿叶的细高挑儿杨树，经过了雨，树干儿潮润的像刚洗过澡的象腿，又润，又亮，可是灰嗗碌嘟的。

马老先生虽然在海上已经睡了四十天的觉，还是非常的疲倦。躺在床上还觉得床铺一上一下的动，也好像还听得见海水沙沙的响。夜里醒了好几次，睁开眼，屋子里漆黑，迷迷糊糊的忘了自己到底是在那儿呢。船上？北京？上海？心里觉得无着无靠的，及至醒明白了，想起来已经是在伦敦，又觉得有点说不出来的凄惨！北京的朋友，致美斋的馄饨，广德楼的坤戏，故去的妻子，哥哥……上海……全想起来了，一会儿又全忘了，可是从眼犄角流下两个大泪珠儿来。

“离合悲欢，人生不过如此！转到那儿吃那儿吧！”马老先生安慰着自己：“等马威学成了，再享几天福，当几天老爷吧！”这么一想，心里痛快多了。把一手心热汗的手伸出来，顺着毡子边儿，理了理小胡子。跟着把脑袋从枕头上抬起一点来，听听隔壁有声音没有。一点声儿没有。“年青力壮，吃得饱，睡得着！有出息，那孩子！”他自己嘟囔着，慢慢的把眼睛又闭上。

醒一会儿又睡，睡一会儿又醒，到了出太阳的时候，他才睡安稳了。好像听见马威起来了，好像听见街上过车的声音，可是始终没睁眼。大概有七点半钟了，门上轻轻的响了两声，跟着，温都太太说：“马先生，热水！”

“谢——哼，啊，”他又睡着了。

不到七点钟，马威就起来了。一心的想逛伦敦，抓耳挠腮的无论怎样也不能再睡。况且昨天只见了温都姑娘一面，当着父亲的面儿，也没好意思和她谈话。今天吃早饭是他的好机会，反正父亲是决起不来的。他起来，轻轻的把窗子开开。雨刚住了，太阳光像回窝的黄蜂，带着春天的甜蜜，随着马威的手由窗户缝儿挤进来。他把在上海买的那件印花的西式长袍穿上，大气不出的等着热水来好刮脸。刮脸的习惯是在船上才学来的，上船之前，在上海先施公司买了把保险刀儿。在船上的时候，人家还都没起来，他便跑到浴室里去，细细的刮一回；脸上共总有十来根比较重一点的胡子茬儿，可是刮过几天之后，不刮有点刺闹的慌；而且刮完了，对着镜子一照，觉得脸上分外精神，有点英雄的气象。他常看电影里的英雄，刮脸的时候，满脸抹着胰子，就和人家打起来；打完了，手连颤也不颤，又去继续刮脸；有的时候，打完了，抱着姑娘要嘴儿，还把脸上的胰子沫儿印在她的腮上。刮脸，这么看起来，不光是一种习惯，里面还含着些情韵呢。

好容易把热水等来了，赶紧漱口刮脸。梳洗完了，把衣裳细细的刷了一回。穿戴好了，想下楼去；又怕下去太早，叫房东太太不愿意。轻轻开了门往外看：父亲门外的白磁水罐，还冒着点热气。楼下母女说话的声音，他听得真真的。温都姑娘的声音听得尤其真切，而且含着点刺激性，叫他听见一个字，心里像雨点儿打花瓣似的那么颤一下。

楼下铃儿响了，他猜着：早饭必定是得了。又在镜子里照了一照：两条眉毛不但没有向上吊着，居然是往下弯弯着，差不多要弯到眼睛下面来。又正了正领带，拉了拉衣襟，然后才咚咚的下了楼。

温都母女平常是在厨房吃早饭的。因为马家父子来了，所以改在小饭厅里。马威进了饭厅，温都太太还在厨房里，只有温都姑娘在桌子旁边坐着，手里拿着张报纸，正看最新式帽子的图样。见马威进来，她说了声："咳喽！"头也没抬，还看她的报。

她只穿着件有肩无袖的绿单衫，胸脯和胳臂全在外边露着。两条白胖的胳臂好像一对不知道用什么东西作的一种象牙：又绵软，又柔润，又光泽，好像还有股香味儿。

马威端了端肩膀，说了声："天气不错？"

"冷！"她由红嘴唇挤出这么个字来，还是没看他。

温都太太托着茶盘进来，问马威："你父亲呢？"

"恐怕还没起呢。"马威低声儿说。

她没说什么，可是脸像小帘子似的撂下来了。她坐在她女儿的对面，给他们倒茶。她特意沏的马先生给的茶叶，要不是看着这点茶叶上面，她非炸了不可。饶这么着，倒茶的时候还低声说了一句："反正我不能做两回早饭！"

“谁叫你把房租给中国人呢!”温都姑娘把报纸扔在一边，歪着头儿向她母亲说。

马威脸上一红，想站起来就走。皱了皱眉，——并没往起站。

温都姑娘看着他，笑了，好像是说：“中国人，挨打的货！就不会生气!”

温都太太看了她女儿一眼，赶紧递给马威一碗茶，跟着说：“茶真香！中国人最会喝茶。是不是?”

“对了!”马威点了点头。

温都太太咬了口面包，刚要端茶碗，温都姑娘忙着拉了她一把：“招呼毒药!”她把这四字说得那么诚恳，自然；好像马威并没在那里；好像中国人的用毒药害人是千真万确，一点含忽没有的。她的嘴唇自自然然的颤了一颤，让你看出来：她决没意思得罪马威，也决不是她特意要精细；她的话纯是“自然而然”说出来的，没心得罪人，她就不懂得什么叫得罪人。自要戏里有个中国人，他一定是用毒药害人的。电影，小说，也都是如此。温都姑娘这个警告是有历史的，是含着点近于宗教信仰的：回回不吃猪肉，谁都知道；中国人用毒药害人——一种信仰!

马威反倒笑了。端起茶碗喝了一口，一声没言语。他明白她的意思，因为他看过英国小说——中国人用毒药害人的小说。

温都太太用小薄嘴唇抿了半口茶，然后搭讪着问马威：中国茶有多少种？中国什么地方出茶？他们现在喝的这种叫什么名字？是怎么制造的?

马威把一肚子气用力压制着，随便回答了几句，并且告诉她，他们现在喝的叫作“香片”。

温都太太又叫他说了一回，然后把嘴唷嘟着说：“杭便，”还问马威她学的对不对。

温都姑娘警告她母亲留心毒药以后，想起前几天看的那个电影：一个英国英雄打死了十几个黄脸没鼻子的中国人，打得真痛快，她把两只肉嘟嘟的手都拍红了，红得像搁在热水里的红胡萝卜。她想入了神，一手往嘴里送面包，一手握着拳在桌底下向马威比画着心里说：不光是英国男子能打你们这群找揍的货，女英雄也能把你打一溜跟头！心里也同时想到她的朋友约翰：约翰在上海不定多么出锋头呢！他那两只大拳头，一拳头还不捶死几十个中国鬼！她的蓝眼珠一层一层的往外发着不同的光彩，约翰是她心目中的英雄！……他来信说："加入义勇军，昨天一排枪打死了五个黄鬼，内中还有个女的！"……"打死个女人，不大合人道！"温都姑娘本来可以这样想，可是，约翰打死的，打死的又是个中国女人；她只觉得约翰的英勇，把别的都忘了。……报纸上说：中国人屠宰了英国人，英国人没打死半个中国人，难道约翰是吹牛撒谎？她正想到这里，听见她母亲说："杭便。"她歪过头去问："什么？妈！"她母亲告诉她这个茶叫"杭便"，于是她也跟着学。英国人是事事要逞能的，事事要叫别人说好的，所以她忘了马威——只是因为他是中国人——的讨厌。"杭办""杭办""对不对"？她问马威。

马威当然是说："对了！"

吃完了早饭，马威正要上楼看父亲去。温都姑娘从楼下跑了上来，戴着昨天买的新帽子，帽子上插着一捆老鼠尾巴，看着好像一把儿荞麦面面条；戴老鼠尾巴是最新的花样，——所以她也戴。她斜着眼看了马威一下，说了声"再见，"一溜烟似的跑了。

7

温都姑娘上铺子去作工，温都寡妇出来进去的收拾房屋，拿破仑跟着她左右前后的乱跑。马威一个人坐在客厅里等着伊牧师来。

马威自从八岁的时候死了母亲，差不多没有经过什么女性的爱护。在小学里的时候，成天和一群小泥鬼儿打交道；在中学里，跟一群稍微个儿大一点的泥鬼瞎混；只有礼拜天到教堂作礼拜去，能看见几位妇女：祈祷的时候，他低着头从眼角偷偷的看她们；可是好儿回都被伊太太看见，然后报告给伊牧师，叫伊牧师用一半中国话，一半英国话臭骂他一顿："小孩子！不要看姑娘！在祷告的时候！明白？See？……"伊太太祷告的时候，永远是闭着一只眼往天堂上看上帝，睁着一只眼看那群该下地狱的学生；马威的"看姑娘"是逃不出伊太太的眼线的。

教堂的姑娘十之八九是比伊太太还难看的。他横着走的眼光撞到她们的脸上，有时候叫他不由的赶快闭上眼，默想上帝造人的时候或者有点错儿；不然，……有时候也真看到一两个好看的，可是她们的好看只在脸上那一块，纵然脸上真美，到底叫他不能不联想到冥衣铺糊的纸人儿；于是心中未免有点儿害怕！且不管纸人儿吧，不纸人儿吧，能看到她们已经是不容易！跟她们说说话，拉拉手，——妄想！

就是有一回，他真和女人们在一块儿作了好几天的事。这回事是在他上英国来的前一年，学界闹风潮：校长罢长，教员罢教，学生也罢了学；没有多少人知道为什么这样闹，可是一个不剩，全闹起活儿来；连教会的学堂也把《圣经》扔了一地，加入战团。马威是向来能说会道，长得体面，说话又甜甘受听，父亲又不大管他，当然被举为代表。代表会里当然有女代表，于是他在风潮里颇得着些机会和她们说几句话，有一回还跟她们拉手。风潮时期的长短是不能一定的，也许三天，也许五个月；虽然人人盼着越长越好，可是事事总要有个结束，好叫人家看着像一回事儿似的。这回风潮恰巧是个短期的，于是马威和女人们交际的命运像舞台上的小武丑儿，刚翻了一个跟头，就从台帘底下爬进后台去了。

马威和温都姑娘不一定有什么前缘，也不是月下老人把他和她的大拇脚指头隔着印度洋地中海拴上了根无形的细红线。她不过是西洋女子中的一个。可是，马威头一个见的恰巧是她。她那种小野猫似的欢蹦乱跳，一见面他心里便由惊讶而羡慕而怜爱而痴迷，好像头一次喝酒的人，一盅下去，脸上便立刻红起来了。可是，她的神气，言语，……叫他心里凉了好多……她说："再见"的时候确是笑着，眼睛还向他一飞……或者她不见得是讨厌他……对了：她不过是不喜欢中国人罢了！等着，走着瞧，日子多了叫她明白明白中国人到底是怎么回事！……何必一定跟她套交情呢，女子可多了，……

马威翻过来掉过去的想，问题很多，可是结论只有一个："等着吧，瞧！"摸了摸自己的脸蛋儿，颧骨尖儿上那一点特别的热，像有个香火头儿在那里烧着。"等着瞧，别忙！""别忙！"他这么叨唠着，嘴唇张着一些，好像是要笑，可是没笑出来；好像要恼——恼她？——，又不忍的。一会儿照照镜子看自己的白牙，一会儿手插在裤兜里来回走……"别忙！走着瞧！"

"马威！马威！"马老先生一嗓子痰在楼上叫，跟着嗽了嗽，声音才尖溜了一点："马威！"

马威收了收神，三步两步跑上楼上。马老先生一手开着门，一手端着那个磁水罐。脸上睡的许多红褶儿，小胡子也在一块拧拧着。

"去，弄点热水来！"他把磁罐交给马威。

"我不敢上厨房去呀！"马威说："昨天晚上您没听房东说吗：不叫咱们到厨房去！早饭的时候，你没去，她已经说了闲话；您看——"

"别说了！别说了！"马老先生揉着眼睛说："不刮脸啦，行不行？"

“回来伊牧师不是要和咱们一块儿出去哪吗——”

“不去，行不行？”

马威没言语，把水倒在漱口盂里，递给父亲。

马老先生漱口的当儿，马威把昨天晚上来的箱子打开，问父亲换衣裳不换。马老先生是一脑门子官司，没理马威。马威本想告诉父亲：在英国就得随着英国办法走；一看父亲脸上的神气，他一声没出，溜出去了。

马老先生越想越有气：“这是上外国吗？没事找罪受吗！——找罪受吗！起晚了不行，热水没有！没有！早知道这么着，要命也不来！”想了半天：“有啦！住旅馆去！多少钱也花，自要不受这个臭罪！”跟着看了看箱子什么的，心里又冷静下去一点：“东西太多，搬着太麻烦！”又待了一会儿，气更少了：“先在这儿忍着吧，有合适的地方再搬吧！”这么一想，气全没有了，戴上大眼镜，拿起烟袋往书房里去了。

思想是生命里最贱的东西：想一回，觉着有点理；再想一回，觉得第一次所想的并不怎么高明；第三次再想——老实待着吧，越想越糊涂！于是以前所想的全算白饶！马先生的由“住旅馆去！”到“忍着吧！”便是这么一档子事；要不怎么他轻易不思想呢！

温都太太专等着马先生起来问她要早饭，她好抡圆了给他个钉子碰；头一次钉子碰得疼，管保他不再想碰第二次。她听见他起来了，约摸着他已经梳洗完，她嘴里哼唧着往楼上走。走到马先生的屋门外，门儿半开着，一点声儿没有。忽然听见马先生咳嗽了两声，她回头一看，书房的门也开着呢：马先生叼着烟袋在椅子上坐着呢。

“怪不得伊牧师说：中国人有些神魔鬼道儿的，”她心里说：“你不给他早饭吃，他更好，连问也不问！好！你就饿着！”

马先生一动也没动，吧嗒着烟袋，头上一圈一圈的冒着蓝烟。

伊牧师到十一点多钟才来，他没见温都太太，在街门口问马威：“你父亲呢？出去不出去？”马威跑到楼上去问父亲，马老先生摇了摇头，把头上绕着的蓝烟圈弄散开一些。马威跑下来告诉伊牧师：他父亲还没歇过来，不打算出去，于是他自己和伊牧师走下去了。

8

民族要是老了，人人生下来就是“出窝儿老”。出窝老是生下来便眼花耳聋痰喘咳嗽的！一国里要有这么四万万出窝老，这个老国便越来越老，直到老得爬也爬不动，便一声不出的呜呼哀哉了！

“我们的文明比你们的，先生，老得多呀！”到欧洲宣传中国文化的先生们撇着嘴对洋鬼子说：“再说四万万人民，大国！大国！”看这“老”字和“大”字用得多么有劲头儿！

“要是‘老的’便是‘好的’，为什么贵国老而不见得好呢？”不得人心的老鬼子笑着回答：“要是四万万人都是饭桶，再添四万万又有什么用呢？”

于是这些宣传中国文化的先生们，（凡是上西洋来念书的，都是以宣传中国文化为主，念鬼子书不过是那么一回事；鬼子书多么不好念！）听了这类的话，只好溜到中国人唯一的海外事业，中国饭馆，去吃顿叉烧肉，把肚子中的恶气往外挤一挤。

马则仁先生是一点不含糊的“老”民族里的一个“老”分子。由这两层“老”的关系，可以断定：他一辈子不但没用过他的脑子，就是他的眼睛也没有一回钉在一件东西上看三分钟的。为什么活着？为作官！怎么能作官？先请客运动呀！为什么要娶老婆？年岁到了吗！怎么娶？先找媒人呀！娶了老婆干吗还讨姨太太？一个不够吗！……这些东西满够老民族的人们享受一辈子的了。马老先生的志愿也自然止于此。

他到英国来，真像个摸不清的梦：作买卖他不懂；不但不懂，而且向来看不起作买卖的人。发财大道是作官；作买卖，拿着血汗挣钱，没出息！不高明！俗气！一点目的没有，一点计划没有，还叼着烟袋在书房里坐着。“已到了英国，”坐腻了，忽然这么想：“马威有机会念书，将来回去作官！……咱呢？吃太平饭吧！哈哈！……”除此以外，连把窗帘打开看看到底伦敦的胡同什么样子都没看；已经到了伦敦，干什么还看，这不是多此一举吗！不但没有看一看伦敦，北京什么样儿也有点记不清了，虽然才离开了四五十天的工夫。到底四牌楼南边有个饽饽铺没有？想不起来了！哎呀，北京的饽饽也吃不着了，这是怎话说的！这么一来，想家的心更重了，把别的事全忘了。咳！——北京的饽饽！

快一点钟了，马老先生的肚子微微响了几声；还勉强吸着烟，烟下去之后，肚子透着分外的空得慌。心里说：“看这样儿，是非吃点什么不可呀！”好几次要下楼去向房东说，总觉得还是不开口好。站起来走了几步，不行，越活动越饿。又坐下，从新装上一袋烟；没抽，把烟袋又放下了。又坐了半天，肚子不但响，也有点疼了。“下楼试试去！”站起来慢慢往楼下走。

“马先生，夜里睡得好吧？”温都太太带着点讥讽的意思问。

“很好！很好！”马先生回答：“温都太太，你好？姑娘出去了吧？”

温都寡妇哼儿哈儿的回答。马先生好几回话到嘴边——要吃饭——又吞回去了；而且问她的话越来越离“吃饭”远：“天气还是冷呀？啊！姑娘出去了？——呕，已经问过了，对不起！拿破仑呢？”

温都太太把拿破仑叫来，马老先生把它抱起来，拿破仑喜欢极了，直舐马先生的耳朵。

“小狗真聪明！”马先生开始夸奖拿破仑。

温都太太早已不耐烦了，可是一听老马称赞狗，登时拉不断扯不断的和他说起来。

“中国人也爱狗吗?”她问。

“爱狗！我妻子活着的时候，她养着三个哈吧狗，一只小兔，四只小东西在一块儿吃食，决不打架！”他回答。

“真有趣！有趣极了！”

他又告诉了她一些中国狗的故事，她越听越爱听。马先生是没事儿惯会和三姥姥五姨儿谈天的，所以他对温都太太满有话回答；妇女全是一样的，据他瞧；所不同的，是西洋妇女的鼻子比中国老娘儿们的高一点儿罢了。

说完了狗事，马先生还是不说他要吃饭。温都太太是无论怎么也想不到：他是饿了。英国人是事事讲法律的，履行条件，便完事大吉，不管别的。早饭他没吃，因为他起晚了，起晚了没早饭吃是当然的。午饭呢，租房的时候交待明白了，不管午饭。温都太太在条件上没有作午饭的责任，谁还管你饿不饿呢。

马先生看着没希望，爽得饿一回试试！把拿破仑放下，往楼上走。拿破仑好像很喜爱马先生，摇着尾巴追了上来。马先生又归了位坐下，拿破仑是东咬西抓跟他一个劲儿闹：一会儿藏在椅子背儿后面揪他的衣襟，一会儿绕到前面啃他的皮鞋。

“我说，见好儿就收，别过了火！”马先生对拿破仑说：“你吃饱了，在这儿乱蹦；不管别人肚子里有东西没有！……”

温都太太不放心拿破仑，上楼来看；走到书房门口，门是开着的，正听见马先生对拿破仑报委屈。

“呕！马先生，我不知道你要吃饭，我以为你出去吃饭呢！”

“没什么，还不十分——”

“你要吃，我可以给你弄点什么，一个先令一顿。”

“算我两个先令吧，多弄点！”

待了半天，温都太太给他端上来一壶茶，一盘子凉牛肉，几片面包，还有一点青菜。马先生一看东西都是凉的，（除了那壶茶。）皱了皱眉；可是真饿，不吃真不行。慢慢的把茶全喝了，凉牛肉只吃了一半，面包和青菜一点没剩。吃饱喝足又回到椅子上一坐，打了几个沉重的嗝儿，然后撅短了一根火柴当牙签，有滋有味的剔着牙缝。

拿破仑还在那里，斜着眼儿等着马先生和它闹着玩。马先生没心再逗它，它委委屈屈的在椅子旁边一卧。

温都太太进来收拾家伙；看见拿破仑，赶快放下东西，走过来跪在地毯上，把狗抱起来，问它和马先生干什么玩来着。

马先生从一进门到现在，始终没敢正眼看温都太太；君子人吗，那能随便看妇人呢。现在她的头发上的香味，他闻得真真的。心里未免一热，跟着一颤，简直不知怎么办才好。

温都夫人问他：北京一年开多少次“赛狗会”，中国法律上对于狗有什么保护，哈吧狗是由中国来的不是……

马先生对于“狗学”和“科学”一样的没有研究，只好敷衍她几句；反正找她爱听的说，不至于出错儿。一边说，一边放大了胆子看着她。她虽然已经差不多有三十七八岁了，可是脸上还不显得老。身上的衣裳穿得干净抹腻，更显得年青一些。

他由静而动的试着伸手去逗拿破仑。她不但不躲，反倒把狗往前送了一送；马先生的手差点儿没贴着她的胸脯儿。——他身上一哆嗦！忽然一阵明白，把椅子让给温都太太坐，自己搬过一只小凳儿来。两个人由狗学一直谈到作买卖，她似乎都有些经验。

“现在作买卖顶要紧的是广告。”她说。

“我卖古玩，广告似乎没用！”他回答。

“就是卖古玩，也非有广告不行！”

“可不是！”他很快的由辩论而承认，反倒吓了她一跳。她站起来说：

“把拿破仑留在这儿吧？”

他知道拿破仑是不可轻视的，连忙接过来。

她把家伙都收拾在托盘里，临走的时候对小狗说：

“好好的！不准淘气！”

她出去了，老马先生把狗放在地上，在卧椅上一躺又睡着了。

…………

马威到六点多钟才回来，累得脑筋涨起多高，白眼珠上横着几条血丝儿。伊牧师带他先上了伦敦故宫，（就手儿看伦敦桥。）圣保罗教堂和上下议院。伦敦不是一天能逛完的，也不是一天就能看懂的；伊牧师只带他逛了这三处，其余的博物院，美术馆，动物园什么的，等他慢慢的把伦敦走熟了再自己去。上圣保罗教堂的时候，伊牧师就手儿指给马威，他伯父的古玩铺就正在教堂左边的一个小巷儿里。

伊牧师的两条秫秸棍儿腿是真走得快，马威把腰躬起一点，还追不上；可是他到底不肯折脖子，拚命和伊牧师赛了半天的跑。

他刚进门，温都姑娘也回来了，走的很热，她脸更红得好看。他搭讪着要告诉她刚才看见的东西，可是她往厨房跑了去。

马威到楼上去看父亲，马老先生还叼着烟袋在书房里坐着。马威一一把看见的东西告诉了父亲，马老先生并没十分注意的听。直说到古玩铺，马老先生忽然想起个主意来：

“马威！明天咱们先上你伯父的坟，然后到铺子去看一眼，别忘了！”

铃儿响了，父子到饭厅去吃饭。

吃完饭，温都寡妇忙着刷洗家伙。马老先生又回到书房去吃烟。

马威一个人在客厅里坐着，温都姑娘忽然跑进来："看见我的皮夹儿没有？"

马威刚要答声，她又跑出去了，一边跑一边说："对了，在厨房里呢。"

马威站在客厅门口看着她，她从厨房把小皮夹找着，跑上来，慌着忙着把帽子扣上。

"出去吗？"他问。

"可不是，看电影去。"

马威从客厅的窗户往外看：她和一个男的，挨着肩膀一路说笑走下去了。

9

马老先生想起上坟，也就手儿想起哥哥来了；夜里梦见哥哥好几回，彼此都吊了几个眼泪。想起哥哥的好处来，心中稍有一点发愧：花过哥哥多少钱！哥哥的钱是容易挣得！不但净花哥哥的钱，那回哥哥寄来钱，还喝得醉猫儿似的，叫两个巡警把他搀回家去。拿哥哥的钱喝酒！还醉得人事不知！……可是又说回来了，过去的事反正是过去的了，还想它作什么？……现在呢，在伦敦当掌柜的，纵然没有作官那么荣耀，到底总得说八字儿不错，命星儿有起色！……对了，怎么没带本阴阳台历来呢！明天上坟是好日子不是呢？……信基督教的人什么也不怕，上帝的势力比别的神都大的多；太岁？不行！太岁还敢跟上帝比比劲头儿！……可是……种种问题，七个上来，八个下去，叫他一夜没能睡实在了。

第二天早晨，天还是阴的很沉，东风也挺凉。马老先生把驼绒紧身法兰绒汗衫，厚青呢衣裤，全穿上了。还怕出去着了凉，试着把小棉袄絮在汗衫上面，可是棉袄太肥，穿上系不上裤子。于是骂了鬼子衣裳一顿，又把棉袄脱下来了。……要不怎么说，东西文化不能调和呢！看，小棉袄和洋裤子就弄不到一块儿！……

吃过早饭，吧嗒了几袋烟，才张罗着出去。

马威领着父亲出了戈登胡同，穿过陶灵吞大院，一直往牛津街走。马威一边走，一边问父亲：是坐地道火车去，还是坐公众汽车去。坟地的地点，他昨天已经和伊牧师打听明白了。马老先生没有主意，只说了声："到街上再说吧。"

到了牛津街，街上的汽车东往的西来的，一串一串，你顶着我，我挤着你。大汽车中间夹着小汽车，小汽车后面紧钉着摩托自行车，好像走欢了的鸵鸟带着一群小鸵鸟。好像都要挤在一块儿碰个粉碎，也不是怎股劲儿没挤上；都像要把前面的车顶出多远去，打个毛跟头，也不怎么没顶上。车后面突突的冒着蓝烟，车轮磁拉磁拉的响，喇叭也有仆仆的，有的吧吧的乱叫。远处也是车，近处也是车，前后左右也全是车：全冒着烟，全磁拉磁拉的响，全仆仆吧吧的叫，把这条大街整个儿的作成一条"车海"。两旁便道上的人，男女老少全像丢了点东西似的，扯着脖子往前跑。往下看，只看见一把儿一把儿的腿，往上看只见一片脑袋一点一点的动；正像"车海"的波浪把两岸的沙石冲得一动一动的。

马老先生抬头看看天，阴得灰糊糊的；本想告诉马威不去了，又不好意思；呆了一会儿，看见街心站着一溜汽车："马威，这些车可以雇吗？"

"价钱可贵呢！"马威说。

"贵也得雇！"马老先生越看那些大公众汽车越眼晕。

"坐地道火车呢？"马威问。

"地道里我出不来气儿！"马先生想起到伦敦那天坐地道车的经验。

“咱们可别太费钱哪。”马威笑着说。

“你是怎么着？——不但雇车，还得告诉赶车的绕着走，找清静道儿走！我告诉你！晕！——”

马威无法，只得叫了辆汽车，并且嘱咐赶车的绕着走。

上了车，马老先生还不放心：不定那一时就碰个脑浆迸裂呀！低着声说：

“怎么没带本宪书来呢！这东西赶上‘点儿低’，非死不可呀！”

“带宪书干吗？”马威问。

“我跟我自己说呢，少搭碴儿！”马老先生斜着眼瞪了马威一眼。

赶车的真是挑着清静道儿走。一会儿向东，一会儿往西，绕过一片草地，又进了一个小胡同……走了四五十分钟，到了个空场儿。空场四围圈着一人来高的铁栅栏，栅栏里面绕着圈儿种着一行小树。草地上高高矮矮的都是石桩和石碑。伦敦真有点奇怪：热闹的地方是真热闹，清静的地方是真清静。

车顺着铁栏杆转，直转到一个小铁门才站住。父子下了车，马威打算把车打发了，马老先生非叫车等着不可。小铁门里边有间小红房子，孤孤零仃的在那群石桩子前面站着，山墙上的小烟筒曲曲弯弯的冒着一股烟儿。他们敲了敲那个小铁门，小红屋子的门开了一个缝儿。门缝儿越开越大，慢慢的一个又圆又胖的脸探出来了。两腮一凸一凹的大概是正嚼着东西。门又开大了一些，这个胖脸和脸以下的那些东西全露出来，把这些东西凑在一块儿，原来是个矮胖的小老太太。

老太太的脸上好像没长着什么玩艺儿，光是“光出溜的”一个软肉球。身上要是把胳臂腿儿去了，整个儿是个小圆辘轴。她一面用围裙擦着嘴，一面问他们找谁的坟墓。她走到他们跟前，他们才看出来：她的脸上确是五官俱全，而且两只小眼睛是笑眯眯的；说话的时候露出嘴里只有一个牙，因为没有什么陪衬，这一个牙看着又长又宽，颇有独霸一方的劲儿。

“我们找马先生的坟，一个中国人。”马威向老太太说。她已经擦完了嘴，用力把手往上凑，大概是要擦眼睛。

“我知道，记得！去年秋天死的！怪可怜的！”老太太又要往起撩围裙：“棺材上有三个花圈，记得！秋天——十月七号。头一个中国人埋在这里，头一个！可怜！”说着，老太太的眼泪在脸上横流；脸上肉太多，泪珠不容易一直流下来。“你们跟我来，我知道，记得！”老太太开始向前走，小短腿像刚孵出来的小鸭子的；走的时候，脸上的肉一哆嗦一哆嗦的动，好像冬天吃的鱼冻儿。

他们跟着老太太走，走了几箭远，她指着一个小石桩子说：“那里！”马家父子忙着过去，石桩上的姓名是个外国人的。他们刚要问她，她又说了：“不对！不对！还得走！我知道，记得！那里——头一个中国人！”

又走了一两箭远，马威眼快，看见左边一块小石碑，上面刻着中国字；他拉了马老先生一把，两个人一齐走过去。

“对了！就是那里！记得！知道！”老太太在后面用胖手指着他们已经找着的石碑说。

石碑不过有二尺来高，上面刻着马威伯父的名字，马唯仁，名字下面刻着生死年月。碑是用人造石作的，浅灰的地儿，灰紫色的花纹。石碑前面的花圈已经叫雨水冲得没有什么颜色了，上面的纸条已早被风刮去了。石碑前面的草地上，淡淡的开着几朵浅黄野花，花瓣儿上带着几点露水，好像泪珠儿。天上的黑云，地上的石碑和零散的花圈，都带出一股凄凉惨淡的气象；马老先生心中一阵难过，不由的落下泪来；马威虽然没有看见过他的伯父，眼圈儿也红了。

马老先生没管马威和那个老太太，跪在石碑前头恭恭敬敬的磕了三个头，低声的说：“哥哥！保佑你兄弟发财，把你的灵运回中国去吧！”说到这里，他不觉的哭得失了声。

马威在父亲背后向石碑行了三鞠躬礼。老太太已经走过来，哭得满脸是水，小短胳臂连围裙都撩不起来了，只好用手在脸上横来竖去的抹。

哭着哭着，她说了话：“要鲜花不要？我有！”

“多少钱？”马威问。

“拿来！”马老先生在那里跪着说。

“是，我拿去，拿去。”老太太说完，撩着裙子，意思是要快跑，可是腿腕始终没有一点弯的趋向，干跺着脚，前仰后合的走了。去了老大半天才慢慢的扭回来，连脖子带脸全红得像她那间小红房子的砖一样。一手撩着裙子，一手拿着一把儿杏黄的郁金香。

“先生，花儿来了。真新鲜！知道——”说着，哆哩哆嗦的把花交给马老先生。他捡起一个花圈来，从新把铁条紧了一紧，把花儿都插上；插好了，把花圈放在石碑前面；然后退了两步，端详了一番，眼泪又落下来了。

他哭了，老太太也又哭了。“钱呢！”她正哭得高兴，忽然把手伸出来：“钱呢！”

马老先生没言语，掏出一张十个先令的票子递给她了。

她看了看钱票，抬起头来细细的看了看马老先生：“谢谢！谢谢！头一个中国人埋在这里。谢谢！我知道。谢谢！盼着多死几个中国人，都埋在这里！”这末两句话本来是她对自己说的，可是马家父子听得真真的。

太阳忽然从一块破云彩射出一条光来，正把他们的影子遮在石碑上，把那点地方——埋着人的那点地方——弄得特别的惨淡。马老先生叹了一口气，擦了擦眼泪，回头看了看马威：“马威，咱们走吧！”

爷儿俩慢慢的往外走，老太太在后面跟着跑，问他们还要花儿不要，她还有别样的。马威看了她一眼，马老先生摇了摇头。两个人走到小铁门，已经把老太太落下老远，可是还听得见她说：“头一个中国人……”

父子又上了车。马老先生闭着眼睛想：怎么把哥哥的灵运回去。又想到哥哥不到六十岁就死了，自己呢，现在已奔着五十走啦！生命就是个梦呀！有什么意思！——梦！

马威也还没把坟地上那点印象忘了，斜靠着车角，两眼直瞪着驶车的宽脊梁背儿。心里想：伯父，英雄！到国外来作事业！英雄！自然卖古玩算不了什么大事业，可是，挣外国的钱，——总算可以！父亲是没用的，他看了马老先生一眼，不是作官，便是弄盅酒充穷酸。作官，名士，该死！真本事是——拿真知识挣公道钱！

10

马家的小古玩铺是在圣保罗教堂左边一个小斜胡同儿里。站在铺子外边，可以看见教堂塔尖的一部分，好像一牙儿西瓜。铺子是一间门面，左边有个小门，门的右边是通上到下的琉璃窗户。窗子里摆着些磁器，铜器，旧扇面，小佛像，和些个零七八碎儿的。窗子右边还有个小门，是楼上那家修理汗伞、箱子的出入口儿。铺子左边是一连气三个小铺子，紧靠马家的铺子也是个卖古玩的。铺子右边是个大衣庄存货的地方，门前放着两辆马车，人们出来进去的往车上搬货。铺子的对面，没有什么，只有一溜山墙。

马家父子正在铺子外面左右前后的端详，李子荣从铺子里出来了。他笑着向他们说：

“马先生吧？请进来。”

马老先生看了看李子荣：脸上还没有什么下不去的地方，只是笑容太过火。再说，李子荣只穿着件汗衫，袖子卷过胳臂肘儿，手上好些铜锈和灰土，因为他正刷洗整理货物架子。马老先生心里不由的给他下了两个字的批语："俗气！"

"李先生吧？"马威赶紧过来要拉李子荣的手。

"别拉手，我手上有泥！"李子荣忙着向裤袋里找手巾，没有找着，只好叫马威拉了拉他的手腕。腕子是又粗又有力气，筋是筋骨是骨的好看。马威亲热的拉着这个滚热的手腕，他算是头一眼就爱上李子荣了。汗衫，挽袖子，一手泥，粗手腕，是个干将！不真干还能和外国人竞争吗！

从外国人眼里看起来，李子荣比马威多带着一点中国味儿。外国人心中的中国人是：矮身量，带辫子，扁脸，肿颧骨，没鼻子，眼睛是一寸来长的两道缝儿，撇着嘴，唇上挂着迎风而动的小胡子，两条哈吧狗腿，一走一扭。这还不过是从表面上看，至于中国人的阴险诡诈，袖子里揣着毒蛇，耳朵眼里放着砒霜，出气是绿气泡，一挤眼便叫人一命呜呼，更是叫外国男女老少从心里打哆嗦的。

李子荣的脸差不多正合"扁而肿"的格式。若是他身量高一点，外国人也许高抬他一下，叫他声日本人；（凡是黄脸而稍微有点好处的便是日本人。）不幸，他只有五尺来高，而且两条短腿确乎是罗圈着一点。头上的黑发又粗又多，因脑门儿的扁窄和头发的蓬松，差不多眉毛以上，头发以下，没有多大的空地方了。眼睛鼻子和嘴全不难看，可惜颧骨太平了一些。他的体格可是真好，腰板又宽又直，脖子挺粗，又加着腿有点弯儿，站在那里老像座小过山炮似的。

李子荣算把外国人弄糊涂了：你说他是日本人吧，他的脸真不能说是体面。（日本人都是体面的！）说他是中国人吧，他的黄脸确是洗得晶光；中国人可有舍得钱买胰子洗脸的？再说，看他的腰板多直；中国人向来是哈着腰挨打的货，直着腰板，多么于理不合！虽然他的腿弯着一点，可是走起路来，一点不含忽，真咯噔呼噔的招呼；不但不扭，并且走得飞快，……外国老爷们真弄不清了，到底这个家伙是那种下等人类的产物呢？“啊！”李子荣的房东太太想出来了：“这个家伙是中日合种，”她背地里跟人家说：“决不是真正中国人；日本人？他那配！”

马威和李子荣还没松手，马老先生早挺着腰板儿进了门。李子荣慌忙跑进来，把地上的东西都收拾起来，然后让马老先生到柜房里坐。小铺子是两间的进身，一间是作生意的，一间作柜房。柜房很小，靠后山墙放着个保险箱，箱子前面只有放三四把椅子和一张桌子的地方。保险箱旁边放着个小茶几，上面是电话机和电话簿子。屋子里有些潮气味儿，加上一股酸溜溜的擦铜油儿，颇有点像北京的小洋货店的味儿。

“李伙计，”马老先生想了半天，才想起“伙计”这么两个字：“先沏壶茶来。”

李子荣抓了抓头上乱蓬蓬的黑头发，瞧了老马一眼，然后笑着对马威说：

“这里没茶壶茶碗，老先生一定要喝茶呢，只好到外边去买；你有钱没有？”

马威刚要掏钱，马老先生沉着脸对李子荣说：

“伙计！”这回把“李”字也省下了：“难道掌柜的喝碗茶，还得自己掏腰包吗！再说，架子上有的是茶壶茶碗，你楞说没有？”马老先生拉过张椅子来，在小茶几前面坐下；把脊梁往后一仰的时候，差点儿没把电话机碰倒了。

李子荣慢慢的把汗衫袖子放下来，转过身来看着马老先生说：

“马先生，在你哥哥活着的时候，我就在这里帮过一年多的忙；他死的时候，把买卖托付给我照应着；我不能不照着买卖作！喝茶是个人的事，不能由公账上开销。这里不同中国，公账是由律师签字，然后政府好收税，咱们不能随意开支乱用。至于架子上的茶壶茶碗是为卖的，不是为咱们用的。”他又回过身来对马威说：“你们大概明白我的意思？也许你们看我太不客气；可是咱们现在是在英国，英国的办法是人情是人情，买卖是买卖，咱们也非照着这么走不可。”

“对！”马威低声说，没敢看他父亲。

“够了！够了！不喝啦，不喝行不行！”老马先生低着头说，好像有点怕李子荣的样儿。

李子荣没言语，到外间屋把保险箱的钥匙拿进来，开开箱子，拿出几本账簿和文书，都放在马老先生眼前的一把椅子上。

“马先生，这是咱们的账本子什么的，请过过眼，你看完了，我还有话说。”

“干什么呀？反正是那么一回事，我还能疑心你不诚实吗？”马老先生说。

李子荣笑了。

“马老先生，你大概没作过买卖——”

“作买卖？哼——”马老先生插嘴说。

“——好，作过买卖也罢，没作过也罢，还是那句话：公事公办。这是一种手续，提不到疑心不疑心。”李子荣笑也不好，不笑也不好的直为难。明知道中国人的脾气是讲客气，套人情的；又明知道英国人是直说直办，除了办外交，没有转磨绕圈作文章的。进退两难，把他闹得直不知道怎么办才好。只好抓了抓头发，而且把脑门子上的那缕长的，卷，卷，卷成个小圈儿。

马威没等父亲说话，笑着对李子荣说：

“父亲刚由伯父坟地回来，心里还不大消停，等明天再看账吧。”

马老先生点了点头，心里说：“到底还是儿子护着爸爸，这个李小子有点成心挤兑我!”

李子荣看了看老马，看了看小马，噗哧一笑，把账本子什么的又全收回去。把东西搁好，又在保险箱的深处轻轻的摸；摸了半天，掏出一个藕荷色的小锦匣儿来。马老先生看着李子荣，直要笑，心里说：“这小子变戏法儿玩呢！还有完哪!”

李子荣把小锦匣递给马威。马威看了看父亲，然后慢慢的把小匣打开，里面满塞着细白棉花；把棉花揭开，当中放着一个钻石戒指。

马威把戒指放在手心上细细的看，是件女人的首饰：一个拧着麻花的细金箍，背儿上稍微宽出一点来，镶着一粒钻石，一闪一闪的放着光。

“这是你伯父给你的纪念物。”李子荣把保险箱锁好，对马威说。

“给我瞧瞧!”马老先生说。

马威赶紧把戒指递过去。马老先生要在李子荣面前显一手儿：翻过来掉过去的看，看了外面，又探着头，半闭着眼睛看戒指里面刻着的字。又用手指头抹上点唾沫在钻石上擦了几下。

“钻石，不错，女戒指。”马先生点头咂嘴的说，说着顺手把戒指搁在自己的衣兜里啦。

李子荣刚要张嘴，马威看了他一眼，他把话又吞回去了。

待了一会儿，李子荣把保险箱的钥匙和一串小钥匙托在手掌上，递给马老先生。

“这是铺子的钥匙，你收着吧，马先生!”

“你拿着就结了，喽!”马先生的手还在兜儿里摸着那个戒指。

“马老先生，咱们该把事情说明白了，你还用我不用?”李子荣问，手掌上还托着那些钥匙。

马威向父亲点了点头。

“我叫你拿着钥匙，还能不用你!”

“好！谢谢！你哥哥活着的时候，我是早十点来，下午四点走，一个礼拜他给我两镑钱；我的事情是招待客人，整理货物。他病了的时候，我还是早十点来，可是下午六点才能走；他给我三镑钱一个礼拜。现在呢，请告诉我：工钱，事情，和作事的时间。我愿意只作半天工，工钱少一点倒不要紧；因为我总得匀出点工夫去念书。”

“啊，你还念书？”马先生真没想到李子荣是个念书的。心里说：“这份儿俗气，还会念书，瞧不透！中国念书的人不这样！”

“我本来是个学生。”李子荣说：“你——”

“马威！——”马老先生没主意，看着马威，眼睛里似乎是说：“你给出个主意！”

“我看，我和李先生谈一谈，然后再定规一切，好不好？”马威说。

“就这么办吧！”马老先生站起来了，屋里挺凉，磕膝盖儿有点发僵。“你先把我送回家去，你再回来和李伙计谈一谈，就手儿看看账；其实看不看并不要紧。”他说着慢慢往外走，走到外间屋的货架子前面又站住了。看了半天，回头向李子荣说：

“李伙计，把那个小白茶壶给我拿下来。”

李子荣把壶轻轻的拿下来，递给马老先生。马老先生掏出手绢来，把茶壶包好，交给马威提着。

“等着我，咱们一块儿吃饭，回头见！”马威向李子荣说。

11

父子两个出了古玩铺。走了几步，马老先生站住了，从新细看看铺子的外面。这一回才看见窗子上边横着条长匾，黑地金字，外面罩着层玻璃。“俗气！”他摇着头儿说。说完了，又欠着脚儿，看楼上的牌匾；然后又转过身来，看对面的山墙。“烟筒正对着咱们的窗口，风水不见强！”

马威没管他父亲说什么，仰着头儿看圣保罗堂的塔尖，越看越觉得好看。

“父亲，赶明儿个你上这儿来作礼拜倒不错。”马威说。

“教堂是不坏，可是塔尖把风水都夺去了，咱们受不了哇！”马老先生似乎把基督教全忘了，一个劲儿抱怨风水不强。

出了小胡同口儿，马先生还连连的摇头，抱怨风水不好。马威看见一辆公众汽车是往牛津街去的，圣保罗堂的外边正好是停车的地方，他没问父亲坐不坐，拉着老头儿就往车上跳；马老先生还迷迷糊糊的不知道是怎么回事，车已经开了。马威买了票，跟父亲说：

“别叫李子荣‘伙计’呀。你看，这车上的人买张票还对卖票的说‘谢谢’呢。他在铺子里又真有用，你叫他‘伙计’，不是叫他不好受吗！况且——”

“你说该叫他什么？我是掌柜的，难道掌柜的管伙计叫老爷？”马老先生说着伸手把马威拿着的小茶壶拿过来，掀开手巾，细细看壶底上的篆字。老先生对于篆字本来有限，加上汽车左右乱摇，越发的看不清楚；心里骂马威，不该一声儿不出便上了汽车。

“叫他声李先生，也不失咱们的身分哪！”马威把眉毛皱在一处，可是没有和父亲拌嘴的意思。

汽车正从一个铁桥底下过，桥上面的火车唧咚咕咚的把耳朵震得什么也听不见了；马威的话，自然老马先生一点没听见。汽车忽然往左边一闪，马老先生往前一出溜，差点没把小茶壶撒了手；嘴里嘟囔着骂了几句，好在汽车的声音真乱，马威也没听见。

“你到底愿意用他不愿意呢？”马威乘着汽车站住的工夫问他父亲。

“怎么不用他呢！他会作买卖，我不会！”马老先生的脸蛋红了一块，把脚伸出去一点，好像如果马威再问，他就往车下跳啦。脚伸出去太猛，差点没踩着对面坐着的老太太的小脚尖，于是赶快把腿收回来，同时把跳车的心也取消了。

马威知道问也无益，反正是这么一回事："你还用他不用？"——"怎么不用呀！""何不叫他声先生呢？"——"我是掌柜的，我叫他先生，他该管我叫什么！"算了吧，不必问了！他回过头去，留神看街上的牌子，怕走过了站；卖票的虽然到一站喊一站的地名，可是卖票人的英文字的拼法不是马威一天半天能明白的。

到了牛津街，父子下了车，马威领着父亲往家走。走不远，马老先生就站住一会儿，喘口气，又拿起小茶壶来看一看。有时候忽然站住了，后头走道的人们，全赶紧往左右躲；不然，非都撞上，跌成一堆不止。马先生不管别人，那时高兴便那时站住；马威也无法，只好随着父亲背后慢慢轧着步儿走。爷儿俩好像鱼盆里的泥鳅，忽然一动，忽然一静，都叫盆里的鱼儿乱腾一回。好容易到了家了，马老先生站在门外，用袖口儿把小茶壶擦了一个过儿。然后一手捧着茶壶，一手拿钥匙开门。

温都太太早已吃过午饭，正在客厅里歇着。看见他们回来，一声也没言语。

马老先生进了街门，便叫："温都太太！"

"进来，马先生。"她在屋里说。

马老先生进去了，马威也跟进去。拿破仑正睡午觉，听见他们进来，没睁眼睛，只从鼻子里哼哼了两声。

"温都太太，瞧！"马老先生把小茶壶举起多高，满脸堆着笑，说话的声音也嫩了许多，好像颇有返老还童的希望。

温都太太刚吃完了饭，困眼巴唧的，鼻子上的粉也谢了，露着小红鼻子尖儿，像个半熟的山里红；可是据马老先生看，这个小红鼻子尖有说不出的美。她刚要往起站，马老先生已经把小茶壶送到她的眼前。他还记得那天逗拿破仑玩的时候，她的头发差点没挨着他的衣裳；现在他所以的放大了胆子往前巴结：爱情是得进一步便进一步的事儿；老不往前迈步，便永远没有接上吻的希望；不接吻还讲什么爱情！马老先生是凡事退步，只有对妇女，他是主张进取的，而且进取的手段也不坏；在这一点，我们不能不说马则仁先生有一点天才。

温都寡妇欠着身把小壶儿接过去，歪着头儿细细的看；马老先生也陪着看，脸上笑得像个小红气球儿。

“多么好看！真好！中国磁，是不是？”温都太太指着壶上的红鸡冠子花和两只小芦花鸡说。

马老先生听她夸奖中国磁，心里喜欢的都痒痒了。

“温都太太，我给你拿来的！”

“给我？真的？马先生？”她的两只小眼睛都睁圆了，薄片嘴也成了个大写的“O”，索子骨底下露着的那点胸脯也红了一点。“这个小壶得值好几镑钱吧？”

“不算什么，”马老先生指着茶儿上的小瓶儿说：“我知道你爱中国磁，那个小瓶儿就是中国的，是不是？”

“你真有眼力，真细心！那只小瓶是我由一个兵手里买的。拿破仑，还不起来谢谢马先生！”她说着把拿破仑抱起来，用手按着狗头向马先生点了两点；拿破仑是真困，始终没睁眼。叫拿破仑谢完了马先生，她还是觉得不好意思白收下那个小壶，转了转眼珠儿，又说：“马先生，咱们对换好不好？我真爱这个小壶儿，我要你的壶，你拿我的瓶去卖——大概那个小瓶也值些个钱，我花——多少钱买的呢？你看，我可忘了！”

“对换？别捣麻烦啦！”马老先生笑着说。

马威站在窗前，眼睛钉着他父亲，心里想：他也许把那个戒指给她呢。马老先生确是在兜儿里摸了摸，可是没有把戒指拿出来。

“马先生，告诉我，这个小壶到底值多少钱？人家问我的时候，我好说呀！”温都太太把壶抱在胸口前面，好像小姑娘抱着新买的小布人一样。

“值多少钱？”马老先生往上推了推大眼镜，回过头去问马威：“你说值多少钱？”

“我那知道呢！”马威说：“看看壶盖里面号着价码没有。”

“对，来，咱看上一看。”马老先生把这几个字说得真像音乐一般的有腔有调。

“不，等我看！”温都太太逞着能说，然后轻轻把壶盖拿下来：“喝！五镑十个先令！五镑十个先令！”

马老先生把头歪着挤过去看：“可不是，合多少中国钱？六十来块！冤人的事，六十来块买个茶壶！在东安市场花一块二毛钱买把，准比这个大！”

马威越听越觉得不入耳，抓起帽子来说：“父亲，我得去找李子荣，他还等着我吃饭呢。”

“对了，马先生，你还没吃饭哪吧？”温都寡妇问：“我还有块凉牛肉，很好，你吃不吃？”

马威已经走出了街口，隔着窗帘的缝儿看见父亲的嘴一动一动的还和她说话。

12

马威又回到古玩铺去找李子荣。

“李先生，对不起！你饿坏了吧？上那儿去吃饭？”马威问。

“叫我老李，别先生先生的！”李子荣笑着说。他已经把货架子的一部分收拾干净了，也洗了脸，黄脸蛋上光润了许多。“出了这个胡同就是个小饭馆，好歹吃点东西算了。”说完他把铺子锁好，带着马威去吃饭。

小饭铺正斜对着圣保罗教堂，隔着窗子把教堂的前脸和外边的石像看得真真的。一群老太太，小孩子，都拿着些个干粮，面包什么的，围着石像喂鸽子。

“你吃什么？”李子荣问：“我天天就是一碗茶，两块面包，和一块甜点心。这是伦敦最下等的饭铺子，真想吃好的，这里也没有；好在我也吃不起好的。”

“你要什么，就给我要什么吧。”马威想不出主意来。

李子荣照例要的是茶和面包，可是给马威另要了一根炸肠儿。

小饭铺的桌子都是石头面儿，铁腿儿，桌面擦得晶光，怪爱人儿的。四面墙上都安着大镜子，把屋子里照得光明痛快，也特别显着人多火炽。点心和面包什么的，都在一进门的玻璃窗子里摆着，东西好吃不好吃先放在一边，反正看着漂亮干净。跑堂的都是姑娘，并且是很好看的姑娘：一个个穿着小短裙子，头上箍着带褶儿的小白包头，穿梭似的来回端茶拿菜；脸蛋儿都是红扑扑的，和玻璃罩儿里的红苹果一样鲜润。吃饭的人差不多都是附近铺子里的，人人手里拿着张晚报，（伦敦的晚报是早晨九点多钟就下街的。）专看赛马赛狗的新闻。屋里只听得见姑娘们沙沙的来回跑，和刀叉的声音，差不多没有说话的；英国人自要有报看，是什么也不想说的。马威再细看人们吃的东西，大概都是一碗茶，面包黄油，很少有吃菜的。

“这算最下等的饭铺？”马威问。

“不像啊？”李子荣低声的说。

“真干净！”马威嘴里说，心里回想北京的二荤铺，大碗居的那些长条桌子上的黑泥。

“唉，英国人摆饭的时间比吃饭的时间长，稍微体面一点的人就宁可少吃一口，不能不把吃饭的地方弄干净了！咱们中国人是真吃，不管吃的地方好歹。结果是：在干净地方少吃一口饭的身体倒强，在脏地方吃熏鸡烧鸭子的倒越吃越瘦……”

他还没说完，一个姑娘把他们的吃食拿来了。他们一面吃，一面低声的说话。

“老李，父亲早上说话有点儿——”马威很真诚的说。

“没关系！”李子荣没等马威说完，就接过来了：“老人们可不都是那样吗！”

“你还愿意帮助我父亲？”

“你们没我不行，我呢，非挣钱不可！放心吧，咱们散不了伙！”李子荣不知不觉的笑的声音大了一点，对面吃饭的老头子们一齐狠狠的瞪他一眼，他连忙低下头去嚼了一口面包。

“你还念书？”

“不念书还行吗！”李子荣说着又要笑，他总觉得他的话说得俏皮可笑，还是不管别人笑不笑，他自己总先笑出来：“我说，快吃，回铺子去说。话多着呢，这里说着不痛快，老头子们净瞪我！”

两个人忙着把东西吃完了，茶也喝净了，李子荣立起来和小姑娘要账单儿。他把账单儿接过来，指着马威对她说：“你看他体面不体面？他已经告诉我了，你长的真好看！”

“去你的吧！”小姑娘笑着对李子荣说，然后看了马威一眼，好像很高兴有人夸她长的美。

马威也向她笑了一笑，看李子荣和她说话的神气，大概是李子荣天天上这里吃饭来，所以很熟。李子荣掏出两个铜子，轻轻的放在盘子底下，作为小账。李子荣给了饭钱，告诉马威该出十个便士；马威登时还了他。

“英国办法，彼此不客气。”李子荣接过钱来笑着对马威说。

两个人回到铺子，好在没有照顾主儿，李子荣的嘴像开了闸一样，长江大河的说下去：

“我说，先告诉你一件事：喝茶的时候别带响儿！刚才你喝茶的时候，没看见对面坐着的老头儿直瞪你吗！英国人擤鼻子的时候是有多大力量用多大力量，可是喝东西的时候不准出声儿；风俗吗，没有对不对的理由；你不照着人家那么办，便是野蛮；况且他们本来就看不起我们中国人！当着人别抓脑袋，别剔指甲，别打嗝儿；喝！规矩多啦！有些留学的名士满不管这一套，可是外国人本来就看不起我们，何必再非讨人家的厌烦不可呢！我本来也不注意这些事，有一回可真碰了钉子啦！是这么回事：有一回跟一个朋友到人家里去吃饭，我是吃饱了气足，仰着脖儿来了个深长的嗝儿；喝！可坏了！旁边站着的一位姑娘，登时把脸子一撂，扭过头去跟我的朋友说：‘不懂得规矩礼道的人，顶好不出来交际！’请吃饭的人呢是在中国传过教的老牧师，登时得着机会，对那位姑娘说：‘要不咱们怎得到东方去传教呢，连吃饭喝茶的规矩都等着咱们教给他们呢！’我怎么办？在那里吧，真僵的慌；走吧，又觉得不好意思，好难过啦！其实打个嗝儿算得了什么，他们可是真拿你当野蛮人对待呢！老马，留点神吧！你不怪我告诉你？”

“不！”马威坐下说。

李子荣也坐下了，跟着说：“好，我该告诉你，我的历史啦！我原是出来留学的，山东官费留学生。先到了美国，住了三年，得了个商业学士。得了学位就上欧洲来了，先上了法国；到了巴黎可就坏了，国内打起仗来，官费简直的算无望了。我是个穷小子，跟家里要钱算是办不到的事。于是我东胡搂西抓弄，弄了几个钱上英国来了。我准知道英国生活程度比法国高，可是我也准知道在英国找事，工钱也高；再说英国是个商业国，多少可以学点什么。还有一层，不瞒你说！巴黎的妇女我真惹不起；这里，在伦敦，除非妓女没有人看得起中国人，倒可以少受一点试探。”说到这里，李子荣又乐起来了；而且横三竖四的抓了抓头发。

“老李，你不是说，别当着人抓脑袋吗？”马威故意和他开玩笑。

“可是你不是外国人哪！当着外国人决不干！说到那儿啦——对，到了伦敦，官费还是不来，我可真抓了瞎啦！在东伦敦住了一个来月，除了几本书和身上的衣裳，简直成了光屁股狗啦！一来二去，巡警局给我找了去啦，叫我给中国工人当翻译。中国工人的英国话有限，巡警是动不动就察验他们，（多么好的中国人也是一脑门子官司，要不怎么说别投生个中国人呢！）我替他们来回作翻译；我的广东话本来有限，可是还能对付，反正我比英国巡警强。我要是不怕饿死，我决不作这个事；可是人到快饿死的时候是不想死的！看着这群老同乡叫英国巡警耍笑！咳，无法！饿，没法子！我和咱们这群同乡一样没法子！作这个事情，一个月不过能得个三四镑钱，那够花的；后来又慢慢的弄些个广告什么的翻成中国文，这笔买卖倒不错：能到中国卖货的，自然不是小买卖，一篇广告翻完了，总挣个一镑两镑的。这两笔钱凑在一处，对付着够吃面包的了，可还是没钱去念书。可巧你伯父要找个伙计，得懂得作买卖，会说英国话；我一去见他，事情就成了功。你想，留学的老爷们谁肯一礼拜挣两镑钱作碎催；可是两镑钱到我手里，我好像登了天堂一样。行了，可以念书了！白天作翻译，作买卖，晚上到大学去听讲。你看怎样？老马！”

“不容易，老李你行！”马威说。

“不容易？天下没有容易的事！”李子荣咚的一声站起来，颇有点自傲的神气。

“在伦敦一个人至少要花多少钱？论月说吧。”马威问。

“至少二十镑钱一个月，我是个例外！我在这儿这么些日子了，一顿中国饭还没吃过；不是我吃不起一顿，是怕一吃开了头儿，就非常吃不可！”

“这儿有中国饭馆吗？”

“有！作饭，洗衣裳，中国人在海外的两大事业！”李子荣又坐下了：“日本人所到的地方，就有日本窑子；中国人所到的地方，就有小饭铺和洗衣裳房。中国人和日本人不同的地方，是日本人除了窑子以外，还有轮船公司，银行，和别的大买卖。中国人除了作饭，洗衣裳，没有别的事业。要不然怎么人家日本人老挺着胸脯子，我们老不敢伸腰呢！欧美人对日本人和对中国人一样的看不起；可是，对日本人于藐视之中含着点‘怕’，‘佩服’的劲儿。对中国人就完全不搁在眼里了。对日本人是背后叫 Jap，当面总是奉承；对中国人是当着面儿骂，满不客气！别提啦，咱们自己不争气，别怨人家！问我点别的事好不好？别提这个了，真把谁气死！”

“该告诉我点关于这个铺子的事啦。”

“好，你听着。你的伯父真是把手，真能干！他不专靠着卖古玩，古玩又不是面包，那能天天有买卖；他也买卖股票，替广东一带商人买办货物什么的。这个古玩铺一年作好了不过赚上，除了一切开销，二百来镑钱；他给你们留下了二千来镑钱，都是他作别的事情赚下的。你们现在有这点钱，顶好把这个生意扩充一下，好好的干一下，还许有希望；要是还守着这点事情作，连你们爷俩的花销恐怕也赚不出来；等把那二千来镑钱都零花出来，事情可就不好办了。老马，你得劝你父亲立刻打主意：扩充这个买卖，或是另开个别的小买卖。据我看呢，还是往大了弄这个买卖好，因为古玩是没有定价的，凑巧了一样东西就赚个几百镑；自然这全凭咱们的能力本事。开别的买卖简直的不容易，你看街上的小铺子，什么卖烟的，卖酒的，全是几家大公司的小分号，他们的资本是成千累万的，咱们打算用千十来镑钱跟他们竞争，不是白饶吗！”

“父亲不是个作买卖的人，很难说话！”马威的眉毛又皱在一块，脸上好像也白了一点。

“老人家是个官迷，糟！糟！中国人不把官迷打破，永不会有出息！”李子荣楞了一会儿，又说：“好在这里有咱们两个呢，咱们非逼着他干不可！不然，铺子一赔钱，你们的将来，实在有点危险呢！我说，你打算干什么呢？”

“我？念书啊！”

“念什么？又是翻译篇《庄子》骗个学位呀？”李子荣笑着说。

“我打算学商业，你看怎么样？”

“学商业，好哇！你先去补习英文，把英文弄好，去学商业，我看这个主意不错。”

两个人又说了半天，马威越看李子荣越可爱，李子荣是越说越上精神。两个人一直说到四点多钟才散。马威临走的时候，李子荣告诉他：明天早晨他同他们父子到巡警局去报到：

“律师，医生，是英国人离不开身的两件宝贝。可是咱们别用他们才好。我告诉你：别犯法，别生病，在英国最要紧的两件事！”李子荣拉不断扯不断的和马威说，“我说，从明天起，咱们见面就说英国话，非练习不可。有许多留学生最讨厌说外国话，好在你我是‘下等’留学生，不用和老爷们学，对不对？”

两个人站在铺子外面又说了半天的话。说话的时候，隔壁那家古玩铺的掌柜的出来了，李子荣赶紧的给马威介绍了一下。

马威抬头看着圣保罗堂的塔尖，李子荣还没等他问，又把他拉回去，给他说这个教堂的历史。

“我可该回去啦！”马威把圣保罗堂的历史听完，又往外走。

李子荣又跟出来，他好像是鲁滨孙遇见礼拜五那么亲热。

“老马，问你一件事：你那个戒指，父亲给了你没有？”

“他还拿着呢！”马威低声儿说。

“跟他要过来，那是你伯父给你的；谁的东西是谁的！”

马威点了点头，慢慢的往街上走。圣保罗教堂的钟正打五点。

第三段

1

春天随着落花走了，夏天披着一身的绿叶儿在暖风儿里跳动着来了。伦敦也居然有了响晴的蓝天，戴着草帽的美国人一车一车的在街上跑，大概其的看看伦敦到底什么样儿。街上高杨树的叶子在阳光底下一动一动的放着一层绿光，楼上的蓝天四围挂着一层似雾非雾的白气；这层绿光和白气叫人觉着心里非常的痛快，可是有一点发燥。顶可怜的是大“牛狗”，把全身的力量似乎都放在舌头上，喘吁吁的跟着姑娘们腿底下跑。街上的车更多了，旅行的人们都是四五十个坐着一辆大汽车，戴着各色的小纸帽子，狼嚎鬼叫的飞跑，简直的要把伦敦挤破了似的。车站上，大街上，汽车上，全花红柳绿的贴着避暑的广告。街上的人除了左右前后的躲车马，都好像心里盘算着怎样到海岸或乡下去歇几天。姑娘们更显着漂亮了，一个个的把白胳臂露在外面，头上戴着压肩的大草帽，帽沿上插着无奇不有的玩艺儿，什么老中国绣花荷包咧，什么日本的小磁娃娃咧，什么鸵鸟翎儿咧，什么大朵的鲜蜀菊花咧，……坐在公众汽车的顶上往下看，街两旁好像走着无数的大花蘑菇。

每逢马威看到这种热闹的光景，他的大眼睛里总含着两颗热泪，他自言自语的说："看看人家！挣钱，享受！快乐，希望！看看咱们，省吃俭用的苦耐——省下两个铜子还叫兵大爷抢了去！哼！……"

温都姑娘从五月里就盘算着到海岸上去歇夏，每天晚上和母亲讨论，可是始终没有决定。母亲打算到苏格兰去看亲戚，女儿嫌车费太贵，不如到近处海岸多住几天。母亲改了主意要和女儿到海岸去，女儿又觉着上苏格兰去的锋头比上海岸去的高的多。母亲刚要给在苏格兰的亲戚写信，女儿又想起来了：海岸上比苏格兰热闹的多。本来姑娘们的歇夏并不为是歇着，是为找个人多的地方欢蹦乱跳的闹几天：露露新衣裳，显显自己的白胳臂；自然是在海岸上还能露露白腿。于是母亲一句，女儿一句，本着英国人的独立精神，一人一个主意，谁也不肯让谁，越商量双方的意见越离的远。

有一天温都太太说了：

"玛力！咱们不能一块儿去；咱们都走了，谁给马先生作饭呢！"（玛力是温都姑娘的名字。）

"叫他们也去歇夏呀！"温都姑娘说，脸上的笑涡一动一动的像个小淘气儿。

"我问过马老先生了，他不歇工！"温都太太把"不"字说得特别有力，小鼻子尖儿往上指着，好像要把棚顶上倒落着的那个苍蝇哄跑似的——棚顶上恰巧有个苍蝇。

"什么？什么？"玛力把眼睛睁得连眼毛全一根一根的立起来了："不歇夏？没听说过！"——英国人真是没听说过，世界上会有终年干活，不歇工的！待了一会儿，她噗哧一笑，说："那个小马对我说了，他要和我一块儿上海岸去玩。我告诉了他，我不愿和中——国——人——一块儿去！跟着他去，笑话！"

"玛力！你不应当那么顶撞人家！说真的，他们父子也没有什么多大不好的地方！”

温都太太虽然不喜欢中国人，可是天生来的有点愿意和别人嚼争理儿；别人要说玫瑰是红的最香，她非说白的香得要命不可；至不济也是粉玫瑰顶香；其实她早知道粉玫瑰不如红的香。

“得啦，妈！”玛力把脑袋一歪，撇着红嘴唇说：“我知道，你爱上那个老马先生啦！你看，他给你一筒茶叶，一把小茶壶！要是我呀，我就不收那些宝贝！看那个老东西的脸，老像叫人给打肿了似的！瞧他坐在那里半天不说一句话！那个小马，更讨厌！没事儿就问我出去不出去，昨天又要跟我去看电影，我——”

“他跟你看电影去，他老给你买票，啊？”温都太太板着脸给了玛力一句！

“我没叫他给我买票呀！我给他钱，他不要！说起来了，妈！你还该我六个铜子呢，对不对，妈？”

“明天还你，一定！”温都太太摸了摸小兜儿，真是没有六个铜子：“据我看，中国人比咱们还宽宏，你看马老先生给马威钱的时候，老是往手里一塞，没数过数儿。马威给他父亲买东西的时候，也不逼着命要钱。再说，”温都太太把脑袋摇了两摇，赶紧用手指肚儿轻轻的按了按脑袋后边挂着的小髻儿：“老马先生每礼拜给房钱的时候，一手把账条往兜儿里一塞，一手交钱，永远没问过一个字。你说——”

“那不新新！”玛力笑着说。

“怎么？”她母亲问。

“伦理是随着经济状况变动的。”玛力把食指插在胸前的小袋里，腆着胸脯儿，颇有点大学教授的派头：“咱们的祖先也是一家老少住在一块，大家花大家的钱，和中国人一样；现在经济制度改变了，人人挣自己的钱，吃自己的饭，咱们的道德观念也就随着改了：人人拿独立为荣，谁的钱是谁的，不能有一点儿含忽的地方！中国人，他们又何尝比咱们宽宏呢！他们的经济的制度还没有发展得——”

“这又是打那里听来的，跟我显排？”温都太太问。

“不用管我那儿听来的！”玛力姑娘的蓝眼珠一转，歪棱着脑袋噗哧一笑：“反正这些话有理！有理没有？有理没有？妈？”看着她妈妈点了点头，玛力才接着说：“妈，不用护着中国人，他们要是不讨人嫌为什么电影上，戏里，小说上的中国人老是些杀人放火抢女人的呢？”

（玛力姑娘的经济和伦理的关系是由报纸上看来的，她的讨厌中国人也全是由报纸上，电影上看来的，其实她对于经济与中国人的知识，全不是她自己揣摸出来的。也难怪她，设若中国不是一团乱糟，外国报纸又何从得到这些坏新闻呢！）

“电影上都不是真事！”温都太太心里也并不十分爱中国人，不过为和女儿辩驳，不得不这么说：“我看，拿弱国的人打哈哈，开玩笑，是顶下贱的事！”

“啊哈，妈妈！不是真事？篇篇电影是那样，出出戏是那样，本本小说是那样，就算有五成谎吧，不是还有五成真的吗？”玛力非要把母亲说服了不可，往前探着头问：“对不对，妈？对不对？”

温都太太干嗽了一声，没有言语。心里正预备别的理由去攻击女儿。

客厅的门响了两声，好像一根麻绳碰在门上一样。

“拿破仑来了，”温都太太对玛力说：“把它放进来。”

玛力把门开开，拿破仑摇着尾巴跳进来了。

“拿破仑，宝贝儿，来！帮助我跟她抬杠！”温都太太拍着手叫拿破仑：“她没事儿去听些臭议论，回家来跟咱们露精细！是不是？宝贝儿？”

温都姑娘没等拿破仑往里跑，早并着腿跪在地毯上和它顶起牛儿来。她爬着往后退，小狗儿就前腿伸平了预备往前扑。她撅着嘴忽然说：“忽！”小狗儿往后一蹋腰，然后往前一伸脖，说：“吧！”她斜着眼看它，它横着身往前凑，轻轻的叼住她的胖手腕。……闹了半天，玛力的头发也叫小狗给顶乱了，鼻子上的粉也抹没了；然后拿破仑转回她的身后，咬住她的鞋跟儿。

“妈！瞧你的狗，咬我的新鞋！”

“快来，拿破仑不用跟她玩！”

玛力站起来，一边喘，一边理头发，又握着小白拳头向拿破仑比画着。小狗儿藏在温都太太的脚底下，用小眼睛一眨巴一眨巴的瞅着玛力。

玛力喘过气儿来，又继续和母亲商议旅行的事。温都太太还是主张母女分着去歇夏，玛力不干，她不肯给马家父子作饭。

“再说，我也不会作饭呀！是不是？妈！”

“也该学着点儿啦！”温都太太借机会给女儿一句俏皮的！

“这么办：咱们一块去，写信把多瑞姑姑找来，替他们作饭，好不好？她在乡下住，一定喜欢到城里来住几天；可是咱们得替她出火车费！”

“好吧，你给她写信，我出火车费。”

温都姑娘先去洗了手，又照着镜子，歪着脸，用粉扑儿擈了粉。左照照，右照照，直到把脸上的粉匀得一星星缺点没有了，才去把信封信纸钢笔墨水都拿来。把小茶儿推到紧靠窗户；坐下；先把衣裳的褶儿拉好；然后把钢笔插在墨水瓶儿里。窗外卖苹果的吆喝了一声，搁下笔，掀开窗帘看了看。又拿起笔来，歪着脖，先在吃墨纸上画了几个小苹果，然后又用中指轻轻的弹笔管儿，一滴一滴的墨水慢慢的把画的小苹果都阴过去；又把笔插在墨水瓶儿里；低着头看自己的胖手；掏出小刀修了修指甲；把小刀儿放在吃墨纸上；又觉得不好，把刀子拿起来，吹了吹，放在信封旁边。又拿起笔来，又在吃墨纸上弹了几个墨点儿；有几个墨点弹得不十分圆，都慢慢的用笔尖描好。描完了圆点，站起来了：

“妈，你写吧！我去给拿破仑洗个澡，好不好？”

“我还要上街买东西呢！”温都太太抱着小狗走过来：“你怎么给男朋友写信的时候，一写就是五六篇呢？怪！”

“谁爱给姑姑写信呢！”玛力把笔交给母亲，接过拿破仑就跑：“跟我洗澡去，你个小脏东西子！”

2

马老先生在伦敦三四个月所得的经验，并不算很多：找着了三四个小中国饭铺，天天去吃顿午饭。自己能不用马威领着，由铺子走回家去。英文长进了不少，可是把文法忘了好些，因为许多下等英国人说话是不管文法的。

他的生活是没有一定规律的：有时候早晨九点钟便跑到铺子去，一个人慢条斯理的把窗户上摆着的古玩都从新摆列一回；因为他老看李子荣摆的俗气，不对！李子荣跟他说了好几回，东西该怎摆，颜色应当怎么配，怎么才能惹行人的注意……。他微微的一摇头，作为没听见。

头一回摆的时候，他把东西像抱灵牌似的双手捧定，舌头伸着一点，闭住气，直到把东西摆好才敢呼吸。摆过两回，胆子渐渐的大了。有时候故意要俏：端着东西，两眼特意的不瞧着手，颇像饭馆里跑堂的端菜那么飘洒。遇着李子荣在铺子的时候，他的飘洒劲儿更要得出神；不但手里端着东西，小胡子嘴还叼着一把小茶壶，小胡子撅撅着，斜着眼看李子荣，心里说：

“咱是看不起买卖人，要真讲作买卖，咱不比谁不懂行，喽！”

正在得意，嘴里一干，要咳嗽；茶壶被地心吸力吸下去，——粉碎！两手急于要救茶壶，手里的一个小瓶，两个盘子，也都分外的滑溜：李子荣跑过来接住了盘子；小瓶儿的脖子细嫩，掉在地上就碎了！

把东西摆好，马老先生出去，偷偷的看一看隔壁那家古玩铺的窗户。他捻着小胡子向自己刚摆好的东西点了点头，觉得那家古玩铺的东西和摆列的方法都俗气！可是隔壁那家的买卖确是比自己的强，他猜不透，是什么原因，只好骂英国人全俗气！隔壁那家的掌柜的是个又肥又大，有脑袋，没头发的老家伙；还有个又肥又大，有脑袋，也有头发的（而且头发不少）老妇人。他们好几次赶着马老先生套亲热说话，马老先生把头一扭，给他们个小钉子碰。然后坐在小椅子上自己想着碴儿笑：“你们的买卖好哇，架不住咱不理你！俗气！”

李子荣劝他好几回，怎么应当添货物，怎么应当印些货物的目录和说明书，怎么应当不专卖中国货。马老先生酸酸的给了他几句：

“添货物！这些东西还不够摆半天的呀！还不够眼花的呀！”

有时候马老先生一高兴，整天的不到铺子去，在家里给温都太太种花草什么的。她房后的那块一间屋子大的空地，当马家父子刚到伦敦的时候，只长着一片青草，和两棵快死的月季花。温都太太最喜欢花草，可是没有工夫去种，也舍不得花钱买花秧儿。她的女儿是永远在街上买现成的花，也不大注意养花这回事。有一天，马老先生并没告诉温都太太，在街上买来一捆花秧儿：五六棵玫瑰，十几棵桂竹香，还有一堆刚出芽的西番莲根子，几棵没有很大希望的菊花，梗子很高，叶儿不多，而且不见得一定是绿颜色。

他把花儿堆在墙角儿，浇上了两罐子水，然后到厨房把铁锹花铲全搬运出来。把草地中间用土围成一个圆岗儿，把几棵玫瑰顺着圆圈种上。圆圈的外边用桂竹香种成一个十字。西番莲全埋在墙根底下。那些没什么希望的菊秧子都插在一进园门的小路两旁。种完了花，他把铁锹什么的都送回原地方去，就手儿拿了一筒水，浇了一个过儿。……洗了洗手，一声没言语回到书房抽了一袋烟。……跑到铺子去，找了些小木条和麻绳儿，连哈带喘的又跑回来，把刚种的花儿全扶上一根木条，用麻绳松松的捆好。正好捆完了，来了一阵小雨，他站在那里呆呆的看着那些花儿，在雨水下一点头一点头的微动；直到头发都淋得往下流水啦，才想起往屋里跑。

温都太太下午到小院里放狗，慌着忙着跑上楼去，眼睛和嘴都张着：

“马先生！后面的花是你种的呀?!”

马老先生把烟袋往嘴角上挪了挪，微微的一笑。

“呕！马先生！你是又好又淘气！怎么一声儿不言语！多少钱买的花?”

“没花多少钱！有些花草看着痛快!”马先生笑着说。

“中国人也爱花儿吧?”温都寡妇问。——英国人决想不到：除了英国人，天下还会有懂得爱花的。

“可不是!”马老先生听出她的话味来，可是不好意思顶撞她，只把这三个字说得重一些，并且从嘴里挤出个似笑非笑的笑。楞了一会儿，他又说：“自从我妻子去世以后，我没事就种花儿玩。”想到他的妻子，马老先生的眼睛稍微湿润了一些。

温都太太点了点头，也想起她的丈夫；他在世的时候，那个小院是一年四季不短花儿的。

马老先生让她坐下，两个谈了一点多钟。她问马太太爱穿什么衣服，爱戴什么帽子。他问她丈夫爱吃什么烟，作过什么官。两个越说越彼此不了解；可是越谈越亲热。他告诉她：马太太爱穿紫宁绸坎肩，她没瞧见过。她说：温都先生没作过官，他简直的想不透为什么一个人不作官。……

晚上温都姑娘回来，她母亲没等她摘了帽子就扯着她往后院儿跑。

“快来，玛力！给你点新东西看。”

“呕！妈妈！你怎么花钱买这么些个花儿？”玛力说着，哈着腰在花上闻了一鼻子。

“我？马老先生买的，种的！你老说中国人不好，你看——”

“种些花儿也算不了怎么出奇了不得呀！”玛力听说花儿是马先生种的，赶紧的直起腰来，不闻了。

“我是要证明中国人也和文明人一样的懂得爱花——”

“爱花儿不见得就不爱杀人放火呀！妈，说真的，我今天在报纸又看见三张像片，都是在上海照来的。好难看啦，妈！妈！他们把人头杀下来，挂在电线杆子上。不但是挂着，底下还有一群人，男女老少都有，在那块看电影似的看着！”玛力说着，脸上都白了一些，嘴唇不住的颤，忙着跑回屋里去了。

后院种上花之后，马老先生又得了个义务差事：遇到温都太太忙的时候，他得领着拿破仑上街去散逛。小后院儿本来是拿破仑游戏的地方，现在种上花儿，它最好管闲事，看见小蜜蜂儿，它蹦起多高想把蜂儿捉住；它这一跳，虫儿是飞了，花儿可是倒啦；所以天天非把它拉出去溜溜不可；老马先生因而得着这份美差。玛力姑娘劝她母亲好儿回，不叫老马带狗出去。她听说中国人吃狗肉，万一老马一犯馋，半道儿上用小刀把拿破仑宰了，开开斋，可怎么好！

“我问过马老先生，他说中国人不吃狗。”温都太太板着脸说。

“我明白你了，妈！”玛力成心戏弄她的母亲：“他爱花儿，爱狗，就差爱小孩子啦！”

（英国普通人以为一个人爱花爱狗爱儿女便是好丈夫。玛力的意思是：温都太太爱上老马啦。）

温都寡妇没言语，半恼半笑的瞪了她女儿一眼。

马威也劝过他父亲不用带小狗儿出去，因为他看见好几次：他父亲拉着狗在街上或是空地上转，一群孩子在后面跟着起哄：

“瞧这个老黄脸！瞧他的脸！又黄又肿！……”

一个没有门牙的黄毛孩子还过去揪马老先生的衣裳。一个姥姥不疼，舅舅不爱的瘦孩子，抱起拿破仑就跑，成心叫老马先生追他。他一追，别的孩子全扯着脖子嚷：

“看他的腿呀！看他的腿呀！和哈吧狗一样呀！”……“陶马！”——大概那个姥姥不疼，舅舅不爱的瘦孩子叫陶马——“快呀！别叫他追上！”……“陶马！”一个尖嗓儿的小姑娘，头发差不多和脸一样红，喊：“好好抱着狗，别摔了它！”

英国的普通学校里教历史是不教中国事的。知道中国事的人只是到过中国做买卖的，传教的；这两种人对中国人自然没有好感，回国来说中国事儿，自然不会往好里说。又搭着中国不强，海军不成海军，陆军不成陆军，怎么不叫专以海陆军的好坏定文明程度高低的欧洲人看低了！再说，中国还没出一个惊动世界的科学家，文学家，探险家——甚至连在万国运动会下场的人材都没有，你想想，人家怎能看得起咱们！

马威劝了父亲，父亲不听。他（马老先生）积攒了好些洋烟画儿，想去贿赂那群小淘气儿；这么一来，小孩子们更闹得欢了。

“叫他 Chink！叫他 Chink！一叫他，他就给烟卷画儿！”……“陶马！抢他的狗哇！”……

3

在蓝加司特街的一所小红房子里，伊太太下了命令：请马家父子，温都母女，和她自己的哥哥吃饭。第一个说“得令”的，自然是伊牧师。伊夫人在家庭里的势力对于伊牧师是绝对的。她的儿女，（现在都长成人了）有时候还不能完全服从她。儿女是越大越难管，丈夫是越老越好管教；要不怎么西洋女子多数挑着老家伙嫁呢。

伊太太不但嘴里出命令，干脆的说，她一身全是命令。她一睁眼，——两只大黄眼睛，比她丈夫的至少大三倍，而且眼皮老肿着一点儿——丈夫，女儿，儿子全鸦雀无声，屋子里比法庭还严肃一些。

她长着一部小黑胡子，挺软挺黑还挺长；要不然伊牧师怎不敢留胡子呢，他要是也有胡子，那不是有意和她竞争吗！她的身量比伊牧师高出一头来，高，大，外带着真结实。脸上没什么肉，可是所有的那些，全好像洋灰和麻刀作成的，真叫有筋骨！鼻子两旁有两条不浅的小沟，一直通到嘴犄角上；哭的时候，（连伊太太有时候也哭一回！）眼泪很容易流到嘴里去，而且是随流随干，不占什么时间。她的头发已经半白了，歇歇松松的在脑后挽着个髻儿，不留神看，好像一团絮鞋底子的破干棉花。

伊牧师是在天津遇见她的，那时候她鼻子旁边的沟儿已经不浅，可是脑后的髻儿还不完全像干棉花。伊牧师是急于成家，她是不反对有个丈夫，于是他们三七二十一的就结了婚。她的哥哥，亚力山大，不大喜欢作这门子亲；他是个买卖人，自然看不起讲道德说仁义，而挣不了多少钱的一个小牧师；可是他并没说什么；看着她脸上的两条沟儿，和头上那团有名无实的头发，他心里说：“嫁个人也好，管他是牧师不是呢！再搁几年，她脸上的沟儿变成河道，还许连个牧师也弄不到手呢！”这么一想，亚力山大自己笑了一阵，没对他妹妹说什么。到了结婚的那天，他还给他们买了一对福建漆瓶。到如今伊太太看见这对瓶子就说：“哥哥多么有审美的能力！这对瓶子至少还不值六七镑钱！”除了这对瓶子，亚力山大还给了妹妹四十镑钱的一张支票。

他们的儿女（正好一儿一女，不多不少，不偏不向。）都是在中国生的，可是都不很会说中国话。伊太太的教育原理是：小孩子们一开口就学下等语言——如中国话，印度话等等。——以后绝对不能有高尚的思想。比如一个中国小孩儿在怀抱里便说英国话，成啦，这个孩子长大成人不会像普通中国人那么讨厌。反之，假如一个英国孩子一学话的时候就说中国话，无论怎样，这孩子也不会有起色！英国的茄子用中国水浇，还能长得薄皮大肚一兜儿水吗！她不许她的儿女和中国小孩子们一块儿玩，只许他们对中国人说必不可少的那几句话，像是："拿茶来！""去！""一只小鸡！"……每句话后面带着个"！"。

伊牧师不很赞成这个办法，本着他的英国世传实利主义，他很愿意叫他的儿女学点中国话，将来回国或者也是挣钱的一条道儿。可是他不敢公然和他的夫人挑战；再说伊太太也不是不明白实利主义的人，她不是不许他们说中国话吗，可是她不反对他们学法文呢。其实伊太太又何尝看得起法文呢；天下还有比英国话再好的！英国贵族，有学问的人，都要学学法文，所以她也不情愿甘落人后；要不然，学法文？嘍！……

她的儿子叫保罗，女儿叫凯萨林。保罗在十二岁的时候就到英国来念书，到了英国把所知道的那些中国话全忘了，只剩下最得意的那几句骂街的话。凯萨林是在中国的外国学校念书的，而且背着母亲学了不少中国话，拿着字典也能念浅近的中国书。

…………

"凯！"伊太太在厨房下了命令："预备个甜米布丁！中国人爱吃米！"

"可是中国人不爱吃搁了牛奶和糖的米，妈！"凯萨林姑娘说。

"你知道多少中国事？你知道的比我多？"伊太太梗着脖子说。她向来是不许世界上再有第二个人知道中国事像她自己知道的那么多。什么驻华公使咧，中国文学教授咧，她全没看在眼里。她常对伊牧师说：（跟别人说总得多费几句话。）“马公使懂得什么？白拉西博士懂得什么？也许他们懂得一点半点的中国事，可是咱们才真明白中国人，中国人的灵魂！”

凯萨林知道母亲的脾气，没说什么，低着头预备甜米布丁去了。

伊太太的哥哥来了。

“俩中国人还没来？”亚力山大在他妹妹的乱头发底下鼻子上边找了块空地亲了一亲。

“没哪，进去坐着吧。”伊太太说，说完又到厨房去预备饭。

亚力山大来的目的是在吃饭，并不要和伊牧师谈天，跟个传教师有什么可说的。

伊牧师把烟荷包递给亚力山大。

“不，谢谢，我有——”亚力山大随手把半尺长的一个金盒子掏出来，挑了支吕宋烟递给伊牧师。自己又挑了一支插在嘴里。噌的一声划着一枝火柴，腮梆子一凹，吸了一口；然后一凸，噗！把烟喷出老远。看了看烟，微微笑了一笑，顺手把火柴往烟碟儿里一扔。

亚力山大跟他的妹妹一样高，宽肩膀，粗脖子，秃脑袋，一嘴假牙。两腮非常的红，老像刚挨过两个很激烈的嘴巴似的。衣裳穿得讲究，从头至脚没有一点含忽的地方。

他一手夹着吕宋烟，一手在脑门上按着，好像想什么事，想了半天：

“我说，那个中国人叫什么来着？天津美利公司跑外的，楞头磕脑的那小子。你明白我的意思？”

“张元。”伊牧师拿着那根吕宋烟，始终没点，又不好意思放下，叫人家看出没有吃吕宋的本事。

“对！张元！我爱那小子；你看，我告诉你，”亚力山大跟着吸了一口烟，又噗的一下把烟喷了个满堂红：“别看他傻头傻脑的，他，更聪明。你看我的中国话有限，他又不会英文，可是我们办事非常快当。你看，他进来说‘二千块！’我一点头；他把货单子递给我。我说：‘写名字？’他点点头；我把货单签了字。你看，完事！”说到这里，亚力山大捧着肚子，哈哈的乐开了，吕宋烟的灰一层一层的全落在地毯上，直乐得脑皮和脸蛋一样红了，才怪不高兴的止住。

伊牧师觉不出有什么可笑来，推了推眼镜，咧着嘴看着地毯上的烟灰。

马家父子和温都太太来了。她穿着件黄色的衫子，戴着宽沿的草帽。一进门被吕宋烟呛的咳嗽了两声。马老先生手里捧着黑呢帽，不知道放在那里好。马威把帽子接过去，挂在衣架上，马老先生才觉得舒坦一点。

“嘿喽！温都太太！”亚力山大没等别人说话，站起来，举着吕宋烟，瓮声瓮气的说：“有几年没看见你了！温都先生好？他作什么买卖呢？”

伊太太和凯萨林正进来，伊太太忙着把哥哥的话接过来：

“亚力！温都先生已经不在了！温都太太！谢谢你来！温都姑娘呢？”

“嘿喽！马先生！”亚力山大没管他妹妹，扑过马老先生来握手：“常听我妹妹说道你们！你从上海来的？上海的买卖怎么样？近来闹很多的乱子，是不是？北京还是老张管着吧？那老家伙成！我告诉你，他管东三省这么些年啦，没闹过一回排外的风潮！你明白我的意思？在天津的时候我告诉他，不用管——”

“亚力！饭好了，请到饭厅坐吧！”伊太太用全身之力气喊；不然，简直的压不过去他哥哥的声音。

“怎么着？饭得了？有什么喝的没有？”亚力山大把吕宋烟扔下，跟着大家走出客厅来。

“姜汁啤酒！”伊太太梗着脖子说。——她爱她的哥哥，又有点怕他，不然，她连啤酒也不预备。

大家都坐好了，亚力山大又嚷起来了：“至不济还不来瓶香槟！”

英国人本来是最讲规矩的，亚力山大少年的时候也是规矩礼道一点不差；自从到中国作买卖，他觉得对中国人不屑于讲礼貌，对他手下的中国人永远是吹胡子瞪眼睛，所以现在要改也改不了啦。因为他这么乱嚷不客气，许多的老朋友现在全不理他了；这是他肯上伊牧师家来吃饭的原因；要是他朋友多，到处受欢迎，他那肯到这里来受罪，喝姜汁啤酒！

“伊太太，保罗呢？”温都太太问。

“他到乡下去啦，还没回来。”伊太太说，跟着用鼻子一指伊牧师：“伊牧师，祷告谢饭！”

伊牧师从心里腻烦亚力山大，始终没什么说话，现在他得着机会，没结没完的祷告；他准知道亚力山大不愿意，成心叫他多饿一会儿。亚力山大睁开好几回眼看桌上的啤酒，心里一个劲儿骂伊牧师。伊牧师刚说“阿门！”他就把瓶子抓起来，替大家斟起来，一边斟酒一边问马老先生：

“看英国怎样？”

“美极了！”马老先生近来跟温都太太学的，什么问题全答以：好极了！美极了！对极了！……

“什么意思？美？”亚力山大透着有点糊涂，他心里想不到什么叫做美，除非告诉他“美”值多少钱一斤。他知道古玩铺的大彩瓶美，展览会的画儿美，因为都号着价码。

“啊？”马老先生不知说什么好，翻了翻白眼。

“亚力！”伊太太说：“递给温都太太盐瓶儿！”

“对不起！”亚力山大把盐瓶抓起来送给温都太太，就手儿差点把胡椒面瓶碰倒了。

“马威，你爱吃肥的，还是爱吃瘦的？”伊姑娘问。

伊太太没等马威说话，梗着脖子说：“中国人都爱吃肥的！”跟着一手用叉子按着牛肉，一手用刀切；嘴唇咧着一点，一条眉毛往上挑着，好像要把谁杀了的神气。

“好极了！”马老先生忽然又用了个温都太太的字眼，谁也不知道他为什么说的。

牛肉吃完了，甜米布丁上来了。

“你能吃这个呀？”伊姑娘问马威。

“可以，”马威向她一笑。

“中国人没有不爱吃米的，是不是？马先生！”伊太太看着凯萨林，问马先生。

“对极了！”马老先生点着头说。

亚力山大笑开了，笑得红脸蛋全变紫了。没有人理他，他妹妹也没管他，直笑到嘴咧的有点疼了，他自己停住了。

马威舀了一匙子甜米布丁，放在嘴唇上，半天没敢往嘴里送。马老先生吞了一口布丁，伸着脖子半天没转眼珠，似乎是要晕过去。

“要点凉水吧？”伊姑娘问马威。马威点了点头。

“你也要点凉水？”温都太太很亲热的问马老先生。

马老先生还伸着脖子，极不自然的向温都太太一笑。

亚力山大又乐起来了。

“亚力！再来一点布丁？”伊太太斜着眼问。

伊牧师没言语，慢慢的给马家父子倒了两碗凉水。他们一口布丁，一口凉水，算是把这场罪忍过去了。

“我说个笑话！”亚力山大对大伙儿说，一点没管人家爱听不爱听。

温都太太用小手轻轻的拍了几下，欢迎亚力山大说笑话。马老先生见她鼓掌，忙着说了好几个：“好极了！”

“那年我到北京，”亚力山大把大拇指插在背心的小兜儿里，两腿一直伸出去，脊梁在椅子背上放平了。“我告诉你们，北京，穷地方！一个大铺子没有，一个工厂没有，街上挺脏！有人告诉我北京很好看，我看不出来；脏和美搀不到一块！明白我的意思？”

“凯！”伊太太看见马威的脸有点发红，赶紧说：“你带马威去看看你兄弟的书房，回来咱们在客厅里喝咖啡。保罗搜集了不少的书籍，他的书房简直是个小图书馆，马威，你同凯去看看。”

“你听着呀！”亚力山大有点不愿意的样子：“我住在北京饭店，真叫好地方，你说喝酒，打台球，跳舞，赌钱，全行！北京只有这么一个好地方，你明白我的意思？吃完饭没事，我到楼下打台球，球房里站着个黑胡子老头儿，中国人，老派的中国人；我就是爱老派的中国人，你明白我的意思？我一打，他撅着胡子嘴一笑。我心里说，这个老家伙倒怪有意思的。我打完球，他还在那里站着。我过去问他，用中国话问的，‘喝酒不喝？’”亚力山大说这四个中国字的时候，脖子一仰，把拳头搁在嘴上，闭着眼，嘴里“嗞”的响了一声——学中国人的举动。

伊太太乘着他学中国人的机会，赶紧说：“请到客厅坐吧！”

伊牧师忙着站起来去开门，亚力山大奔过马老先生去，想继续说他的笑话。温都太太很想听到过中国的人说中国事，对亚力山大说：

“到客厅里去说，叫大家听。”

“温都太太，你的黄衫子可真是好看！”伊太太设尽方法想打断亚力山大的笑话。

“好看极了！”老马给伊太太补了一句。

大家到了客厅，伊太太给他们倒咖啡。

伊牧师笑着对温都太太说：

“听话匣子吧？爱听什么片子？”

“好极了！可是请等兰茉先生说完了笑话。”（兰茉是亚力山大的姓。）

伊牧师无法，端起咖啡坐下了。亚力山大嗽了两声，继续说他的笑话，心里十分高兴。

“温都太太，你看，我问他喝酒不喝，他点了点头，又笑了。我在前头走，他在后面跟着，像个老狗——”

“亚力，递给温都太太一个——，温都太太，爱吃苹果，还是香蕉？”

亚力山大把果碟子递给她，马不停蹄的往下说：

“‘你喝什么？’我说。‘你喝什么？’他说。‘我喝灰色剂，’我说。‘我陪着，’他说。我们一对一个的喝起来了，老家伙真成，陪着我喝了五个，一点不含忽！”

“哈哈，兰茉先生，你在中国敢情教给人家中国人喝灰色剂呀！”温都太太笑着说。

伊牧师和伊太太一齐想张嘴说话，把亚力山大的笑话岔过去；可是两个人同时开口，谁也没听出谁的话来，亚力山大乘着机会又说下去了：

“喝完了酒，更新新了，那个老家伙给了酒钱。会了账，他可开了口啦，问我上海赛马的马票怎么买，还是一定求我给他买，你们中国人都好赌钱，是不是？”他问马老先生。

马老先生点了点头。

温都太太嘴里嚼着一点香蕉，低声儿说：

“教给人家赛马赌钱，还说人家——”

她还没说完，伊牧师说：

“温都太太，张伯伦牧师还在——”

伊太太也开了口：“马先生，你礼拜到那里作礼拜去呢？”

亚力山大一口跟着一口喝他的咖啡，越想自己的笑话越可笑；结果，哈哈的乐起来了。

4

在保罗的书房里，伊姑娘坐在她兄弟的转椅上，马威站在书架前面看：书架里大概有二三十本书，莎士比亚的全集已经占去十五六本。墙上挂着三四张彩印的名画，都是保罗由小市上六个铜子一张买来的。书架旁边一张小桌上摆着一根鸦片烟枪，一对新小脚儿鞋，一个破三彩鼻烟壶儿，和一对半绣花的旧荷包。

保罗的朋友都知道他是在中国生的，所以他不能不给他们些中国东西看。每逢朋友来的时候，他总是把这几件宝贝编成一套说词：裹着小脚儿抽鸦片，这是装鸦片的小壶，这是装小壶之荷包。好在英国小孩子不懂得中国事，他怎说怎好。

“这就是保罗的收藏啊？”马威回过身来向凯萨林笑着说。

伊姑娘点了点头。

她大概有二十七八岁的样子。像她父亲，身量不高，眼睛大，可是眼珠儿小。头发和她母亲的一样多，因为她没有她妈妈那样高大的身量，这一脑袋头发好像把她的全身全压得不轻俏了。可是她并不难看，尤其是坐着的时候，小脊梁一挺，带光的黄头发往后垂着，颇有一点东方妇女的静美。说话的时候，嘴唇上老带着点笑意，可是不常笑出来。两只手特别肥润好看，不时的抬起来拢拢脑后的长头发。

“马威，你在英国还舒服吧？”伊姑娘看着他问。

“可不是！”

“真的？”她微微的一笑。

马威低着头摆弄桌上那个小烟壶，待了半天才说：

“英国人对待我们的态度，我不很注意。父亲的事业可是——我一想起来就揪心！你知道，姐姐！”他在中国叫惯了她姐姐，现在还改不过来：“中国人的脾气，看不起买卖人，父亲简直的对作买卖一点不经心！现在我们指着这个铺子吃饭，不经心成吗！我的话，他不听；李子荣的话，他也不听。他能一天不到铺子去，给温都太太种花草。到铺子去的时候，一听照顾主儿夸奖中国东西，他就能白给人家点什么。伯父留下的那点钱，我们来了这么几个月，已经花了二百多镑。他今天请人吃饭，明天请人喝酒，姐姐，你看这不糟心吗！自要人家一说中国人好，他非请人家吃饭不可；人家再一夸他的饭好，得，非请第二回不可。这还不提，人家问他什么，他老顺着人家的意思爬：普通英国人知道的中国事没有一件是好的，他们最喜把这些坏事在中国人嘴里证明了。比如人家问他有几个妻子，他说‘五六个’！我一问他，他急扯白脸的说：‘人家信中国人都有好几个妻子，为什么不随着他们说，讨他们的喜欢！’有些个老头儿老太太都把他爱成宝贝似的，因为他老随着他们的意思说话吗！

“那天高耳将军讲演英国往上海送兵的事，特意请父亲去听。高耳将军讲到半中腰，指着我父亲说：‘英国兵要老在中国，是不是中国人的福气造化？我们问问中国人，马先生，你说——’好，父亲站起来规规矩矩的说：‘欢迎英国兵！’

“那天有位老太太告诉他，中国衣裳好看。他第二天穿上绸子大褂满街上走，招得一群小孩子在后面叫他 Chink！他要是自动的穿中国衣裳也本来没有什么；不是，他只是为穿上讨那位老太婆的喜欢。

姐姐，你知道，我父亲那一辈的中国人是被外国人打怕了，一听外国人夸奖他们几句，他们觉得非常的光荣。他连一钉点国家观念也没有，没有——”

伊姑娘笑着叹了一口气。

“国家主义。姐姐，只有国家主义能救中国！我不赞成中国人，像日本人一样，造大炮飞艇和一切杀人的利器；可是在今日的世界上，大炮飞艇就是文明的表现！普通的英国人全咧着嘴笑我们，因为我们的陆海军不成。我们打算抬起头来，非打一回不可！——这个不合人道，可是不如此我们便永久不用想在世界上站住脚！”

“马威！”伊姑娘拉住马威的手：“马威！好好的念书，不用管别的！我知道你的苦处，你受的刺激！可是空暴燥一回，能把中国就变好了吗？不能！当国家乱的时候，没人跟你表同情。你就是把嘴说破了，告诉英国人，法国人，日本人：‘我们是古国，古国变新了是不容易的，你们应当跟我们表同情呀，不应当借火打劫呀！’这不是白饶吗！人家看你弱就欺侮你，看你起革命就讥笑你，国与国的关系本来是你死我活的事。除非你们自己把国变好了，变强了，没人看得起你，没人跟你讲交情。马威，听我的话，只有念书能救国；中国不但短大炮飞艇，也短各样的人材；除了你成了个人材，你不配说什么救国不救国！！现在你总算有这个机会到外国来，看看外国的错处，看看自己国家的错处，——咱们都有错处，是不是？——然后冷静的想一想。不必因着外面的些个刺激，便瞎生气。英国的危险是英国人不念书；看保罗的这几本破书，我妈妈居然有脸叫你来看；可是，英国真有几位真念书的，真人材；这几个真人材便叫英国站得住脚。一个人发明了治霍乱的药，全国的人，全世界的人，便随着享福。一个人发明了电话，全世界的人跟着享受。从一有世界直到世界消灭的那天，人类是不能平等的，永远是普通人随着几个真人物脚后头走。中国人的毛病也是不念书，中国所以不如英国的，就是连一个真念书的人物也没有。马威，不用瞎着急，念书，只有念书！你念什么？商业，好，只有你能真明白商业，你才能帮助你的同胞和外国商人竞争！至于马老先生，你和李子荣应当强迫他干！我知道你的难处，你一方面要顾着你们的孝道，一方面又看着眼前的危险；可是二者不可得兼，从英国人眼中看，避危险比糊涂的讲孝道好！我生在中国，我可以说我知道一点中国事；我是个英国人，我又可以说我明白英国事；拿两国不同的地方比较一下，往往可以得到一个很明确妥当的结论。马威，你有什么过不去的地方，请找我来，我要是不能帮助你，至少我可以给你出个主意。

“你看，马威！我在家里也不十分快乐：父母和我说不到一块儿，兄弟更不用提；可是我自己有我自己的事，作完了事，念我的书，也就不觉得有什么苦恼啦！人生，据我看，只有两件快活事：用自己的知识，和得知识！”

说到这里，凯萨林又微微的一笑。

“马威！”她很亲热的说：“我还要多学一点中文，咱们俩交换好不好？你教我中文，我教你英文，可是——”她用手拢了拢头发，想了一会儿：“在什么地方呢？我不愿意叫你常上这儿来，实在告诉你说，母亲不喜欢中国人！上你那里去？你们——”

“我们倒有间小书房，”马威赶紧接过来说：“可是叫你来回跑道儿，未免——”

“那倒不要紧，因为我常上博物院去念书，离你们那里不远。等等，我还得想想；这么着吧，你听我的信吧！”

谈到念英文，凯萨林又告诉了马威许多应念的书籍，又告诉他怎么到图书馆去借书的方法。

“马威，咱们该到客厅瞧瞧去啦。”

"姐姐，我谢谢你，咱们这一谈，叫我心里痛快多了！"马威低声儿说。

凯萨林没言语，微微的笑了笑。

5

伊太太和温都寡妇的脑门儿差不多都挤到一块了。伊太太的左手在磕膝盖儿上放着，右手在肩膀那溜儿向温都寡妇指着；好几回差一点戳着温都的小尖鼻子。温都太太的小鼻子耸着一点，小嘴儿张着，脑袋随着伊太太的手指头上下左右的动，好像要咬伊太太的手。两位嘁嘁喳喳的说，没人知道她们说的是什么。

亚力山大坐在椅子上，两只大脚伸出多远，手里的吕宋烟已经慢慢的自己烧灭了。他的两眼闭着，脸蛋儿分外的红，嘴里哧呼哧呼的直响。

马老先生和伊牧师低声的谈，伊牧师的眼镜已经快由鼻子上溜下来了。

伊姑娘和马威进来，伊太太忙着让马威喝咖啡。伊姑娘坐在温都太太边旁，加入她们的谈话。

亚力山大的呼声越来越响，特噜一声，把自己吓醒了："谁打呼来着？"他眨巴着眼睛问。

这一问，大家全笑了；连他妹妹都笑得脑后的乱头发直颤动。他自己也明白过来，也笑开了，比别人笑的声音都高着一个调门儿。

"我说，马先生，喝两盅去！"亚力山大扶着马老先生的肩膀说："伊牧师，你也去，是不是？"

伊牧师推了推眼镜，看着伊太太。

"伊牧师还有事呢！"伊太太说："你和马先生去吧，你可不许把马先生灌醉了，听见没有？”

亚力山大向马先生一挤眼，没说什么。

马老先生微微一笑，站起来对马威说：

“你同温都太太回家，我去喝一盅，就是一盅，不多喝；我老没喝酒啦！”

马威没言语，看了看凯萨林。

亚力山大跟他外甥女亲了个嘴，一把拉住马先生的胳臂：“咱们走哇！”

伊太太和她哥哥说了声“再见，”并没站起来。伊牧师把他们送到门口。

“你真不去？”在门口亚力山大问。

“不！”伊牧师说，然后向马先生：“一半天见，还有事跟你商议呢！”

两个人出了蓝加司特街，过了马路，顺着公园的铁栏杆往西走。正是夏天日长，街上还不很黑，公园里人还很多。公园里的树叶真是连半个黄的也没有，花池里的晚郁金香开得像一片金红的晚霞。池子边上，挨着地的小白花，一片一片的像刚下的雪，叫人看着心中凉快了好多。隔着树林，还看得见远远的一片水，一群白鸥上下的飞。水的那边奏着军乐，隔着树叶，有时候看见乐人的红军衣。凉风儿吹过来，军乐的声音随着一阵阵的送到耳边。天上没有什么云彩，只有西边的树上挂着一层淡霞，一条儿白，一条儿红，和公园中的姑娘们的帽子一样花哨。

公园对面的旅馆全开着窗子，支着白地粉条，或是绿条的帘子，帘子底下有的坐着露着胳臂的姑娘，端着茶碗，赏玩着公园的晚景。

马老先生看看公园，看看对面的花帘子，一个劲点头夸好。心中好像有点诗意，可是始终作不成一句，因为他向来没作过诗。

亚力山大是一直往前走，有时候向着公园里的男女一冷笑。看见了皇后门街把口的一个酒馆，他真笑了；舐了舐嘴唇，向马老先生一努嘴。马老先生点了点头。

酒馆外面一个瘸子拉着提琴要钱，亚力山大一扭头作为没看见。一个白胡子老头撅着嘴喊："晚报——！晚报！"亚力山大买了一张夹在胳臂底下。

进了门，男男女女全在柜台前面挤满了。一人手里端着杯酒，一边说笑一边喝。一个没牙的老太太在人群里挤，脸蛋红着，问大伙儿："看见我的孩子没有？"她只顾喝酒，不知道什么工夫她的孩子跑出去啦。亚力山大等着这个老太太跑出去，拉着马先生进了里面的雅座。

雅座里三面围着墙全是椅子，中间有一块地毯，地毯上一张镶着玻璃心的方桌，桌子旁边有一架深紫色的钢琴。几个老头子，一人抱着一个墙角，闭着眼吸烟，酒杯在手里托着。一个又胖又高的妇人，眼睛已经喝红，摇着脑袋，正打钢琴。她的旁边站着个脸红胡子黄的家伙，举着酒杯，张着大嘴，（嘴里只有三四个黑而危险的牙。）高唱军歌。他的声音很足，表情也好，就是唱的调子和钢琴一点不发生关系。看见马先生进来，那个弹琴的妇人脸上忽然一红，忽然一白，肩膀向上一耸，说："喝！老天爷！来了个 Chink！"说完，一摇头，弹得更欢了，大胖腿在小凳上一起一落的碰得噗哧噗哧的响。那个唱的也忽然停住了，灌了一气酒。四犄角的老头儿全没睁眼，都用烟袋大概其的向屋子当中指着，一齐说："唱呀！乔治！"乔治又灌了一气酒，吧的一声把杯子放在小桌上，又唱起活儿来；还是歌和琴不发生关系。

"喝什么，马先生？"亚力山大问。

"随便！"马老先生规规矩矩的坐在靠墙的椅子上。

亚力山大要了酒，一边喝一边说他的中国故事。四角的老头子全睁开了眼，看了马先生一眼，又闭上了。亚力山大说话的声音比乔治唱的还高还足，乔治赌气子不唱了，那个胖妇人也赌气子不弹了，都听着亚力山大说。马老先生看这个一眼，看那个一眼，抿着嘴笑一笑，喝一口酒。乔治凑过来打算和亚力山大说话，因为他的妹夫在香港当过兵，颇听说过一些中国事。亚力山大是连片子嘴一直往下说，没有乔治开口的机会；乔治咧了咧嘴，用他的黑而危险的牙示了示威，坐下了。

“再来一个？”亚力山大把笑话说到一个结束，问马先生。

马老先生点了点头。

“再来一个？”亚力山大把笑话又说到一个结束，又问马先生。

马老先生又点了点头。

…………

喝来喝去，四个老头全先后脚儿两腿拧着麻花扭出去了。跟着，那个胖妇人也扣上帽子，一步三摇的摇出去。乔治还等着机会告诉亚力山大中国事，亚力山大是始终不露空。乔治看了看表，一声没言语，溜出去；出了门，一个人唱开了。

酒馆的一位姑娘进来，笑着说：“先生，对不起！到关门的时候了！”

“谢谢，姑娘！”亚力山大的酒还没喝足。可是政府有令，酒馆是十一点关门；无法，只好走吧：“马先生，走啊！”

…………

天上的星密得好像要挤不开了。大街两旁的树在凉风儿里摇动着叶儿，沙沙的有些声韵。汽车不多了，偶尔过来一辆，两只大灯把空寂的马路照得像一条发光的冰河。车跑过去，两旁的黑影登时把这条亮冰又遮盖起来。公园里的树全在黑暗里鼓动着花草的香味，一点声音没有，把公园弄成一片甜美的梦境。

马老先生扶着公园的栏杆，往公园里看，黑丛丛的大树都像长了腿儿，前后左右乱动。而且树的四围挂着些乱飞的火星，随着他的眼睛转。他转过身来，靠定铁栏杆，用手揉了揉眼睛，那些金星儿还是在前面乱飞，而且街旁的煤气灯全是一个灯两道灯苗儿；有的灯杆子是弯的，好像被风吹倒的高粱秆儿。

脑袋也跟他说不来，不扶着点东西脑袋便往前探，有点要把两脚都带起来的意思；一不小心，两脚还真就往空中探险。手扶住些东西，头的“猴儿啃桃”运动不十分激烈了，可是两条腿又成心捣乱。不错，从磕膝盖往上还在身上挂着，但是磕膝盖以下的那一截似乎没有再服从上部的倾向——真正劳工革命！街上的人也奇怪，没有单行客，全是一对一对的，可笑！也不是谁把话匣子片上在马先生的脑子里啦，一个劲儿转，耳朵里听得见，吱，吱，嗡，嗡，吱嗡吱嗡，一劲儿响。

心里还很明白，而且很喜欢：看什么都可笑；不看什么时，也可笑。他看看灯杆子笑开了！笑完了，从栏杆上搬下一只手来，往前一抡，嘴一咧：“那边是家！慢慢的走，不忙！忙什么？有什么可忙的呀？喊！”……“亚力山大，不对，是亚力山大，他上那儿啦？好人！”说完了，低着头满处找：“刚才谁说话来着？”找了半天，手向上一抡，碰着鼻子了：“喊！这儿！这儿说话来着！对不对，老伙计？”

…………

6

马威和温都太太到了家。因为和伊太太说话太多了，她有点乏啦。进了门，房里一点声音没有，只听见拿破仑在后院里叫唤呢。温都太太没顾得摘帽子，三步两步跑到后花园，拿破仑正在一棵玫瑰花下坐着：两条前腿壁直，头儿扬着，向天上的星星叫唤呢；听见它主母的脚步声儿，它一蹿蹿到她的眼前，一团毛似的在她腿上乱滚乱绕。

“哈喽！宝贝！剩你一个人啦？玛力呢？”温都太太问。

拿破仑一劲儿往上跳，吧吧的叫着，意思是说：“快抱抱我吧！玛力出去不管我！我一共抄了三个大苍蝇吃，吓走了一个黑猫。”

温都太太把狗抱到客厅里去。马威正从窗子往外望，见她进来，他低声儿说：

“父亲怎么还不回来呢！”

“玛力也不知上那儿玩去啦？”温都太太坐下说。

拿破仑在它主母的怀里，一劲儿乱动：用它的脖子在她的胸上蹭来蹭去。

“拿破仑，老实一点！我乏了！跟马威去玩！”她捧着拿破仑递给马威，拿破仑乘机会用小尾巴抽了她的新帽子一下。

马威把他接过来，拿破仑还是乱动乱顶，一点不老实。马威轻轻的给它从耳朵根儿往脖子底下抓，抓了几下，拿破仑老实多了；用鼻子顶住马威的胸口，伸着脖子等他抓。抓着抓着，马威摸着点东西在小狗的领圈上掖着；细一看，原来是个小纸阄儿，用两根红丝线拴着，马威慢慢的解，拿破仑一动也不动的等着，只是小尾巴的尖儿轻轻的摇着。

马威把纸条解下来，递给温都太太。她把纸条舒展开，上面写着：

“妈：晚饭全做糊啦，鸡蛋摊在锅上弄不下来。华盛顿找我来了，一块去吃冰吉凌，晚上见。拿破仑在后院看着老马的玫瑰呢。玛力。”

温都太太看完，顺手把字条撕了；然后用手背遮着小嘴打了个哈咈。

“温都太太，你去歇着吧，我等着他们！”马威说。

“对了，你等着他们！你不喝碗咖啡呀？”

“谢谢，不喝了！”

“来呀，拿破仑！”温都太太抱着小狗走出去。

温都太太近来颇有点喜欢马威，一半是因为他守规矩，说话甜甘；一半是因为玛力不喜欢他；温都太太有点怪脾气，最爱成心和别人别扭着。

马威把窗子开开一点，坐在茶儿旁边的椅子上，往街上看。听见个脚步声儿，便往外看看，看了好几回，都不是父亲。从书架上拿下一本小说来，翻了几篇，念不下去，又送回去了。有心试试钢琴，一想天太晚了，没敢弹。又回来坐在窗子里面，皱着眉头想：人家的青年男女多乐！什么也不想，什么也不虑。有烟卷吃，有钱看电影，有足球踢，完事！咱们？……那个亚力山大！伊太太的那脑袋头发！伊姐姐，她的话是从心里说出来的吗？一定是！看她笑得多么恳切！她也不快乐？反正也比我强！想到这里，伊姑娘的影儿站在他面前了：头发在肩上垂着，嘴唇微动的要笑。他心里痛快了一些，好像要想些什么，可是没等想出来，脸就红了。……玛力真可——，可是——她美！她又跟谁玩去了？叫别人看着她的脸，或者还许享受她的红嘴唇？他的眉毛皱起来，握着拳头在腿上捶了两下。凉风儿从窗缝吹进来，他立起来对着窗户深深的吸了一口气。

一辆汽车远远的来了，马威心中一跳；探头往外看了看。车一闪的工夫到了门口，车里说了声：“就是这儿！”——玛力的声音！车门开开了，下来的并不是玛力，是个大巡警！马威慌着跑出来，还没说话，那个大巡警向他一点头。他跳过去，玛力正从车里出来。她的脸挺白，眼睛睁得挺大，帽子在手里拿着，可是举动还不十分惊慌。她指着车里向马威说：

“你父亲！”

“死——，怎么啦?”马威拉着车门向里边看。他不顾得想什么，可是自然的想到：他父亲一定是叫汽车给轧——至少是轧伤了！跟着，他嗓子里像有些东西糊住，说不出话来，嘴唇儿不住的颤。

“往下抬呀！”那个大巡警稳稳当当的说。

马威听见巡警的话，才敢瞧他的父亲。马老先生的脑袋在车犄角里掖着，两条腿斜伸着，看着分外的长。一只手歇歇松松的在怀里放着；那一只手心朝上在车垫子上摆着。脑门子上青了一块，鼻子眼上有些血点，小胡子嘴还像笑着。

“父亲！父亲！”马威拉住父亲一只手叫；手是冰凉，可是手心上有点凉汗；大拇指头破了一块，血已经定了。

“抬呀！没死，不要紧！”那个大巡警笑着说。

马威把手放在父亲的嘴上，确是还有呼吸，小胡子也还微微的动着。他心里安静多了，看了大巡警一眼，跟着脸上一红。

巡警，马威和驶车的把醉马抬下来，他的头四面八方的乱摇，好像要和脖子脱离关系。嗓子里咯碌咯碌的直出声儿。三个人把他抬上楼去，放在床上，他嗓子里又咯碌了一声，吐出一些白沫来。

玛力的脸也红过来了，从楼下端了一罐凉水和半瓶白兰地酒来。马威把罐子和瓶儿接过来，她忙着拢了拢头发，然后又把水罐子拿过来，说：“我灌他，你去开发车钱！”马威摸了摸口袋，只有几个铜子，忙着过来轻轻的摸父亲的钱包。打开钱包，拿出一镑钱来递给驶车的。驶车的眉开眼笑的咚咚一步下三层楼梯，跑出去了。马威把钱包掖在父亲的褥子底下，钱包的角儿上有个小硬东西，大概是那个钻石戒指，马威也没心细看。

驶车的跑了，马威赶紧给巡警道谢，把父亲新买的几支吕宋烟递给他。巡警笑着挑了一支，放在兜儿里，跟着过去摸了摸马先生的脑门，他说：

“不要紧了！喝大发了点儿，哎？”巡警说完，看了看屋里，慢慢的往外走：“再见吧！”

玛力把凉水给马先生灌下去一点，又拢了拢头发，两个腮梆儿一鼓，叹了一口气。

马威把父亲的纽子解开，领子解下来，回头对她说：

“温都姑娘，今个晚上先不用对温都太太说！”

“不说！”她的脸又红扑扑的和平常一样好看了。

“你怎么碰见父亲的？”马威问。

哇！马老先生把刚灌下去的凉水又吐出来了。

玛力看了看马老先生，然后走到镜子前面照了照，才说：

“我和华盛顿上亥德公园了。公园的门关了以后，我们顺着公园外的小道儿走。我一脚踩上一个软的东西，吓了我一大跳。往下一看，他，你父亲！在地上大鳄鱼似的爬着呢。我在那里看着他，华盛顿去叫了辆汽车来，和一个巡警。巡警要把他送到医院去，华盛顿说，你的父亲是喝醉了，还是送回家来好。你看，多么凑巧！我可真吓坏了，我知道我的嘴直颤！”

“温都姑娘，我不知道怎么谢谢你才好！再见着华盛顿的时候，替我给他道谢！”马威一手扶着床，一面看着她说。心里真恨华盛顿，可是还非这么说不可！

“好啦！睡觉去喽！”玛力又看了马老先生一眼，往外走，走到门口回过头来说：“再灌他点凉水。”

温都太太听见楼上的声音，玛力刚一下楼就问：

“怎么啦，玛力？”

“没事，我们都回来晚啦！拿破仑呢？”

“反正不能还在花园里！”

“哈！得！明天见，妈！”

7

马威把父亲的衣裳脱下来，把毡子替他盖好。马老先生的眼睛睁开一点，嘴唇也动了一动，眼睛刚一睁，就闭上了；可是眼皮还微微的动，好像受不住灯光似的。马威坐在床旁边，看见父亲动一下，心里放下一点去。

“华盛顿那小子，天天跟她出去！”马威皱着眉头儿想：“可是他们救了父亲！她今天真不错；或者她的心眼儿本来不坏？父亲？真糟！这要是叫汽车轧死呢？白死！亚力山大！好，明天找伊姑娘去！”

马威正上下古今的乱想，看见父亲的手在毡子里动了一动，好像是要翻身；跟着，嘴也张开了：干呕了两声，迷迷忽忽的说：

“不喝了！马威！”

说完，把头往枕头下一溜，又不言语了。

夜里三点多钟，马老先生醒过来了。伸出手来摸了摸脑门上青了的那块，已经凸起来，当中青，四边儿红，像个要坏的鸭蛋黄儿。心口上好像烧着一堆干劈柴，把嗓子烧得一点一点的往外裂，真像年久失修的烟筒，忽然下面升上火。手也有点发僵，大拇指头有点刺着疼。脑袋在枕头上，倒好像在半空里悬着，无着无靠的四下摇动。嘴里和嗓子一样干，舌头贴在下面，像块干透的木塞子。张张嘴，进来点凉气，舒服多了；可是里边那股酸辣劲儿，一气的往上顶，几乎疑心嗓子里有个小干酸枣儿。

“马威！我渴！马威！你在那儿哪？”

马威在椅子上打盹，脑子飘飘荡荡的似乎是作梦，可又不是梦。听见父亲叫，他的头往下一低，忽然向上一抬，眼睛跟着睁开了。电灯还开着，他揉了揉眼睛，说：

“父亲，你好点啦？”

马先生又闭上了眼，一手摸着胸口：

“渴！”

马威把一碗凉水递给父亲，马老先生摇了摇头，从干嘴唇里挤出一个字来，“茶！”

“没地方去做水呀，父亲！”

马老先生半天没言语，打算忍一忍；嗓子里辣得要命，忍不住了：

“凉水也行！”

马威捧着碗，马老先生欠起一点身来，瞪着眼睛，一气把水喝净。喝完，舐了舐嘴唇，把脑袋大咧咧的一撂，撂在枕头旁边了。

待了一会儿：

“把水罐给我，马威！”

把一罐凉水又三下五除二的灌下去了，灌得嗓子里直起水泡，还从鼻子呛出来几个水珠。肚子随着唷啰啰响了几声，把手放在心口上，嗐！深深吸了一口气。

“马威！我死不了哇？”马先生的小胡子嘴一咧，低声的说：“把镜子递给我！”

对着镜子，他点了点头。别处还都好，就是眼睛离离光光的不大好看。眼珠上横着些血丝儿，下面还堆着一层黄不唧的矇。脑门上那块坏鸭蛋黄儿倒不要紧，浮伤，浮伤！

眼睛真不像样儿了！

“马威！我死不了哇？”

“那能死呢！”马威还要说别的，可是没好意思说。

马老先生把镜子放下，跟着又拿起来了，吐出舌头来照了照。照完了舌头，还是不能决定到底是“死不了哇”，还是“或者也许死了”。

“马威！我怎么——什么时候回来的？”马老先生还麻麻胡胡的记得：亚力山大，酒馆，和公园；就是想不起怎么由公园来到家里了。

“温都姑娘用汽车把你送回来了！”

“啊！”马先生没说别的，心里有点要责备自己，可是觉得没有下“罪己诏”的必要；况且父亲对儿子本来没有道歉的道理；况且“老要颠狂少要稳”，老人喝醉了是应当的；况且还不至于死；况且……想到这里，心里舒服多了；故意大大方方的说：

“马威，你睡觉去，我——死不了！”

“我还不困！”马威说。

“去你的！”马老先生看见儿子不去睡觉，心里高兴极了，可是不能不故意的这么说。好，“父慈子孝”吗，什么话呢！

马威又把父亲的毡子从新盖好，自己围上条毯子在椅子上一坐。

马老先生又忍了一个盹儿；醒了之后，身上可疼开了。大拇指头和脑门子自然不用提，大腿根，胳臂肘，连脊梁盖儿，全都拧着疼。用手周身的摸，本想发现些破碎的骨头；没有，什么地方也没伤，就是疼！知道马威在旁边，不愿意哼哼出来；不行，非哼哼不可；而且干嗓子一哼哼，分外的不是味儿。平日有些头疼脑热的时候，哼哼和念诗似的有腔有调；今天可不然了，腿根一紧，跟着就得哼哼，没有拿腔作调的工夫！可是一哼哼出来，心里舒服多了——自要舒服就好，管他有腔儿没有呢！

哼哼了一阵，匀着空想到“死”的问题：人要死的时候可是都哼哼呀！就是别死，老天爷，上帝！一辈子还没享过福，这么死了太冤啊！……下次可别喝这么多了，不受用！可是陪着人家，怎好不多喝点？交际吗！自要不死就得！别哼哼了，哼哼不是好现象；把脑袋往枕头下一缩，慢慢的又睡着了。

含着露水的空气又被太阳的玫瑰嘴唇给吹暖了。伦敦又忙起来，送牛奶的，卖青菜的，都西力哗啷的推着车子跑。工人们拐着腿，叼着小烟袋，一群群的上工。后院的花儿又有好些朵吐了蕊儿。拿破仑起来便到园中细细闻了一回香气，还带手儿活捉了两个没大睡醒的绿苍蝇吃。

马先生被街上的声音惊醒，心里还是苦辣，嘴里干的厉害，舌头是软中硬的像块新配的鞋底儿。肚子有点空，可是胸口堵得慌，嗓子里不住的要呕，一嘴粘涎子简直没有地方销售。脑门上的鹅头，不那么高了；可是还疼。

“死是死不了啦，还是不舒服！”

一想起自己是病人，马先生心里安慰多了：谁不可怜有病的人！回来，李子荣都得来瞧我！小孩子吃生苹果，非挨打不可；可是吃得太多，以至于病了，好办了；谁还能打病孩子一顿；不但不打，大家还给买糖来。现在是老人了，老人而变为病老人，不是更讨人的怜爱吗！对！病呀！于是马先生又哼哼起来，而且颇有韵调。

马威给父亲用热手巾擦了脸和手，问父亲吃什么。马老先生只是摇头。死是不会啦，有病是真的；有病还能说话？不说。

温都太太已经听说马先生的探险史，觉得可笑又可气；及至到楼上一看他的神气，她立刻把母亲的慈善拿出来，站在床前，问他吃什么，喝什么；他还是摇头。她坚决的主张请医生，他还是摇头，而且摇得很凶。

温都姑娘吃完早饭也来了。

“我说马先生，今天再喝一回吧！”玛力笑着说。

马老先生忽然噗哧一笑，倒把温都太太吓了一跳；笑完，觉着不大合适，故意哼唧着说：

“嗐！玛力姑娘，多亏了你！等我好了，给你好好的买个帽子。”

“好啦，可别忘了！”玛力说完跑出去了。

温都太太到底给早饭端来了，马老先生只喝了一碗茶。茶到食道里都有点刺的慌。

马威去找李子荣，叫他早一点上铺子去。温都太太下楼去作事，把拿破仑留在楼上给老马作伴儿。拿破仑跳上床去，从头到脚把病人闻了一个透，然后偷偷的把马先生没喝了的牛奶全喝了。

马威回来，听见父亲还哼哼，主张去请医生，父亲一定不答应。

“找医生干什么？我一哼哼，一痛快，就好了！”

温都太太从后院折来几朵玫瑰，和一把桂竹香，都插在瓶儿里摆在床旁边。马先生闻着花香，心里喜欢了，一边哼哼，一边对拿破仑说：

“你闻闻！你看看！世界上还有比花儿再美的东西没有！谁叫花儿这么美？你大概不知道，我呢——也不知道。花儿开了，挺香；忽然又谢了，没了；没意思！人也是如此，你们狗也是如此；谁也不知道是怎么一回事！……哎！别死！你看，我死不了吧？”

拿破仑没说什么，眼睛钉住托盘里的白糖块，直舐嘴，可是不敢动。

晚上李子荣来了，给马老先生买了一把儿香蕉，一小筐儿洋梅。马老先生怕李子荣教训他一场，一个劲儿哼哼。李子荣并没说什么，可是和马威在书房里嘀咕了半天。

亚力山大也不是那儿听来的，也知道马先生病啦，他很得意的给老马买了一瓶白兰地来。

“马先生，真不济呀，喝了那么点儿就倒在街上啊？好，来这瓶儿吧！”他把酒放在小桌上，把吕宋烟点着，喷了几口就把屋里全熏到了。

“没喝多！”老马不哼哼了，脸上勉强着笑：“老没喝了，乍一来，没底气！下回看，你看咱能喝多少！”

“反正街上有的是巡警！”亚力山大说完笑开了。

拿破仑听见这个笑声，偷偷跑来，把亚力山大的大皮鞋闻了个透，始终没敢咬他的脚后跟——虽然知道这对肥脚满有尝尝的价值。

8

伦敦的天气变动的不大，可是变动得很快。天一阴，凉风立刻把姑娘们光着的白胳臂吹得直起小鸡皮疙疸，老头儿老太太便立刻迎时当令的咳嗽起来，争先恐后的着了凉。伊牧师对于着凉是向来不落后的：看马老先生回来，在公园大树底下坐了一会儿。坐着坐着，鼻子里有点发痒，跟着哆嗦了一下，打了个喷嚏。赶紧回家，到家就上床睡觉。伊太太给了他一杯热柠檬水，又把暖水壶放在他被窝里。他的喷嚏是一个比一个响，一个比一个猛；要不是鼻子长得结实，早几下儿就打飞了。

伊牧师是向来不惹伊太太的，除了有点病，脾气不好，才敢和她吵一回半回的。看着老马摔得那个样，心里已经不大高兴；回来自己又着了凉，更气上加气，越想越不自在。

“好容易运来个中国教徒，好容易！叫亚力山大给弄成醉猫似的！咱劝人信教还劝不过来，他给你破坏！咱教人念《圣经》，他灌人家老白酒！全是他，亚力山大！啊——嚏！瞧！他要不把老马弄醉，我怎能着了凉！全是他！啊——嚏！亚力山大？她的哥哥！非先跟她干点什么不可！他不该灌他酒，她就不该请他，亚力山大，吃饭！看，啊——啊——啊嚏！先教训她一顿！”

想到这里，有心把被子一撩，下去跟她捣一回乱；刚把毡子掀起一点，仅够一股凉气钻得进来的，啊——嚏！老实着吧！性命比什么也要紧！等明天再说！——可是病好一点，还有这点胆气没有呢？倒难说了：从经验上看，他和她拌嘴，他只得过两三次胜利，都是在他病着的时候。她说：“别说了，你有理，行不行？我不跟病人捣乱！”就算她虚砍一刀，佯败下去吧，到底“得胜鼓”是他的！病好了再说？她要是虚砍一刀才怪！……这回非真跟她干不可啦，非干不可！她？她的哥哥？一块儿来！我给老马施洗，你哥哥灌他酒！你还有什么说的，我问你！再说，凯萨林一定帮助我。保罗向着他妈，哈哈，他没在家。……其实为老马也犯不上闹架，不过，不闹闹怎么对得起上帝！万一马威问我几句呢！这群年青的中国人，比那群老黄脸鬼可精明多了！可恶！万一温都太太问我几句呢？对，非闹一场不可！再说，向来看亚力山大不顺眼！

他把热水瓶用脚往下推了推，把脚心烫得麻麻苏苏怪好受的，闭上了眼，慢慢的睡着了。

夜里醒了，窗外正沙沙的下着小雨——又他妈的下雨！清香的凉风从窗子吹进来，把他的鼻子尖吹凉了好些。把头往下一缩，刚要想明天怎么和伊太太闹，赶紧闭上眼：别想了，越想心越软，心软还能在这个世界上站得住！这个世界！吧，吧！吧，吧！街坊的大狗叫了几声。你叫什么？这个世界不是为狗预备的！……

第二天早晨，凯萨林姑娘把他的早饭端来，伊牧师本想不吃，闻着鸡子和咸肉怪香的，哎，吃吧！况且，世界上除了英国人，谁能吃这么好的早饭？不吃早饭？白作英国人！吃！而且都吃了！吃完了，心气又壮起来了，非跟他们闹一回不可；不然，对不起这顿早饭！

伊姑娘又进来问父亲吃够了没有。他说了话：

"凯！你母亲呢？"

"在厨房呢，干什么？"伊姑娘端着托盘，笑着问。她的头发还没梳好，乱蓬蓬的在雪白的脖子上堆着。

"马老先生叫她的哥哥给灌醉了！"伊牧师眼睛乱动，因为没戴着眼镜，眼珠不知道往那儿瞧才对。

伊姑娘笑了一笑，没说什么。

"我用尽了心血劝他信了教，现在叫亚力山大给一扫而光弄得干干净净！"他又不说了，眼睛钉着她。

她又笑了笑——其实只是她嘴唇儿动了动，可是笑的意思满有了，而且非常好看。

"你帮助我，凯？"

伊姑娘把托盘又放下，坐在父亲的床边儿上，轻轻拍着他的手。

"我帮助你，父亲！我永远帮助你！可是，何必跟母亲闹气呢？以后遇见亚力山大舅舅的时候，跟他说一声儿好了！"

"他不听我的！他老笑我！"伊牧师自己也纳闷：今天说话怎么这样有力气呢："非你妈跟他说不可；我不跟她闹，她不肯和他说！"他说完自己有点疑心：或者今天是真急了。

伊姑娘看见父亲的鼻子伸出多远，脑筋也蹦着，知道他是真急了。她慢慢的说：

"先养病吧，父亲，过两天再说。"

"我不能等！"他知道：病好了再说，没有取胜的拿手；继而又怕叫女儿看破，赶紧说："我不怕她！我是家长！这是我的家！"

"我去跟母亲说，你信任我，是不是，父亲！"

伊牧师没言语，用手擦了擦嘴角上挂着的鸡蛋黄儿。——嘴要是小一点颇像刚出窝的小家雀。

"你不再要碗茶啦？父亲！"凯萨林又把托盘拿起来。

"够了！跟你妈去说！听见没有？"伊牧师明知道自己有点碎嘴子，病人吗，当然如此！"跟你妈去说！"

"是了，我就去说！"伊姑娘笑着点了点头，托着盘子轻轻走出去了。

"好，你去说！不成，再看我的！"他女儿出去以后，伊牧师向自己发横："她？啊！忘了告诉凯萨林把烟袋递给我了！"他欠起身来看了看，看不见烟袋在那块儿。"对了，亚力山大那天给我一支吕宋还没抽呢。亚力山大！吕宋！想起他就生气！"

吃过午饭，母女正谈马先生的醉事，保罗回来了。他有二十四五岁，比他母亲个子还高。一脑袋稀黄头发，分得整齐，梳得亮。两只黄眼珠发着光往四下里转，可是不一定要看什么。上身穿着件天蓝的褂子，下边一条法兰绒的宽腿裤子。软领子，系着一条红黄道儿的领带。两手插在裤兜儿里，好像长在那块了。嘴里叼着小烟袋，烟早就灭了。

进了门，他从裤袋里掏出一只手来，把烟袋从嘴里拔出来，跟他母亲和姐姐大咧咧的亲了个嘴。

"保罗，你都干吗来着，这些天？"伊太太看见儿子回来，脸上的干肉颇有点发红的趋势，嘴也要笑。

"反正是那些事罢咧。"保罗坐下，把烟袋又送回嘴里去，手又插在袋里，从牙缝儿挤出这几个字。

伊太太乐了。大丈夫吗，说话越简单越表示出男性来。本来吗，几个青年小伙子到野地扎帐棚玩几天，有什么可说的：反正是那些事罢咧！

"母亲，你回来跟父亲说说得了，他不舒服，脾气不好。"凯萨林想把那件事结束一下，不用再提了。

“什么事？”保罗像审判官似的问他姐姐。

“马先生喝醉了！”伊太太替凯萨林回答。

“和咱们有什么关系？”保罗的鼻子中间皱起一层没秩序的纹儿来。

“我请他们吃饭，马先生和亚力山大一齐出去了。”伊太太捎了凯萨林一眼。

“告诉父亲，别再叫他们来，没事叫中国人往家里跑，不是什么体面事！”保罗掏出根火柴，用指甲一掐，掐着了。

“呕，保罗，别那么说呀！咱们是真正基督徒，跟别人——，你舅舅请老马喝了点——”

“全喝醉了？”

“亚力山大没有，马先生倒在街上了！”

“我知道亚力山大有根，我爱这老头子，他行！”保罗把烟袋（又灭了）拔出来，搁在鼻子底下闻了闻。回头向他姐姐说：“老姑娘，这回又帮助中国人说舅舅不好哇？不用理他们，中国人！你记得咱们小的时候用小泥弹打中国人的脑袋，打得他们乱叫！”

“我不记得了！”凯萨林很冷静的说。

冷不防，屋门开了，伊牧师披着长袍子，像个不害人的鬼，进来了。

“你快回去！刚好一点，我不许你下来！”伊太太把他拦住。

伊牧师看了他儿子一眼。

“哈喽！老朋友！你又着了凉？快睡觉去！来，我背着你。”保罗说完，扔下烟袋，连拉带扯把父亲弄到楼上去了。

伊牧师一肚子气，没得发散，倒叫儿子抬回来，气更大了。躺在床上，把亚力山大给的那支吕宋烟一气抽完，一边抽烟，一边骂亚力山大。

9

城市生活发展到英国这样，时间是拿金子计算的：白费一刻钟的工夫，便是丢了，说，一块钱吧。除了有金山银海的人们，敢把时间随便消磨在跳舞，看戏，吃饭，请客，说废话，传布谣言，打猎，游泳，生病；其余普通人的生活是要和时辰钟一对一步的走，在极忙极乱极吵的社会背后，站着个极冷酷极有规律的小东西——钟摆！人们的交际来往叫“时间经济”给减去好大一些，于是“电话”和“写信”成了文明人的两件宝贝。白太太的丈夫死了，黑太太给她写封安慰的信，好了，忙！白太太跟着给黑太太在电话上道了谢，忙！

马老先生常纳闷：送信的一天送四五次信，而且差不多老是挨着家儿拍门；那儿来的这么多的信呢？温都太太几乎每天晚上拿着小钢笔，皱着眉头写信；给谁写呢？有什么可写的呢？他有点怀疑，也不由的有点醋劲儿：她，拿着小钢笔，皱着眉头，怪好看的；可是，决不是给他写信！外国娘们都有野——！马老先生说不清自己是否和她发生了恋爱，只是一看见她给人家写信，心里便有点发酸，奇怪！

温都太太，自从马家父子来了以后，确是多用了许多邮票：家里住着两个中国人，不好意思请亲戚朋友来喝茶吃饭；让亲友跟二马一块吃吧？对不起亲友，叫客人和一对中国人坐在一桌上吃喝！叫二马单吃吧？又太麻烦；自然二马不在乎在那儿吃饭，可是自己为什么受这份累呢！算了吧，给他们写信问好，又省事，又四面讨好。况且，在马家父子来了以后，她确是请过两回客，人家不来！她在回信里的字里行间看得出来：“我们肯跟两个中国人一块吃饭吗！”自然信里没有写得这么直率不客气，可是她，又不是个傻子，难道看不出来吗！因为这个，她每逢写信差不多就想到：玛力说的一点不假，不该把房租给两个中国人！玛力其实一点影响没受，天天有男朋友来找她，一块出去玩。我，温都太太叫着自己，可苦了：不请人家来吃饭，怎好去吃人家的；没有交际！为两个中国人牺牲了自己的快乐！她不由的掉了一对小圆泪珠！可是，把他们赶出去？他们又没有大错处；况且他们给的房钱比别人多！写信吧，没法，皱着眉头写！

早饭以前，玛力挠着短头发先去看有信没有。两封：一封是煤气公司的账条子，一封是由乡下来的。

“妈，多瑞姑姑的信，看这个小信封！”

温都太太正做早饭，腾不下手来，叫玛力给她念。玛力用小刀把信封裁开：

“亲爱的温都：

谢谢你的信。我的病又犯了，不能到伦敦去，真是对不起！你们那里有两个中国人住着，真的吗？

你的好朋友，

多瑞。”

玛力把信往桌上一扔，吹了一口气：

“得，妈！她不来！‘你们那里有两个中国人住着！’看出来没有？妈！”

“她来，我们去歇夏；她不来，我们也得去歇夏！”温都太太把鸡蛋倒在锅里，油往外一溅，把小白腕子烫了一点：“Damn！”

早饭做好，温都太太把马老先生的放在托盘里，给他送上楼去。马老先生的醉劲早已过去了，脑门上的那块伤也好了；可是醉后的反动，非常的慎重，早晨非到十一点钟不起来，早饭也在床上吃。她端着托盘，刚一出厨房的门，拿破仑恰巧从后院运动回来；它冷不防往上一扑，她腿一软，坐在门儿里边了，托盘从“四平调”改成“倒板”，哗啦！摊鸡子全贴在地毯上，面包正打拿破仑的鼻子。小狗看了看她，闻了闻面包，知道不是事，夹着尾巴，两眼溜球着又上后院去了。

“妈！怎么啦？”玛力把母亲搀起来，扶着她问：“怎么啦？妈！”

温都太太的脸白了一会儿，忽然通红起来。小鼻子尖子出了一层冷汗珠，嘴唇一劲儿颤，比手颤的速度快一些。她呆呆的看着地上的东西，一声没出。

玛力的脸也白了，把母亲搀到一把椅子旁边，叫她坐下；自己忙着捡地上的东西，有地毯接着，碟子碗都没碎，只是牛奶罐儿的把儿掉了一半。

“妈！怎么啦？”

温都太太的脸更红了，一会儿把一生的苦处好像都想起来。嘴唇儿颤着颤着，忽然不颤了；心中的委屈破口而出，颇有点碎嘴子：

“玛力！我活够了！这样的生活我不能受！钱！钱！钱！什么都是钱！你父亲为钱累死了！我为钱去作工，去受苦！现在我为钱去服侍两个中国人！叫亲友看不起！钱！世界上的聪明人不会想点好主意吗？不会想法子把钱赶走吗？生命？没有乐趣！——除非有钱！”

说完了这一套，温都太太痛快了一点，眼泪一串一串的往下落。玛力的眼泪也在眼圈儿里转，不知道说什么好，只用小手绢给母亲擦眼泪。

“妈！不愿意服侍他们，可以叫他们走呀！”

“钱！”

“租别人也一样的收房钱呀，妈！”

“还是钱！”

玛力不明白母亲的意思，看母亲脸上已经没眼泪可擦，擦了擦自己的眼睛。温都太太半天没言语。

“玛力，吃你的饭，我去找拿破仑。”温都太太慢慢站起来。

“妈？你到底怎么倒在地上了？”

“拿破仑猛的一扑我，我没看见它。”

玛力把马威叫来吃早饭。他看玛力脸上的神气，没跟她说什么；先把父亲的饭（玛力给从新打点的）端上去，然后一声没言语把自己的饭吃了。

吃过饭，玛力到后院去找母亲。温都太太抱着拿破仑正在玫瑰花池旁边站着。太阳把后院的花儿都照起一层亮光；微风吹来，花朵和叶子的颤动，把四围的空气都弄得分外的清亮。墙角的蒲公英结了好几个“老头儿”，慢慢随着风向空中飞舞。拿破仑一眼溜着他的主母，一眼捎着空中的白胡子“老头儿”，羞答答的不敢出声。

“妈！你好啦吧？”

“好啦，你走你的吧。已经晚了吧？”温都太太的脸不那么红了，可是被太阳晒的有点干巴巴的难过；因为在后院抱着拿破仑又哭了一回，眼泪都是叫日光给晒干了的。拿破仑的眼睛也好像有点湿，看见玛力，轻轻摇了摇尾巴。

“拿破仑，你给妈赔不是没有？你个淘气鬼，给妈碰倒了，是你不是？”玛力看着母亲，跟小狗说。

温都太太微微一笑：“玛力，你上工去吧，晚了！”

“再见，妈妈！再见，拿破仑！妈，你得去吃饭呀！”

拿破仑看见主母笑了，试着声儿吧吧叫了两声，作为向玛力说“再见”。

10

玛力走了以后，温都太太抱着拿破仑回到厨房，从新沏了一壶茶，煮了一个鸡子。喝了一碗茶；吃了一口鸡子，咽不下去，把其余的都给了拿破仑。有心收拾家伙，又懒得站起来；看了看外面：太阳还是响晴的。“到公园转个圈子去吧？”拿破仑听说上公园，两只小耳朵全立起了，顺着嘴角直滴答唾沫。温都太太换了件衣裳，擦了擦皮鞋，戴上帽子；心里一百多个不耐烦，可是被英国人的爱体面，讲排场的天性鼓动着，要上街就不能不打扮起来，不管心里高兴不高兴。况且自己是个妇人，妇人？美的中心！不穿戴起来还成！这群小姑娘们，连玛力都算在里头，不懂的什么叫美：短裙子露着腿，小帽子像个鸡蛋壳！没法说，时代改了，谁也管不了！自己要是还年轻也得穿短裙子，戴小帽子！反正女人穿什么，男人爱什么！男人！就是和男人说说心里的委屈才痛快！老马？呸！一个老中国人！他起来了没有？上去看看他？管他呢，“拿破仑！来！妈妈给你梳梳毛，那里滚得这么脏？”拿破仑伸着舌头叫她给梳毛儿，抬起右腿弹了弹脖子底下，好像那里有个虱子，其实有虱子没有，它自己也说不清。

到了大街，坐了一个铜子的汽车，坐到瑞贞公园。坐在汽车顶上，暖风从耳朵边上嗖嗖的吹过去，她深深的吸了一口气。拿破仑扶着汽车的栏杆立着，探着头想咬下道旁杨树的大绿叶儿来，汽车走得快，始终咬不着。

瑞贞公园的花池子满开着花，深红的绣球，浅蓝的倒挂金钟，还有多少叫不上名儿来的小矮花，都像向着阳光发笑。土坡上全是蜀菊，细高的梗子，大圆叶子，单片的，一团肉的，傻白的，鹅黄的花，都像抿着嘴说：“我们是‘天然’的代表！我们是夏天的灵魂！”两旁的大树轻俏的动着绿叶，在细沙路上印上变化不定的花纹。树下大椅子上坐着的姑娘，都露着胳臂，树影儿也给她们的白胳臂上印上些一块绿，一块黄的花纹。温都太太找了个空椅子坐下，把拿破仑放在地下。她闻着花草的香味，看着从树叶间透过的几条日光，心里觉得舒展了好些。脑子里又像清楚，又像迷糊的，想起许多事儿来。风儿把裙子吹起一点，一缕阳光射在腿上，暖忽忽的全身都像痒痒了一点；赶紧把裙子正了一正，脸上红了一点。二十年了！跟他在这里坐着！远远的听见动物园中的狮子吼了一声，啊！多少日子啦，没到动物园去！玛力小的时候，他抱着她，我在后面跟着，拿着些干粮，一块儿给猴儿吃！那时候，多快乐！那时候的花一定比现在的香！生命？惨酷的变化！越变越坏！服侍两个中国人？梦想不到的事！

回去吧！空想有什么用处！活着，人们都得活着！老了？不！看人家有钱的妇女，五十多岁还一朵花儿似的！玛力不会想这些事，啊，玛力要是出嫁，剩下我一个人，更冷落了！冷落！树上的小鸟叫了几声："冷落！冷落！"回去吧，看看老马去吧！——为什么一心想着他呢？奇怪男女的关系！他是中国人，人家笑话咱！为什么管别人说什么呢？一个小麻雀擦着她的帽沿飞过去；可怜的小鸟，终日为找食儿飞来飞去！

拿破仑呢？不见了！

"拿破仑！"她站起来四下看，没有小狗。

"看见拿破仑没有？"她问一个小孩子，他拿着一个小罐正在树底下捡落下来的小红豆儿。

"拿破仑？法国人？"小孩子张着嘴，用小黄眼珠看着她。

"不是，我的小狗。"她笑了笑。

小孩子摇了摇头，又蹲下了："这里一个大的！"

温都太太慌慌张张的往公园里边走，花丛里，树后边，都看了看，没有小狗！她可真急了，把别的事都忘了，一心想找着拿破仑。

她走过公园的第二道门，两眼张望着小河的两岸，还是没有拿破仑的影儿。河里几个男女摇着两只小船，看见她的帽子，全笑起来了。她顾不得他们是笑她不是，顺着河岸往远处瞧。还是没有！她的眼泪差不多要掉下来了，腿也有点软，一下子坐在草地上了。那群男女还笑呢！笑！没人和你表同情！看他们！身上就穿着那么一点衣裳！拿破仑呢？小桥下两只天鹅领着一群小的，往一棵垂柳底下浮，把小桥的影子用水浪打破了。小桥那边站着一个巡警，心满气足的站在那里好像个铜像。“问问他去。”温都太太想。刚要立起来，背后叫了一声：“温都太太！”

马威！抱着拿破仑！

“呕！马威！你！你在那儿找着它了？”温都太太忙着把狗接过来，亲了几个嘴：“你怎么在这儿玩哪？坐下，歇一会儿咱们一块回去。”她喜欢的把什么都忘了，甚至于忘了马威是个中国人。

“我在那里看小孩们钓鱼，”马威指着北边说：“忽然有个东西碰我的腿，一看，是它！”

“你个坏东西，坏宝贝！叫你妈妈着急！还不给马威道谢！”

拿破仑向马威吧吧了两声。

抱着小狗，温都太太再看河上的东西都好看了！“看那些男女，身体多么好！看那群小天鹅，多么有趣！”

“马威，你不摇船吗？”

马威摇了摇头。

“摇船是顶好的运动，马威！游泳呢？”

“会一点。”马威微微一笑，坐在她旁边，看着油汪汪的河水，托着那群天鹅浮悠浮悠的动。

“马威，你近来可瘦了一点。”

“可不是，父亲——你明白——”

“我明白！”温都太太点着头说，居然有点对马威，中国人，表同情。

“父亲——唶！”马威要说没说，只摇了摇头。

“你们还没定规上那里歇夏去哪？”

“没呢。我打算——”马威又停住了，心里说：“我爱你的女儿，你知道吗？”

那个捡红豆的小孩子也来了，看见她抱着小狗，他用手擦着汗说：

“这是你的拿破仑吧？姑娘！”

听小孩子叫她“姑娘”，温都太太笑了。

“喝！姑娘，你怎么跟个中国人一块坐着呀？”

“他？他给我找着了狗！”温都太太还是笑着说。

“哼！”小孩子没言语，跑在树底下，找了根矮枝子，要打忽悠悠。忽然看见桥边的巡警，没敢打，拿起小罐跑啦。

“小孩子，马威，你别计较他们！”

“不！”马威说。

“我反正不讨厌你们中国人！”温都太太话到嘴边，没说出来：“自要你们好好儿的！你们笑话中国人，我偏要他们！”温都太太的怪脾气又犯了，眼睛看着河上的白天鹅，心里这样想。

“下礼拜玛力的假期到了，我们就要去休息几天。你们在外边吃饭，成不成！”

“啊！成！玛力跟你一块儿去，温都太太？”马威由地上拔起一把儿草来。

“对啦！你看，我本来打算找个人给你们作饭——”

“人家不伺候中国人？”马威一笑。

温都太太点了点头，心中颇惊讶马威会能猜透了这个。在英国人看，除了法国人有时候比英国人聪明一点，别人全是傻子。在英国人看，只有英国人想的对，只有英国人能明白他们自己的思想；英国人的心事要是被人猜透，不但奇怪，简直奇怪的厉害！

“马威，你看我的帽子好看，还是玛力的好看？”温都太太看马威精明，颇要从心理上明白中国人的“美的观念”，假如中国人也有这么一种观念。

“我看都好。”

“这没回答了我的问题！”

“你的好看！”

“见玛力，说玛力的好看？”

“真的，温都太太，你的帽子确是好看！父亲也这么说。”

“啊！”温都太太把帽子摘下来，用小手巾抽了一抽。

“我得走啦！”马威看了看表说：“伊姑娘今天找我来念书！你不走吗？温都太太！”

“好，一块儿走！”温都太太说，说完自己想：“谁爱笑话我，谁笑话，我不在乎！偏跟中国人一块走！”

11

马威近来常拿着本书到瑞贞公园去。找个清静没人的地方一坐，把书打开——不一定念。有时候试着念几行，皱着眉头，咬着大拇指头，翻过来掉过去的念；念得眼睛都有点起金花儿了，不知道念的是什么。把书放在草地上，狠狠的在脑杓上打自己两拳：“你干什么来的？不是为念书吗！”恨自己没用，打也白饶；反正书上的字不往心里去！

不光是念不下书去，吃饭也不香，喝茶也没味，连人们都不大愿招呼。怎么了？——她！只有见了她，心里才好受！这就叫作恋爱吧？马威的颧骨上红了两小块，非常的烫。别叫父亲看出来，别叫——谁也别看出来，连李子荣算在里头！可是，他妈的脸上这两点红，老是烫手热！李子荣一定早看出来了！

天天吃早饭见她一面，吃晚饭再见一面；早饭晚饭间隔着多少点钟？一二三四……没完，没完！有时候在晚饭以前去到门外站一站，等着她回来；还不是一样？她一点头，有时候笑，有时候连笑都不笑，在门外等她没用！上她的铺子去看看？不妥当！对，上街上去绕圈儿，万一遇见她呢！万一在吃午饭的时候遇见她，岂不是可以约她吃饭！明知道她的事情是在铺子里头做的，上街去等有什么用，可是万一……！在街上站一会儿，走一会儿；汽车上，铺子里，都看一眼，万一她在那个汽车上，我！飞上去！啊！自己吓自己一跳，她！细一看，不是！有时候随着个姑娘在人群里挤，踩着了老太太的脚尖也不顾得道歉，一劲儿往前赶！赶过去了，又不是她！这个姑娘的脸没有她的白，帽子衣裳可都一样；可恶！和她穿一样的衣裳！再走，再看……心里始终有点疼，脸上的红点儿烫手热！

下雨？下雨也出去；万一她因为下雨早下工呢！“马威你糊涂！那有下雨早放工的事！没关系，反正是坐不住，出去！”伞也不拿，恨拿伞，挡着人们的脸！淋得精湿，帽子往下流水，没看见她！

她，真是她！在街那边走呢！他心里跳得快了，腿好像在裤子里直转圈。赶她！但是，跟她说什么呢？请她吃饭？现在已经三点了，那能还没吃午饭！请喝茶，太早！万一她有要紧事呢，耽误了她岂不……万一她不理我呢？……街上的人看我呢？万一她生了气，以后永不理我呢？都快赶上她了，他的勇气没有了。站住了，眼看着叫她跑了！要不是在大街上，真的他得哭一场！怎么这样没胆气，没果断！心里像空了一样，不知道怎样对待自己才好：恨自己？打自己？可怜自己？这些事全不在乎他自己，她！她拿着他的心！消极方法：不会把她撇在脑后？不会不看她？世界上姑娘多着呢，何必单爱她？她，每到礼拜六把嘴唇擦得多么红，多么难看？她是英国人，何必呢，何必爱个外国人呢？将来总得回国，她能跟着我走吗？不能！算了吧，把她扔在九霄云外吧！——她又回来了，不是她，是她的影儿！笑涡一动一动的，嘴唇儿颤着，一个白牙咬着一点下嘴唇，黄头发曲曲着，像一汪儿日光下的春浪。她的白嫩的脖子，直着，弯着，都那么自然好看。说什么也好，想什么也好，只是没有说“玛力”，想“玛力”那么香甜！

假如我能抱她一回？命，不算什么，舍了命作代价！跟她上过一回电影院，在黑灯影里摸过她的手，多么润美！她似乎没介意，或者外国妇女全不介意叫人摸手！她救我的父亲，一定她有点意；不然，为什么许我摸她的手，为什么那样诚恳的救我父亲？慢慢的来，或者有希望！华盛顿那小子！他不但摸她的手，一定！一定也……我恨他！她要是个中国妇人，我一定跟她明说：“我爱你！”可是，对中国妇人就有这样胆气吗？马威！马威！你是个乏人，没出息！不想了！好好念书！父亲不成，我再不成，将来怎办！谁管将来呢，现在叫我心不疼了，死也干！……

眼前水流着，鸟儿飞着，花在风里动着；水，鸟，花，或者比她美，然而人是人，人是肉作的，恋爱是由精神上想不透，在肉体上可以享受或忍痛的东西；压制是没用的！

伊姑娘？呕！她今天来念书！念书？嗐！非念不可！

温都太太抱着小狗，马威后面跟着，一同走回来。

走到门口，伊姑娘正在阶下立着。她戴着顶蓝色的草帽，帽沿上钉着一朵浅粉的绢花。蓝短衫儿，衬着件米黄的绸裙，脑袋歪着一点，很安静的看着自己的影儿，在白阶石上斜射着。

“她也好看！”马威心里说。

“啊，伊姑娘！近来可好？进来吧！”温都太太和凯萨林拉了拉手。

“对不起，伊姑娘，你等了半天啦吧？”马威也和她握手。

“没有，刚来。”伊姑娘笑了笑。

“伊姑娘，你上楼吧，别叫我耽误你们念书。”温都太太抱着拿破仑，把客厅的门开开，要往里走。

“待一会儿见，温都太太。”伊姑娘把帽子挂在衣架上，拢了拢头发，上了楼。

马老先生正要上街去吃午饭，在楼梯上遇见凯萨林。

“伊姑娘，你好？伊牧师好？伊太太好？你兄弟好？”马老先生的问好向来是不折不扣的。

“都好，马先生。你大好了？我舅舅真不对，你——”

“没什么，没什么！”马先生嗓子里咯噔了几声，好像是乐呢：“我自己不好。他是好意，哥儿们一块凑个热闹。唏，唏，唏。”

“马先生，你走吧，我和马威念点书。”伊姑娘一闪身让马老先生过去。

“那么，我就不陪了，不陪了！唏，唏，唏，”马老先生慢慢下了两层楼梯，对马威说：“我吃完饭上铺子去。”说的声音很小，恐怕叫凯萨林听见。“上铺子去”不是什么光荣事；“上衙门去”才够派儿。

凯萨林坐在椅子上，掏出一本杂志来。

“马威，你教我半点钟，我教你半点钟。我把这本杂志上的一段翻成中国话，你逐句给我改。你打算念什么？”

马威把窗子开开，一缕阳光正射在她的头发上，那圈金光，把她衬得有点像图画上的圣母。他拉了把椅子坐在她的里首，因为怕挡住射在她头上的那缕阳光。“她的头发真好，比玛力的还好！然而不知道为什么，玛力总是比她好看。玛力的好看往心里去，凯萨林只是个好看的老姐姐。”马威心里想，听见她问，赶紧敛了敛神，说：“你想我念什么好，伊姐姐？”

“念小说吧，你去买本韦尔斯的《保雷先生》，你念我听，多咱我听明白了，多咱往下念，这样你可以一字字的念真了，念正确了。至于生字呢，你先查出来，然后我告诉你那个意思最恰当。这么着，好不好？你要有好主意，更好。”

“就这么办吧，姐姐。我今天没书，先教你，下回你教我。”

“叫我占半点钟的便宜？”凯萨林看着他笑了笑。

马威陪着笑了笑。

…………

“妈！妈！你买了新帽子啦？”玛力一进门就看见凯萨林的蓝草帽儿了。

“那儿呢？”温都太太问。

“那儿！”玛力指着衣架，蓝眼珠儿含着无限的羡慕。

“那不是我的，伊姑娘的。”

“呕！妈，我也得买这么一顶！她干什么来了？哼，我不爱那朵粉花儿！”玛力指点出帽子的毛病来，为是减少一点心中的羡慕，羡慕和嫉妒往往是随着来的。

“你怎么这么早就回来啦？”温都太太问。

“我忘了说啦，妈！我不放心你，早晨你摔了那么一下子，我还得赶紧回去！你好啦吧，妈？妈，我要那样的帽子！我们的铺子里不卖草帽，她也不是那儿买的？”玛力始终没进屋门，眼睛始终没离开那顶帽子；帽子的蓝色和她的蓝眼珠似乎联成了一条蓝线！

“玛力，你吃了饭没有？”

“就吃了一块杏仁饼，一碗咖啡，为是忙着来看你吗！”玛力往衣架那边挪了一步。

“我好了，你去吧！谢谢你，玛力！”

“妈，凯萨林干什么来了？”

“跟马威学中国话呢。”

“赶明儿我也跟他学学！”玛力瞪了那个蓝帽子一眼。

玛力刚要往外走，伊姑娘和马威从楼上下来了。

伊姑娘一面招呼她们母女，一面顺手儿把帽子摘下来，戴上，非常的自然，一点没有显排帽子的样儿，也没有故意造作的态度。

“玛力，你的气色可真好！”凯萨林笑着说。

“伊姑娘，你的帽子多么好看！”玛力的左嘴犄角往上一挑，酸酸的一笑。

“是吗？”

“不用假装不觉乎！”玛力心里说，看了马威一眼。

“再见，温都太太！再见，玛力！”凯萨林和她们拉了拉手，和马威一点头。

“妈，晚上见，”玛力也随着出去。

马威在台阶上看着她们的后影：除了她们两个都是女子，剩下没有相同的地方。凯萨林的脖子挺着，帽沿微微的颤。玛力的脖子往前探着一点，小裙子在腿上前后左右的裹。他把手插在裤袋里，皱着眉头上了楼。已经是吃午饭的时候，可是不饿；其实也不是不饿；——说不上来是怎么一回子事！

…………

“妈，牛津大街的加麦公司有那样的草帽。妈，咱们一人买一顶好不好？”玛力在厨房里，抱着拿破仑，跟母亲说。

“没富裕钱，玛力！把糖罐递给我。”温都太太的小鼻子叫火烤的通红，说话也有点发燥：“咱们不是还去歇夏哪吗？把钱都买了帽子，就不用去了！那样的帽子至少也得两镑钱一顶！”——把一匙子糖都倒在青菜上了——“瞧！你净搅我，把糖——”

“要旅行去，非有新帽子不可！”玛力的话是出乎至诚，一使劲把拿破仑的腿夹得生疼。小狗没敢出声，心里说：

“你的帽子要是买不成，我非死不可呀！还是狗好，没有帽子问题！”

“吃完饭再说，玛力！别那么使劲抱着狗！”

马老先生直到晚饭已经摆好才回来。午饭是在中国饭馆吃的三仙汤面，吃过饭到铺子去，郑重其事的抽了几袋烟。本想把货物从新摆一摆，想起来自己刚好，不可以多累；不做点什么，又似乎不大对；拿出账本子看看吧！上两个月赚了四十镑钱，上月赔了十五镑钱；把账本收起去；谁操这份心呢！有时候赚，有时候赔；买卖吗，那能老赚钱？

吃了晚饭，玛力正要继续和母亲讨论帽子问题。马老先生轻轻向她一点头。

“温都姑娘，给你这个。”他递给她一个小信封。

“呕，马先生，两镑钱的支票，干吗？”

“我应许了你一顶帽子，对不对？”

“哈啦！妈——！帽子！”

12

马老先生病好了以后，显得特别的讨好。吃完早饭便到后院去浇花，拿腻虫，剪青草；嘴里哼唧着有声无字的圣诗，颇有点中古时代修道士的乐天爱神的劲儿。心中也特别安适：蜜蜂儿落在脑门上，全不动手去轰；自要你不螫咱，咱就不得罪你，要的是这个稳劲儿，你瞧！

给玛力两镑钱——不少点呀！——买帽子，得，又了啦个心愿！给她母亲也买一顶不呢？上月赔了十五镑，不是玩儿的，省着点儿吧！可是人情不能不讲啊，病了的时候，叫她没少受累，应该买点东西谢谢她！下月再说，下月那能再赔十五镑呢！马威近来瘦了一点，也不是怎么啦？小孩子，总得多吃，糊吃闷睡好上膘吗，非多吃不可！啊，该上铺子瞧瞧去了，李子荣那小子专会瞎叨唠，叨唠唠，叨唠唠，一天叨唠到晚，今天早去，看他还叨唠什么！喝！已经十点了，快走吧！等等，移两盆花，搬到铺子去，多好！他要是说我晚了，我有的说，我移花儿来着，喽！那几颗没有希望的菊秧子，居然长起来了，而且长得不错。对，来两盆菊花吧。古玩铺里摆菊花，有多么雅！——也许把李子荣比得更俗气！

马先生还是远了雇汽车，近了慢慢走，反正不坐公众汽车和电车；好，一下儿出险，死在伦敦，说着玩儿的呢！近来连汽车也不常雇了：街上是乱的，无论如何，坐车是不保险的！况且，在北京的时候，坐上汽车，巡警把人马全挡住，专叫汽车飞过去，多么出锋头，带官派！这里，在伦敦，大巡警把手一伸，车全站住，连国务总理的车都得站住，鬼子吗，不懂得尊卑上下！端着两盆菊秧，小胡子嘴撅撅着一点，他在人群里挤开了。他妈的，那里都这么些个人！简直的走不开：一个个的都走得那么快，撞丧呢！英国人不会有起色，一点稳重气儿都没有！

到了铺子，耳朵里还是嗡嗡的响；老是这么响，一天到晚是这么响！但愿上帝开恩，叫咱回家吧，受不了这份乱！定了定神，把两盆菊秧子摆在窗子前面，捻着小胡子看了半天：啊，这一棵有个小黄叶儿，掐下去！半个黄叶也不能要，讲究一顺儿绿吗？

“马先生！”李子荣从柜房出来，又是挽着袖子，一手的泥！（这小子横是穿不住衣裳，俗气！）“咱们得想主意呀！上月简直的没见钱，这个月也没卖了几号儿；我拿着工钱，不能瞪眼瞧着！你要是有办法呢，我自然愿意帮你的忙；你没办法呢，我只好另找事，叫你省下点工钱。反正这里事情不多，你和马威足可以照应过来了！我找得着事与否，不敢说一定，好在你要是给我两个礼拜的限，也许有点眉目！咱们打开鼻子说亮话，告诉我一句痛快的，咱们别客气！”

李子荣话说的干脆，可是态度非常的温和，连马先生也看出：他的话是真由心里头说出来的，——可是，到底有点俗气！

马老先生把大眼镜摘下来，用小手巾轻轻的擦着，半天没说话。

“马先生，不忙，你想一想，一半天给我准信好不好？”李子荣知道紧逼老马是半点用没有，不如给他点工夫，叫他想一想；其实他想不想还是个问题，可是这么一说，省得都僵在那儿。

马老先生点了点头，继续着擦眼镜。

“我说，李伙计！”马先生把眼镜戴上，似笑不笑的说：“你要是嫌工钱小，咱们可以商量啊！”

“嘿！我的马先生，我嫌工钱小！真，我真没法叫你明白我！”李子荣用手挠着头发，说话有点结巴：“你得看事情呀，马先生！我告诉过你多少回了，咱们得想法子，你始终不听我的，现在咱们眼看着赔钱，我，我，真的，我没法说！你看，咱们邻家，上月净卖蒙文满文的书籍，就赚了好几百！我——”

“谁买满蒙文的书啊？买那个干什么？”马老先生不但觉着李子荣俗气，而且有点精神病！笑话，古玩铺卖满蒙文的书籍，谁买呀？“你要嫌工钱小，咱们可以设法；有办法，自要别伤了面子！”

面子！

可笑，中国人的“讲面子”能跟“不要脸”手拉手儿走。马先生在北京的时候，舍着脸跟人家借一块钱，也得去上亲戚家喝盅喜酒，面子！张大帅从日本搬来救兵，也得和苟大帅打一回，面子！王总长明知道李主事是个坏蛋，也不把他免职，面子！

中国人的事情全在“面子”底下蹲着呢，面子过得去，好啦，谁管事实呢！

中国人的办事和小孩子“摸老瞎”差不多：转着圈儿摸，多咱摸住一个，面子上过得去了，算啦，谁管摸住的是小三，小四，还是小三的哥哥傻二儿呢！

马先生真为了难！事实是简单的：买卖赔钱，得想主意。可是马先生，真正中国人，就不肯这么想，洋鬼子才这么想呢；李子荣也这么想，黄脸的洋鬼子！

“买卖赔钱呀？我没要来做这个穷营业呀！”马先生见李子荣不说话了，坐在椅子上，捻着小胡子，想开了：“我要是不上英国来，现在也许在国内作了官呢！我花钱多呀，我的钱，谁也管不了！”心中一横，手里一使劲，差点揪下两根胡子来：“我不懂得怎么作买卖，读书的君子就不讲作买卖！挤兑我？成心逼我？姓李的，你多咱把书念透了，你就明白你马大叔是什么回事了！俗气！”他向屋里瞪了一眼：“卖满蒙文的书籍？笑话，洋鬼子念满文‘十二头儿’？怎么着，洋鬼子预备见佐领挑马甲是怎着？现在我们是‘中华民国’了！辞我的工不干了？一点面子不讲？你在这儿还要怎么着？咱姓马的待你错不错？猛孤仃的给咱个辞活不伺候，真有鼻子就结啦！”

马先生绕着圈儿想，越想自己的理由越充足，越想越离事实远，越离事实远越觉得自己是真正好中国人，——李子荣是黄脸洋鬼子！

“我说李伙计，”马先生立起来，眼睛瞪着一点，说话的声音也粗了一些，把李子荣吓了一跳：“给你长工钱，你也不干；好吧，你要走，走！现在就走！”

说完了话，学着戏台上诸葛亮的笑法，唏唏了几声。唏唏完了，又觉得不该和李子荣这么不讲面子！可是话已出口，后悔有吗用，来个一气到底：

“现在就走！”

李子荣正擦一把铜壶，听见马先生这样说，慢慢把壶放在架子上，看着马先生半天没言语。

马先生身子有点不舒坦：“这小子的眼神真足！”

李子荣笑了：

“马先生，你我谁也不明白谁，咱们最好别再费话。我不能现在就走。论交情的话呢，我求你给我两个礼拜的限；论法律呢，我当初和你哥哥定的是：不论谁辞谁，都得两个礼拜以前给信。好了，马先生，我还在这儿做十四天的事，从今天算起。谢谢你！”

说完，李子荣又把铜壶拿起来了。

马老先生的脸红了，瞪了李子荣的脊梁一眼，开开门出去了。出了门口，嘟囔着骂：

“这小子够多么不要脸！人家赶你，你非再干两个礼拜不可！好，让你在这儿两个礼拜，我不能再见你，面子已经弄破了，还在一块儿做事，没有的事！没有的事！！对，回去！回去给他两个礼拜的工钱，叫他登时就走！白给你钱，你还不走吗？你可看明白了，我没辞你，是你不愿意干啦！再干两个礼拜，想再敷衍下去，你当我看不出来呢，谁也不是傻子！对，给他两礼拜的工钱，叫他走！……瞧他那个样儿呀，给他钱，他也不走，他要是说再干两礼拜呀，那算是妥了！没法跟这样人打交道，他满不顾面子！我没法子！赶明儿带马威回国，在外国学不出好来！瞧李子荣，没皮没脸！你叫他走，他说法律吧，交情吧！扯蛋！……没法子！……没面子！……去吃点三仙汤面吧！管他李子荣，张子荣呢！犯不上跟他生气！气着，好，是玩儿的呢！……”

13

“老李！你跟我父亲吵起来了？”马威进门就问，脸上的神气很不好看。

“我能跟他吵架？老马！”李子荣笑着说。

“我告诉你，老李！”马威的脸板着，眉毛拧在一块，嘴唇稍微有点颤：“你不应该和父亲捣乱！你知道他的人性，有什么事为什么不先跟我说呢！不错，你帮我们的忙不少，可是你别管教我父亲啊！无论怎说，他比咱们大二十多岁！他是咱们的前辈！”他忽然停住了，看了李子荣一眼。

李子荣楞了一会儿，挠挠头发，噗哧的一笑：

“你怎么了？老马！”

“我没怎么！我就是要告诉你：别再教训我父亲！”

“呕！”李子荣刚要生气，赶紧就又笑了：“你吃了饭没有？老马！”

“吃了！”

“你给看一会儿铺子成不成？我出去吃点甚么，就回来。”

马威点了点头。李子荣扣上帽子，出去了，还是笑着。

李子荣出去以后，大约有十分钟，进来一个慈眉善目的老头儿。

“啊，年青的，你是马先生的儿子吧？”老头儿笑嘻嘻的说，脑袋歪在一边儿。

“是，先生！”马威勉强笑着回答。

“啊，我一猜就是吗，你们父子的眼睛长得一个样。”老头儿说着，往屋里看了一眼：“李先生呢？”

“出去吃饭，就回来——先生要看点什么东西？我可以伺候你！”马威心里想：“我也会作生意，不是非仗着李子荣不可！”

“不用张罗我，我自己随便看吧！”老头儿笑了笑，一手贴在背后，一手插在衣袋里，歪着头细细看架子上的东西。看完一件，微微点点头。

马威要张罗他，不好；死等着，也不好；皱着眉，看着老头儿的脊梁盖儿。有时候老头回过头来，他赶紧勉强一笑，可是老头儿始终没注意他。

老头儿身量不高，可是长得挺富泰。宽宽的肩膀，因为上了年纪，稍微往下溜着一点。头发雪白，大概其的往后拢着。连腮一部白胡子，把嘴盖得怪好看的。鼻子不十分高，可是眼睛特别的深，两个小眼珠深深的埋伏着，好像专等着帮助脸上发笑。脑袋常在一边儿歪歪着。老头儿的衣裳非常的讲究。一身深灰呢衣，灰色的绸子领带，拴着个细金箍儿。单硬领儿挺高，每一歪头的时候，硬领的尖儿就藏在白胡子里。没戴着帽子。皮鞋非常的大，至少比脚大着两号儿，走道儿老有点擦着地皮，这样，叫裤子的中缝直直的立着，一点褶儿也没有。

“我说，年青的，这个罐子不能是真的吧？”老头儿从货架子上拿起一个小土罐子，一手端着，一手轻轻的摸着罐口儿，小眼睛半闭着，好像大姑娘摸着自己的头发，非常的谨慎，又非常的得意。

“那——”马威赶过两步去，看了小罐子一眼，跟着又说了个长而无用的“那——”

“啊，你说不上来；不要紧，等着李先生吧。”老头儿说着，双手捧着小罐，嘴唇在白胡子底下动了几动，把小罐又摆在原地方了。“你父亲呢？好些日子没见他了！”老头儿没等马威回答，接着说下去，眼睛还看着那个小罐子：“你父亲可真是好人哪，就是不大会做生意，啊，不大会做生意。你在这儿念书哪吧？念什么？啊，李先生来了！啊，李先生，你好？”

“啊，约汗，西门爵士！你好？有四五天没见你啦！”李子荣脸上没有一处不带着笑意，亲亲热热的和西门爵士握了握手。

西门爵士的小眼睛也眨巴着，笑了笑。

"西门爵士，今天要看点什么？上次拿去的宜兴壶已经分析好了吧？"

"哎，哎，已经分析了！你要是有贱的广东磁，不论是什么我都要；就是广东磁我还没试验过。你有什么，我要什么，可有一样，得真贱！"西门爵士说着，向那个小罐子一指："那个是真的吗？"

"冲你这一问，我还敢说那是真的吗！"李子荣的脸笑得真像个混糖的开花馒头。一边说，一边把小罐子拿下来，递给老头儿："釉子太薄，底下的棕色也不够厚的，决不是磁州的！可是，至迟也是明初的！西门爵士，你知道的比我多，你看着办吧，看值多少给多少！马先生，给西门爵士搬把椅子来！"

"哎，哎，不用搬！我在试验室里一天家站着，站惯了，站惯了！"西门爵士特意向马威一笑："哎，谢谢！不用搬！"然后端着小罐又仔细看了一过："哎，你说的不错，底下的棕色不够厚的，不错！好吧，无论怎么说吧，给我送了去吧，算我多少钱？"

"你说个数儿吧，西门爵士！"李子荣搓着手，肩膀稍微耸着点儿，真像个十二分成熟的买卖人。

马威看着李子荣，不知不觉的点了点头。

老头儿把小罐儿捧起来，看了看罐底儿上的价码。跟着一挤眼，说："李先生，算我半价吧！哎！"

"就是吧，西门爵士！还是我亲身给你送了去？"

"哎，哎，六点钟以后我准在家，你跟我一块儿吃饭，好不好！"

"谢谢！我六点半以前准到！广东磁器也送去吧？"

"哎，你有多少？我不要好的！为分析用，你知道——"

"知道！知道！我这儿只有两套茶壶茶碗，不很好，真正广东货。把这两套送到试验室，这个小罐子送到你的书房，是这么办不是？西门爵士！"

“这家伙全知道！”马威心里说。

“哎，哎，李先生你说的一点儿不错！”

“还是偷偷儿的送到书房去，别叫西门夫人看见，是不是，西门爵士？”李子荣说着，把小罐接过来，放在桌儿上。

老头儿笑开了，头一次笑出声儿来。

“哎，哎，我的家事也都叫你知道了！”老头儿掏出块绸子手巾擦了擦小眼睛：“你知道，科学家不应该娶妻，太麻烦，太麻烦！西门夫人是个好女人，就是有一样，常搅乱我的工作。哎，我是个科学家兼收藏家，更坏了！西门夫人喜欢珍珠宝石，我专买破罐子烂砖头！哎，妇人到底是妇人！哎，偷偷的把小罐子送到书房去，咱们在那里一块吃饭。我还要问你几个字，前天买了个小铜盒子，盖上的中国字，一个个的小四方块儿，哎，我念不上来，你给我翻译出来吧！还是一个先令三个字，哎？”

“不是篆字？”李子荣还是笑着，倒好像要把这个小古玩铺和世界，全招笑了似的。

“不是，不是！我知道你怕篆字。哎，晚上见吧。连货价带翻译费我一齐给你，晚上给你。晚上见，哎。”西门爵士说完，过去拍了拍马威的肩膀，“哎，你还没告诉我，你念什么书呢！”

“商业！先生——爵士！”

“啊！好，好！中国人有做买卖的才干，忍力；就是不懂得新的方法！学一学吧！好，好好的念书，别净出去找姑娘，哎？”老头儿的小眼睛故意眨巴着，要笑又特意不笑出来，嘴唇在白胡底下动了动。

“是！”马威的脸红了。

“西门爵士，你的帽子呢？”李子荣把门开开，弯着腰请老头儿出来。

“哎，在汽车上呢！晚上见，李先生！”

老头儿走了以后，李子荣忙着把小罐子和两套茶壶茶碗都用棉花垫起来，包好。一边包，一边向马威说：

“这个老头子是个好照顾主儿。专收铜器和陶器。他的书房里的东西比咱们这儿还多上三倍。原先他作过伦敦大学的化学教授，现在养老不作事了，可是还专研究陶土的化学配合。老家伙，真有意思！贵东西买了存着，贱东西买了用化学分析。老家伙，七十多了，那么精神！我说老马，开两张账单儿，搁在这两个包儿一块。”

李子荣把东西包好，马威也把账单儿开来。李子荣看了马威一眼，说：

“老马，你今儿早晨怎么了？你不是跟我闹脾气，你一定别有心事，借我出气！是不是？大概是爱情！我早看出来了，腮上发红，眉毛皱着，话少气多，吃喝不下，就剩——抹脖子，上吊！”李子荣哈哈的乐起来：“害相思的眼睛发亮，害单思的眼睛发浑！相思有点甜味，单思完全是苦的！老马？你的是？”

“单思！”马威受这一场奚落，心中倒痛快了！——害单思而没地方去说的，非抹脖子不可！

“温都姑娘？”

“哼！”

“老马，我不用劝你，没用！我有朝一日要是爱上一个女人，她要是戏耍我，我立刻就用小刀抹脖子！嗞！”李子荣用食指在脖子上一抹。“可是，我至少能告诉你这么一点儿：你每一想她的时候，同时也这么想：她拿我，一个中国人，当人看不呢？你当然可以给你自己一个很妥当的回答。她不拿咱当人看，还讲爱情？你的心可以凉一点儿了！这是我独门自造的‘冰吉凌’，专治单思热病！没有英国青年男女爱中国人的，因为中国人现在是给全世界的人作笑话用的！写文章的要招人笑，一定骂中国人，因为只有中国人骂着没有危险。研究学问的恨中国人，因为只有中国人不能帮他们的忙；那样学问是中国人的特长？没有！普通人小看中国人，因为中国人——缺点多了，简直的说不清！我们当时就可以叫他们看得重，假如今天我们把英国，德国，或是法国给打败！更好的办法呢，是今天我们的国家成了顶平安的，顶有人才的！你要什么？政治！中国的政治最清明啊！你要什么？化学！中国的化学最好啊！除非我们能这么着，不用希望叫别人看得起；在叫人家看不起的时候，不用乱想人家的姑娘！我就见过温都姑娘一回，我不用说她好看不好看，人品怎么样；我只能告诉你一句话，她不能爱你！她是普通男女中的一个，普通人全看不起中国人，为什么她单与众不同的爱个小马威！”

“不见得她准不爱我！”马威低着头儿说。

“怎见得？”李子荣笑着问。

“她跟我去看电影，她救我的父亲。”

“她跟你去看电影，和我跟你去看电影，有什么分别？我问你！外国男女的界限不那么严——你都知道，不用我说。至于救你父亲，无论是谁，看见他在地上爬着，都得把他拉回家去！中国人见了别人有危险，是躲得越远越好，因为我们的教育是一种独善其身的！外国人见了别人遇难，是拚命去救的，他们不管你是白脸人，黑脸人，还是绿脸人，一样的拯救。他们平时看不起黑脸和绿脸的哥儿们，可是一到出险了，他们就不论脸上的颜色了！她不因为是‘你’的父亲才救，是因为她的道德观念如此。我们以为看见一个人在地上躺着，而不去管，满可以讲得下去；外国人不这么想。他们的道德是社会的，群众的。这一点，中国人应当学鬼子！在上海，我前天在报上念的，有个老太婆倒在街上了，中国人全站在那里看热闹，结果是叫个外国兵给搀起来了；他们能不笑话我们吗！我——我说到那儿去啦？往回说吧！不用往脸上贴金，见她和你握手，就想她爱你！她才有工夫爱你呢！吃我的冰吉凌顶好，不用胡思乱想！”

马威双手捧着脑门儿，一声没发。

“老马，我已经和你父亲辞了我的事！”

“我知道！你不能走！你不能看着我们把铺子做倒了！”马威还是低着头，说话有点儿发颤！

“我不能不走！我走了，给你们一月省十几镑钱！”

“谁替我们做买卖呀！”马威忽然抬起头来，看着李子荣说：“那个西门老头儿问我，我一个字答不出，我不懂！不懂！”

“那没难处！老马！念几本英国书，就懂得好些个。我又何尝懂古玩呢，都仗着念了些书！外国人研究无论那样东西，都能有条有理的写书，关于中国磁器，铜器，书可多了。念几本就行！够咱们能答得上碴儿的就行！老马，你放心，我走了，咱们还是好朋友，我情愿帮你的忙！”

待了半天，马威问：

“你那儿去找事呀？”

“说不上来，碰机会吧！好在我现在得了一笔奖金，五十镑钱，满够我活好几个月的呢！你看，”李子荣又笑了：“《亚细亚杂志》征求中国劳工近况的论文，我破了一个月的工夫，连白天带晚上，写了一篇。居然中了选，五十镑！我告诉你，老马！老天爷饿不死瞎家雀，一点不错！我有这五十镑，足够混些日子的！反正事情是不找不来，咱天天去张罗，难道就真没个机会！愿意干事的人不会饿死；饿死的决不是能干的人！老马！把眉头打开，高起兴来干！”

李子荣过去按着马威的肩膀，摇了几下子。

马威哭丧着脸笑了一笑。

14

马老先生跟李子荣闹完气，跑到中国饭馆吃了两个三仙汤面；平日不生气的时候总是吃一个面的。汤面到了肚子里，怒气差不多全没啦。生气倒能吃两个面，好现象！这么一想，几乎转怒为喜了。吃完面，要了壶茶，慢慢滋润着。直到饭座儿全走了，才会账往外溜达。出了饭馆，不知道上那儿去好。反正不能回铺子！掌柜的和伙计闹脾气，掌柜的总是有不到铺子的权柄！——正和总长生气就不到衙门去一样！一样！可是，上那儿去呢？在大街上散逛？车马太乱，心中又有气，一下儿叫汽车给轧扁了，是玩儿的呢！听戏去？谁听鬼子戏呢！又没锣鼓，又不打脸，光是几个男女咕噜的瞎说，没意思！找伊牧师去？对！看看他去！他那天说，要跟咱商议点事。什么事呢？哎，管他什么事呢，反正老远的去看他，不至于有错儿！

叫了辆汽车到蓝加司特街去。

坐在车里，心里不由的想起北京：这要是在北京多么抖！坐着汽车叫街坊四邻看着，多么出色！这里，处处是汽车，不足为奇，车钱算白花！

"嘿喽！马先生！"伊牧师开开街门，把马先生拉进去："你大好了？又见着亚力山大没有？我告诉你，马先生，跟他出去总要小心一点！"

"伊牧师你好？伊太太好？伊小姐好？伊少爷好？"马先生一气把四个好问完，才敢坐下。

"他们都没在家，咱们正好谈一谈。"伊牧师把小眼镜往上推了一推，鼻子中间皱成几个笑纹。自从伤风好了以后，鼻子上老绉着那么几个笑纹，好像是给鼻子一些运动；因为伤风的时候，喷嚏连天，鼻子运动惯了。“我说，有两件事和你商议：第一件，我打算给你介绍到博累牧师的教会去，作个会员，礼拜天你好有个准地方去作礼拜。他的教会离你那儿不远，你知道游思顿街？哎，顺游思顿街一直往东走，斜对着英苏车站就是。我给你介绍，好不好？”

“好极了！”现在马老先生对外国人说话，总喜欢用绝对式的字眼儿。

“好，就这么办啦。”伊牧师嘴唇往下一垂，似是而非的笑了一笑：“第二件是：我打算咱们两个晚上闲着作点事儿，你看，我打算写一本书，暂时叫作《中国道教史》吧。可是我的中文不十分好，非有人帮助我不可。你要是肯帮忙，我真感激不尽！”

“那行！那行！”马先生赶紧的说。

“我别净叫你帮助我，我也得替你干点什么。”伊牧师把烟袋掏出来，慢慢的装烟：“我替你想了好几天了：你应当借着在外国的机会写点东西，最好写本东西文化的比较。这个题目现在很时兴，无论你写的对不对，自要你敢说话，就能卖得出去。你用中文写，我替你译成英文。这样，咱们彼此对帮忙，书出来以后，我敢保能赚些钱。你看怎么样？”

“我帮助你好了！”马老先生迟迟顿顿的说：“我写书？倒真不易了！快五十的人啦，还受那份儿累！”

“我的好朋友！”伊牧师忽然把嗓门提高一个调儿：“你五十啦？我六十多了！萧伯纳七十多了，还一劲儿写书呢！我问你，你看见过几个英国老头子不做事？人到五十就养老，世界上的事都交给谁做呀！”

“我也没说，我一定不做！”马老先生赶紧往回收兵，唯恐把伊牧师得罪了，其实心里说：“你们洋鬼子不懂得尊敬老人，要不然，你们怎是洋鬼子呢！”

英国人最不喜欢和旁人谈家事，伊牧师本来不想告诉老马，他为什么要写书；可是看老马迟疑的样子，不能不略略的说几句话：

"我告诉你，朋友！我非干点什么不可！你看，伊太太还作伦敦传教公会中国部的秘书，保罗在银行里，凯萨林在女青年会作干事，他们全挣钱，就是我一个人闲着没事！虽然我一年有一百二十镑的养老金，到底我不愿意闲着——"伊牧师又推了推眼镜，心里有点后悔，把家事都告诉了老马！

"儿女都挣钱，老头子还非去受累不可！真不明白鬼子的心是怎么长着的！"马老先生心里说。

"我唯一的希望是得个大学的中文教授，可是我一定要先写本书，造点名誉。你看，伦敦大学的中文部现在没有教授，因为他们找不到个会写会说中国话的人。我呢，说话满成，就差写点东西证明我的知识。我六十多了，至少我还可以作五六年事，是不是？"

"是！对极了！我情愿帮助你！"马先生设法想把自己写书的那一层推出去："你看，你若是当了中文教授，多替中国说几句好话，多么好！"

马老先生以为中文教授的职务是专替中国人说好话。

伊牧师笑了笑。

两个人都半天没说话。

"我说，马先生！就这么办了，彼此帮忙！"伊牧师先说了话："你要是不叫我帮助你，我也就不求你了！你知道，英国人的办法是八两半斤，谁也不要吃亏的！我不能白求你！"

"你叫我写东西文化，真，叫我打那儿写起！"

"不必一定是这个题目哇，什么都行，连小说，笑话都成！你看，中国人很少有用英文写书的，你的书，不管好不好，因为是中国人写的，就可以多卖。"

“我不能乱写，给中国人丢脸！”

“呕！”伊牧师的嘴半天没闭上。他真没想到老马会说出这么一句来！

马老先生自己也说不清，怎么想起这么一句来。

没到过中国的英国人，看中国人是阴险诡诈，长着个讨人嫌的黄脸。到过中国的英国人，看中国人是脏，臭，糊涂的傻蛋。伊牧师始终没看起马先生，他叫老马写书，纯是为好叫老马帮他的忙！他知道老马是傻蛋，傻蛋自然不会写书。可是不双方定好，彼此互助，伊牧师的良心上不好过，因为英国人的公平交易，是至少要在形式上表出来的！

伊牧师，和别的英国人一样，爱中国的老人，因为中国的老人一向不说“国家”两个字。他不爱，或者说是恨，中国的青年，因为中国的青年们虽然也和老人一样的糊涂，可是“国家”，“中国”这些字眼老挂在嘴边上。自然空说是没用的，可是老这么说就可恨！他真没想到老马会说：“给中国人丢脸！”

马老先生自己也说不清，怎么想起这么一句来！

“马先生，”伊牧师楞了半天才说：“你想想再说，好在咱们不是非今天决定不可。马威呢，他念什么呢？”

“补习英文，大概是要念商业。”马先生回答：“我叫他念政治，回国后作个官儿什么的，来头大一点。小孩子拧性，非学商业不可，我也管不了！小孩子，没个母亲，老是无着无靠的！近来很瘦，也不是怎么啦！小孩子心眼重，我也不好深问他！随他去吧！反正他要什么，我就给他钱，谁叫咱是作老子的呢！无法！无法！”

马老先生说得十分感慨，眼睛看着顶棚，免得叫眼泪落下来。心中很希望：这样的一说，伊牧师或者给他作媒，说个亲什么的。——比方说吧，给他说温都寡妇。自然娶个后婚儿寡妇，不十分体面，可是娶外国寡妇，或者不至于犯七煞，尅夫主！——他叹了一口气；再说，伊牧师要是肯给他作媒，也总是替他作了点事，不是把那个作文化比较的事可以岔过去了吗！你替咱作大媒，咱帮助你念中国书：不是正合你们洋鬼子的“两不吃亏”的办法吗！他偷着看了伊牧师一眼。

伊牧师叼着烟袋，没言语。

“马先生，”又坐了半天，伊牧师站起来说：“礼拜天在博累牧师那里见吧。叫马威也去才好呢，少年人总得有个信仰，总得！你看保罗礼拜天准上三次教会。”

“是！”马老先生看出伊牧师是已下逐客令，心里十二分不高兴的站起来：“礼拜天见！”

伊牧师把他送到门口。

“他妈的，这算是朋友！”马先生站在街上，低声儿的骂：“不等客人要走，就站起来说‘礼拜天见！’礼拜天见？你看着，马大人要是上教堂去才怪！……”

“朋朋！——嗞啦！”一辆汽车擦着马先生的鼻子飞过去了！

15

温都母女歇夏去了，都戴着新帽子。玛力的帽箍上绣着个中国字，是马老先生写的，她母亲给绣的。戴上这个绣着中国字的帽子，玛力有半点来钟没闭上嘴，又有半点来钟没离开镜子。帽子一样的很多，可是绣中国字的总得算新奇独份儿。要是在海岸上戴着这么新奇的帽子，得叫多少姑娘太太们羡慕得落泪，或者甚至于晕过去！连温都太太也高兴得很，女儿的帽子一定惹起一种革命——叫作帽子革命吧！女儿的像片一定要登在报上，那得引起多少人的注意和羡爱！

“马先生，”玛力临走的时候来找马老先生：“看！”她左手提着小裙子，叫裙子褶儿像扇面似的铺展开。脖子向左一歪，右手斜着伸出去，然后手腕轻松往回一撇。同时肩膀微微一耸，嘴唇一动：“看！”

“好极了！美极了！温都姑娘！”马老先生向她一伸大拇指头。

玛力听老马一夸奖，两手忽然往身上一併，一扬脑袋，唏的一笑，一溜烟似的跑了。

其实，马老先生只把话说了半截：他写的是个“美”字，温都太太绣好之后，给钉倒了，看着——美——好像“大王八”三个字，“大”字拿着顶。他笑开了，从到英国还没这么痛快的笑过一回！“啊！真可笑！外国妇女们！脑袋上顶着‘大王八’，大字还拿着顶！哎哟，可笑！可笑！”一边笑！一边摇头！把笑出来的眼泪全抡出去老远！

笑了老半天，马先生慢慢的往楼下走，打算送她们到车站。下了楼，她们母女正在门口儿等汽车。头一样东西到他的眼睛里是那个“大王八”。他咬着牙，梗着脖子，把脸都憋红了，还好，没笑出来。

“再见，马先生！”母女一齐说。温都太太还找补了一句：“好好的，别淘气！出去的时候，千万把后门锁好！”

汽车来了，拿破仑第一个蹿进去了。

马老先生哼哧着说了声“再见！好好的歇几天！”

汽车走了，他关上门又笑开了。

笑得有点儿筋乏力尽了，马先生到后院去浇了一回花儿。一个多礼拜没下雨，花叶儿，特别是桂竹香的，有点发黄。他轻轻的把黄透了的全掐下来，就手来把玫瑰放的冗条子也打了打。响晴的蓝天，一点风儿没有，远处的车声，一劲儿响。马先生看着一朵玫瑰花，听着远处的车响，心里说不上来的有点难过！勉强想着玛力的帽子，也不是怎回事，笑不上来了！抬头看了看蓝天，亮，远，无限的远，还有点惨淡！

“几时才能回国呢？”他自己问自己：“就这么死在伦敦吗？不！不！等马威毕业就回国！把哥哥的灵运回去！”想起哥哥，他有心要上坟去看看，可是一个人又懒得去。看着蓝天，心由空中飞到哥哥的坟上去了。那块灰色的石碑，那个散落的花圈，连那个小胖老太太，全活现在眼前了！“哎！活着有什么意味！”马先生轻轻摇着头念叨：“石碑？连石碑再待几年也得坏了！世界上没有长生的东西，有些洋鬼子说，连太阳将来都是要死的！……可是活着，说回来了！也不错！……那自然看怎样活着，比如能作高官，享厚禄，妻妾一群，儿女又肥又胖，差不多了！值得活着了！……”

马先生一向是由消极想到积极，而后由积极而中庸，那就是说，好歹活着吧！混吧！混过一天又一天，心中好似……他差点没哼哼出几句西皮快板来。这种好歹活着，便是中国半生不死的一个原因，自然老马不会想到这里。

完全消极，至少可以产生几个大思想家。完全积极，至少也叫国家抖抖精神，叫生命多几分乐趣。就怕，像老马，像老马的四万万同胞，既不完全消极，又懒得振起精神干事。这种好歹活着的态度是最贱，最没出息的态度，是人类的羞耻！

马老先生想了半天，没想出什么高明主意来，赌气子不想了。回到书房，擦了一回桌椅，抽了袋烟。本想坐下念点书，向来没念书的习惯，一拿书本就觉得怪可笑的，算了吧。

“到楼下瞧瞧去，各处的门都得关好了！”他对自己说：“什么话呢，人家走了，咱再不经心，还成！”

温都太太并没把屋子全锁上，因为怕是万一失了火，门锁着不好办。马先生看了看客厅，然后由楼梯下去，到厨房连温都太太的卧室都看了一个过儿。向来没进过她的屋里去，这次进去，心里还是有点发虚，提手蹑脚的走，好像唯恐叫人看见，虽然明知屋里没有人。进去之后，闻着屋里淡淡的香粉味，心里又不由的一阵发酸。他站在镜子前边，呆呆的立着，半天，又要走，又舍不得动。要想温都寡妇，又不愿意想。要想故去的妻子，又渺茫的想不清楚。不知不觉的出来了，心里迷迷糊糊的，好像吃过午饭睡觉做的那种梦，似乎是想着点什么东西，又似乎是麻糊一片。一点脚步声儿没有，他到了玛力卧房的门口。门儿开着，正看见她的小铁床。床前跪着个人，头在床上，脖子一动一动的好像是低声的哭呢。

马威！

老马先生一时僵在那块儿了。心中完全像空了一会儿，然后不禁不由的低声叫了声：

“马威！”

马威猛孤丁的站起来：脸上由耳朵根红起一直红到脑门儿。

父子站在那里，谁也没说什么。马威低着头把泪擦干，马老先生抹着小胡子，手直颤。

老马先生老以为马威还是十二三岁的小孩子。每逢想起马威，便联想到：“没娘的小孩子！”看见马威瘦了一点，他以为是不爱吃英国饭的缘故。看见马威皱着眉，他以为是小孩子心里不合适。他始终没想到马威是二十多的小伙子了，更根本想不到小孩子会和——马老先生想不起相当的字眼，来表示这种男女的关系；想了半天，到底还是用了个老话儿：“想不到这么年青就‘闹媳妇’！”他不忍的责备马威，就这么一个儿，又没有娘！没有那样的狠心去说他！他又不好不说点什么，做父亲的看见儿子在个大姑娘床上哭，不体面，下贱，没出息！可是，说儿子一顿吧？自己也有错处，为什么始终看儿子还是个无知无识的小孩子！不知道年头儿变了，小孩子们都是胎里坏吗！为什么不事先防备！还算好！他和玛力，还没闹出什么笑话来！这要是……她是个外国姑娘，可怎么好！自己呢，也有时候爱温都寡妇的小红鼻子；可是那只是一时的发狂，谁能真娶她呢！娶洋寡妇，对得起谁！小孩子，想不到这么远！……

老马看了小马一眼，慢慢的往楼上走。

马威跟着出来，站在门口看着那个铁床。忽然又进去了，把床单子……自己的泪痕还湿着——轻轻舒展了一回。低着头出来，把门关好，往楼上走。

“父亲！”马威进了书房，低声儿叫：“父亲！”

老马先生答应了一声，差点没落下泪来。

马威站在父亲的椅子后面，慢慢的说：

“父亲！你不用不放心我！我和她没关系！前些日子……我疯了！……疯了！现在好了！我上她屋里去，为是……表示我最后的决心！我再不理她了！她看不起咱们，没有外国人看得起咱们的，难怪她！从今天起，咱们应该打起精神做咱们的事！以前的事……我疯了！李子荣要走，咱们也拦不住他，以后的事，全看咱们的了！他允许帮咱们的忙，我佩服他，信任他，他的话一定是真的！我前两天得罪了他，我没心得罪他，可是，我……疯了！他一点没介意，他真是个好人！父亲！我对不起你，你要是有李子荣那样的一个儿，什么事也不用你操心了！”

“万幸，我没李子荣那样的个儿子！”马老先生摇着头一笑。

“父亲！你答应我，咱们一块儿好好的干！咱们得省着点花钱！咱们得早起晚睡打着精神干！咱们得听李子荣的话！我去找他，问他找着事没有。他已经找着事呢，无法，只好叫他走。他还没找着事呢，咱们留着他！是这样办不是，父亲？”

“好，好，好！”马老先生点着头说，并没看马威：“自要你知道好歹，自要你不野着心闹——什么事都好办！我就有你这么一个儿，你母亲死得早！我就指着你啦，你说什么是什么！你去跟李伙计商议，他要是说把房子拆了，咱登时就拆！去把他找来，一块来吃中国饭去，我在状元楼等你们。你去吧，给你这一镑钱。”老马先生，把一镑钱的票子掖在马威的口袋里。

…………

马威这几天的心里像一锅滚开花的粥：爱情，孝道，交情，事业，读书，全交互冲突着！感情，自尊，自恨，自怜，全彼此矛盾着！父亲不好，到底是父亲！李子荣太直爽，可是一百成的好人！帮助父亲做事，还有工夫念书吗？低着头念书，事业交给谁管呢？除此以外，还有个她！她老在眼前，心上，梦里，出没无常。总想忘了她，可是那里忘得下！什么事都容易摆脱，只有爱情，只有爱情是在心根上下种发芽的！她不爱我，谁管她爱不爱呢！她的笑，她的说话，她的举动，全是叫心里的情芽生长的甘露；她在那儿，你便迷惑颠倒；她在世上，你便不能不想她！不想她，忘了她，只有铁心人能办到！马威的心不是铁石，她的白胳臂一颤动，他的心也就跟着颤动！然而，非忘了她不可！不敢再爱她，因为她不理咱；不敢恨她，因为她是为叫人爱而生下来的！……不敢这么着，不愿意那么着，自己的身分在那儿呢？年青的人一定要有点火气，自尊的心！为什么跟着她后边求情！为什么不把自己看重了些！为什么不帮助父亲作事！为什么不学李子荣！……完了！我把眼泪洒在你的被子上，我求神明保护你，可是我不再看你了，不再想你了！盼望你将来得个好丈夫，快活一辈子！这是……父亲进来了！……有点恨父亲！可是父亲没说什么，我得帮助他，我得明告诉他！告诉了父亲，心里去了一块病。去找李子荣，也照样告诉他。

“老李！”马威进了铺子就叫：“老李！完了！”

“什么完了？”李子荣问。

“过去的是历史了，以后我要自己管着我的命运了！”

“来，咱们拉拉手！老马，你是个好小子！来，拉手！”李子荣拉住马威的手，用力握了握。

“老李，你怎样？是走呀，还是帮助我们？”

“我已经答应西门爵士，去帮助他。”李子荣说：“他现在正写书，一本是他化验中国磁器的结果，一本是说明他所收藏的古物。我的事是帮助他作这本古物的说明书，因为他不大认识中国字。我只是每天早晨去，一点钟走，正合我的适。”

“我们的买卖怎办呢？”马威问。

“我给你们出个主意：现在预备一大批货，到圣诞节前来个大减价。所有的货物全号上七扣，然后是照顾主儿就送一本彩印的小说明书。我去给你们办这个印刷的事，你们给我出点车钱就行。《亚细亚杂志》和东方学院的《季刊》全登上三个月的广告。至于办货物呢，叫你父亲先请王明川吃顿中国饭，然后我和老王去说，叫他给你们办货，他是你伯父的老朋友，他自己又开古玩铺，又专办入口货的事情。交给他五百镑钱办货，货办来以后，就照着我的办法来一下。这一下子要是成功，你们的事业就算站住了。就是失败——大概不会吧！你看怎样？你得天天下午在这里，早晚去念书；专指马老先生一个人不成！货到了之后我来帮助你们分类定价码，可是你们得管我午饭，怎样？”

“老李，你说什么就是什么啦！我们的失败与成功，就看此一举啦！老李，父亲在状元楼等你吃饭呢，你去不去？”

“不！谢谢！还是那句话，吃一回就想吃第二回，太贵，吃不起！我说老马，你应当上乡下歇一个礼拜去，散逛散逛。好在我还在这儿几天，你正好走。”

“上那儿好呢？”马威问。

“地方多了，上车站去要份旅行指南来，挑个地方去住一个礼拜，对身体有益！老马！好，你去吃饭吧，替我谢谢马老先生！多吃点呀！”李子荣笑起来了。

马威一个人出来，李子荣还在那儿笑。

第四段

1

从一入秋到冬天，伦敦的热闹事儿可多了。戏园子全上了拿手好戏，铺子忙完秋季大减价，紧跟着预备圣诞节。有钱的男女到伦敦来听戏，会客，置办圣诞礼物。没钱的男女也有不花钱的事儿作：看伦敦市长就职游行，看皇帝到国会行开会礼，小口袋里自要有个先令，当时不是押马，便是赌足球队的胜负。晚报上一大半是赛马和足队比赛的结果，人们在早晨九点钟便买一张，看看自己赢了没有。看见自己是输了，才撅着嘴念点骂外国的新闻，出出恶气。此外溜冰场，马戏，赛狗会，赛菊会，赛猫会，赛腿会，赛车会，一会跟着一会的大赛而特赛，使人们老有的看，老有的说，老有的玩，——英国人不会起革命，有的看，说，玩，谁还有工夫讲革命。伊太太也忙起来，忙着为穷人募捐，好叫没饭吃的人到圣诞节也吃顿饱饭。她头上的乱棉花更乱了，大有不可收拾的趋势。伊牧师也忙得不了，天天抱着本小字典念中国书，而且是越念生字越多。保罗的忙法简直的不易形容，在街上能冒着雨站三点钟，等着看看皇太子，回到家来站在镜子前边微微的笑，因为有人说，他的鼻子真像皇太子的。皇太子那天在无线电传播替失业工人请求募捐，保罗登时捐了两镑钱，要不是皇太子说工人很苦，他一辈子也想不起来这回事；有时候还笑他妈妈的替穷人瞎忙，忙得至于头发都不易收拾。去看足球，棍球，和骂中国人的电影什么的，是风雨勿阻的。凯萨林姑娘还是那么安静，可是也忙。忙着念中文，忙着学音乐，忙着办会里的事，可是她的头发一点不乱，还是那么长长的，在雪白的脖子上轻轻的盖着。温都母女也忙起来，母亲一天到晚添楼上下的火，已足使她的小鼻子尖上常常带着一块黑。天是短的，非抓着空儿上街买东西不可，而且买的东西很多，因为早早买下圣诞应用的和送礼的东西，可以省一点钱。再说，圣诞的节饼在一个多月以前就得做好。玛力的眼睛简直忙不过来了，街上的铺子没有一家不点缀得一百成花梢的，看什么，什么好看。每个礼拜她省下两个先令，经十五六点钟的研究，买件又贱，又好，又美的小东西。买回来，偷偷的藏在自己的小匣里，等到圣诞节送礼。况且，自己到圣诞还要买顶新帽子；这可真不容易办了！拿着小账本日夜的计算，怎么也筹不出这笔钱来。偷偷的花了一个先令押了个马，希望能赢点钱，恰巧她押的马跑到半路折了个毛跟头，一个先令丢了！"越是没钱越输钱！非把钱取消了，不能解决帽子问题！"她一生气，几乎要信社会主义！

伦敦的天气也忙起来了。不是刮风，就是下雨，不是刮风下雨，便是下雾；有时候一高兴，又下雨，又下雾。伦敦的雾真有意思，光说颜色吧，就能同时有几种。有的地方是浅灰的，在几丈之内还能看见东西。有的地方是深灰的，白天和夜里半点分别也没有。有的地方是灰黄的，好像是伦敦全城全烧着冒黄烟的湿木头。有的地方是红黄的，雾要到了红黄的程度，人们是不用打算看见东西了。这种红黄色是站在屋里，隔着玻璃看，才能看出来。若是在雾里走，你的面前是深灰的，抬起头来，找有灯光的地方看，才能看出微微的黄色。这种雾不是一片一片的，是整个的，除了你自己的身体，其余的全是雾。你走，雾也随着走。什么也看不见，谁也看不见你，你自己也不知道是在那儿呢。只有极强的汽灯在空中漂着一点亮儿，只有你自己觉着嘴前面呼着点热气儿，其余的全在一种猜测疑惑的状态里。大汽车慢慢的一步一步的爬，只叫你听见喇叭的声儿；若是连喇叭也听不见了，你要害怕了：世界已经叫雾给闷死了吧！你觉出来你的左右前后似乎全有东西，只是你不敢放胆往左往右往前往后动一动。你前面的东西也许是个马，也许是个车，也许是棵树；除非你的手摸着它，你是不会知道的。

马老先生是伦敦的第一个闲人：下雨不出门，刮风不出门，下雾也不出门。叼着小烟袋，把火添得红而亮，隔着玻璃窗子，细细咂摸雨，雾，风的美。中国人在什么地方都能看出美来，而且美的表现是活的，是由个人心中审美力放射出来的情与景的联合。烟雨归舟咧，踏雪寻梅咧，烟雨与雪之中，总有个含笑的瘦老头儿。这个瘦老头儿便是中国人的美神。这个美神不是住在天宫的，是住在个人心中的。所以马老先生不知不觉的便微笑了，汽车由雨丝里穿过去，美。小姑娘的伞被风吹得歪歪着，美。一串灯光在雾里飘飘着，好像几个秋夜的萤光，美。他叼着小烟袋，看一会儿外面，看一会儿炉中的火苗，把一切的愁闷苦恼全忘了。他只想一件东西，酒！

“来他半斤老绍兴，哎？”他自己叨唠着。

伦敦买不到老绍兴，啃！还是回国呀！老马始终忘不了回国，回到人人可以赏识踏雪寻梅和烟雨归舟的地方去！中国人忘不了“美”和“中国”，能把这两样充分的发达一下，中国的将来还能产出个黄金时代。把科学的利用和美调和一下，把不忘祖国的思想用清明的政治发展出来，中国大有希望呀！可惜老马，中国人的一个代表，只是糊里糊涂有点审美的天性，而缺少常识。可惜老马只想回国，而不明白国家是什么东西。可惜老马只想作官，而不知道作官的责任。可惜老马爱他的儿子，而不懂得怎么教育他。可惜……

快到圣诞节了，马老先生也稍微忙起来一点。听说英国人到圣诞节彼此送礼，他喜欢了，可有机会套套交情啦！伊家大小四口，温都母女，亚力山大，自然是要送礼的。连李子荣也不能忘下呀！俗气，那小子；给他点俗气礼物，你看！对，给他买双鞋；俗气人喜欢有用的东西。还有谁呢？状元楼的掌柜的。华盛顿——对，非给华盛顿点东西不可，咱醉了的那天，他把咱抬到汽车上！汽车？那小子新买了摩托自行车，早晚是摔死！唉，怎么咒骂人家呢！可是摩托自行车大有危险，希望他别摔死，可是真摔死，咱也管不了呀！老马撇着小胡子嘴儿笑了。

“几个了？”马老先生屈着手指算：“四个加三个，七个。加上李子荣，状元楼掌柜的，华盛顿，十个。还有谁呢？对，王明川；人家给咱办货，咱还不送人家点东西！十一个。暂时就算十一个吧，等想起来再说！给温都太太买个帽子？”

马老先生不嘟囔了，闭上眼睛开始琢磨，什么样的帽子能把温都太太抬举得更好看一点。想了半天，只想到她的小鼻尖儿，小黄眼珠儿，小长脸；怎么也想不起：什么样的帽子才能把她的小长脸衬得不那么长了。想不起，算了，到时候再说。

“啊！还有拿破仑呢！”马老先生对拿破仑是十分敬仰的——她的狗吗！“这倒难了，你说，给狗什么礼物？还真没给狗送过礼，说真的！啊哈！有了！有了！有了！”马老先生一高兴，把刚装上的一袋烟，又全磕在炉子里了：“弄点花纸，包上七个先令，六个便士，用点绒绳一系，交给温都太太。那天听说：新年后她得给拿破仑买年证，七个六一张。咱给它买，嘿！这个主意妙不妙？！他妈的，一个小狗也一年上七个六的捐！管洋鬼子的事呢，反正咱给它买，她——她一定——对！”

他喜欢极了，居然能想出这么高明的主意来，真，真是不容易！快到吃饭的时候了，外面的雾还是很大。有心到铺子去看看，又怕叫汽车给轧死；有心请温都太太给作饭，又根本不喜欢吃凉牛肉。况且在最近一个月内，简直的不敢上铺子去。自从李子荣出主意预备圣诞大减价，马威和李子荣（他天天抓着工夫来帮忙。）忙得手脚朝天，可是不许老马动手。有一天马老先生想往家拿个小瓶儿，为插花儿用，李子荣一声没言语，硬把小瓶从老马手里夺过去。而且马威板着脸说他父亲一顿！又一回，老马看马威和李子荣全出去了，他把玻璃窗上的红的绿的单子全揭下来，因为看着俗气，又被马威透透的数落一顿。没法，自己的儿子不向着自己，还有什么法子！谁叫上鬼子国来呢，在鬼子国没地方去告忤逆不孝！忍着吧！可是呀，马威是要强，是为挣钱！就是要强吧，也不能一点面子不留哇！我是你爸爸，你要晓得！

“好小子，马威，要强！”马老先生点着头自己赞叹：“可是，要强自管要强，别忘了我是你爸爸！”

窗外的大雾是由灰而深灰，而黄，而红。对面的房子已经完全看不见了。处处点着灯，可是处处的灯光，是似明似灭的，叫人的心里惊疑不定。街上卖煤的，干苦的吆唤，他的声音好像是就在窗外呢，他的身子和煤车可好像在另一世界呢。

“算了吧！”马老先生又坐在火旁：“上铺子去也是挨说，老老实实的在这儿忍着吧！”

马老先生是伦敦第一个清闲的人。

2

不论是伟人，是小人，自要有极强的意志往前干，他便可以做出点事业来。事业的大小虽然不同，可是那股坚强的心力与成功是一样的，全是可佩服的。最可耻的事是光摇旗呐喊，不干真事。只有意志不坚强的人，只有没主张而喜虚荣的人，才去做摇旗呐喊的事。这种事不但没有成功的可能，不但不足以使人们佩服，简直的连叫人一笑的价值都没有。

可有在中国的外国人——有大炮，飞机，科学，知识，财力的洋鬼子——看着那群摇纸旗，喊正义，争会长，不念书的学生们笑？笑？不值得一笑！你们越不念书越好，越多摇纸旗越好。你们不念书，洋鬼子的知识便永远比你们高，你们的纸旗无论如何打不过老鬼的大炮。你们若是用小炮和鬼子的大炮碰一碰，老鬼子也许笑一笑。你们光是握着根小杆，杆上糊着张红纸，拿这张红纸来和大炮碰，老鬼子要笑一笑才怪呢！真正爱国的人不这么干！

爱情是何等厉害的东西：性命，财产，都可以牺牲了，为一个女人牺牲了。然而，就是爱情也可以用坚强的意志胜过去。生命是复杂的，是多方面的：除了爱情，还有志愿，责任，事业……。有福气的人可以由爱情的满足而达到他的志愿，履行他的责任，成全他的事业。没福气的人只好承认自己的恶运，回过头来看看自己的志愿，责任，事业。爱情是神圣的，不错，志愿，责任，事业也都是神圣的！因为不能亲一个樱桃小口，而把神圣的志愿，责任，事业全抛弃了，把金子做的生命虚掷了，这个人是小说中的英雄，而是社会上的罪人。实在的社会和小说是两件事。

把纸旗子放下，去读书，去做事；和把失恋的悲号止住，看看自己的志愿，责任，事业，是今日中国——破碎的中国，破碎也还可爱的中国！——的青年的两付好药！

马威在中国的时候，也曾打过纸旗，随着人家呐喊，现在他看出来了：英国的强盛，大半是因为英国人不呐喊，而是低着头死干。英国人是最爱自由的，可是，奇怪，大学里的学生对于学校简直的没有发言权。英国人是最爱自由的，可是，奇怪，处处是有秩序的。几百万工人一齐罢工，会没放一枪，没死一个人。秩序和训练是强国的秘宝，马威看出来了。

他心中忘不了玛力，可是他也看出来了：他要是为她颓丧起来，他们父子就非饿死不可！对于他的祖国是丝毫责任不能尽的！马威不是个傻子，他是个新青年，新青年最高的目的是为国家社会做点事。这个责任比什么也重要！为老中国丧了命，比为一个美女死了，要高上千万倍！为爱情牺牲只是在诗料上增加了一朵小花，为国家死是在中国史上加上极光明的一页！

马威明白了这个！

他的方法是简单的：以身体的劳动，抑制精神的抑郁。早晨起来先到公园去跑一个圈，有时候也摇半点来钟的船。头一天摇的时候，差一点把自己扣在船底下。刮风也出去跑，下雨也出去跑，跑过两三个礼拜，脸上已经有点红光儿。跑回来用凉水洗个澡，（现在温都太太已准他们用她的澡盆。）把周身上下搓个通红，颇像鱼店里的新鲜大海虾。洗完澡，下来吃早饭。玛力看他，他也看玛力。玛力说话，他也笑着对答。他知道她美，好，拿她当个美的小布人。“你看不起我，我更看不起你！”他自己心里说：“你长得美呀，我要光荣，责任！美与光荣，责任，很难在天平上称一称的！哈哈！”

玛力看着他的脸红润润的，腕子上的筋骨也一天比一天粗实，眼睛分外的亮，倒故意的搭讪着向他套话。因为外国女人爱粗壮的小伙子。马威故意的跳动，吃完早饭，一跳三层楼梯，上楼去念书。在街上遇见她，只是把手一扬，一阵风似的走下去。

“哈哈！有意思！我算出了口气！”马威自己说。

能在事事看出可笑的地方，生命就有趣多了。

念完一两点钟的书，马威出门就跑，一直跑到铺子去，把李子荣出的主意，一一的实行出来。货物在圣诞前一个月到了伦敦，他和李子荣拚命的干：点缀门面，定价码，印说明书……整整的一天准干七点钟。王明川给办的货物，并不全是古玩；中国刺绣，中国玩艺儿，中国旧绣花的衣裳，全有。于是愿给亲友一点中国东西的老太婆们，也知道了马家铺子，今天买个小荷包，明天买把旧团扇。有的时候因为买这些零杂儿，也带手儿买点贵重的东西。货物刚清理好，李子荣就把老西门爵士运来，叫他捡好的挑。西门爵士歪着头整跟这两个小伙子转了半天；除了自己要买的磁器，还买了一件二十五镑钱的老中国绣花裙子，为是到圣诞节送给他的夫人。这半天就卖了一百五十多镑钱。

“行了！老马！”李子荣抓着头发说。

“行了！老李！”马威已经笑得说不出别的来。

两人又商议了半天，怎么能叫行人看见他们的铺子。李子荣主张在胡同口安上个电灯，一明一灭的射出“买中国古玩”和“送中国东西”，红光和绿光一前一后的交换着。少年人作事快，商议好，到第三天就安好了。

他们一忙，隔壁那家古玩铺的掌柜的有点起毛。他向来知道老马是个不行的行货，净等着老马宣告歇业，他好把马家铺子吸收过来。现在一看这两个年青的弄得挺火炽，他决定非下手不可了，等马家铺子完全的立住脚可就不好办了。他光着秃脑袋，捧着大肚子，偷偷的把李子荣约出去吃了顿饭，透了点口话。李子荣笑着告诉他：“你好好的去买瓶生发水，先把头发长出来再说。”

那个老掌柜的摸着秃脑袋笑开了，（英国人能有自己笑自己的好处。）也没再说别的。

马老先生来了好几次，假装着给他们帮忙，其实专为给温都太太拿一两样细巧的小玩艺儿。他在屋里扯着四方步转，看看这个，又看看那个，摸着这个，又挪挪那个，偷偷看马威一眼，——马威的大眼睛正钉着他呢！他轻轻咳嗽两声，把手塞在裤兜里，又扯着四方步转开了。等有买主进来的时候，他深深给人家鞠躬，鞠完躬，本想上前做一号买卖，显显自己的本领；那里知道，刚直起腰来，马威早已把照顾主儿领过去了。

“要强！小孩子真成！可是别忘了我是你爸爸！”马老先生自己叨唠着。

圣诞前几天，买卖特别的忙。所卖的东西，十之八九是得包好了给买主送了去。马威和李子荣有时候打包裹打到夜里十点钟，有的送邮局，有的娇细的东西还得自己送去。于是李子荣告奋勇，到车铺赁了一辆破自行车，拚命飞跑各处送东西。马老先生一见李子荣骑着破车在汽车群中挤，便闭上眼替他祷告上帝。

“告诉李子荣，”马老先生对马威说：“别那么飞跑呀！那是说着玩儿的呢！在汽车缝儿里挤出来挤进去！喝！别跟华盛顿学，他早晚是摔死！”

马威把父亲的善意告诉了李子荣，李子荣笑开了：

“谢谢马先生的好心！不要紧，我已经保险，多咱撞死，多咱保险公司赔我母亲五百镑钱！我告诉你，老马，由两个大汽车间夹挤出去，顶痛快的事了！要不是身上背着古玩，还能跑得更快呢！昨儿晚上和一群骑车的男女赛开了，我眼瞧着眉毛已经和一辆汽车的后背挨上了，你猜怎么着，我也不知道怎股劲儿，把车弄立起来了，车轮子和汽车挨了个亲儿。我，噗咚，跳下来了！那群男女扯着脖子给我喊了三个‘好儿！’干！没错！”

马威把这些话告诉了父亲，马老先生没说什么，点着头叹息了两声。

老马先生看马威这么忙，有一天晚上早早吃完晚饭又回铺子来了。

"马威！"老马先生进门就说："我非干点什么不可！我不会做生意，难道我还不会包包儿吗！我非帮着你不可！"

说着，他把烟荷包，烟袋放在桌上，拿过几张纸来，说：

"给我些容易包的东西！"

马威给了父亲些东西。马老先生把烟袋插在嘴里，鼻子耸耸着一点，看看纸的大小，又端详了东西的形状。包了半天，怎么也包不齐整。偷偷看李子荣一眼，李子荣已经包完好几个，包得是又齐又好看。其实李子荣只是一手按着东西，一手好像在纸上一切，哼，也不怎么纸那么听他的话；一切，正好平平正正的裹在东西上。马老先生也用手一切，忙着用绳儿捆，怪事，绳子结了个大疙瘩，纸角儿全在外面团团着，好像伊太太的头发。

"瓦匠讲话，齐不齐，一把泥。就是他呀！"马老先生好歹包好一包，双手捧着颠了一颠。又看了他们一眼，他们都偷偷的笑呢："你们不用笑！等你们老了的时候，就明白了！你们年青力壮，手脚多么灵便，我——老人了！"

说完了，双手捧着包儿，转了个圈儿，不知放在那里好。李子荣赶过来，接过去，叫马威贴签子，写姓名。马威接过去，顺手放在旁边了。

"我的烟荷包呢？"马老先生问。

"没看见，在纸底下，也许。"他们不约而同的说。

老马先生把纸一张一张的都掀开，没有荷包。

"你们不用管我，我会找！丢烟荷包，常有的事！"

屋里各处都找到了，找不着。

"奇怪！越忙越出事，真他——！"

一眼看见他刚包好的包儿了。一声没言语，把包儿打开，把烟荷包拿出来。

“马威，我回家了！你们也别太晚了！”

他刚一出门，李子荣跳起多高，笑得都不是声儿了。马威笑得也把墨水瓶碰倒。

“我告诉你，老李！我给父亲的那点东西，是没用的，谁也没买过。我准知道老头儿包不好。要不然我怎么把它放在一边，不往上贴签子呢！”

“买东西，嘁，白饶，哈，烟荷包！嘁，哈，哈，哈，……”

两个青年直笑了一刻钟，或者还许多一点。

3

圣诞节的前一天，伦敦热闹极了。男女老少好像一个没剩，全上了街啦。市场的东西好像是白舍，大嘟噜小挂的背着抱着；街上，除了巡警，简直看不见一个空手走道儿的。汽车和电车公司把车全放出来了，就是这么着，老太太们还挤不上车去，而且往往把筐儿里的东西挤滚了一街。邮差们全不用口袋了，另雇闲人推着小车子，挨家送包裹，在伦敦住的人，有的把节礼送出去，坐着汽车到乡下去过节。乡下的人，同时，坐着汽车上伦敦来玩几天，所以往乡下去的大道上，汽车也都挤满了。

天阴得很沉，东风也挺冷，可是没人觉出来天是阴着，风是很凉。街上的铺子全是新安上的五彩电灯，把货物照得真是五光十色，都放着一股快活的光彩。处处悬着“圣诞老人”，戴着大红风帽，抱着装满礼物的百宝囊。人们只顾着看东西了，忘了天色的黑暗。在人群里一挤便是一身热汗，谁也没工夫说：“风很凉啊！”

人们把什么都忘了：政治，社会，官司，苦恼，意见，……都忘了。人们全忽然的变成小孩子了，个个想给朋友点新东西，同时想得点好玩艺儿。人人看着分外的宽宏大量，人人看着完全的无忧无虑，只想吃点好的，喝些好的，有了富余还给穷人一点儿。这天晚上真好像是有个“救世主”要降生了，天下要四海兄弟的太平了。

直到半夜铺子才关门，直到天亮汽车电车还在街上跑，车上还是挤满了人。胡同儿里也和大街一样的亮，家家点缀好圣诞树，至不济的也挂起几个小彩球。穷小孩子们唱着圣诞的古歌，挨门要钱。富家的小孩子，半夜还没睡，等着圣诞老人来送好东西。贫富是不同的，可是在今天都可以白得一点东西，把他们的小心儿喜欢的像刚降世的耶稣。教堂的钟声和歌声彻夜的在空中萦绕着，叫没有宗教思想的人们，也发生一种庄严而和美的情感。

马老先生在十天以前便把节礼全买好送出去，因为买了存着，心里痒痒的慌。只有给温都母女的还在书房里搁着，温都太太告诉了他，非到圣诞不准拿出来。把礼物送出以后，天天盼着人家的回礼。邮差一拍门，他和拿破仑便争着往出跑。到圣诞的前两天，礼物都来了：伊牧师给他一本《圣经》，伊太太是一本《圣诗》，伊姑娘是一打手绢，伊少爷光是一个贺节片，虽然老马给保罗一匣吕宋烟。本来普通英国人送礼是一来一往的，保罗根本看不起中国人，所以故意的不还礼。老马本想把《圣经》《圣诗》和保罗的贺片全送回去，后来又改了主意：

“看着伊姑娘的面子，也别这么办！”

这几天简直的没到铺子去，因为那里没他下手的地方。照顾主儿来了，他只会给人家开门，鞠躬，送出去。虽然好几个老太婆都说：

“看那个老头儿多么规矩！多么和气！”可是马先生的意见不是这么着了：

"你当是，作掌柜的光是为给人家开门吗！"他自己叨唠着："我知道你成，可是别忘了，我是你爸爸！叫爸爸给人家开门，鞠躬！"

赌气子不上铺子去了！

他自己闲着在街上溜达，看着男女老少都那么忙，心中有点难过："我要是在中国多么好！过年的时候，咱也是这么忙！在外国过节，无论人家是怎么喜欢，咱也觉不出快活来！盼着发财吧，发了财回国去过节！"越看人家忙，心里越想家；越想家，人家越踩他的脚："回去吧，回去看看温都太太，帮帮她的忙。"

他慢条斯礼的回了家。

温都太太正忙得小脚鸭儿朝了天，脑筋蹦着，小鼻子尖儿通红。打地毯，擦桌子，自炉口以至门环，凡有铜器的地方全见一见油。各屋的画儿上全悬上一枝冬青叶，单买了一把儿菊花供在丈夫的像片前面，客厅的电灯上还挂上两枝白相思豆儿。因为没有小孩儿，不便预备圣诞树，可是七八间屋子里总多少得点缀起来，有的地方是一串彩球，有的地方是两对小纸灯，里里外外看着都有点喜气。厨房里，灶上蒸着圣诞饽，烙着果馅点心，不时的还得看一眼，于是她楼上楼下像小燕儿似的乱飞。飞了一天，到晚上还要写贺节片，打点礼物，简直闹得往鼻子尖上拍粉的工夫都没有了。温都姑娘因为铺子里忙节，是早走晚回来，一点不能帮母亲的忙。拿破仑是楼上楼下乱跑，看着彩球叫唤几声，看着小灯笼又叫唤几声；乘着主母在别处的时候，还到厨房去偷一两个剥好的核桃吃。

"温都太太！"马老先生进门便叫："温都太太！我来给你帮忙，好不好？"

"马先生，谢谢你！"温都寡妇擦着小红鼻子说："你先把拿破仑带出去玩一会儿吧，它净在这儿搅乱我。"

"好啦，温都太太！拿破仑！这儿来！"

拉着小狗出去转了个圈儿，好在小孩子们没跟他捣乱，因为他们都疯着心过节，没工夫起哄。把狗拉回来，正走在门口儿，亚力山大来了。他抱着好些东西，一包一包的直顶到他的大红鼻子。他老远的便喊：

“老马！老马！把顶上头的那包拿下来，那是你的礼物！”

马老先生把包儿拿下来，拿破仑也凑过去闻了闻亚力山大的大脚。

“老马！谢谢你的礼物！”亚力山大嚷着说：“怎么着，你上我那里过节去好不好？咱们痛痛快快的喝一回！”

“谢谢！谢谢！”马老先生笑着说：“我过节再去行不行？我已经答应了温都太太在家里凑热闹。”

“哈哈！”亚力山大往前走了两步，低声的说，两眼挤箍着：“老马，看上小寡妇了！有你的！有你的！好，就这么办了，圣诞节后两天我在家等你，准来！再见！唉，别忙，把从底下数第四包抽出来，交给温都太太，替我给她道节喜。再见，老马！”

马老先生把包儿拿下来，亚力山大端着其余的包儿，开路鬼似的走下去了。

“温都太太！”马老先生又是进门就叫。

“哈喽！”温都太太在楼上扯着小尖嗓子喊。

“我回来了，还给你带回点礼物来。”

儿打疙疸，儿打疙疸，温都太太一溜烟似的从楼上跑下来。

“呕！”她把包儿接过去，说：“亚力山大给我的：我没东西给他，可怎么好！”

“不要紧，我这儿还有一匣吕宋烟，包上，送给他，好啦！”马老先生的笑眼钉着她的小红鼻子。

“那赶情好！你多少钱买的，我照数给你。”

“别提钱！”老马先生还看着她的小红鼻子尖说：“别提钱！大节下的，一匣吕宋烟，过的着，咱们过的多！是不是？”

温都太太笑着点了点头。

老马把狗解开，上楼去拿那匣烟。

圣诞的前一天，马威和李子荣忙到午后四点钟就忙完了。

“老李！上门哪！该玩玩去了！”马威笑着说。

“好，关门！”李子荣笑着回答。

“门口的电灯也捻下去吧？”

“捻下去，留着胡同口上的那个灯。”

“老李，我得送你点礼物，你要什么？”马威问。

“马老先生已经给了我一双皮鞋，别再送了！”

“那是父亲的，我还非给你点东西不可，你替我们受这么大的累！”

“我告诉你，老马，”李子荣笑着说：“咱们可不准闹客套！我帮助你，你天天可管我的饭呢！”

“无论怎么说，非送你点东西不可。你要什么？”马威问。

李子荣抓了半天头发，没言语。

“说话！老李！”马威钉着问。

“你要是非送礼不可呀，给我买个表吧。”李子荣说着从衣袋里把他的破表掏出来，放在耳朵旁边摇了一摇：“你看这个表，一高兴，一天快两点多钟。一不高兴，一天慢两点多钟。还外带着只有短针，没长针。好啦，你花几个先令给我买个新的吧！”

“几个先令？老李！”马威睁着大眼睛说：“要买就得买好的！不用捣乱，咱们一块儿去买！走哇！”

马威扯着李子荣走，李子荣向来是什么事不怕，今天可有点退缩，脸上通红，不知道怎样才好。

“别忙，你先等我把那辆破自行车送回去。”

“咱们一块走，你骑上，我在后面站着。”

两个人上了车，忽忽悠悠的跑到车行还了车，清了账。

出了车行，马威用力扯着李子荣，唯恐他抽空儿跑了。两个人走一会儿，站一会儿。走着也辩论，站着也辩论。马威主张到节送礼是该当的，李子荣说送礼不应花钱太多。马威说买东西就得要好的，李子荣说他的破表已经带了三年，实在没买好表的必要。马威越着急，眼睛瞪的越大，李子荣越着急，脸上越红。

两个人从圣保罗教堂穿过贱卖街，到了贾灵十字街，由这里又穿过皮开得栗，到了瑞贞大街。见一个钟表铺，马威便要进去，李子荣是扯着马威就跑。

“我说，老李，你这么着就不对了！”马威有点真急了。

“你得答应我，买不过十个先令一个的表，不然我不叫你进去！”李子荣也有点真急了。

“就是吧！”马威无法，只好答应了。

在一家极大的钟表铺，买了一支十个先令的表。马威的脸羞的通红，李子荣一点不觉乎，把表放在袋儿里，挺着腰板好像兵马大元帅似的走出来。

“老马！谢谢你！谢谢你！”在铺子外面，李子荣拉住马威的手不放，连三并四的说：“谢谢你！我可不给你买东西了！我可不给你买东西了！”

马威几乎落下泪来，没说什么，只是用力握了握李子荣的手。

“老马，你把铺子里的钱都送到银行去了？”

“都送去了！老李，你明天上那里玩去？”

“我？”李子荣摇了摇头。

“你明天找我来，好不好？”

"明天汽车电车都就开半天呀，出来不方便！"

"这么着，你后天来，咱们一块儿听戏去。忙了一节，难道还不玩一天！"

"好啦，后天见吧！谢谢你！老马！"李子荣又和马威拉了一回手，然后赶火车似的向人群里跑去了。

马威看着李子荣，直到看不见他了，才慢慢的低着头回了家。

4

天还是阴着，空中稀拉拉的飘着几片雪花。街上差不多没有什么人马了，男女老少都在家里庆祝圣诞。

温都太太请了多瑞姑姑来过节，可是始终没有回信。直到圣诞早晨末一次邮递，才得着她的一封短简的信，和一包礼物。信中的意思是：和中国人在一块儿，生命是不安全的。圣诞是快乐享受的节气，似乎不应当自找恐怖与危险。

温都太太看完信，有点不高兴，小嘴撅起多高。可是也难怪多瑞姑姑，普通的人谁不把"中国人"与"惨杀"联在一块儿说！

她撅着小嘴把包儿打开，一双手织的毛线手套是给她的，一双肉色丝袜子是给玛力的。她把女儿叫来，母女批评了一回多瑞姑姑的礼物。玛力姑娘打扮得一朵鲜花似的，红嘴唇抹得深浅正合适，眉毛和眼毛也全打得黑黑的，笑涡四围用胭脂润润的拍红，恰像两朵娇羞的海棠花。温都太太看着女儿这么好看，心中又高了兴，把撅着的小嘴改成笑嘻嘻的，轻轻的在女儿的脑门上吻了一下。母女把多瑞姑姑的礼物收起去，开始忙着预备圣诞的大餐。煎炒的事儿全是温都太太的，玛力只伸着白手指头，离火远远的，剥点果仁，拿个碟子什么的。而且是随剥随吃，两个红笑涡一凸一凹的动，一会儿也没闲着。

老马先生吃完早饭，在客厅里坐下抽烟，专等看看圣诞大餐到底是什么样儿。坐了没有一刻钟，叫温都太太给赶出了。

“到书房去！”她笑嘻嘻的说：“回来咱们在这里吃饭。不听见铃声别下来，听见没有？”

老马先生知道英国妇女处处要逞强，有点什么好东西总要出其不意的拿出来，好叫人惊异叫好儿。他叼着烟袋笑嘻嘻的上楼了。

“吃饭的时候，想着把礼物拿下来！”温都姑娘帮着母亲说：“马威呢？”

“马威！马威！”温都太太在楼下喊。

“这儿哪，干什么？”马威在楼上问。

“不到吃饭的时候别进客厅，听见没有？”

“好啦，我带拿破仑出去，绕个圈儿，好不好？”马威跑下来问。

“正好，走你们的！一点钟准吃饭，别晚了！”温都太太把狗交给马威，轻轻的吻了狗耳朵一下。

马威把狗带走。温都母女在楼下忙。马老先生一个人叼着烟袋，在书房里坐着。

“圣诞节！应当到教会去看看！”马老先生想：“等明儿见了伊牧师的时候，也好有话说。……伊牧师！大节下的给我本《圣经》；那怕你给我点小玩艺儿呢，到底有点过节的意味呀！一本《圣经》，我还能吃《圣经》，喝《圣经》！糊涂！”

马老先生决定不上教会了。拿出给温都母女买的节礼，打开包儿看了一遍。然后又照旧包好，包好之后，又嫌麻绳太粗，不好看；叼着烟袋到自己屋里去找，找了半天，找不着细绳子。回到书房，想了半天主意：“对了！”跑到马威的屋里去找红墨水，把绳子染红了，放在火旁边烤着。“红颜色多么起眼，妇人们都爱红的！”把绳子烤干，又把包儿捆好，放在桌儿上。然后把红墨水瓶送回去，还细细的看了马威的屋子一回：马威的小桌上已经摆满了书，马老先生也说不清他什么时候买的。墙上挂着李子荣的四寸小像片，头发乱蓬蓬的，脸上挺俗气的笑着，马老先生向像片打了个嚏喷。床底下堆着箱子，靴子，还有一双冰鞋。“这小孩子，什么也干，又学溜冰呢！冰上可有危险呀，回来告诉他，别再去溜冰！好，一下儿掉在冰窟窿里，说着玩儿的呢！”

马老先生回到书房，添上点煤，又坐下抽烟。

“好像忘了点事儿，什么呢？”他用烟袋敲着脑门想：“什么呢？呕！忘了给哥哥的坟上送点鲜花去！晚了，晚了！今天圣诞，大家全歇工，街上准保买不到鲜花！人要是老了，可是糟糕！直想着，直想着，到底是忘了！……盼着发财吧，把哥哥的灵运回去！盼着早早的回家吧！……我要是和她——不！不！不！给马威娶个洋母亲，对不起人！娶她，再说，就不用打算回国了！不回国还成！……可是洋太太们真好看！她不算一百成的好看，可是干净抹腻呢！对了，外国妇人是比中国娘们强，外国妇人就是没长着好脸子，至少有个好身体：腰儿是腰儿，腿儿是腿儿，白胸脯在外边露着，胳臂像小藕棒似的！……啊！大圣诞的，别这么没出息！想点好的：回来也不是吃什么？大概是火鸡，没个吃头！可是，自要不给咱凉牛肉吃就得念佛！……”

烧鸡的味儿从门缝钻进一点来，怪香的；还有点白兰地酒味儿。“啊，今儿还许有一盅半盅的喝呢！”马老先生咽了口唾沫。

马威拉着拿破仑在瑞贞公园绕了个大圈，直到十二点半钟才回来。把狗送到楼下，他上楼去洗手，换鞋，预备吃饭。

“马威！”马老先生叫：“上这儿来！”

马威换上新鞋进了书房。

“马威！”马老先生说：“你看，咱们什么时候才能回国呢？”

“你又想家了，父亲！”马威在火旁烤着手说。

马老先生没言语。

“明天你跟我们听戏去，好不好？”马威问，脸还向着火。

“你们满街飞走，我赶不上。”马老先生说。

父子全没的可说了。

看见桌上的纸包儿，马威到自己屋里，也把礼物拿来，放在一块。

“你也给她们买东西啦？”马老先生问。

“可不是，妇人们喜欢这个。”马威笑着说。

“妇人们，”马老先生说到这儿，就不言语了。

楼下铃儿响了，马威抱着礼物，马老先生后面跟着下了楼。

温都母女已经坐好，都穿着新衣裳，脸上都是刚擦的粉。拿破仑在钢琴前面的小凳儿上蹲着，脖子上系着根红绒绳儿。琴上点着两支红蜡，小狗看着蜡苗儿一跳一跳的，猜不透其中有什么奥妙。马老先生把包好的七个先令六，放在小狗的腿前面。

“坐下呀，你们男人们！”温都太太笑着说。

马威把她们的礼物都放在她们前面，父子就了座。

桌上是新挑花的台布，碟碗下面全垫五色的小席垫儿，也全是新的。桌子中间一瓶儿粉菊花，花叶上挂着一嘟噜五彩纸条儿。瓶子两边是两高脚碟果子和核桃榛子什么的。碟子底里放着几个棉花作的雪球。桌子四角放着红纸金箍的小爆竹。一个人面前一个小玩艺儿，马家父子的是小女磁娃娃，玛力的是个小布人，温都太太的是一只小鸟儿。一个小玩艺儿面前又是一个小爆竹。各人的领布全在酒杯里卷着，布尖儿上还插着几个红豆儿。温都太太面前放着一个大盘子，里面一只烧好的火鸡。玛力面前是一盘子火腿和炸肠。两瓶儿葡萄酒在马老先生背后的小桌儿上放着。生菜和煮熟的青菜全在马威那边放着，这样布置，为是叫人人有点事作。

温都太太切火鸡，玛力动手切火腿，马威等着布青菜。马老先生有意要开酒瓶，又不敢动手；试着要把面前的礼物打开看看，看别人不动，自己也不好意思动。

“马先生，给我们点儿酒！”温都太太说。

马先生打开一瓶酒，给大家都斟上。

温都太太把火鸡给他们切好递过去，然后给他们每个人一小匙子鲜红的粉冻儿，和一匙儿面包糨子。马老先生闻着火鸡怪香的，可是对鲜红的粉冻儿有点怀疑，心里说：“给我什么吃什么吧，不必问！”

大家拿起酒杯先彼此碰了一下，然后她们抿了一口，他们也抿了一口，开始吃火鸡。一边吃一边说笑。玛力特别的欢喜，喝下点酒去，脸上红得更鲜润了。

火鸡吃完，温都太太把圣诞布丁拿来。在切开以前，她往布丁上倒了一匙子白兰地酒，把酒点着，布丁的四围冒着火光。这样烧了一回，才给大家分。

吃完了，玛力把果碟子递给大家，问他们要什么。马老先生挑了一支香蕉，温都太太拿了个苹果。玛力和马威吃核桃榛子什么的。玛力用钳子把榛子夹碎，马威是扔在嘴里硬咬。

“呕！妈妈！看他的牙多么好！能把榛子咬开！”玛力睁着大眼睛非常的羡慕中国人的牙。

“那不算什么，瞧我的！”老马先生也拿了个榛子，碰的一声咬开。

“呕！你们真淘气！”温都太太的一杯酒下去，心中飘飘忽忽的非常喜欢，她拿起一个雪球，照着马老先生的头打了去。

玛力跟着也拿起一个打在马威的脸上。马威把球接住，反手向温都太太扔了去。马老先生楞了一楞，才明白这些雪球本来是为彼此打着玩的，慢慢抓起一个向拿破仑扔去。拿破仑抱住雪球，用嘴就啃，啃出一张红纸来。

“马先生，拿过来，那是你的帽子！”温都太太说。

马老先生忙着从狗嘴里把红纸抢过来，果然是个红纸帽子。

“戴上！戴上！”玛力喊。

老马先生把帽子戴上，嘁嘁的笑了一阵。

她们也把雪球打开，戴上纸帽子。玛力还是一劲儿用球打他们，直把马老先生打了一身棉花毛儿。

温都太太叫大家拉住小爆竹，拉成一个圈儿。

“拉！”玛力喊。

啪！啪！啪；爆竹响了，拿破仑吓得往桌底下藏。一个爆竹里有点东西，温都太太得着两个小哨儿，一齐搁在嘴里吹。马威得着一块糖，老马先生又得着一个纸帽子，也套在头上，又笑了一回。玛力什么也没得着，非和老马再拉一个不可。他撅着小胡子嘴和她拉，啪！她得着一截铅笔。

“该看礼物啦吧？”马威问。

“别！别！”温都太太说：“一齐拿到书房去，大家比一比：看谁的好！”

“妈！别忙！看这个！”玛力说着伸出右手来给她妈妈看。

“玛力！你和华盛顿定了婚啦！玛力！”温都太太拉着女儿的手，看着她胖手指头上的金戒指。然后母女对抱着，哼唧着，吻了足有三分钟。

马威的脸转了颜色。老马呆呆的看她们接吻，不知干什么好。

马威定了定神，勉强的笑着，把酒杯举起来；向他父亲一使眼神，老马也把酒杯举起来。

“我们庆贺玛力姑娘！”马威说完，抿了一口酒，咽了半天才咽下去。

玛力坐下，看看老马，看看小马，看看母亲，蓝眼珠儿一动一动的放出一股喜欢的光彩来。

“妈！我真喜欢！”玛力把脑袋靠住母亲的胸脯儿说：“我明天上他家里去，他的亲友正式的庆贺我们！妈！我真喜欢！”

温都太太轻轻拍着她女儿的肩膀，眼中落下泪来。

“妈！怎么？你哭了？妈！”玛力伸上去一只手搂定她母亲的脖子。

“我是喜欢的！玛力！”温都太太勉强着一笑：“玛力，你和他们把这些礼物拿到书房去，我去喂狗，就来。”

“马威，来呀！”玛力说着，拿起她们母女的东西，笑嘻嘻的往外走。

马威看了父亲一眼，惨然一笑，毫不注意的把东西抱起来，走出去。

老马先生眨巴着眼睛，看出儿子的神气不对，可想不起怎样安慰他。等他们都出去了，他拿起酒杯又斟了一杯，在那挂着相思豆的电灯底下，慢慢的滋润着。

温都太太又回来了，他忙把酒杯放下。她看了他一眼，看了灯上的相思豆儿一眼。脸上一红，往后退了两步。忽然小脖子一梗，脸上更红了，飞快的跑到他的前面，捧着他的脸，正在他的嘴上亲了一亲。

老马的脸一下儿就紫了，身上微微的颤动。嘴唇木木张张的笑了一笑，跑上楼去。

温都太太待了一会儿也上楼来了。

…………

晚上都睡了觉，温都太太在床上抱着丈夫的像片连三并四的吻，眼泪一滴一滴的落。

"我对不起你，宝贝！我不得已！我寂寞！玛力也快走了，没有人跟我作伴！你原谅我！宝贝！最亲爱的！我支持了这些年了，我没法再忍了！寂寞！孤苦！你原谅我！……"

她抱着像片睡去了。

5

圣诞的第二天早晨，地上铺着一层白霜，阳光悄悄的从薄云里透出来。人们全出来了，因为阳光在外面。有的在圣诞吃多了，父子兄弟全光着腿往乡下跑，长途的竞走比吃化食丸强。有的带着妻子儿女去看父母，孩子们都不自然的穿着新衣裳，极骄傲的拿着新得的玩艺儿，去给祖父母看。有的昨天睡的晚，到十二点还在被窝里忍着，脑袋生疼，因为酒喝多了。有的早早就起来，预备早些吃午饭，好去看戏，或是看电影，魔术，杂耍，马戏，……无论是看什么吧，反正是非玩一玩不可。

温都母女全起晚了，刚吃过早饭，李子荣就来了。

他的鼻子冻得通红，帽沿上带着几片由树枝飞下来的霜。大氅上有些土，因为穿上新鞋，（马老先生给他的，）一出门便滑倒了；好在摔跟头是常事，爬起以后是向来不撢土的。他起来的早，出来的早，一来因为外面有太阳，二来因为马威给他的表也是一天快二十多分钟。李子荣把新表旧表全带着，为是比比那个走的顶快；时间本来是人造的，何不叫它快一点：使生活显着多忙乱一些呢；你就是不管时间，慢慢的走，难道走到生命的尽头，你还不死吗！

"老马！走哇！"李子荣在门外说。

"进来，坐一会，老李！"马威开开门说。

"别进去了，我们要打算听戏，非早去买票不可。万一买不到票，我们还可以看马戏，或电影去；晚了可就那儿也挤不进去了！走哇！快！”

马威进去，穿上大氅，扣上帽子，又跑出来。

“先到皮开得栗买票去！”李子荣说。

“好。”马威回答，眉毛皱着，脸儿沉着。

“又怎么啦？老马！”李子荣问。

“没怎么，昨天吃多了！”马威把手插在大氅兜儿里，往前一直的走。

“我不信！”李子荣看着马威的脸说。

马威摇了摇头，心中有点恨李子荣！李子荣这个人可佩服，可爱，——有时候也可恨！

李子荣见马威不言语，心中也有点恨他！马威这小孩子可爱，——也有时候可恨！

其实他们谁也不真恨谁，因为彼此相爱，所以有时候仿佛彼此对恨。

“又是温都姑娘那回事儿吧？”李子荣把这句话说得分外不受听。

“你管不着！”马威的话更难听。

“我偏要管！”李子荣说完嘻嘻的一笑。看着马威不出声了，他接着说：“老马！事业好容易弄得有点希望，你又要这个，难道你把事业，责任，希望，志愿，就这样轻轻的牺牲了吗！”

“我知道！”马威的脸红了，斜着眼瞪了李子荣一下。

“她不爱你，何必平地掘饽呢！”

“我知道！”

“你知道什么呀？我问你！”李子荣是一句不容，句句问到马威的心窝上：“我是个傻小子，我只知道傻干！我不能够为一个女人把事业牺牲了！看事情，看事情！眼前摆着的事：你不干，你们父子就全完事大吉，这点事儿还看不清吗！”

“你是傻子，看不出爱情的重要来！”马威看了天空一眼，太阳还没完全被云彩遮起来。

“我是个傻子，假如我爱一个不爱我的女人！”李子荣说着，全身一使劲，新鞋底儿硬，又差点儿摔了个跟头。

“够了！够了！别说了，成不成？”

“够了？这半天你光跟我抬了杠啦，一句正经的还没说呢！够了？”

“我恨你！李子荣！”

“我还恨你呢，马威！”李子荣笑了。

“无法，还得告诉你！”马威的脸上有一钉点笑容：“这么回事，老李，她和别人定了婚啦！”

“与你有什么相干呢？”

“我始终没忘了她，忘不了！这么两三个月了，我试着把她忘了，遇见她的时候，故意的不看她，不行！不行！她老在我心的深处藏着！我知道我的责任，事业；我知道她不爱我；我可是忘不了她！她定了婚，我的心要碎了！心就是碎了，也无用，我知道，可是——”他眼睛看着地，冷笑了一声，不言语了。

李子荣也没说什么。

走了半天，李子荣笑了，说：

“老马，我知道你的委屈，我没法儿劝你！你不是不努力，你不是没试着忘了她，全无效，我也真没法儿啦！搬家，离开她，行不行？”

“等跟父亲商量商量吧！”

两个青年到皮开得栗的戏馆子买票，买了好几家，全买不到，因为节后头天开场，票子早全卖出去了。于是两个人在饭馆吃了些东西，跑到欧林癖雅去看马戏。

李子荣看什么都可笑：猴子骑马，狮子跳圈，白熊骑自行车，小驴跳舞……全可笑。看着马威的脸一点笑容没有，他也不好笑出来了，只好肚子里笑。

看完马戏，两个人喝了点茶。

"老马！还得打起精神干呀！"李子荣说，"事情已经有希望，何必再一歇松弄坏了呢！你已经试过以身体的劳动胜过精神上的抑郁，何不再试一试呢！况且你现在已完全无望，她已经定了婚，何必一定往牛犄角里钻呢！谢谢你，老马！改天见吧！"

"改天见吧，老李！"

…………

马威回到家中，温都太太正和他父亲一块儿在书房里坐着说话呢。

"嘿喽，马威！"她笑着说："看见什么啦？好不好？"

"去看马戏，真好！"马威坐下说。

"我说，咱们也得去看，今年的马戏顶好啦！"

"咱们？"马威心中盘算："不用'马先生'了？有点奇怪！"

"咱们礼拜六去，好带着玛力，是不是？"马老先生笑着说。

"又是一个'咱们'，"马威心里说。

"别忘了！"温都太太搭讪着出去了。

"父亲！咱们搬家，换换地方，好不好？"马威问。

"为什么呢？"老马说。

"不为什么，换个地方，新鲜一点。"

老马先生往火上添了两块煤。

"你不愿意呢，父亲，作为我没说，搬不搬没多大关系！"

"我看，在这儿挺舒服，何必瞎折腾，多费点子钱呢！再说，温都——”老马先生没往下说，假装咳嗽了两声。

父子都不言语了。楼下玛力姑娘唱起来，琴弹得乱七八糟，可是她的嗓子怪清亮的。马威站起来，来回走了几趟。

“马威！”马老先生低声的说：“你伯父留下的那个戒指，你给我啦？”

“我多咱说给你来着？父亲！”

“你给我好不好？”

“那是伯父给我的纪念物，似乎我应当存着，其实一个戒指又算得了什么呢！父亲，你要那个干什么？你又不戴。”

“是这么一回事，马威！”老马的脸慢慢的红起来，说话也有点结巴：“是这么一回事：你看，我有用。是，你看——温都太太！我无法，——对不起你！无法！她——你看！”

马威要说的话多了，自己想起来的，和李子荣责备他的，多了！但是，他不能说！有什么脸说父亲，看看自己！李子荣可以说，我，马威，没资格说话！况且，父亲娶温都太太倒许有点好处呢。她会过日子，她不像年青的姑娘那么奢侈。他有个家室，也许一高兴，死心踏地的作买卖。可是，将来怎回国呢？想到这里，不知不觉的就说出来了。

“父亲，你要是在这里安了家，将来还回国不呢？”

马老先生叫马威问楞了！真的，会没想到这一层！回国是一定的，带着她？就是她愿意去，我怎么处置她呢？真要是个大财主，也好办了，在上海买大楼，事事跟在英国一样。可是，咱不是阔人，叫她一个人跟着咱去，没社会，没乐趣，言语不通，饮食不服？残忍！她去了非死不可！不带她回国，我老死在这里，和哥哥的灵埋在一块儿？不！不！不！非回国不可，不能老死在这里！没办法！真没办法！

“马威！把这个戒指拿去！”

老马先生低着头把戒指递给马威，然后两手捧着脑门，一声也不出了！

…………

老马真为了难，而且没有地方去说！跟马威说？不成！父子之间那好正本大套的谈这个！跟伊牧师去说？他正恨着咱不帮助念中国书，去了是自找钉子碰！没地方去说，没地方去说！半夜没睡着觉，怎想怎不是路，不想又不行！及至闭上眼睡熟了，偏巧就梦见了故去的妻子！妇人们，死了还不老实着！马先生对妇人们有点怀疑；可是，怀疑也没用，妇人是妇人，就是妇人们全入了“三仙庵”当尼姑，这些事还是免不了的！妇人们！

第二天早晨起来，心中还是糊糊涂涂的，跟天上的乱黑云一样。吃早饭的时候，马威一句话没说，撅着嘴死嚼面包，恨不能把牙全嚼烂了才好。马老先生斜着眼睛，由眼镜的边框上看他儿子，心里有点发酸；赶紧把眼珠转回来，心不在焉的伸手盛了一匙子盐，倒在茶碗里了。温都母女正谈着马戏的事儿，玛力的眼睛好像蓝汪汪的水上加上一点油那么又蓝又润，看着妈妈的小尖鼻子。她已经答应和她妈妈一块儿去看，及至听说马老先生也去，她又设法摆脱，先说华盛顿约她看电影，后又说有人请她去跳舞。马威听着不顺耳，赌气子一推碟子，站起来，出去了。

“哟！怎么啦？”温都太太说，说完，小嘴儿还张着，好像个受了惊的小母鸡。

玛力一耸肩，笑了笑。

老马先生没言语，喝了口碗里的咸茶。

吃过早饭，马老先生叼着烟袋，慢慢的溜出去。

大街上的铺子十之八九还关着门，看着非常的惨淡。叫了辆汽车到亚力山大家里去。

亚力山大的街门是大红的，和亚力山大的脸差不多。老马一按铃，出来个五十多岁的老太婆，脸上只有一只眼睛。鼻子挺大挺红，好像刚喝完两瓶啤酒。此外没有可注意的东西。

老马先生没说什么，老太婆也没说什么。她一点头，那只瞎眼睛无意识的一动，跟着就往里走，老马后面随着。两个人好像可以完全彼此了解，用不着言语传达他们的心意。

亚力山大的书房是又宽又大，颇有点一眼看不到底的样儿。山墙中间一个大火，烧着一堆木头，火苗往起喷着，似乎要把世界都烧红了。地上的毯子真厚，一迈步就能把脚面陷下去似的。只有一张大桌子，四把大椅子；桌子腿儿稍微比象腿粗一点，椅子背儿可是比皇上的宝座矮着一寸多些。墙上挂满了东西，什么也有：像片儿，油画，中国人作寿的喜幛子，好几把宝剑，两三头大鹿脑袋，犄角很危险的往左右撑着。

亚力山大正在火前站着，嘴里叼着根大吕宋烟，烟灰在地毯上已经堆了一个小坟头。

“哈！老马！快来暖和暖和！”亚力山大给他拉过把椅子来，然后对那老太太说：“哈定太太，去拿瓶‘一九一十’的红葡萄来，谢谢！”

老太太的瞎眼动了动，转身出去了，像个来去无踪的鬼似的。

“我说，老马，节过的好不好？喝了回没有？不能！不能！那个小寡妇决不许你痛痛快快的喝！你明白我的意思？”亚力山大拍了老马肩膀一下，老马差点摔到火里去。

老马先生定了定神，咕吃咕吃的笑了一阵。亚力山大也笑开了，把比象腿粗点的桌腿儿震得直颤动。

“老马，给你找俩外钱儿，你干不干？”亚力山大问。

“什么事？”马老先生似乎有点不爱听“外钱儿”三个字。脸上还是笑着，可是鼻洼子那溜儿显出点冷笑的意思。

“先不用提什么事，五镑钱一次，三次，你干不干吧？”亚力山大用吕宋烟指着老马的鼻子问。

门开了，前面走着个老黑猫，后面跟着哈定太太。她端着个小托盘，盘子上一瓶葡萄酒，两个玻璃杯。把托盘放在桌上，她给他们斟上酒。斟完酒，瞎眼睛动了一动，就往外走；捎带脚儿踩了黑猫一下。

“老马，喝着！”亚力山大举起酒杯来说：“真正一九一十的！明白我的意思？我说，你到底干不干哪？五镑钱一次！”

“到底什么事？”老马喝了口酒，问。

“作电影，你明白我的意思？”

“我那会作电影呢，别打哈哈！”马老先生看着杯里的红酒说。

“容易！容易！”亚力山大坐下，把脚，两只小船似的，放在火前面。“我告诉你：我现在帮着电影公司写布景，自然是关于东方的景物；我呢，在东方不少年，当然比他们知道的多；我告诉你，有一分知识挣一分钱；把知识变成金子，才算有用；往回说，现在他们正作一个上海的故事，他们在东伦敦找了一群中国人，全是扁鼻子，狭眼睛的玩艺儿，你明白我的意思？自然哪，这群人专为成群打伙的起哄，叫影片看着真像中国，所以他们鼻子眼睛的好歹，全没关系；导演的人看这群人和一群羊完全没分别：演乡景他们要一群羊，照上海就要一群中国人，你明白我的意思？再往回说：他们要个体面的中国老头，扮中国的一个富商，并没有多少作派，只要长得体面，站在那里像个人儿似的就行。演三幕，一次五镑钱，你干不干？没有作派，导演的告诉你站在那儿，你站在那儿；叫你走道儿，你就走几步。容易！你明白我的意思？白捡十五镑钱！你干不干？”

亚力山大越说声音越高；一气说完，把一杯酒全灌下去，灌得喉咙里直咕咕的响。

老马先生听着亚力山大嚷，一面心中盘算："反正是非娶她不可，还是一定得给她买个戒指。由铺子提钱买，就是马威不说什么，李子荣那小子也得给马威出坏主意。这样充一回富商，又不难，白得十五镑钱，给她买个小戒指，倒不错！自然演电影不算什么体面事，况且和东伦敦那把子东西一块挤，失身分！失身分！可是……"

"你到底干不干哪？"亚力山大在老马的耳根子底下放了个炸弹似的："再喝一杯？"

"干！"老马先生一面揉耳朵，一面点头。

"好啦，定规了！过两天咱们一同见导演的去。来，再喝一杯！"

两个人把一瓶酒全喝了。

"哈定太太！哈定！——"亚力山大喊："再给我们来一瓶！"

瞎老太太又给他们拿来一瓶酒，又踩了黑猫一脚。黑猫翻眼珠看了她一眼，一声也没出。

亚力山大凑到老马的耳朵根儿说：

"傻猫！叫唤不出来了，还醉着呢！昨儿晚上跟我一块喝醉了！它要是不常喝醉了，它要命也不在这里；哈定太太睁着的那只眼睛专看不见猫！你明白我的意思？"

亚力山大笑开了。

老马先生也笑开了，把这几天的愁闷全笑出去了。

6

新年不过是圣诞的余波，人们并不疯了似的闹，铺子也照常的开着。"快乐的新年"虽然在耳边嗡嗡着，可是各处没有一点快乐与新鲜的表现。天气还是照常的悲苦，雾里的雨点，鬼鬼啾啾的，把人们打得都缩起脖子，像无精失采的小鹭鸶。

除夕的十二点钟，街上的钟声，汽笛，一齐响起来。马威一个人，光着头，在街上的黑影里站着，偷偷落了几点泪。一来是有点想家，二来是心中的苦处触机而发。擦了擦泪，叹了一口气：

“还得往前干哪！明天是新年了，忘了已往的吧！”

第二天早早的他就起来了，吃过早饭，决定远远的去走一回，给新年一个勇敢的起始。告诉了父亲早一点到铺子去，他自己到十二点以后才能到。

出门坐上辆公众汽车，一直到植物园去。车走了一点来钟才到了植物园外面。园外没有什么人，园门还悄悄的关着。他折回到大桥上，扶着石栏，看着太晤士河。河水灰汪汪的流着，岸上的老树全静悄悄的立着，看着河水的波动。树上只有几只小黑鸟，缩着脖儿，彼此唧咕，似乎是诉什么委屈呢。靠着岸拴着一溜小船，随着浪一起一落，有点像闲腻了，不得不动一动似的。马威呆呆的看着河水，心思随着灰波越走越远，似乎把他自己的存在全忘了。远处的灰云把河水，老树，全合成一片灰雾，渺茫茫的似另有一个世界，和这个世界一样灰淡惨苦，只是极远极远，不容易看清楚了。

远处的钟敲了十点，马威迟迟顿顿的，好像是舍不得，离开大桥，又回到园门来。门已开了，马威把一个铜子放在小铁桌子上，看门的困眼巴唧的看了他一眼，马威向他说了声“快乐的新年。”

除了几个园丁，园内看不见什么人，马威挺着胸，吸了几口气，园中新鲜的空气好像是给他一个人预备的。老树，小树，高树，矮树，全光着枝干，安闲的休息着；没有花儿给人们看，没有果子给鸟儿吃，只有弯曲的瘦枝在空中画上些自然的花纹。小矮常青树在大树后面蹲着，虽然有绿叶儿，可是没有光着臂的老树那么骄傲尊严。缠着枯柳的藤蔓像些睡了的大蛇，只在树梢上挂着几个磁青的豆荚。园中间的玻璃温室挂着一层薄霜，隔着玻璃还看得见里边的绿叶，可是马威没进去看。路旁的花池子连一枝小花也没有，池中的土全翻起来，形成许多三角块儿。

河上的白鸥和小野鸭，唧唧鸭鸭的叫，叫得非常悲苦。野鸭差不多都缩着脖蹲着，有时候用扁嘴在翅上抹一抹，看着总多少有点傻气。白鸥可不像鸭子那么安稳了，飞起来，飞下来，在灰色的空中扯上几条不联续的银线。小黑鸭子老在水上漂着，小尾巴后面扯着条三角形的水线；也不往起飞，也不上岸去蹲着，老是漂着，眼睛极留神的看，有时候看见河内的倒影，也探下头去捞一捞。可怜的小黑鸭子！马威心里有些佩服这些小黑玩艺儿：野鸭太懒，白鸥太浮躁，只有小黑鸭老含着希望。

地上的绿草比夏天还绿上几倍，只是不那么光美。靠着河岸的绿草，在潮气里发出一股香味，非常的清淡，非常的好闻。马威顺着河岸走，看着水影，踏着软草，闻着香味，心里安闲极了，只是有点说不出来的愁闷在脑子里萦绕着。河上几只大白鹅，看见马威，全伸着头上的黄包儿，跟他要吃食。马威手里什么也没有，傻鹅们斜楞着眼彼此看了看，有点失望似的。走到河的尽处，看见了松梢上的塔尖，马威看见老松与中国宝塔，心中不由高兴起来。呆呆的站了半天，他的心思完全被塔尖引到东方去了。

站了半天，只看见一两对游人，从树林中间影儿似的穿过去。他定了定方向，向小竹园走了去。竹园内没有人，没有声音，只有竹叶，带着水珠，轻轻的动。马威哈着腰看竹根插着的小牌子：日本的，中国的，东方各处的竹子，都杂着种在一块。

“帝国主义不是瞎吹的！”马威自己说：“不专是夺了人家的地方，灭了人家的国家，也真的把人家的东西都拿来，加一番研究。动物，植物，地理，言语，风俗，他们全研究，这是帝国主义厉害的地方！他们不专在军事上霸道，他们的知识也真高！知识和武力！武力可以有朝一日被废的，知识是永远需要的！英国人厉害，同时，多么可佩服呢！”

地上的潮气把他的脚冰得很凉，他出了竹园，进了杜鹃山，——两个小土山，种满杜鹃，夹着一条小山沟。山沟里比别处都暖一点，地上的干叶闻着有股药味。

“春天杜鹃开花的时候，要多么好看！红的，白的，浅粉的，像——”他忽然想到：“像玛力的脸蛋儿！”

想到这儿，他周身忽然觉得不合适，心仿佛也要由嘴里跳出来。不知不觉的把大拇指放在唇上，咬着指甲。

“没用！没用！”他想着她，同时恨自己，着急而又后悔：“非忘了她不可！别和父亲学！”他摸了摸口袋，摸着那个小戒指，放在手心上，呆呆的看着，然后用力的往地上一摔，摔到一堆黄叶里去，那颗钻石在一个破叶的缝儿里，一闪一闪的发亮。

楞了半天，听见远远的脚步声儿，他又把戒指捡起来，仍旧放在袋儿里。山沟是弯弯的，他看不见对面来的人，转身，往回走，不愿意遇见人。

“马威！马威！”后面叫。

马威听见了有人叫他，他还走了几步，才回头看。

“嘿喽！伊姐姐！”

“新禧！新禧！”伊姑娘用中国话说，笑着和他握了握手。

她比从前胖了一点。脖子上围着一条狐皮，更显得富泰一点。她穿着一身蓝呢的衣裙，加着一顶青绒软帽，帽沿自然的往下垂着些，看着稳重极了。在小山沟里站着，叫人说不上来，是她，还是那些冷静的杜鹃，更安稳一些。

“伊姐姐！”马威笑着说：“你怎这么早？”

“上这里来，非早不可。一等人多，就没意思了！你过年过得好？马威！”她用小手绢揉了揉鼻子，手指在手套里鼓膨膨的把手套全撑圆，怪好看的。

“好。你没上那里去？”

两个齐着肩膀走，出了小山沟。她说：

“没有。大冷的天，上那儿也不舒服。”

马威不言语了，眉头皱着一点，大黑眼珠儿钉着地上的青草。

“马威！”伊姑娘看着他的脸说：“你怎么老不喜欢呢？”她的声音非常的柔和，眼睛发着些亮光，显着慈善，聪明，而且秀美。

马威叹了口气，看了她一眼。

“告诉我，马威！告诉我！”她说得很恳切很自然；跟着微微一笑，笑得和天上的仙女一样纯洁，和善。

“叫我从何处说起？姐姐！”马威勉强着一笑，比哭的样子还凄惨一些。“况且，有好些事不好告诉你，姐姐，你是个姑娘。”

她又笑了，觉得马威的话真诚，可是有点小孩子气。

“告诉我，不用管我是姑娘不是。为什么姑娘应当比男人少听一些事呢！”她又笑了，似乎把马威和世上的陋俗全笑了一下。

“咱们找个地方坐一会儿，好不好？”他问。

“你要是不乏，咱们还是走着谈好，坐定了太冷。我的小脚指头已经冻了一个包啦。说吧，马威！”

“全是没法解决的问题！”他迟钝的说，还是不愿意告诉她。

“听一听，解决不解决是另一问题。”她说得非常痛快，声音也高了一些。

“大概其的说吧！”马威知道非说不可，只好粗粗的给她个大略；真要细说，他的言语是不够表现他的心思的：“我爱玛力，她不爱我，可是我忘不了她。我什么方法都试了，试，试，试，到底不行。恨自己也没用，恨她也没用。我知道我的责任，事业，但是，她，她老在我心里刺闹着。这是第一个不能解决的问题。第二个是父亲，他或者已经和温都太太定了婚。姐姐你晓得，普通英国人都拿中国人当狗看，他们要是结婚，温都太太就永远不用想再和亲友来往了，岂不是陷入一个活地狱。父亲带她回国，住三天她就得疯了！咱们的风俗这么不同，父亲又不是个财主，她不能受那个苦处！我现在不能说什么，他们相爱，他们要增加彼此的快乐，——是快乐还是苦恼，是另一问题——我怎好反对。这又一个不易解决的问题。还有呢，我们的买卖，现在全搁在我的肩膀上了，我爱念书，可是不能不管铺子的事；管铺子的事，就没工夫再念书。父亲是简直的不会作买卖，我不管，好啦，铺子准一月赔几十镑，我管吧，好啦，不用打算专心念书；不念书，我算干吗来啦！你看，我忙得连和你念英文的时候都没有了！我没高明主意，我不知道我是干什么呢！姐姐，你聪明，你爱我们，请你出个好主意吧！”

两株老马尾松站在他们面前，枝上垂着几个不整齐的松塔儿。灰云薄了一点，极弱秀的阳光把松枝照得有点金黄色。

马威说完，看着枝上的松塔。凯萨林轻轻的往松了拉了拉脖上的狐皮，由胸间放出一股热嘟嘟的香味。

“玛力不是已经和华盛顿定婚了吗？”她慢慢的说。

“你怎么知道？姐姐！”他还看着松塔儿。

“我认识他！”凯萨林的脸板起来了。待了半天，她又笑了，可是很不自然：“她已属别人，还想她干吗呢？马威！”

“就这一点不容易解决吗！”马威似乎有点嘲笑她。

“不易解决！不易解决！”她好像跟自己说，点着头儿，帽沿儿轻轻的颤。“爱情！没人明白到底什么是爱情！”

“姐姐，你没好主意？”马威有点着急的样儿。

凯萨林似乎没听见，还嘟囔着：

“爱情！爱情！”

“姐姐，你礼拜六有事没有？”他问。

“干什么？”她忽然看了他一眼。

“我要请你吃中国饭，来不来？姐姐！”

“谢谢你，马威！什么时候？”

“下午一点吧，在状元楼见。”

“就是吧。马威，看树上的松塔多么好看，好像几个小铃铛。”

马威没言语，又抬头看了看。

两个人都不言语了。穿出松林，拐过水池，不知不觉的到了园门。两个都回头看了看，园中还是安静，幽美，清凉。他们把这些都留在后边，都带着一团说不出的混乱，爱情，愁苦，出了园门。——快乐的新年？

7

伦敦的几个中国饭馆要属状元楼的生意最发达。地方宽绰，饭食又贱，早晚真有群贤毕集的样儿。不但是暹罗人，日本人，印度人，到那里解馋去，就是英国人，穷美术家，系着红领带的社会党员，争奇好胜的胖老太太，也常常到那里喝杯龙井茶，吃碗鸡蛋炒饭。美术家和社会党的人，到那里去，为是显出他们没有国界思想，胖老太太到那里去，为是多得一些谈话资料；其实他们并不喜欢喝不加牛奶的茶；和肉丝，鸡蛋，炒在饭一块儿。中国人倒不多，一来是吃不着真正中国饭，二来是不大受女跑堂儿的欢迎。在中国饭馆里作事，当然没有好姑娘。好姑娘那肯和中国人打交待。人人知道跟中国人在一块儿，转眼的工夫就有丧掉生命的危险。美而品行上有可怀疑的姑娘们就不在乎了，和傻印度飞飞眼，晚上就有两三镑钱入手的希望。和日本人套套交情，至不济也得一包橘汁皮糖。中国人呢，不敢惹，更不屑于招待；人们都看不起中国人吗，妓女也不是例外。妓女也有她们的自由与骄傲，谁肯招呼人所不齿的中国人呢！

范掌柜的颇有人缘儿，小眼睛眯缝着，好像自生下来就没睡醒过一回；可是脸上老是笑。美术家很爱他，因为他求他们在墙上随意的画：小脚儿娘们，瘦老头儿抽鸦片，乡下老儿，带着小辫儿，给菩萨磕头，五光十色的画了一墙。美术家所知道的中国事儿正和普通人一样，不过他们能够把知道的事画出来。社会党的人们很爱他，因为范掌柜的爱说："Me no likes capitalisma！"胖老太太们很爱他，因为他常把 me 当 I，有时候高兴，也把 I 当 me，胖老太太们觉着这个非常有可笑的价值。设若普通英国人讨厌中国人，有钱的英国男女是拿中国人当玩艺儿看。中国人吃饭用筷子，不用刀叉；中国人先吃饭，后喝汤；中国人喝茶不搁牛奶，白糖；中国人吃米，不加山药蛋；这些事在普通人——如温都母女——看，都是根本不对而可恶的；在有钱的胖老太太们看，这些事是无理取闹的可笑，非常的可笑而有趣味。

范掌柜的和马老先生已经成了顶好的朋友，真像亲哥儿们似的。马老先生虽然根本看不起买卖人，可是范掌柜的应酬周到，小眼睛老眯缝着笑，并且时常给马老先生作点特别的菜，马老先生真有点不好意思不和老范套套交情了。再说，他是个买卖人，不错，可是买卖人里也有好人不是！

马老先生到饭馆来吃饭，向来是不理学生的，因为学生们看着太俗气，谈不到一块儿。况且，这群学生将来回国都是要作官的，马老先生想到自己的官运不通，不但不愿意理他们，有时候还隔着大眼镜瞪他们一眼。

马老先生和社会党的人们弄得倒挺热活。他虽然不念报纸，不知道人家天天骂中国人，可是他确知道英国人对他的劲儿，决不是自己朋友的来派。连那群爱听中国事的胖老太太们，全不短敲着撩着的损老马几句。老马有时候高兴，也颇听得出来她们的口气。只有这群社会党的人，只有他们，永远向着中国人说话，骂他自己政府的侵略政策。马老先生虽不知道什么是国家，到底自己颇骄傲是个中国人。只有社会党的人们说中国人好，于是老马不自主的笑着请他们吃饭。吃完饭，社会党的人们管他叫真正社会主义家，因为他肯牺牲自己的钱请他们吃饭。

老马要是告诉普通英国人："中国人喝茶不搁牛奶。"

"什么？不搁牛奶！怎么喝?！可怕！"人们至少这样回答，他撅着小胡子不发声了。

他要是告诉社会党的人们，中国茶不要加牛奶，他们立刻说：

"是不是，还是中国人懂得怎么喝茶不是？中国人替世界发明了喝茶，人家也真懂得怎么喝法！没中国人咱们不会想起喝茶，不会穿绸子，不会印书，中国的文明！中国的文明！唉，没有法子形容！"

听了这几句，马老先生的心里都笑痒痒了！毫无疑意的信中国人是天下最文明的人！——再请他们吃饭！

马威到状元楼的时候，马老先生已经吃完一顿水饺子回家了，因为温都太太下了命令，叫他早回去。

状元楼的厨房是在楼底下，茶饭和菜都用和汲水的辘轳差不多的一种机器拉上来。这种机器是范掌柜的发明，简单适用而且颇有声韵，嗞牛咕碌，嗞牛咕碌，带着一股不可分析的菜味一齐上来了。

食堂是分为内外两部：外部长而狭，墙上画着中国文明史的插画：老头儿吸鸦片，小姑娘裹小脚……还写着些："清明时候雨纷纷"之类的诗句。内部是宽而扁，墙上挂着几张美人香烟的广告。中国人总喜欢到内部去，因为看着有点雅座的意味。外国人喜欢在外部坐，一来可以看墙上的画儿，二来可以看辘轳的升降。

外部已经坐满了人，马威到了内部去，找了张靠墙角的空桌坐下。屋里有两位中国学生，他全不认识。他向他们有意无意的微微一点头，他们并没理他。

“等人？”一个小女跑堂的歪着头，大咧咧的问。

马威点了点头。

那两位中国学生正谈怎么请求使馆抗议骂中国人的电影。马威听出来，一个姓茅，一个姓曹，马威看出来，那个姓茅的戴着眼镜，可是几乎没有眉毛；那个姓曹的没戴着眼镜，可是眼神决不充足。马威猜出来，那个姓茅的主张强迫公使馆提出严格抗议：如使馆不办，就把自公使至书记全拉出来臭打一顿。那个姓曹的说，国家衰弱，抗议是没用的；国家强了，不必抗议，人们就根本不敢骂你。两个人越说越拧葱，越说声音越高。姓茅的恨不得就马上打老曹一顿，而姓曹的决没带出愿意挨打的神气，于是老茅也就没敢动手。

两个人不说了，低着头吃饭，吃得很带杀气。

伊姑娘进来了。

“对不起，马威，我晚了！”她和马威握了握手。

“不晚，不晚！”马威说着把菜单递给她，她拉了拉衣襟，很自然的坐下。

曹和茅同时看了她一眼。说了几句中国话，跟着开始说英文。

她点了一碟炸春卷，马威又配上了两三样菜。

“马威，你这两天好点啦吧？”伊姑娘微微一笑。

“精神好多了！”马威笑着回答。

姓茅的恶意的看了马威一眼，马威心中有点不舒坦，可是依旧和凯萨林说话。

“马威，你看见华盛顿没有？”伊姑娘看着菜单，低声儿问。

“没有，这几天晚上他没找玛力来。”马威说。

“啊!”伊姑娘似乎心中安慰了一些，看了马威一眼，刚一和他对眼光儿，她又看到别处去了。

春卷儿先来了，马威给她夹了一个。她用叉子把春卷断成两段，非常小心的咬了一口。下巴底下的筋肉轻轻的动着，把春卷慢慢咽下去，吃得那么香甜，安闲，美满；她的举动和玛力一点也不一样。

马威刚把春卷夹开，要往嘴里送，那边的老茅用英文说：

“外国的妓女是专为陪着人们睡觉的，有钱找她们去睡觉，茶馆酒肆里不是会妓女的地方！我告诉你，老曹，我不反对嫖，我嫖的回数多了；我最不喜欢看年轻轻的小孩子带着妓女满世界串！请妓女吃中国饭！哼!”

伊姑娘的脸红得和红墨水瓶一样了，仍然很安稳的，把叉子放下要站起来。

“别!”马威的脸完全白了，嘴唇颤着，只说了这么一个字。

“老茅，”那个眼神不十分充足的人说：“你怎么了！外国妇女不都是妓女!”他是用中国话说的。

姓茅的依旧用英国话说：

“我所知道的女人，全是妓女，可是我不爱看人家把妓女带到公众的地方来出锋头!”他又看了马威一眼：“出那家子锋头！你花得起钱请她吃饭，透着你有钱！咱讲究花钱和她们睡一夜!”

伊姑娘站起来了，马威也站起来，拦着她：

“别！你看我治治他!”

凯萨林没言语，还在那里站着，浑身颤动着。

马威走过去，问那位老茅：

“你说谁呢?”他的眼睛瞪着，射出两条纯白的火光。

“我没说谁，饭馆里难道不许说话吗?”茅先生不敢叫横，又不愿意表示软弱，这样的说。

“不管你说谁，我请你道歉，不然，你看这个！”马威把拳头在桌上一放。

老茅像小蚂蚱似的往里一跳，跳到墙角，一劲儿摇头。

马威往前挪了两步，瞪着茅先生。茅先生的“有若无”的眉毛鬼鬼啾啾的往一块拧，还是直摇头。

“好说，好说，不必生气。”姓曹的打算拦住马威。

马威用手一推，老曹又坐下了。马威钉着茅先生的脸问：

“你道歉不？”

茅先生还是摇头，而且摇得颇有规律。

马威冷笑了一声，看准茅先生的脸，左右开花，奉送了两个嘴巴。正在眼镜之下，嘴唇之上，茅先生觉得疼得有点入骨；可是心里觉着非常痛快，也不摇头了。

女跑堂的跑进来两个，都唧咕唧咕的笑，脸上可都转了颜色。外部的饭座儿也凑过来看，谁也莫明其妙怎回事。范掌柜的眯缝着眼儿过来把马威拉住。

伊姑娘看了马威一眼，低着头就往外走，马威也没拦她。她刚走到内外部分界的小门，看热闹的有一位说了话：

“凯！你！你在这儿干吗呢？”

“保罗！咱们一块家去吧！”凯萨林低着头说，没看她的兄弟。

“你等等，等我弄清楚了再走！”保罗说着，从人群里挤进去，把范掌柜的一拉，范掌柜笑嘻嘻的就倒在地上啦，很聪明的把头磕在桌腿上，磕成一个青蓝色的鹅峰。

“马威，你是怎回事？”保罗把手插在衣袋里问：“我告诉你，别以为你是个人似的，和我们的姑娘一块混！要贪便宜的时候，想着点英国男人的拳头！”

马威没言语，煞白的脸慢慢红起来。

“你看，老曹，往外带妓女有什么好处？”茅先生用英国话说。

马威一咬牙，猛的向茅先生一扑；保罗兜着马威的下巴就是一拳；马威退，退，退，退了好几步，扶住一张桌子，没有倒下；茅先生小蚂蚱似的由人群跳出去了。范掌柜的要过来劝，又迟疑，笑嘻嘻的用手摸着头上的鹅峰，没敢往前去。

“再来！”保罗冷笑着说。

马威摸着脖子，看了保罗一眼。

门外的中国人们要进来劝，英国人们把门儿拦住：

“看他们打，打完了完事。公平交易，公平的打！”

几个社会党的人，向来是奔走和平，运动非战的；可是到底是英国人，一听见“公平的打”，从心根儿上赞同，都立在那里看他们决一胜负。

马威缓了一口气，把硬领一把扯下来，又扑过保罗去。保罗的脸也白了，他搪住马威的右手，一拳照着马威的左肋打了去，又把马威送回原地。马威并没缓气，一扶桌子，登时一攒劲，在保罗的胸部虚晃了一下，没等保罗还手，他的右拳打在保罗的下巴底下。保罗往后退了几步，一咬牙，又上来了，在他双手还替身体用力平衡的时候，马威稳稳当当又给了他一拳。保罗一手扶着桌子，出溜下去了。他两腿拚命的往起立，可是怎么也立不起来了。马威看着他，他还是没立起来。马威上前把他搀起来，然后把右手伸给他，说：

“握手！”

保罗把头一扭，没有接马威的手。马威把他放在一张椅子上，捡起硬领，慢慢往外走，嘴唇直往下滴滴血。

几位社会党的人们，看着马威，没说什么，可是心里有点恨他！平日讲和平容易，一旦看见外人把本国人给打了，心里不知不觉的就变了卦！

茅先生和曹先生早已走了，马威站在饭馆外面，找伊姑娘，也不见了。他安上硬领，擦了擦嘴上的血，冷笑了一阵。

8

“妈！妈！”玛力含着泪说，两个眼珠好像带着朝露的蓝葡萄珠儿：“好几天没看见他了，给他写信，也没回信。我得找他去，我得问问他！妈，我现在恨他！”她倒在母亲的怀里，呜呜的哭起来。

“玛力，好玛力，别哭！”温都太太拍着玛力的脑门儿说，眼中也含着泪：“华盛顿一定是忙，没工夫看你来。爱情和事业是有时候不能兼顾的。信任他，别错想了他，他一定是忙！玛力，你是在礼拜六出去惯了，今天没人和你出去，所以特别的不高兴。你等着，晚上他一定来，他要是不来，我陪你看电影去。玛力？”

玛力抬起头来，抱着母亲的脖子亲了亲。温都太太替女儿往后拢了拢头发。玛力一边抽达，一边用小手绢擦眼睛。

“妈妈，你看他是忙？你真这么想吗？连写个明信片的工夫都没有；我不信！我看他是又交了新朋友了，把我忘了！男人都是这样，我恨他！”

“玛力，别这么说！爱情是多少有些波折的。忍耐，信任，他到末末了还是你的人！你父亲当年，”温都太太没往下说，微微摇了摇头。

“妈，你老说忍耐，信任！凭什么女的总得忍耐，信任，而男人可以随便呢！”玛力看着母亲的脸说。

“你已经和他定了婚，是不是？”温都太太问，简单而厉害。

“定婚的条件是要双方守着的，他要是有意破坏，我为什么该一个人受苦呢！再说，我没要和他定婚，是他哀告我的，现在——”玛力还坐在她母亲的怀里，脚尖儿搓搓着地毯。

“玛力，别这么说！”温都太太慢慢的说：“人类是逃不出天然律的，男的找女的，女的不能离开男的。婚姻是爱的结束，也是爱的尝试，也是爱的起头！玛力，听妈妈的话，忍耐，信任，他不会抛弃了你，况且，我想这几天他一定是忙。”

玛力站起来，在镜子前面照了照，然后在屋里来回的走。

“妈妈，我自己活着满舒服，欢喜，可以不要男人！”

“你？”温都太太把这个字说得很尖酸。

“要男人的时候，找男人去好了，咱们逃不出天然律的管辖！”玛力说得有点嘲弄的意思，心里并不信这个。

“玛力！”温都太太看着女儿，把小红鼻子支起多高。

玛力不言语了，依旧的来回走。心中痛快了一点，她一点也不信她所说的话，可是这么说着颇足以出出心中的恶气！

在爱家庭的天性完全消灭以前，结婚是必不可少的。不管结婚的手续，形式，是怎样，结婚是一定的。人类的天性是自私的，而最快活的自私便是组织起个小家庭来。这一点天性不容易消灭，不管人们怎么提倡废除婚姻。玛力一点也不信她所说的，只是为出出气。

温都太太也没把玛力的话往心里听，她所盘算的是：怎么叫玛力喜欢了。她知道青年男女，特别是现代的青年男女，是闲不住的。总得给他们点事作，不拘是跳舞，跑车，看电影，……反正别叫他们闲着。想了半天，还是看电影最便宜；可是下半天还不能去，因为跟老马先生定好一块上街。想到这里，温都太太的思想又转了一个弯：她自己的婚事怎么告诉玛力呢！玛力是多么骄傲，能告诉她咱要嫁个老Chink！由这里又想到：到底这个婚事值得一干不值呢？为保存社会的地位，还是不嫁他好。可是，为自己的快乐呢？……真的照玛力的话办？要男人的时候就去找他？结果许更坏！社会，风俗，男女间的关系是不会真自由的！况且，男女间有没有真自由存在的地方？——不能解决的问题！她擦了擦小鼻子，看了玛力一眼，玛力还来回的走，把脸全走红了。

“温都太太！”老马先生低声在门外叫。

“进来！”温都太太很飘洒的说。

老马先生叼着烟袋扭进来。新买的硬领，比脖子大着一号半，看着好像个白罗圈，在脖子的四围转。领带也是新的，可是系得绝不直溜。

“过来！”温都太太笑着说。

她给他整了整领带。玛力斜眼看他们一眼。

“咱们不是说上街买东西去吗？”马老先生问。

“玛力有点——不舒服，把她一个人搁下，我不放心。”温都太太说，然后向玛力：“玛力，你跟我们一块儿去，好不好？”

“我不去，我在家等着华盛顿，万一他今天来呢！”玛力把恶气出了，还是希望华盛顿来。

“也好。”温都太太说着出去换衣裳。

马威回来了。他的脸还是煞白，嘴唇还滴滴血，因为保罗把他的牙打活动了一个。硬领儿歪七扭八的，领带上好些个血点。头发刺刺着。呼吸还是很粗。

“马威！”马老先生的脖子在硬领里转了个大圈。

“呕！马威！”玛力的眼皮红着，嘴唇直颤。

马威很骄傲的向他们一笑，一下子坐在椅子上，用袖子擦了擦嘴。

“马威！”马老先生走过来，对着马威的脸问：“怎么了？”

“打架来着！”马威说，眼睛看着地毯。

“跟谁？跟谁？”马老先生的脸白了，小胡子也立起来。

“保罗！我把他打啦！”马威笑了笑，看了看自己的手。

“保罗——”

“保罗——”

马老先生和玛力一齐说，谁也不好意思再抢了，待了一会儿，马老先生说：

“马威，咱们可不应当得罪人哪！”

马老先生是最怕打架，连喝醉了的时候，都想不起用酒杯往人家头上摔。马太太活着的时候，小夫妻倒有时候闹起来，可是和夫人开仗是另一回事，况且夫人多半打不过老爷！马威小时候，马老先生一天到晚嘱咐他，别和人家打架，遇到街上有打架的，躲远着点！得，现在居然在伦敦打洋鬼子，而且打的是保罗，伊牧师的儿子！马老先生呆呆的看着儿子，差点昏过去。

“呕！马威！”温都太太进来，喊得颇像吓慌了的小鸟。

“他把保罗打了，怎么好，怎么好？”马老先生和温都太太叨唠。

“呕，你个小淘气鬼！”温都太太过去看着马威。然后向马老先生说：“小孩子们打架是常有的事。”然后又对玛力说：“玛力，你去找点清水给他洗洗嘴！”然后又对马老先生说：“咱们走哇！”

马老先生摇了摇头。

温都太太没说什么，扯着马老先生的胳臂就往外走，他一溜歪斜的跟着她出去。

玛力拿来一罐凉水，一点漱嘴的药，一些药棉花。先叫马威漱了漱口，然后她用棉花轻轻擦他的嘴唇。她的长眼遮毛在他的眼前一动一动的，她的蓝眼珠儿满含着慈善和同情，给他擦几下，仰着脖子看一看，然后又擦。她的头发挨着他的脸蛋，好像几根通过电的金丝，叫马威的脸完全热透了，完全红了。他低下头去，不敢再看她，可是他觉到由她胸脯儿出来的热气，温和，香暖，叫他的全身全颤动起来。

“马威，你们怎么打起来的?”玛力问。

“我和伊姑娘一块儿吃饭，他进来就给我一拳!”马威微笑着说。

“呕!”玛力看着他，心里有点恨他，因为他居然敢和保罗打架；又有点佩服他，因为他不但敢打，而且打胜了。英雄崇拜是西洋人的一种特色，打胜了的总是好的，玛力不由的看着马威有点可爱。他的领子歪着，领带上的血点，头发乱蓬蓬的，都非常有劲的往外吸她心中的爱力，非常的与平日不同，非常的英美，特别的显出男性：力量，胆子，粗卤，血肉，样样足以使女性对男性的信仰加高一些，使女性向男性的趋就更热烈一点。她还给他擦嘴，可是她的心已经被这点崇拜英雄的思想包围住，越擦越慢，东一下，西一下，有时候擦在他的腮上，有时候擦在他的耳唇上。他的黄脸在她的蓝眼珠里带上了一层金色，他的头上射出一圈白光；他已经不是黄脸讨厌的马威，他是一个男性的代表，他是一团热血，一个英雄，武士。

她的右手在他脸上慢慢的擦，左手轻轻的放在他的膝上。他慢慢的，颤着，把他的手搁在她的手上。他的眼光直着射到她的红润的唇上。

“玛力，玛力，你知道，”马威很困难的一个字一个字往外挤：“你知道，我爱你?”

玛力忽然把手抽出去，站起来，说：

“你我?不可能的事!”

“为什么?我是个中国人?爱情是没有国界的，中国人就那么不值钱，连爱情都被剥夺了吗!”马威慢慢的站起来，对着她的脸说：“我知道，你们看不起中国人；你们想中国人的时候永远和暗杀，毒药，强奸联在一块儿。但是咱们在一块儿快一年啦，你难道看不出我来，我是不是和你们所想的一样?我知道你们关于中国人的知识是由造谣言的报纸，和下贱的小说里得来的，你难道就真信那些话吗？我知道你已经和华盛顿定婚，我只求你作我的好朋友，我只要你知道我爱你。爱情不必一定由身体的接触才能表现的，假如你能领略我的爱心，拿我当个好朋友，我一生能永远快乐！我羡慕华盛顿，可是因为我爱你，我不敢对他起一点嫉妒心！我——”马威好像不能再说，甚至于不能再站着，他的心要跳出来，他的腿已经受不住身上的压力，他咕咚一下子坐下了。

玛力用小木梳轻轻的刮头，半天没言语。忽然一笑，说：

“马威，你这几天也没看见华盛顿？”

“没有，伊姑娘也这么问我来着，我没看见他。”

“凯萨林？她问他干甚么？她也认识华盛顿？”玛力的眼睛睁得很圆，脸上红了一点，把小木梳搁在衣袋里，搓搓着手。

“我不知道！”马威皱着眉说：“对不起！我无心中提起凯萨林来！我不知道他们的关系！好在一个人不能只有一个朋友，是不是？”他微微一笑，故意的冷笑她。

玛力忽然瞪了他一眼，一声没出，跑出去了。

9

温都太太挺着小脖子在前边走，马老先生缩着脖子在后面跟着；走大街，穿小巷，她越走越快，他越走越慢；越人多她越精神，她越精神他越跟不上。要跟个英国人定了婚，在大街上至少可以并着肩，拉着手走；拉着个老中国人在街上扭，不能做的事；她心中有点后悔。要是跟中国妇人一块儿走，至少他可以把她落下几丈多远，现在，居然叫个妇人给拉下多远；他心中也有点后悔。她站住等着他，他躬起腰来往前扯大步；她笑了，他也笑了，又全不后悔了。

两个进了猴儿笨大街的一家首饰店。马老先生要看戒指，伙计给他拿来一盒子小姑娘戴着玩的小铜圈，全是四个便士一只。马老先生要看贵一点的，伙计看了他一眼，又拿出一盒镀银的来，三个先令两只。老马先生还要贵的，伙计笑得很不自然的说：

“再贵的可就过一镑钱了！”

温都太太拉了他一把，脸上通红，说：

“咱们上有贵重东西的地方去买吧！”

马老先生点了点头。

“对不起！太太！”伙计连忙道歉：“我错了，我以为这位先生是中国人呢，没想到他是日本人，我们很有些个日本照顾主儿，真对不起！我去拿好的来！”

“这位先生是中国人！”温都太太把“是”字说得分外的有力。

伙计看了马老先生一眼，进去又拿来一盒子戒指，都是金的。把盒子往马老先生眼前一送，说：

“这都是十镑钱以上的，请看吧！”然后恶意的一笑。

马老先生也叫上劲儿啦，把盒子往后一推，问：

“有二十镑钱以上的没有？”

伙计的颜色变了一点，有心要进去打电话，把巡警叫来；因为身上有二十镑钱的中国人，一定是强盗；普通中国人就没有带一镑钱的资格，更没有买戒指的胆量；据他想。他正在迟疑不定，温都太太又拉了马老先生一把。两个一齐走出来。伙计把戒指收起去，赶快的把马老先生的模样，身量，衣裳，全记下来，预备发生了抢案，他好报告巡警。

温都太太都气糊涂了，出了店门，拉着马老先生就走。一边走一边说：“不买啦！不买啦！”

“别生气！别生气！”马老先生安慰着她说：“小铺子，没有贵东西，咱们到别处去买。”

“不买啦！回家！我受不了这个！”她说着往马路上就跑，抓住一辆飞跑的公众汽车，小燕儿似的飞上去。马老先生在汽车后面干跺了几脚，眼看着叫汽车跑了。自己叨唠着：“外国娘们，性傲，性傲！”

马老先生有点伤心：妇人性傲，儿子不老实，官运不通，汽车乱跑，……“叫咱老头子有什么法子！无法！无法！只好忍着吧！”他低着头自己叨唠“先不用回家，给他们个满不在乎；咱越将就，他们越仰头犯脾气！先不用回家，对！”

他叫了辆汽车到伊牧师家去。

“我知道你干什么来了，马先生！”伊牧师和马老先生握了握手，说：“不用道歉，小孩子们打架，常有的事！”

老马本来编了一车的好话儿，预备透底的赔不是，听见伊牧师这样说，心里倒有点不得劲儿了，惨惨的笑了一笑。

伊牧师脸上瘦了一点，因为昼夜的念中国书，把字典已掀破两本，还是念不明白。他的小黄眼珠颇带着些失望的神气。

“伊牧师，我真没法子办！”马老先生进了客厅，说：“你看，我只有马威这么一个，深了不是，浅了不是！他和保罗会——”

“坐下！马先生！”伊牧师说：“不用再提这回事，小孩子们打完，完事！保罗念书的时候常和人家打架，我也没办法，更不愿意管！我说，你到教会去了没有？”

马老先生的脸红了，一时回答不出；待了半天，说：

“下礼拜去！下礼拜去！”

伊牧师也没再下问，心里有点不愿意。他往上推了推眼镜问：“我说，马先生！你还得帮我的忙呀！我的中文还是不成，你要是不帮助我，简直的——”

“我极愿意帮你的忙！”马老先生极痛快的说。他心里想：马威打了保罗，咱要是能帮助伊牧师，不是正好两不找，谁也不欠谁的吗！

“马先生，”伊牧师好像猜透了马先生的心思：“你帮助我，和保罗们打架，可是两回事。他们打架是他们的事，咱们管不着。你要是愿意帮我，我也得给你干点什么。光阴是值钱的东西，谁也别白耽误了谁的工夫，是不是？”

“是。”马老先生点了点头，其实他心里说：“洋鬼子真他妈的死心眼儿，他非把你问得棱儿是棱儿，角儿是角儿不可！”

伊牧师眨巴着眼睛笑了：“马先生，你几时有工夫？我帮你作什么？咱们今天决定好，就赶快的做起来！”

“我那天都不忙！”马先生恨这个“忙”字。

伊牧师刚要说话，伊太太顶着一脑袋乱棉花进来了。她鼻子两旁的小沟儿显着特别的深，眼皮肿得特别的高，看着傻而厉害。

“马先生，马威是怎么回事？！”她干辣辣的问。

“我来，……”

她没等马先生说完，梗着脖子，又问：

“马威是怎么啦？！我告诉你，马先生，你们中国的小孩子要反呀！敢打我们！二十年前，你们见了外国人就打哆嗦，现在你们敢动手打架！打死一个试试！这里不是中国，可以无法无天的乱杀乱打，英国有法律！”

马老先生一声儿没出，咽了几口唾沫。

伊牧师看着老马怪可怜的，看着伊太太怪可怕的，要张嘴，又闭上了。

马威并没把保罗打伤，保罗的脖筋扭了一下，所以马威得着机会把他打倒。伊太太虽然爱儿子，可是她决不会因为儿子受一点浮伤就这么生气，她动了怒，完全是因为马威——一个小中国孩子——敢和保罗打架。一个英国人睁开眼，他，或是她，看世界都在脚下：香港，印度，埃及，非洲，……都是他，或是她的属地。他不但自己要骄傲，他也要别的民族承认他们自己确乎是比英国人低下多少多少倍。伊太太不能受这种耻辱，马威敢打保罗！虽然保罗并没受什么伤！谁也不能受这个，除了伊牧师，她有点恨她的丈夫！

“妈！”凯萨林开开一点门缝叫：“妈！”

“干什么？”伊太太转过身去问，好像座过山炮转动炮口似的。

“温都姑娘要跟你说几句话。”

“叫她进来！”伊太太又放了一炮。

凯萨林开开门，玛力进来了。伊太太赶过两步去，笑着说，“玛力你好？”好像把马先生和伊牧师全忘了。

伊牧师也赶过来，也笑着问：“玛力你好？”

玛力没回答他们。她手里拿着帽子，揉搓着帽花儿。脑门上挺红，脸和嘴唇都是白的。眼睛睁得很大，眼角挂着滴未落尽的泪。脖子往前探着一点，两脚松松懈懈的在地上抓着，好像站不住的样儿。

“你坐下，玛力！”伊太太还是笑着说。

伊牧师搬过一把椅子来，玛力歪歪拧拧的坐下了，也没顾得拉一拉裙子；胖胖的腿多半截在外边露着，伊太太撇了撇嘴。

凯萨林的脸也是白的，很安静，可是眼神有点慌，看看她妈，看看玛力。看见马老先生也没过去招呼。

“怎么了，玛力？”伊太太过去把手放在玛力的肩上，显着十分的和善；回头瞪了老马一眼，又显着十分的厉害。

“问你的女儿，她知道！”玛力颤着指了凯萨林一下。

伊太太转过身来看着她女儿，没说话，用眼睛问了她一下。

“玛力说我抢了她的华盛顿！”伊姑娘慢慢的说。

“谁是华盛顿？”伊太太的脑袋在空气中画了个圈。

“骑摩托自行车的那小子，早晚出险！”马老先生低声告诉伊牧师。

“我的未婚夫！”玛力说，说完用两个门牙咬住下嘴唇。

“你干吗抢他？怎么抢的？”伊太太问凯萨林。

“我干吗抢他！”凯萨林安稳而强硬的回答。

“你没抢他，他怎么不找我去了？！你刚才自己告诉我的：你常和他一块去玩，是你说的不是？”玛力问。

“是我说的！我不知道他是你的情人，我只知道他是我的朋友；朋友们一块出去游玩是常有的事。”伊姑娘笑了一笑。

伊太太看两个姑娘辩论，心中有点发酸。她向来是裁判一切的，那能光听着她们瞎说。她梗起脖子来，说：

“凯！你真认识这个华盛顿吗？”

“我认识他，妈！”

伊太太皱上了眉。

“伊太太，你得帮助我，救我！”玛力站起来向伊太太说：“我的快乐，生命，都在这儿呢！叫凯萨林放了他，他是我的人，他是我的！”

伊太太冷笑了一声：

“玛力！小心点说话！我的女儿不是满街抢男人的！玛力，你错想了！设若凯真像你所想的那么坏，我能管教她，我是她母亲，我‘能’管她！”她喘了一口气，向凯萨林说：“凯，去弄碗咖啡来！玛力，你喝碗咖啡？”

玛力没言语。

“玛力，咱们回家吧！”马老先生看大家全不出声，乘机会说了一句。

玛力点了点头。

马老先生和伊牧师握了手，没敢看伊太太，一直走过来，拉住玛力的手，她的手冰凉。

玛力和凯萨林对了对眼光，凯萨林还是很安稳，向马老先生一笑，跟着和玛力说：

“再见，玛力。咱们是好朋友，是不是？别错想了我！再见！”

玛力摇摇头，一举手，把帽子扣上。

“玛力，你等等，我去叫辆汽车！”马老先生说。

10

吃早饭的时候，大家全撅着嘴。马老先生看着儿子不对，马威看着父亲不顺眼，可是谁也不敢说谁；只好脸对脸儿撅着嘴。温都太太看着女儿怪可怜的，可是自己更可怜；玛力看着母亲怪可笑的，可是要笑也笑不出来；只好脸对脸儿撅着嘴。苦了拿破仑，谁也不理它；试着舐玛力的胖腿，她把腿扯回去了；试着闻闻马老先生的大皮鞋，他把脚挪开了；没人理！拿破仑一扫兴，跑到后花园对着几株干玫瑰撅上嘴！它心里说：不知道这群可笑的人们为什么全撅上嘴！想不透！人和狗一样，撅上嘴的时候更可笑！

吃完早饭，马老先生慢慢的上了楼，把烟袋插在嘴里，也没心去点着。玛力给了母亲一个冰凉的吻，扣上帽子去上工。马威穿上大氅，要上铺子去。

“马威，”温都太太把马威叫住：“这儿来！”

马威随着她下了楼，到厨房去。温都太太眼睛里含着两颗干巴巴的泪珠，低声儿说：

“马威，你们得搬家！”

“为什么？温都太太！”马威勉强笑着问。

温都太太长长的叹了一口气：“马威，我不能告诉你！没原因，你们预备找房得了！对不起，对不起的很！”

“我们有什么错过？”马威问。

“没有，一点没有！就是因为你们没有错过，我叫你们搬家！”温都太太似是而非的一笑。

“父亲——”

“不用再问，你父亲，你父亲，他，一点错处没有！你也是好孩子！我爱你们——可是咱们不能再往下，往下；好吧，马威，你去告诉你父亲，我不能和他去说！”

她的两颗干巴巴的泪珠，顺着鼻子两旁滚下去，滴得很快。

“好吧，温都太太，我去告诉他。”马威说着就往外走。她点了点头，用小手绢轻轻的揉着眼睛。

“父亲，温都太太叫咱们搬家！”马威冷不防的进来说，故意的试一试他父亲的态度。

“啊！”马老先生看了马威一眼。

“咱们就张罗着找房吧？”马威问。

“你等等！你等等！听我的信！”马老先生拔出嘴中的烟袋，指着马威说。

“好啦，父亲，我上铺子啦，晚上见！”马威说完，轻快的跑下去。

马老先生想了半点多钟，什么主意也没想出来。下楼跟她去当面说，不敢。一声儿不出就搬家，不好意思。找伊牧师来跟她说，又恐怕他不管这些闲事；外国鬼子全不喜欢管别人的事。

“要不怎么说，自由结婚没好处呢！”他自己念道：“这要是中间有个媒人，岂不是很容易办吗：叫大媒来回跑两趟说说弄弄，行了！你看，现在够多难办，找谁也不好；咱自己是没法去说！”

老马先生又想了半点多钟，还是没主意；试着想温都太太的心意：

“她为什么忽然打了退堂鼓呢？想不透！一点也想不透！嫌我

穷？咱有铺子呀！嫌咱老，她也不年青呀！嫌咱是中国人？中国人是顶文明的人啦，喽！嫌咱丑？有眼睛的都可以看出来，咱是多么文雅！没脏没玷儿，地道好人！不要我，新新！”他的小胡子立起来，颇有生气的趋势：“咱犯得上要她不呢？这倒是个问题！小洋娘们，小尖鼻子，精明鬼道，吹！谁屑于跟她捣乱呢！吹！搬家，搬就搬！太爷不在乎！”老马先生生气的趋势越来越猛，嘴唇带着小胡子一齐的颤。忽然站起来，叼着烟袋就往楼下走。

“喝一回去！”他心里说：“给他个一醉方休！谁也管不了！太爷！”他轻轻拍了胸膛一下，然后大拇指在空中一挑。

温都太太听见他下来，故意的上来看他一眼。马老先生斜着眼飘了她一下，扣上帽子，穿上大氅，开门出去了。出了门，回头向门环说：“太爷。”

温都太太一个人在厨房里哭起来了。

…………

马威在小柜房儿坐着，看着春季减价的报单子，明信片，目录，全在桌儿上堆着，没心去动。

事情看着是简单，当你一细想的时候，就不那么简单了。马威心中那点事，可以用手指头数过来的；只是数完了，他还是照样的糊涂，没法办！搬家，跟父亲痛痛快快的说一回，或者甚至闹一回；闹完了，重打鼓，另开张，干！这很容易，想着很容易；办办看？完了！到底应搬家不？到底应和父亲闹一回不？最后，到底应把她完全忘掉？说着容易！大人物和小人物有同样的难处，同样的困苦；大人物之所以为大人物，只是在他那点决断。马威有思想，有主见，只是没有决断。

他坐在那里，只是坐着。思想和伦敦的苦雾一样黑暗，灵魂像在个小盒子里扣着，一点亮儿看不见，渐渐要沉闷死了。心中的那点爱，随着玛力一股，随着父亲一股，随着李子荣一股，零落的分散尽了；只剩下个肉身子坐在那里。活的地狱！

他盼着来个照顾主儿，没有，半天连一个人也没来。盼着父亲来，没有，父亲是向不早来的。

李子荣来了。

他好像带着一团日光，把马威的混身全照亮了。

“老马！怎么还不往外送信呀？”李子荣指着桌上的明信片说。

“老李，别忙，今天准都送出去。”马威看着李子荣，大眼睛里发出点真笑：“你这几天干什么玩呢？”

“我？穷忙一锅粥！”他说着把帽子摘下来，用袖子擦擦帽沿，很慎重的放在桌儿上：“告诉你点喜事！老马！”

“谁的喜事？”马威问。

“咱的！”李子荣指着自己的鼻子说，脸上稍微红了一点：“咱的，咱定了婚啦！”

“什么？你？我不信！我就没看见你跟女人一块走过！”马威扶着李子荣的肩膀说。

“你不信？我不冤你，真的！母亲给定的！”李子荣的脸都红匀了：“二十一岁，会做饭，作衣裳，长得还不赖！”

“你没看见过她？”马威板着脸问。

“看见过！小时候，天天一块儿玩！”李子荣说得很得意，把头发全抓乱了。

“老李，你的思想很新，怎么能这么办呢！你想想将来的乐趣！你想想！你这么能干，这么有学问；她？一个乡下老儿，一个字不认识，只会做饭，作衣裳，老李，你想想！”

“她认识字，认识几个！”李子荣打算替她辩护，不由的说漏了。

“认识几个！”马威皱着眉说：“老李，我不赞成你的态度！我并不是看咱们自己太高，把普通的女人一笔扫光，我是说你将来的乐趣，你似乎应当慎重一点！你想想，她能帮助你吗，她不识字——”

“认识几个！”李子荣找补了一句。

“——对，就算认得几个吧，你想她能帮助你的事业吗？你的思想，学问；她的思想和那几个字，弄不到一块儿！”

“老马，你的话有理。”李子荣想了一想，说：“但是，你得听我的，我也有一片傻理儿不是？咱们坐下说！”

两个青年脸对脸的坐下，李子荣问：

“你以为我的思想太旧？”

“假如不是太糊涂！”马威说，眼珠里挤出一点笑意。

“我一点也不糊涂！我以为结婚是必要的，因为男女的关系——”李子荣抓了抓头发，想不起相当的字眼儿来，看了棚顶一眼，说：“可是，现在婚姻的问题非常的难解决：我知道由相爱而结婚是正当的办法，但是，你睁开眼看看中国的妇女，看看她们，看完了，你的心就凉了！中学的，大学的女学生，是不是学问有根底？退一步说是不是会洗衣裳，作饭？爱情，爱情的底下，含藏着互助，体谅，责任！我不能爱一个不能帮助我，体谅我，替我负责的姑娘；不管她怎么好看，不管她的思想怎样新——”

“你以为做饭，洗衣裳，是妇女的唯一责任？”马威看着李子荣问。

“一点不错，在今日的中国！”李子荣也看着马威说：“今日的中国没妇女作事的机会，因为成千累万的男人还闲着没事作呢。叫男人都有了事做，叫女人都能帮助男人料理家事！有了快乐的，稳固的家庭，社会才有起色，人们才能享受有趣的生活！有一点知识是最危险的事，今日的男女学生就是吃这个亏，只有一点知识，是把事实轻轻的一笔勾销。念过一两本爱情小说，便疯了似的讲自由恋爱，结果，还是那点老事，男女到一块儿睡一夜，完事！男女间相互的责任，没想；快乐，不会有的！我不能说我恨他们，但是我宁可娶个会做饭，洗衣裳的乡下老，也不去和那位‘有一点知识’，念过几本小说的姑娘去套交情！”

“好啦，别说了，老李！”马威笑着说：“去和我父亲谈一谈吧，他准爱听你这一套！不用说了，你不能说服了我，我也不能叫你明白我；最好说点别的，不然，咱们就快打起来了！”

“我知道你看不起我！”李子荣说：“看我俗气！看我不明白新思想！我知道，老马！”

“除去你太注重事实，没有看不起的地方，老李！”

“除去你太好乱想，太不注重事实，没有看不起你的地方，老马！”

两个青年全笑起来了。

“咱们彼此了解，是不是？”李子荣问。

“事实上！感情上咱们离着很远很远，比由地球到太阳的距离还远！”马威回答。

“咱们要试着明白彼此，是不是？”

“一定！”

“好了，庆贺庆贺咱的婚事！”

马威立起来，握住李子荣的手，没说出什么来。

“我说，老马！我不是为谈婚姻问题来的，真！把正事儿都忘了！”李子荣很后悔的样子说：“我请你来了！”

“请我吃饭，庆贺你的婚事？”马威问。

“不是！不是！请你吃饭？你等着吧，多咱你听说老李成了财主，多咱你才有吃我的希望！”李子荣笑了一阵，觉得自己说的非常俏皮：“是这么回事：西门太太今天晚上在家里请客，吃饭，喝酒，跳舞，音乐，应有尽有。这一晚上她得花好几百镑。我告诉你，老马，外国阔人真会花钱！今天晚上的宴会是为什么？为是募捐建设一个医院。你猜什么医院？猫狗医院！穷人有了医院，穷人的猫狗生了病上那儿去呢？西门太太没事就跟西门爵士这样念叨。募捐立个猫狗医院！西门爵士告诉她。你看，还是男人有主意不是，老马？我说到那里去了？”李子荣拍着脑门想了想：“对了，西门夫人昨天看见了我，叫我给她找个中国人，作点游戏，或是唱个歌。她先问我会唱不会？我说，西门太太，你要不怕把客人全吓跑了，我就唱。她笑了一阵，告诉我，她决无意把客人全吓跑！我于是便想起你来了，你不是会唱两段‘昆曲’吗，今天晚上去唱一回，你帮助她，她决不会辜负你！我的经验是：英国的工人顶有涵养，英国的贵族顶有度量；我就是不爱英国中等人！你去不去？白吃白喝一晚上，就手儿看看英国上等社会的状况，今天的客人全是阔人。你去不去？”

“我没礼服呀！”马威的意思是愿意去。

“你有中国衣裳没有？”

“有个绸子夹袄，父亲那里还有个缎子马褂。”

“成了！成了！你拿着衣裳去找我，我在西门爵士的书房等你，在那里换上衣裳，我把你带到西门太太那里去。你这一穿中国衣裳，唱中国曲，她非喜欢坏了不可！我告诉你，你记得年前西门爵士在这儿买的那件中国绣花裙子？西门太太今天晚上就穿上，我前天还又给她在皮开得栗找了件中国旧灰鼠深蓝官袍，今天晚上她是上下一身儿中国衣裳。一来是外国人好奇，二来中国东西也真好看！我有朝一日做了总统，我下令禁止中国人穿西洋衣服！世界上还有比中国服装再大雅，再美的！”

“中国人穿西装也是好奇！”马威说。

“俗气的好奇！没有审美的好奇！”李子荣说。

“西服方便，轻利！”马威说。

“作事的时候穿小褂，一样的方便！绸子衫儿，葛布衫儿比什么都轻利，而且好看！”李子荣说。

“你是顽固老儿，老李！”

“你，维新鬼！老马！”

“得，别说了，又快打起来啦！”

“晚上在西门宅上见，七点！不用吃晚饭，今天晚上是法国席！晚上见了！”李子荣把帽子拿起来，就手儿说：“老马！把这些传单和信，赶紧发出去。再要是叫我看见在这里堆着，咱们非打一回不可！”

“给将来的李夫人寄一份去吧？”马威笑着问。

“也好，她认识几个字！”

“这是英文的，先生！”

李子荣扣上帽子，打了马威一拳，跑了。

11

风里裹着些暖气，把细雨丝吹得绵软无力，在空中逗游着，不直着往下落。街上的卖花女已经摆出水仙和一些杂色的春花，给灰暗的伦敦点缀上些有希望的彩色。圣诞和新年的应节舞剧，马戏，什么的，都次第收场了；人们只讲究着足球最后的决赛，和剑桥牛津两大学赛船的预测。英国人的好赌和爱游戏，是和吃牛肉抽叶子烟同样根深蒂固的。

公园的老树挂着水珠，枝儿上已露出些红苞儿。树根的湿土活软的放出一股潮气，一两个小野水仙从土缝儿里顶出一团小白骨朵儿。青草比夏天还绿的多，风儿吹过来，小草叶轻轻的摆动，把水珠儿次第的摆下去。伦敦是喧闹的，忙乱的，可是这些公园老是那么安静幽美，叫人们有个地方去换一口带着香味的空气。

老马先生背着手在草地上扭，脚步很轻，恐怕踩死草根伏着的蚯蚓。没有拿伞，帽沿上已淋满了水珠。鞋已经湿透，还是走；虽然不慌，心中确是很坚决的，走！走着，走着，走到街上来了；街那边还有一片草地；街中间立着个战死炮兵的纪念碑。马先生似乎记得这个碑，又似乎不大认识这个地方；他向来是不记地名的；更不喜欢打听道儿。打算过街到那边的公园看看，马路上的汽车太多，看着眼晕。他跺了跺鞋上的泥，又回来了。

找了条板凳，坐了一会儿。一个老太太拉着条脸长脖子短的小狗，也坐下了。他斜眼瞪了她一眼，瞪了小狗半眼，立起来往草地上走。

“丧气！大早晨的遇见老娘们，还带着条母狗！”他往草叶上吐了两口唾沫。

走了一会儿，又走到街上来了，可是另一条街：汽车不少，没有纪念碑。“这又是什么街呢？”他问自己。远处的墙上有个胡同名牌，身分所在，不愿意过去看；可有贵人在街上找地名的？没有！咱也不能那么干！打算再回公园去绕，腿已经发酸，鞋底儿冰凉；受了寒不是玩的！回家吧！

回家？把早晨带出来的问题一个没解决，就回家？不回去？再在公园绕上三天，三个礼拜，甚至于三年，就会有了主意吗？不一定！难！难！难！自幼儿没受过困苦，没遭过大事，没受过训练，那能那么巧，一遇见事就会有办法！

回家，还是回家！见了她就说！

叫了辆汽车回家。

温都太太正收拾书房，马老先生进来了。

“嘿喽！出去走得怎么样？”她问。

“很好，很好！”他回答：“公园里很有意思，小水仙花，这么一点，”他伸着小指说：“刚由土里冒出来。玛力上工去啦？她今天欢喜点了吧？”

“她今天可喜欢了！”她一边擦窗户一边说，并没看着他：“多瑞姑姑死了，给玛力留下一百镑钱，可怜的多瑞！这一百镑钱把玛力的小心给弄乱了，她要买帽子，要买个好留声机，要买件皮袄，又打算存在银行生利。买东西就不能存起来生利，不能两顾着，是不是？小玛力，简直的不知道怎么好了！”

“华盛顿还是没来？”马老先生问。

“没有！”她很慢的摇摇头。

“少年人不可靠！不可靠！”他叹息着说。

她回过头来，看着他，眼中有一星的笑意。

“少年人不可靠！少年人的爱情是一时的激刺，不想怎么继续下去，怎么组织起个家庭来！”马老先生自有生以来没说过这么漂亮的话，而且说得非常自然，诚恳。说完了一摇头，又表示出无限的感慨！——早晨这一趟公园慢步真没白走，真得了些带诗味的感触。说完，他看着温都太太，眼里带出不少恳求哀告的神气来。

她也听出他的话味来，可是没说什么，又转回身去擦玻璃。

他往前走了两步，很勇敢，很坚决，心里说：“今儿个就是今儿个了，成败在此一举啦！”

“温都太太！温都太太！”他只叫了这么两声，他的声音把心中要说的话都表示出来。他伸着一只手，手指头都沉重的颤着。

“马先生！”她回过身来，手在窗台上支着：“咱们的事儿完了，不用再提！”

“就是因为那天买戒指的时候，那个伙计说了那么几句话？”他问。

“不！理由多了！那个不过是一个起头。那天回来，我细细想了一回，理由多了，没有一个理由叫我敢再进行的！我爱你——”

“爱就够了，管别的呢！”他插嘴说。

“社会！社会！社会专会杀爱情！我们英国人在政治上是平等的，可是在社交上我们是有阶级的。我们婚姻的自由是限于同等阶级的。有同等地位，同等财产，然后敢谈婚姻，这样结婚后才有乐趣。一个王子娶一个村女，只是写小说的愿意这么写，事实上是做不到的！就打算这是事实，那个小乡下姑娘也不会快乐，社会，习惯，礼节，言语，全变了，全是她所不知道的，她怎能快活！”她喘了一口气，无心的用抹布擦了擦小鼻子，然后接着说：“至于你我，没有阶级的隔膜；可是，种族的不同在其中作怪！种族比阶级更厉害！我想了，细细的想了，咱们还是不冒险好！你看，玛力的事儿，十分有九分是失败了；为她打算，我不能嫁你；一个年青气壮的小伙子爱上她，一听说她有个中国继父，要命他也不娶她！人类的成见，没法子打破！你初来的时候，我也以为你是什么妖怪野鬼，因为人人都说你们不好吗。现在我知道你并不是那么坏，可是社会上的人不知道；咱们结婚以后还是要在社会上活着的；社会的成见就三天的工夫能把你我杀了！英国男人娶外国妇人是常有的事，人们看着外国的妇女怀疑可是不讨厌；英国妇人嫁外国男人，另一回事了；你知道，马先生，英国人是一个极骄傲的民族，看不起嫁外国人的妇人，讨厌娶英国老婆的外国人！我常听人们说：东方妇女是家中的宝贝，不肯叫外人看见，更不肯嫁给外国人，英国人也是一样，最讨厌外国人动他们的妇女！马先生，种族的成见，你我打不破，更犯不上冒险的破坏！你我可以永远作好朋友，只能作好朋友！”

马老先生混身全麻木了，一句话也说不出来了。待了老大半天，他低声儿说：

“我还可以在这儿住？”

“呕！一定！我们还是好朋友！前些天我告诉马威，叫你们搬家，是我一时的冲动！我要真有心叫你搬，为什么我不催促你呢！在这儿住，一定！”她笑了一笑。

他没言语，低着头坐下。

“我去叫拿破仑来跟你玩。”她搭讪着走出去了。

第五段

1

三月中间，伦敦忽然见着响晴的蓝天。树木，没有云雾的障蔽，好像分外高瘦了一些。榆树枝儿纷纷往下落红黄的鳞片，柳枝很神速的挂上一层轻黄色。园中的野花，带着响声，由湿土里往外冒嫩芽。人们脸上也都多带出三分笑意。肥狗们乐得满街跳，向地上的树影汪汪的叫。街上的汽车看着花梢多了，在日光里跑得那么利嗖，车尾冒出的蓝烟，是真有点蓝色了。铺子的金匾，各色的点缀，都反射出些光彩来，叫人们的眼睛有点发花，可是心中痛快。

虽然天气这么好，伊家的大小一点笑容都没有，在客厅里会议。保罗叼着烟袋，皱着眉。伊牧师的脑杓顶着椅子背，不时的偷看伊太太一眼。她的头发连一点春气没有，干巴巴的在头上绕着，好像一团死树根儿。她的脖子还是梗得很直，眼睛带出些毒光，鼻子边旁的沟儿深，很深，可是很干，像两条冻死的护城河。

“非把凯萨林拉回来不可！我去找她，我去！”伊太太咬着牙说。

“我不能再见她的面！趁早不用把她弄回来！妈！”保罗说，态度也很坚定。

“咱们不把她弄回来，玛力要是告下华盛顿来，咱们全完，全完！谁也不用混啦！我在教会不能再做事，你在银行也处不下去啦！她要是告状，咱们就全完，毁到底！你我禁得住报纸的宣扬吗！把她弄回来，没第二个办法！”伊太太说，说得很沉痛，字字有力。

“她要是肯和人跑了，咱们就没法子把她再叫回来！”保罗说，脸上显着非常的愤怒：“我早知道她！自私，任性，不顾脸面！我早知道她！”

“不用空恨她！没用！想办法！你恨她，我的心都碎了！自幼儿到现在，我那一天不给她些《圣经》上的教训？我那一天不拿眼睛钉着她？你恨她，我才真应当恨她的呢！可是，无济于事，恨她算不了什么；再说，咱们得用爱力感化她！她跑了，咱们还要她，自要她肯改邪归正；自要她明白基督的教训；自要她肯不再念那些邪说谬论！我去找她，找到天边，也把她找回来！我知道她现在不会快乐，我把她找回来，叫她享受一切她从前的快乐；我知道她跟我在一块儿是最快活的；叫我的女儿快活是我的责任，不管她怎么样对不起我！”伊太太一气说完，好像心中已打好了稿子，一字不差的背了一过。眼中有点湿润，似乎是一种泪，和普通人的泪完全不同。

“她决不会再回来！她要是心里有咱们，她就决不会跟华盛顿那小子跑了！妈，你怎办都好，我走！我要求银行把我调到印度，埃及，日本，那儿也好；我不能再见她！英国将来有亡的那一天，就亡在这群自私，不爱家，不爱国，不爱上帝的男女们！”保罗嚷着说，说完，站起来，出去了。

欧洲大战的结果，不但是摇动各国人民的经济基础，也摇动了人们的思想：有思想的人把世界上一切的旧道德，旧观念，重新估量一回，重新加一番解释。他们要把旧势力的拘束一手推翻，重新建设一个和平不战的人类。婚姻，家庭，道德，宗教，政治，在这种新思想下，全整个的翻了一个觔斗；几乎有连根拔去的样子。普通的人们在这种波浪中，有的心宽量大，随着这个波浪游下去，在这种波浪中，他们得到许多许多的自由；有的心窄见短，极力的逆着这个潮浪往回走，要把在浪中浮着的那些破残的旧东西，捉住，紧紧的捉住。这两队人滚来滚去，谁也不了解谁，谁也没心去管谁；只是彼此猜疑，痛恨；甚至于父子兄弟间也演成无可调和的惨剧。

英国人是守旧的，就是守旧的英国人也正在这个怒潮里滚。

凯萨林的思想和保罗的相差至少有一百年：她的是和平，自由；打破婚姻，宗教；不要窄狭的爱国；不要贵族式的代议政治。保罗的呢：战争，爱国，连婚姻与宗教的形式都要保存着。凯萨林看上次的大战是万恶的，战前的一切是可怕的；保罗看上次的大战是最光荣的，战前的一切是黄金的！她的思想是由读书得来的；他的意见是本着本能与天性造成的。她是个青年，他也是个青年，大战后的两种青年。她时时处处含着笑怀疑，他时时处处叼着烟袋断定。她要知道，明白；他要结果，效用。她用脑子，他用心血。谁也不明白谁，他恨她，因为他是本着心血，感情，遗传，而断定的！

她很安稳的和华盛顿住在一块，因为他与她相爱。为什么要买个戒指戴上？为什么要上教堂去摸摸《圣经》？为什么她一定要姓他的姓？……凯萨林对这些问题全微微的一笑。

玛力——和保罗是一样的——一定要个戒指，一定要上教堂去摸《圣经》，一定叫人称呼她华盛顿太太。她的举动像个小野猫儿，她的思想却像个死牛。她喜欢露出白腿叫男人看，可是她的腿只露到膝下，风儿把裙子刮起一点，便赶快的拉住，看着傻气而可笑。她只是为态度，衣帽，叫男人远远看着她活着的。她最后的利器便是她的美。凭着她的美捉住个男人，然后成个小家庭，完了！她的终身大事只尽于此！她不喜欢有小孩，这虽是新思想之一，可是玛力信这个只是为方便。小孩子是最会破坏她的美貌的，小孩是最麻烦的，所以她不愿意生小孩；而根本不承认她有什么生育制限的新思想。

华盛顿拿玛力与凯萨林一比较，他决定和凯萨林一块住了。他还是爱玛力，没忘了她；可是他和凯萨林的关系似乎在“爱”的以上。这点在“爱”以上的东西是欧战以后的新发现，还没有人知道是什么东西。这点东西是不能以形式限制住的，这点东西是极自由的，极活泼的。玛力不会了解，还不会享受，因为她的“爱”的定义是以婚姻，夫妇，家庭，来限定的；而这点东西是决不能叫那些老风俗捆住的。

凯萨林与华盛顿不耻手拉着手儿去见伊太太，也不怕去见玛力；只是伊太太与玛力的不了解，把他与她吓住了；他与她不怕人，可是对于老的思想有些不敢碰。这不是他与她的软弱，是世界潮流的击撞，不是个人的问题，是历史的改变。他与她的良心是平安的，可是良心的标准是不同的；他与她的良心不能和伊太太，玛力的良心搁在同一天平上称。好吧，他与她顶好是不出头，不去见伊太太与玛力。

“可怜的保罗！要强的保罗！我知道他的难处！”伊太太在保罗出去以后，自己叨唠着。

伊牧师看了她一眼，知道到了他说话的时候了，嗽了两下，慢慢的说：

“凯不是个坏丫头，别错想了她。”

“你老向着她说话，要不是你惯纵着她，她还作不出这种丑事呢！”伊太太一炮把老牧师打闷过去。

伊牧师确是有点恨她，可是不敢发作。

“我找她去！我用基督耶稣的话把她劝回来！”伊太太勉强一笑，和魔鬼咧嘴一样的和善。

“你不用找她去，她不回来。”伊牧师低声的说：“她和他在一块儿很快乐呢，她一定不肯回来；要是不快乐呢，她有挣饭吃的能力，也不肯回来。我愿意她回来，她最爱我，我最疼她！”他的眼圈儿湿了，接着说：“可是我不愿意强迫她回来。她有她的主张，意见。她能实行她的主张与意见，她就快活；我不愿意剥夺她的快活！现在的事，完全在玛力身上，玛力要告状，咱们全完；她高高一抬手，万事皆休；全在她一个人身上。你不用去找凯，我去看她，听一听她的意见，然后我去求玛力！”

“求——玛力！！求！！！”伊太太指着他的鼻子说，除了对于上帝，她没用过这个“求”字！

“求她！”伊牧师也叫了劲，声音很低，可是很坚决。

“你的女儿跑了，去求一个小丫头片子！你的身分，伊牧师！”伊太太喊。

“我没身分！你和保罗都有身分，我没有！你要把女儿找回来，只为保持你的脸面，不管她的快乐！同时你一点没想到玛力的伤心！我没身分，我去求她！她肯听我的呢，她算牺牲了自己，完成凯萨林的快乐；她不肯听我的呢，她有那分权利与自由，我不能强迫她！可怜的玛力！”

伊太太想抓起点东西往他的头上摔；忽然想起上帝，没敢动手。她恶狠狠的瞪了他一眼，顶着那头乱棉花走出去了。

…………

伊牧师和温都太太对着脸坐着，玛力抱着拿破仑坐在钢琴前面。在灯光下，伊牧师的脸是死白死白的。

“玛力！玛力！”他说：“凯萨林不对，华盛顿也不对；只委屈了你！可是事已至此，你要严重的对他呢，连他带我就全毁了！你有法律上的立脚地，你请求赔偿，是一定可以得到的。连赔偿带手续费，他非破产不可！报纸上一宣扬，我一家子也全跟着毁了！你有十足的理由去起诉，你有十足的理由去要求赔偿，我只是求你，宽容他一些！华盛顿不是个坏小子，凯萨林也不是个坏丫头，只是他们的行动，对不起你；你能宽容他们，他们的终身快乐是你给的！你不饶恕他们，我一点也不说你太刻，因为你有充分的理由；我是来求你，格外的留情，成全他们，也成全了我们！在法律上他与她是应当受罚的，在感情上他们有可原谅的地方。他们被爱情的冲动做下这个错事，他们决无意戏弄你，错待你，玛力！你说一句话，玛力，饶恕他们，还是责罚他们。玛力姑娘，你说一句话！”

玛力的泪珠都落在拿破仑的身上，没有回答。

“我看，由法律解决是正当的办法，是不是？伊牧师！”温都太太嘴唇颤着说。

伊牧师没言语，双手捧着脑门。

“不！妈！”玛力猛孤丁的站起来说：“我恨他，我恨他！我——爱他！我不能责罚他！我不能叫他破产！可是，得叫他亲自来跟我说！叫他亲自来！我不能听旁人的，妈，你不用管！伊牧师，你也管不了！我得见他，我也得见她！我看看他们，只要看看他们！哈哈！哈哈！”玛力忽然怪笑起来。

“玛力！”温都太太有点心慌，过去扶住女儿。

伊牧师坐在那里像傻了一样。

“哈哈！哈哈！”玛力还是怪笑，脸上通红，笑了几声，把头伏在钢琴上哭起来。

拿破仑跑到伊牧师的腿旁，歪着头看着他。

2

马威和李子荣定好在礼拜天去看伦敦北边的韦林新城。这个新城是战后才建设的。城中各处全按着花园的布置修的，夏天的时候，那一条街都闻得见花香。城中只有一个大铺子，什么东西都卖。城中全烧电气，煤炭是不准用的，为是保持空气的清洁。只有几条街道可以走车马，如是，人们日夜可以享受一点清静的生活。城中的一切都近乎自然，可是这个“自然”的保持全仗着科学：电气的利用，新建筑学的方法，花木的保护法，道路的布置，全是科学的。这种科学利用，把天然的美增加了许多。把全城弄成极自然，极清洁，极优美，极合卫生，不是没有科学知识的所能梦想得到的。

科学在精神方面是求绝对的真理，在应用方面是给人类一些幸福。错用了科学的是不懂科学，因科学错用了而攻击科学，是不懂科学。人生的享受只有两个：求真理与娱乐。只有科学能供给这两件。

两个人坐车到邦内地，由那里步行到新城去。顺着铁路走，处处有些景致。绿草地忽高忽低，树林子忽稀忽密。人家儿四散着有藏在树后的，有孤立在路旁的，小园里有的有几只小白鸡，有的挂着几件白汗衫，看着特别的有乡家风味。路上，树林里，都有行人：老太婆戴着非常复杂的帽子，拄着汗伞，上教堂去作礼拜。青年男女有的挨着肩在树林里散逛，有的骑着车到更远的乡间去。中年的男人穿着新衣裳，带着小孩子，在草地上看牛，鸡，白猪，鸟儿，等等。小学生们有的成群打伙的踢足球，有的在草地上滚。

工人们多是叼着小泥烟袋，拿着张小报，在家门口儿念。有时候也到草地上去和牛羊们说回笑话。

英国的乡间真是好看：第一样处处是绿的，第二样处处是自然的，第三样处处是平安的。

“老李，”马威说：“你看伊姑娘的事儿怎么样？你不赞成她吧？”

李子荣正出神的看着一株常绿树，结着一树的红豆儿，好像没听见马威说什么。

“什么？呕，伊姑娘！我没有什么不赞成她的地方。你看那树的红豆多么好看？”

“好看！”马威并没注意的看，随便回答了一句，然后问：“你不以为她的行动出奇？”

“有什么出奇！”李子荣笑着说：“这样的事儿多了！不过我决不肯冒这个险。她，她是多么有本事！她心里有根：她愿意和一个男人一块住，她就这么办了，她有她的自由，她能帮助他。她不愿意和他再混，好，就分离，她有能力挣饭吃。你看，她的英文写得不错，她会打字，速记，她会办事，又长的不丑，她还怕什么！凡是敢实行新思想的，一定心里有点玩艺儿；没真本事，光瞎喊口号，没有个成功！我告诉你，老马，我就佩服外国人一样：他们会挣钱！你看伊太太那个家伙，她也挣三四百一年。你看玛力，小布人似的，她也会卖帽子。你看亚力山大那个野调无腔，他也会给电影厂写布景。你看博物院的林肯，一个小诗人，他也会翻译中国诗卖钱。我有一天问他，中国诗一定是有价值，不然你为什么翻译呢？你猜，他说什么？‘中国东西现在时兴，翻点中国诗好卖钱！’他们的挣钱能力真是大，真厉害。有了这种能力，然后他们的美术，音乐，文学，才会发达，因为这些东西是精神上的奢侈品，没钱不能做出来。你看西门爵士那一屋子古玩，值多少钱！他说啦，他死的时候，把那些东西都送给伦敦博物院。中国人可有把一屋子古玩送给博物院的？连窝窝头还吃不上，还买古玩，笑话！有了钱才会宽宏大量，有了钱才敢提倡美术，和慈善事业。钱不是坏东西，假如人们把钱用到高尚的事业上去。我希望成个财主，拿出多少万来，办图书馆，办好报纸，办博物院，办美术馆，办新戏园，多了！多了！好事情多了！”李子荣吸了口气，空气非常的香美。

马威还想着伊姑娘的事，并没听清李子荣说的是什么。

“可怜的玛力！”马威叹息了一声。

“我说的话，你全没听？老马！”李子荣急了。

“听见了，全听见了！”马威笑了：“可怜的玛力！”

“扔开你的玛力和凯萨林！可怜？我才可怜呢！一天到晚穷忙，还发不了财！”李子荣指手画脚的嚷，把树上的小鸟吓飞了一群。

马威不说话了，一个劲儿往前走。头低着，好像叫思想给赘沉了似的。

李子荣也不出声，扯开粗腿，和马威赛开了跑。两个人一气走了三哩，走得喘吁吁的。脸全红了，手指头也涨起来。谁也不服谁，谁也不说话，只是走，越走越有劲。

马威回头看了李子荣一眼，李子荣往起一挺胸脯，两个人又走下去了。

“可怜的玛力！”李子荣忽然说，学着马威的声调。

马威站住了，看着李子荣说：

“你是成心耍我呀，老李！什么玛力呀？又可怜呀？”

“你老说我太注重事实吗，我得学着浪漫一点，是不是？”李子荣说。

两个人走得慢了。

“老李，你不明白我！”马威拉住李子荣的胳臂，说：“说真的，我还是对玛力不死心！我简直的没办法！有时候我半夜半夜的睡不着觉，真的！我乱想一回：想想你的劝导，想想父亲的无望，想想事业，想想学问；不论怎么想吧，总忘不了她！她比仙女还美，同时比魔鬼还厉害！”

“好老马，你我真和亲弟兄一样，我还是劝你不必妄想！”李子荣很诚恳的说：“我看她一定把华盛顿给告下来，至少也要求五六百镑的赔偿。她得了这笔钱，好好的一打扮，报纸上把她的影片一登，我敢保，不出三个月她就和别人结婚。外国人最怕报纸，可是也最喜欢把自己的姓名，像片，全登出来。这是一种广告。谁知道小玛力？没人！她一在报纸上闹腾，行了，她一天能接几百封求婚书。你连半点希望也没有！不必妄想，老马！”

“你不知道玛力，她不会那么办！”马威很肯定的说。

“咱们等着瞧！钱，名，都在此一举，她不是个傻子！况且华盛顿破坏婚约，法律上有保护玛力的义务。”

“我没望？”马威说得很凄惨。

李子荣摇了摇头。

“我再试一回，她再拒绝我，我就死心了！”马威说。

“也好！”李子荣带着不赞成的口气。

“我告诉你，老李，我跟她说一回；再跟父亲痛痛快快说一回，关于铺子的事。她拒绝我呢，我无法。父亲不听我的呢，我走！他一点事儿不管，老花钱，说不下去；我得念书。不能一天粘在铺子里。我忍了这么些日子了，他一点看不出来；我知道不抓破面皮的跟他说，他要命也不明白我们的事情，非说不可了！”

“打开鼻子说亮话，顶好的事！不过——”李子荣看见路旁的里数牌：“哈，快到了，还有半哩地。我说，现在可快一点钟了，咱们上那儿去吃饭呢？新城里一定没饭馆！”

“不要紧，车站上许有酒馆，喝杯酒，来两块面包，就成了。”马威说。

离车站不远有一带土坡，上面不少小松树。两个人上了土坡，正望见新城。高低的房屋，全在山坡下边，房屋那边一条油光光的马路，是上剑桥的大道。汽车来回的跑，远远看着好像几个小黑梭。天是阴着，可是没雾，远远的还可以看见韦林旧城。城里教堂的塔尖高高的在树梢上挺出来，看着像几条大笋。两城之间，一片高低的绿地，地中圈着些牛羊。羊群跑动，正像一片雪被风吹着流动似的。

两个人看了半天，舍不得动。教堂的钟轻轻的敲了一点。

…………

自从由韦林新城回来，马威时时刻刻想和玛力谈一谈，可是老没得机会。

有一天晚上，温都太太有些头疼，早早的就睡了。马老先生吃完晚饭出去了，并没告诉别人到那里去。玛力一个人抱着拿破仑在客厅里坐着，哭丧着脸和拿破仑报委屈。

马威在屋外咳嗽了一声，推门进来。

“哈喽，马威！”

“玛力，你没出去？”马威说着过去逗拿破仑。

“马威，你愿意帮助我吗？”玛力问。

“怎么帮助你？”马威往前又凑了凑。

“告诉我，华盛顿在那儿住？”她假意的笑着说。

“我不知道，真的！”

“无关紧要，不知道不要紧！”她很失望的一撇嘴。

“玛力，”他又往前凑凑，说：“玛力！你还是爱华盛顿？你不会给真爱你的人一点机会？”

“我恨他！”玛力往后退退身子：“我恨你们男人！”

“男人里有好的！”马威的脸红了一点，心里直跳。

玛力乐了，乐的挺不自然。

“马威，你去买瓶酒，咱们喝，好不好？我闷极了，我快疯了！”

“好，我去买，你要喝什么？”

“是有辣劲的就成，我不懂得酒。”

马威点点头，拿上帽子，出去了。

…………

“马威。我脸红了！很热！你摸！”

马威摸了摸她的脸蛋，果然很热。

“我摸摸你的！”玛力的眼睛分外的光亮，脸上红的像朝阳下的海棠花。

他把她的手握住了，他的浑身全颤动着。他的背上流着一股热气。他把她的手，一块儿棉花似的，放在他的唇边。她的手背轻轻往上迎了一迎。他还拉着她的手，那一只手绕过她的背后，把嘴唇送到她的嘴上。她脸上背上的热气把他包围起来，他什么也不知道了，只听得见自己心房的跳动。他把全身上的力量全加到他的唇上，她也紧紧搂着他，好像两个人已经化成一体。他的嘴唇，热，有力，往下按着；她的唇，香软，柔腻，往上凑和。他的手脚全凉了，无意识的往前躬了躬身，把嘴唇更严密的，滚热的，往下扣。她的眼睛闭着，头儿仰着，把身子紧紧靠着他的。

她睁开眼，用手轻轻一推他的嘴，他向后退了两步，差点没倒下。

她又灌下去一杯！喝得很凶，怪可怕的。舐了舐嘴唇，她立起来，看着马威。

“哈哈，原来是你！小马威！我当你是华盛顿呢！你也好，马威，再给我一个吻！这边！”她歪着右脸递给他。

马威傻子似的往后退了两步，颤着说：

“玛力！你醉了？”

“我没醉！你才醉了呢！”她摇晃着向他走过来：“你敢羞辱我，吻我！你！”

“玛力！！”他拉住她的手。

她由他拉着手，低下头，一个劲儿笑。笑着，笑着，她的声音变了，哭起来。

拿破仑这半天看着他们，莫明其妙是怎一回事。忽然小耳朵立起来，叫了两声。马老先生开门进来了。

看见他们的神气，马老先生呆着想了半天，结果，他生了气。

“马威！这是怎回事呀！”马老先生理直气壮的问。

马威没回答。

“玛力，你睡觉去吧！”他问玛力。

玛力没言语，由着马威把她搀到楼下去。

马威心里刀刺的难过。后悔不该和她喝酒，心疼她的遭遇，恨她的不领略他的爱情，爱她的温柔嘴唇，想着过去几分钟的香色……难过！没管父亲，一直上楼了。

马老先生的气头不小，自从温都太太拒绝了他，他一肚的气，至今没地方发送；现在得着个机会，非和马威闹一回不可。

他把他们剩下的酒全喝了，心气更壮了。上了楼来找马威。

马威也好，把门从里面锁好，马老先生干跺脚，进不去。

“明天早晨见，马威！明天咱们得说说！没事儿把人家大姑娘灌醉了，拉着人家的手！你有脸皮没有哇？明天见！”

马威一声也没出。

3

马老先生睡了一夜平安觉，把怒气都睡出去了。第二天早晨，肚子空空的，只想吃早饭，把要和马威算账也忘了。

吃完早饭，他回到书房去抽烟，没想到马威反找他来了。马威皱着眉，板着脸，眼睛里一点温和的样儿也没有。

马老先生把昨天晚上的怒气又调回来了。心里说：“我忘了，你倒来找寻我！好，咱们得说说，小子！”

马威看着他父亲没有一处不可恨的。马老先生看着儿子至少值三百军棍。谁也没这么恨过谁，他们都知道；可是今天好像是有一股天外飞来的邪气，叫他们彼此越看越发怒。

“父亲，”马威先说了话：“咱们谈一谈，好不好？”

“好吧！”马老先生咂着烟袋，从牙缝里挤出这么两个字来。

“先谈咱们的买卖？”马威问。

“先谈大姑娘吧。”马老先生很俏皮的看了他儿子一眼。

马威的脸色白了，冷笑着说：

“大姑娘吧，二姑娘吧，关于妇女的事儿咱们谁也别说谁，父亲！”

马老先生嗽了两声，没言语，脸上慢慢红起来。

“谈咱们的买卖吧？”马威问。

“买卖，老是买卖！好像我长着个‘买卖脑袋’似的！”马老先生不耐烦的说。

“怎么不该提买卖呀？”马威瞪着他父亲问：“吃着买卖，喝着买卖！今天咱们得说开了，非说不可！”

“你，兔崽子！你敢瞪我！敢指着脸子教训我！我是你爸爸！我的铺子，你不用管，用不着你操心！”马老先生真急了，不然，他决不肯骂马威。

“不管，更好！咱们看谁管，谁管谁是王——”马威没好意思骂出来，推门出去了。

马威出了街门，不知道上那儿好。不上铺子去，耽误一天的买卖；上铺子去，想着父亲的话真刺心。压了压气，还是得上铺子去；父亲到底是父亲，没法子治他；况且买卖不是父亲一个人的，铺子倒了，他们全得挨饿。没法子，谁叫有这样的父亲呢！

伦敦是大的，马威却觉着非常的孤独寂寞。伦敦有七百万人，谁知道他，谁可怜他；连他的父亲都不明白他，甚至于骂他！玛力拒绝了他，他没有一个知心的！他觉着非常的凄凉，虽然伦敦是这么热闹的一个地方。他没有地方去，虽然伦敦有四百个电影院，几十个戏馆子，多少个博物院，美术馆，千万个铺子，无数的人家；他却没有地方去；他看什么都凄惨；他听什么都可哭；因为他失了人类最宝贵的一件东西：爱！

他坐在铺子里，听着街上的车声，圣保罗堂的钟声，他知道还身在最繁华热闹的伦敦，可是他寂寞，孤苦，好像他在戈壁沙漠里独身游荡，好像在荒岛上和一群野鸟同居。

他鼓舞着自己，压制着怒气，去，去跳舞，去听戏，去看足球，去看电影；啊，离不开这个铺子！没有人帮助我，父亲是第一个不管我的！和他决裂，不肯！不管他罢，也不去跳舞，游戏；好好的念书，作事，由苦难中得一点学问经验；说着容易，感情的激刺往往胜过理智的安排。心血潮动的时候不会低头念书的！

假如玛力能爱我，马威想：假如我能天天吻她一次，天天拉拉她的手，能在一块儿说几句知心的话，我什么事也不管了，只是好好作事，念书；把我所能得的幸福都分给她一半。或者父亲也正这么想，想温都太太，谁管他呢！可怜的玛力，她想华盛顿，正和我想她一样！人事，爱情，永远是没系统的，没一定的！世界是个大网，人人想由网眼儿撞出去，结果全死在网里；没法子，人类是微弱的，意志是不中用的！

不！意志是最伟大的，是钢铁的！谁都可以成个英雄，假如他把意志的钢刃斫断了情丝，烦恼！马威握着拳头捶了胸口两下。干！干！往前走！什么是孤寂？感情的一种现象！什么是弱懦？意志的不坚！

进来个老太婆，问马威卖中国茶不卖。他勉强笑着把她送出去了。

“这是事业？呕，不怪父亲恨做买卖！卖茶叶不卖？谁他妈的卖茶叶！”

只有李子荣是个快乐人！马威想：他只看着事情，眼前的那一钉点事情，不想别的，于是也就没有苦恼。他和狮子一样，捉鹿和捉兔用同等的力量，而且同样的喜欢；自要捉住些东西就好，不管大小。李子荣是个豪杰，因为他能自己造出个世界来！他的世界里只有工作，没有理想；只有男女，没有爱情；只有物质，没有玄幻；只有颜色，没有美术！然而他快乐，能快乐的便是豪杰！

马威不赞成李子荣，却是佩服他，敬重他。有心要学他，不成，学不了！

“嘿喽，马威！”亚力山大在窗外喊，把玻璃震得直颤：“你父亲呢？”他开开门进来，差点给门轴给推出了槽。他的鼻子特别红，嘴中的酒味好像开着盖的酒缸。他穿着新红灰色的大氅，站在那里，好似一座在夕阳下的小山。

“父亲还没来，干什么？”马威把手搁在亚力山大的手中，叫他握了握。亚力山大的大拇指足有马威的手腕那么粗。

“好，我交给你吧。”亚力山大掏出十张一镑钱的票子。一边递给马威，一边说：“他叫我给押两匹马，一匹赢了，一匹输了；胜负相抵，我还应当给他这些钱。”

“我父亲常赌吗？”马威问。

“不用问，你们中国人都好赌。你明白我的意思？”亚力山大说：“我说，马威，你父亲真是要和温都太太结婚吗？那天他喝了几盅，告诉我他要买戒指去，真的？”

“没有的事，英国妇人那能嫁中国人，你明白我的意思？”马威笑着说，说得非常俏皮而不好听。

亚力山大看了马威一眼，撇着大嘴笑了笑。然后说：“他们不结婚，两好，两好！我问你，你父亲没告诉你，他今天到电影厂去？”

“没有，上那儿去作什么？”马威问。

“你看，是不是！中国人凡事守秘密，不告诉人。你父亲允许帮助我做电影，今天应当去。他可别忘了哇！”

马威心中更恨他父亲了。

“他在家哪？”亚力山大问。

“不知道！”马威回答的干短而且难听。

“回头见，马威！”亚力山大说着，一座小山似的挪动出去。

“赌钱，喝酒，买戒指，作电影，全不告诉我！”马威自己叨唠：“好！不用告诉我！咱们到时候再说！”

4

四月中的细雨，忽晴忽落，把空气洗得怪清凉的。嫩树叶儿依然很小，可是处处有些绿意。含羞的春阳只轻轻的，从薄云里探出一些柔和的光线；地上的人影，树影都是很微淡的。野桃花开得最早，淡淡的粉色在风雨里摆动，好像媚弱的小村女，打扮得简单而秀美。

足球什么的已经收场了，人们开始讲论春季的赛马。游戏是英国教育中最重要的一部，也是英国人生活中不可少的东西。从游戏中英国人得到很多的训练：服从，忍耐，守秩序，爱团体……。

马威把他的运动又搁下了，也不去摇船，也不去快走；天天皱着眉坐在家里，或是铺子里，咂着滋味发愁。伊姑娘也见不着，玛力也不大理他。老拿着本书，可是念不下去，看着书皮上的金字恨自己。李子荣也不常来；来了，两个人也说不到一块儿。马老先生打算把买卖收了，把钱交给状元楼的范掌柜的扩充饭馆的买卖，这样，马老先生可以算作股东，什么事不用管，专等分红利。马威不赞成这个计划，爷儿俩也没短拌嘴。

除去这些事实上的缠绕，他精神上也特别的沉闷。春色越重，他心里身上越难过，说不出的难过；这点难过是由原始人类传下来的，遇到一定的时令就和花儿一样的往外吐叶发芽。

他嫌大氅太重，穿着件雨衣往铺子走。走到圣保罗堂的外面，他呆呆的看着钟楼上的金顶；他永远爱看那个金顶。

“老马！”李子荣从后面拉了他一把。

马威回头看，李子荣的神色非常的惊慌，脸上的颜色也不正。

“老马！”李子荣又叫了一声：“别到铺子去！”

“怎么啦？”马威问。

“你回家！把铺子的钥匙交给我！”李子荣说的很快，很急切。

“怎样啦？”马威问。

“东伦敦的工人要来拆你们的铺子！你赶快回家，我会对付他们！”李子荣张着手和马威要钥匙。

“好哇！”马威忽然精神起来：“我正想打一回呢！拆铺子？好！咱们打一回再说！”

“不！老马！你回家，事情交给我了！你我是好朋友不是？你信任我？”李子荣很急切的说。

“我信任你！你是我的亲哥哥！但是我不能把你一个人留下，万一他们打你呢？”马威问。

“他们不会打我！你要是在这儿，事情可就更不好办了！你走！你走！马威，你走！”李子荣还伸着手和他要钥匙。

马威摇了摇头，咬着牙说：“我不能走，老李！我不能叫你受一点伤！我们的铺子，我得负责任！我和他们打一回！我活腻了，正想痛痛快快的打一回呢！”

李子荣急得直转磨，马威是无论怎说也不走。

“你要把我急死，马威！”李子荣说，喷出许多唾沫星儿来。

“我问你，他们有什么理由拆我们的铺子呢？”马威冷笑着问。

“没工夫说，他们已经由东伦敦动了身！”李子荣搓着手说。

“我不怕！你说！”马威极坚决的说。

“来不及了！你走！”

“你不说，好，你走，老李！我一个人跟他们拼！”

“我不能走，老马！到危险的时候不帮助你？你把我看成什么东西了？”李子荣说得非常的堂皇，诚恳，马威的心软了。马威看李子荣，在这一两分钟内，不只是个会办事挣钱的平常人，也是个心神健全的英雄。马威好像看透了李子荣的心，一颗血红的心，和他的话一样的热烈诚实。

“老李，咱们谁也别走，好不好？”

“你得允许我一个条件：无论遇见什么事，不准你出来！多咱你听见我叫你打，你再动手！不然，你不准出柜房儿一步！你答应这个条件吗？”

“好，我听你的！老李，我不知道说什么好！你为我们的事这样——”

“快走，没工夫扯闲话！”李子荣扯着马威进了胡同：“开门！下窗板！快！”

“给他们收拾好了，等着叫他们拆？”马威问，脸上的神色非常激愤。

“不用问！叫你做什么，做什么！把电灯捻开！不用开柜房的电门！好了，你上里屋去，没我的话，不准出来！在电话机旁边坐下，多咱听我一拍手，给巡警局打电，报告被抢！不用叫号码，叫‘巡警局’，听见没有？”李子荣一气说完，把屋中值钱的东西往保险柜里放了几件。然后坐在货架旁边，一声也不发了，好像个守城的大将似的。

马威坐在屋里，心中有点跳。他不怕打架，只怕等着打架。他偷偷的立起来，看看李子荣。他心里平安多了，李子荣纹丝不动的在那里坐着，好像老和尚参禅那么稳当；马威想：有这么个朋友在这里，还有什么可怕的呢！

“坐下！老马！”李子荣下了命令。马威很机械的坐下了。

又过了四五分钟，窗外发现了一个戴着小柿饼帽子的中国人，鬼鬼啾啾的向屋内看了一眼。李子荣故意立起来，假装收拾架子上的货物。又待了一会儿，窗外凑来好几个戴小柿饼帽子的了，都指手画脚的说话。李子荣听不清楚他们说的是什么，只听见广东话句尾的长余音：呕——！喽——！呕——……

哗啦！一块砖头把玻璃窗打了个大窟窿。

李子荣一拍手，马威把电话机抄在手里。

哗啦！又是一块砖头。

李子荣看了马威一眼，慢慢往外走。

哗啦！两块砖头一齐飞进来，带着一群玻璃碴儿，好像两个彗星。一块刚刚落在李子荣的脚前面，一块飞到货架上打碎了一个花瓶。

李子荣走到门前面。外面的人正想往里走。李子荣用力推住了门钮，外面的人就往里撞。李子荣忽然一撒手，外面的人三四个一齐倒进了，摔成一堆。

李子荣一跳，骑在最上边那个人身上，两脚分着，一脚踩着底下的一支脖子。呕——！哼！喽——！底下这几位无奇不有的直叫。李子荣用力往下坐，他们也用力往起顶。李子荣知道他不能维持下去，他向门外的那几个喊：“阿丑！阿红！李三兴！潘各来！这是我的铺子，我的铺子！你们是怎回事?!”他用广东话向他们喊。

他认识他们，他是他们的翻译官，是东伦敦的华人都认识他。

外面的几个听见李子荣叫他们的名字，不往前挤了，彼此对看了看，好像不知道怎么办才好。李子荣看外边的楞住了，他借着身下的顶撞，往后一挺身，正摔在地上。他们爬起来了，他也爬起来了，可是正好站在他们前面，挡着他们，不能往前走。

“跑！跑！”李子荣扬着手向他们喊：“巡警就到！跑！”

他们回头看了看胡同口，已经站了一圈人；幸而是早晨，人还不多。他们又彼此看了看，还正在犹疑不定，李子荣又给了他们一句：“跑！！！”

有一个跑了，其余的也没说什么，也开始拿腿。

巡警正到胡同口，拿去了两个，其余的全跑了。

…………

各晚报的午饭号全用大字登起来：“东伦敦华人大闹古玩铺。”“东伦敦华人之无法无天！”“惊人的抢案！”“政府应设法取缔华人！”……马家古玩铺和马威的像片全在报纸的前页登着，《晚星报》还给马威像片下印上“只手打退匪人的英雄”。新闻记者一群一群的拿着像匣子来和马威问询，并且有几个还找到戈登胡同去见马老先生；对于马老先生的话，他们登的是：“Me no say. Me no speak.”虽然马老先生没有这么说。写中国人的英文，永远是这样狗屁不通；不然，人们以为描写的不真；英国人没有语言的天才，故此不能想到外国人会说好英文。

这件事惊动了全城，东伦敦的街上加派了两队巡警，监视华人的出入。当晚国会议员质问内务总长，为什么不把华人都驱出境外。马家古玩铺外面自午到晚老有一圈人，马威在三点钟内卖了五十多镑钱。

马老先生吓得一天没敢出门，盼着马威回来，看看到底儿子叫人家给打坏了没有。同时决定了，非把铺子收闭了不可，不然，自己的脑袋早晚是叫人家用砖头给打下来。

门外老站着两个人，据温都太太说，他们是便衣侦探。马老先生心更慌了，连烟也不抽了，唯恐怕叫侦探看见烟袋锅上的火星。

5

伦敦的华工分为两党：一党是有工便做，不管体面的。电影厂找挨打的中国人，便找这一党来。第二党是有血性的苦工人，不认识字，不会说英国话，没有什么手艺，可是真心的爱国，宁可饿死也不作给国家丢脸的事。这两党人的知识是一样的有限，举动是一样的粗卤，生活是一样的可怜。他们的分别是：一党只管找饭吃，不管别的；一党是找饭吃要吃的体面。这两党人是不相容的，是见面便打的。傻爱国的和傻不爱国的见面没有第二个办法，只有打！他们这一打，便给外国人许多笑话听；爱国的也挨骂，不爱国的也挨骂！

他们没有什么错处，错处全在中国政府不管他们！政府对人民不加保护，不想办法，人民还不挨骂！

中国留英的学生也分两派：一派是内地来的，一派是华侨的子孙。他们也全爱国，只是他们不明白国势。华侨的子孙生在外国，对中国国事是不知道的。内地来的学生时时刻刻想使外国人了解中国，然而他们没想到：中国的微弱是没法叫外国人能敬重我们的；国与国的关系是肩膀齐为兄弟，小老鼠是不用和老虎讲交情的。

外国人在电影里，戏剧里，小说里，骂中国人，已经成了一种历史的习惯，正像中国戏台上老给曹操打大白脸一样。中国戏台上不会有黑脸曹操，外国戏台上不会有好中国人。这种事不是感情上的，是历史的；不是故意骂人的，是有意做好文章的。中国旧戏家要是作出一出有黑脸曹操的戏，人家一定笑他不懂事；外国人写一出不带杀人放火的中国戏，人们还不是一样笑他。曹操是无望了，再过些年，他的脸也不见得能变颜色；可是中国还有希望，自要中国人能把国家弄强了，外国人当时就搁笔不写中国戏了。人类是欺软怕硬的。

亚力山大约老马演的那个电影，是英国最有名一位文人写的。这位先生明知中国人是文明人，可是为迎合人们心理起见，为文学的技艺起见，他还是把中国人写得残忍险诈，彼此拿刀乱杀；不这样，他不能得到人们的赞许。

这个电影的背景是上海，亚力山大给布置一切上海的景物。一条街代表租界，一条街代表中国城。前者是清洁，美丽，有秩序；后者是污浊，混乱，天昏地暗。

这个故事呢，是一个中国姑娘和一个英国人发生恋爱，她的父亲要杀她，可是也不知怎么一股劲儿，这个中国老头自己服了毒。他死了，他的亲戚朋友想报仇，他们把她活埋了；埋完了她，大家去找那个英国少年；他和英国兵把他们大打而特打；直到他们跪下求情，才饶了他们。东伦敦的工人是扮演这群挨打的东西。马老先生是扮一个富商，挂得小辫，人家打架的时候，他在旁边看热闹。

听见这件事，伦敦的中国学生都炸了烟。连开会议，请使馆提出抗议。使馆提出抗议去了，那位文人第二天在报纸上臭骂了中国使馆一顿。骂一国的使馆，本来是至少该提出严重交涉的；可是中国又不敢打仗，又何必提出交涉呢。学生们看使馆提议无效，而且挨了一顿骂，大家又开会讨论办法。会中的主席是那位在状元楼挨打的茅先生。茅先生的意见是：提出抗议没用，只好消极的不叫中国人去演。大家举了茅先生作代表，到东伦敦去说。工人们已经和电影厂签了字，定了合同，没法再解约。于是茅先生联合傻爱国的工人们，和要作电影的这群人们宣战。马老先生自然也是一个敌人，况且工人们看他开着铺子，有吃有喝的，还肯作这样丢脸的事，特别的可恨。于是大家主张先拆他的铺子，并且臭打马老先生一顿。学生们出好主意，傻工人们答应去执行，于是马家古玩铺便遭了砖头的照顾。

李子荣事前早有耳闻，但是他不敢对马威说。他明知道马老先生决不是要挣那几镑钱，亚力山大约他，他不能拒绝，中国人讲面子吗。（他不知道马老先生要用这笔钱买戒指。）他明知道一和马威说，他们父子非吵起来不可。他要去和工人们说，他明知道，说不圆全，工人许先打他一顿。和学生们去说，也没用，因为学生们只知道爱国而不量实力。于是他没言语。

事到临头了，他有了主意：叫马家父子不露面，他跟他们对付，这样，不致有什么危险。叫工人们砸破些玻璃，出出他们的恶气；砸了的东西自然有保险公司来赔；同时叫马家古玩铺出了名，将来的买卖一定大有希望。现今作买卖是第一要叫人知道，这样一闹呢，马家父子便出了名，这是一种不花钱的广告。他对工人呢，也没意思叫他们下狱受苦；他们的行动不对，而立意不错；所以他叫马威等人们来到才给巡警打电话，匀出他们砸玻璃的工夫，也匀出容他们跑的工夫。

他没想到巡警捉去两个中国人。

他没想到马老先生就这么害怕，决定要把铺子卖了。

他没想到学生会决议和马威为难。

他没想到工人为捉去的两人报仇，要和马老先生拼个你死我活。

他没想到那片电影出来的很快，报纸上故意的赞扬故事的奇警，故意捎着撩着骂中国使馆的抗议。

他故意的在事后躲开，好叫马威的像片登在报上，（一种广告，）谁知道中国人看见这个像片都咬着牙咒骂马威呢！

世事是繁杂的，谁能都想得到呢！但是李子荣是自信的人，——他非常的恨自己。

马威明白李子荣，他要决心往下作买卖，不管谁骂他，不管谁要打他。机会到了，不能不好好作一下。他不知道他父亲的事，工人被捕也不是他的过错。他良心上无愧，他要打起精神来做！这样才对得起李子荣。

他没想到他父亲就那么软弱，没胆气，非要把铺子卖了不可！卖了铺子？可是他要卖，没人能拦住他，铺子是他的！

马老先生不明白人家为什么要打他，成天撅着小胡子叹息世道不良。他不明白为什么马威反打起精神作买卖，他总以为李子荣给马威上了催眠术；心中耽忧儿子生命的安全，同时非常恨李子荣。他不明白为什么温都太太庆贺他的买卖将来有希望，心里说：

“妈的铺子叫人家给砸了，还有希望？外国人的心不定在那块长着呢！”

打算去找伊牧师去诉委屈，白天又不敢出门，怕叫工人把他捉了去；晚上去找他，又怕遇见伊太太。

亚力山大来了一次，他也是这么说：“老马！你成了！砸毁的东西有保险公司赔偿！你的铺子已经出了名，赶紧办货呀！别错过了机会！你明白我的意思？”

马老先生一点也不明白。

他晚上偷偷的去找状元楼范掌柜的，一来商议出卖古玩铺，二来求范老板给设法向东伦敦的工人说和一下，他情愿给那两个被捉的工人几十镑钱。范老板答应帮助他，而且给老马热了一碟烧卖，开了一瓶葡萄酒。马老先生喝了盅酒，吃了两个薄皮大馅的烧卖，落了两个痛快的眼泪。

回家看见马威正和温都母女谈得欢天喜地，心中有点吃醋。她们现在拿马威当个英雄看，同时鼻子眼睛的颇看不起老马。老马先生有点恨她们，尤其是对温都太太。他恨不能把她揪过来踢两脚，可是很怀疑他是否打得过她，外国妇女身体都很强壮。更可气的是：拿破仑这两天也不大招呼他，因为他这几天不敢白天出门，不能拉着小狗出去转一转；拿破仑见了他总翻白眼看他。

没法子，只好去睡觉。在梦里向故去的妻子哭了一场！——老没梦见她了！

6

马威立在玉石牌楼的便道上，太阳早已落了，公园的人们也散尽了。他面前只有三个影儿：一个无望的父亲，一个忠诚的李子荣，一个可爱的玛力。父亲和他谈不到一块，玛力不接受他的爱心，他只好对不起李子荣了！走！离开他们！

…………

屋里还黑着，他悄悄立在李子荣的床前。李子荣的呼声很匀，睡得像个无知无识的小孩儿。他站了半天，低声叫："子荣！"李子荣没醒。他的一对热泪落在李子荣的被子上。

"子荣，再见！"

伦敦是多么惨淡呀！当人们还都睡得正香甜的时候。电灯煤气灯还都亮着，孤寂的亮着，死白的亮着！伦敦好像是个死鬼，只有这些灯光悄悄的看着——看着什么？没有东西可看！伦敦是死了，连个灵魂也没有！

再过一两点钟，伦敦就又活了，可是马威不等着看了。"再见！伦敦！"

"再见！"好像有个声音这样回答他。谁？……

牛天赐传

一　天官赐福

要不是卖落花生的老胡，我们的英雄也许早已没了命；即使天无绝人之路，而大德曰生，大概他也不会完全像这里所要述说的样子了。机会可以左右生命，这简直无可否认，特别是在这天下太平的年月。他遇上老胡，机会；细细的合算合算，还不能说是个很坏的机会。

不对，他并没有遇上老胡，而是老胡发现了他。在这个生死关头，假如老胡心里一别扭，比如说，而不爱多管闲事，我们的英雄的命运可就很可担心了。是这么回事：在这个时节，他无论如何也还不会招呼老胡或任何人一声，因为他是刚降生下来不到几个钟头。这时候他要是会说话，而很客气的招呼人，并不见得准有他的好处；人是不可以努力太过火的。

老胡每天晚上绕到牛宅门口，必定要休息一会儿。这成了一种习惯。他准知道牛氏老夫妇决不会照顾他的；他们的牙齿已过了嚼糖儿豆儿的光荣时期。可是牛宅的门洞是可爱的，洁净而且有两块石墩，正好一块坐着，一块放花生筐子，好像特为老胡预备下的。他总在这儿抽袋烟，歇歇腿，并数一数铜子儿。有时候还许遇上避风或避雪的朋友，而闲谈一阵。他对这个门洞颇有些好感。

我们的英雄出世这一天，正是新落花生下市的时节，除了深夜还用不着棉衣。天可是已显着短了；北方的秋天有这个毛病，刚一来到就想着走，好像敷衍差事呢。大概也就是将到八点吧，天已然很黑了，老胡绕到“休息十分”的所在——这个办法不一定是电影院的发明。把筐子放好，他掏出短竹管烟袋；一划火柴，发现了件向来没有在那里过的东西。差点儿正踩上！正在石墩前面，黑糊糊的一个小长包，像“小人国”的公民旅行时的行李卷，假如小人国公民也旅行的话。又牺牲了根火柴，他看明白了——一个将来也会吃花生的小家伙。

老胡解开怀就把小行李卷揣起来了。遇到相当的机会，谁也有母性，男人胸上到底有对挂名的乳啊。顾不得抽烟了，他心中很乱。无论是谁，除了以杀人为业的，见着条不能自己决定生还是死的生命，心中总不会平静。老胡没有儿女，因为没娶过老婆。他的哥哥有儿子，但是儿子这种东西总是自己的好。没有老婆怎能有儿子呢？实在是个问题。轻轻的拍着小行李卷，他的心中猛然一亮，问题差不多可以解决了：没有老婆也能有儿子，而且简单的很，如拾起一根麻绳那么简单。他不必打开小行李卷看，准知道那是个男小孩；私生的小孩十个有八个是带着小麻雀的。

继而一想，他又为了难：小孩是不能在花生筐子里养活着的，虽然吃花生很方便，可是一点的小娃娃没有牙。他叹了口气，觉得作爸爸的希望很渺茫。要作爸爸而不可得，生命的一大半责任正是竹篮打水落了空！

不能再为自己思索了，这太伤心。

假如牛老夫妇愿意收养他呢？想到这儿，老胡替小行李卷喜欢起来。牛老夫妇是一对没儿没女而颇有几个钱的老绝户，这条街上谁都知道这个，而且很有些人替那堆钱不放心。

他拍门了，正赶上牛老者从院里出来。老胡把宝贝献出去。牛老者是五十多岁的小老头，不怎么尊严，带出来点怕太太的精神，事实上也确是这样。老者接过小英雄去，乐得两手直颤：“在这儿捡起来的？真的？真是这里？”

老胡蹲下去，划了根火柴，指明那个地方。老者看了看，觉得石墩前确有平地跳出娃娃的可能：“自要不是从别处拾来的就行；老天爷给送到门上来，不要就有罪，有罪！”可是，“等等，我请太太去。”老者知道——由多年的经验与参悟——老天爷也大不过太太去。他又舍不得放下天赐的宝贝，“这么办好不好，你也进来？”于是大家连同花生筐子一齐进去了。

牛老太太是个五十多岁，很有气派的小老太太，除了时常温习温习欺侮老头儿，（无论什么都是温故而知新的，）连个苍蝇也舍不得打死——自然苍蝇也得知趣，若是在老太太温习功课的时节飞过来，性命也不一定安全，老太太在动气的工夫手段也颇厉害。

老者把宝贝递给了太太。到底太太有智慧，晓得非打开小卷不能看清里边的一切。一揭开上面，露出个红而多皱的小脸，似乎活得已经不大耐烦了。老太太的观察力也惊人：“哟！是个小娃娃！”越往下看越像小娃娃，可是老太太没加以什么批评。（真正的批评家懂得怎样谨慎。）直到发现了那小小的男性商标，她才决定了：“我的小宝贝！”这个世纪到底还是男人的，虽然她不大看得起牛老者。

“咱们，咱们，”老者觉得非打个主意不可，可是想不出；即使已想出，也不便公然建议。

“哪儿来的呢？”老太太还不肯宣布政策，虽然已把娃娃揣在怀中。

老者向老胡一努嘴；远来的和尚会念经。

老胡把宝物发现的经过说了一番，而后补上：“我本想把他抱走，我也没有儿子，可是老天爷既是把他送到府上来了，我怎能逆天行事呢！”他觉出点替天行道的英雄气概。

“你也看明白了那个地方？”老太太向老头儿索要证据。

“还摸了摸呢，潮渗渗的！”老者确知道自己不敢为这个起誓。

“真是天意，那么？”老太太问。

“真乃天意！”两位男子一齐答对。

这时候，第三位男子恐怕落后，他哭了。在决定命运的时机，哭是必要的。

“宝贝，别哭！”老太太动了心：“叫，叫四虎子找奶妈去！”

老胡看明白，小行李卷有了吃奶的地方；人生有这么个开始也就很过得去了。他提起花生筐子来，可是被老太太拦住：“多少次了，我们要抱个娃娃，老没有合适的；今天老天爷赏下一个来，可就省事多了。可是，不许你到外边说去！哼。”她忽然灵机一动，又把小行李卷抱出来，重新检查，这回是由下面看起。果然发现了，小细腿腕上拴着个小纸片。“怎样！”老太太非常的得意。

老头儿虽没有发现的功绩，但有识字的本事，把小纸片接过去，预备当众宣读。老者看字大有照相的风格，得先对好了光，把头向前向后移动了好几次。光对好了，可是，“嗯？”又重新对光，还是“嗯，怎么写上字又抹去了呢？”

老太太不大信任老伴儿的目力，按着穿针的风格，撅着唇，皱着眉，看了一番。果然是有字又抹去了。

什么意思呢？

“看看后边！”老太太并非准知道后边有字，这是一个习惯——连买柿子都得翻过来看看底面。

后面果然也有字，可是也涂抹了。

“这个像是‘马’字，”老者自言自语的猜测。

老胡福至心灵，咂摸透了点意思：“不是男的，就是女的，总有一个姓马的；谁肯把自己的娃娃扔了呢，所以写上点字儿；又这么一想啊，不体面，所以又抹去了：就好像墙上贴了报单儿，怪不好看的，用青灰水抹抹吧，一个样；大概呀，哼，有难说的事！”老胡为表示自己的聪明，话来得很顺畅；可是忽然想起这有点不利于小行李卷，赶紧补充上：“可也不算什么，常有的事。”还觉得没完全转过弯儿来，正要再想，被老太太接了过去：

“有你这么一说！”

老胡觉得很对不起小行李卷！

可是老太太照旧把娃娃揣起去了，接着说：“虽然是老天爷赏的，可并不像个雪花，由天上掉下来；他有父母！要不怎么我嘱咐你呢，你听过《天雷报》？这是一；我们不愿以后人家小看他，这是二。你别给宣嚷去。给他十块钱！”末一句是对牛老者下的令。

十块钱过了手，老者声明：“六块是太太的，四块是我的。”

老胡怪不好意思的，抓了把花生放在桌上：“山东人管花生叫长生果，借个吉利，长命百岁！”

老太太听着很入耳：“再给他十块，怪苦的，自要别上外边说去！”

老胡起了誓，决不对任何人去说。于是十块钱又过了手，照样是“太太的六块，我的四块。”

老胡走了。

“四虎子这小子上哪儿玩去了?!”老者找不到四虎子。“我去，我自己去！”

“找不到奶妈就不用回来，听明白没有?”老太太鼓励着老伴儿。

“找到天亮也得把她找着！”老者也很愿努力。

老者走后，老太太细看怀中的活宝贝，越看越爱。老太太眼中没有难看的娃娃，虽然刚生下来的娃娃都那么不体面。嘴上有个肉岗，这便是高鼻梁。看这一脑袋黑头发，其实未必有几根，而且绝对的不黑。眼睛，更不用说，自古至今向无例外，都是大的。老太太的想象是依着慈爱走的，在看娃娃的时节。

拍着，逗着，歪着头看，牛老太太乐得直落泪。五十多岁有了儿子！而且是老天爷给放在门口的。就说是个丫环或老妈子给扔在这儿吧，为什么单单扔在“这儿”，还不是天意？这一层已无问题。然后盘算着：作什么材料的毛衫，什么颜色的小被子，裁多少块尿布。怎样办三天，如何作满月。也就手儿大概的想到：怎样给他娶媳妇，自己死了他怎样穿孝顶丧……

可是，怎么通知亲友呢？一阵风由天上刮下个娃娃，不大像话。拾来的，要命也不能这么说，幸而四虎子没在家，又是天意，这小子的嘴比闪还快。老刘妈，多么巧，也出去了，她的嘴也不比闪慢。两条闪都没在家就好办了，就说是远本家承继过来的——在很远很远的地方住。不对，住得那样远，怎能刚落草就送到了呢？近一些吧，刚生下来，娘就死了，不能不马上送来，行；可怜的小宝贝！

叫什么呢？“天意”，“天来”，都不好。“天来”像当铺的字号；“天意”，不是酱园有个“老天义”吗？天——反正得有个天，“天官赐福”，字又太多了。哼，为什么不叫“天赐”呢？小名呢，“福官”！老太太一向佩服金仙庵的三位娘娘，而不大注意孔圣人，现在更不注意他了。

这样，我们的英雄有了准家准姓准名。

二　歪打正着

合起来说，咱们算是不晓得牛天赐的生身父母是谁。这简直是和写传记的成心作难。跑马场上的名马是有很详细的血统表系的；咱们的英雄，哼，自天而降！怎么，凭着什么，去解释与明白他的天才，心力，与特性等等呢？这些都与遗传大有关系。就先不提这些，而说他的面貌神气；这也总该有些根据呀。眼睛像姥姥，一笑像叔父，这才有观念的联合，而听着像回真事儿。人总得扛着历史，牛必须长着犄角。咱们的英雄，可是，像块浮云，没根儿。

怎么办呢？

只有两个大字足以帮助我们——活该。

这就好办多了。不提人与原始阿米巴或星云的关系，而干干脆脆卖什么吆喝什么。没家谱，私生子，小行李卷，满都活该。反之，我们倒更注意四外敲打这颗小小的心的东西是什么。因为这些是有案可查，一个萝卜一个坑的。没有猜测，造谣，与成见的牛老夫妇，四虎子，小毛衫，尿垫子……是我们不敢忽略的；这些便是敲打那颗小心的铁锤儿们。遗传，在“心”的铸造上，大概不见得比教养更有分量。咱们就顺着这条路走吧，先说说牛老者。

世上有许多不容易形容的人，牛老者便是一个。你刚把光对好，要给他照了，他打个哈欠；幸而他没打哈欠，照上了；洗出来一看，他翻着白眼呢。他老从你的指缝里偷着溜开。你常在介绍医生，神相麻子丰等等的广告中看到他的名字，你常在大街，庙会，股东会议，商会上遇见他，可是他永远不惹你特别注意他。老那么笑不唧的，似乎认识你，又似乎不大认识；有时候他能忘了自己的姓，而忽然又想起来。你似乎没听过他说话，其实他的嘴并没闲着，只是所说的向无打动人心的时候；他自己似乎也知道：他说不说，你听不听，都没关系。他有时候仿佛能由身里跳出来，像个生人似的看看自己，所以他不自傲，而是微笑着自慰："老牛啊，你不过是如此。"自然他不能永远这样，有时候也很能要面子，摆架子。可是摆上三五分钟，自己就觉出底气不足，而笑着拉倒了；要不然牛太太怎会占了上风呢。假若他是条鱼，他永远不会去抢上水，而老在泥上溜着。

这可并非是说，他是个弱者，处处失败。事实上，他很成功。他不晓得怎么成的功。他有种非智慧的智慧，最善于歪打正着。他是云城数得着的人物。当铺、煤厂、油酒店，他全开过，都赚钱。现在他还有三个买卖。对什么他也不是真正内行，哪一行的人也不诚心佩服他。他永远笑着"碰"。可是多少回了，这种碰法使金钱归了他。别人谁也不肯要的破房，要是问到了他，恰巧他刚吃完一碗顺口的鸡丝面，心里怪舒服："好吧，算我的吧。"这所破房能那么放个七八年，白给人住也没人去，因为没有房顶。可是忽然有那么一天，有人找上门来，非要那块地方不可，只有那块地方适于开医院。他赚了五倍的钱。"好吧，算你的了。"他一笑，没人知道这一笑的意思是什么，他自己也不知道。他有这么种似运气非运气，似天才非天才，似瞎碰非瞎碰的宝贝。他不好也不坏，不把钱看成命，可是洋钱的响声使他舍不得胡花。他有一切的嗜好，可是没瘾。戏的好歹，他一向不发表意见；听就听，不听也没什么。酒量不大，将要吃过了量的时候也不怎么就想起太太来，于是没喝醉，太太也没跟他闹，心里很舒坦。烟是吸哈德门牌的，吸到半截便掐灭，过一会了再吸那半截，省烟与费火柴成了平衡；他是天生的商人。

就是没儿子，这个缺点，只有这个缺点，不能以一笑置之。可是当太太急了的时候，他还得笑：“是呀，是呀，我没只怨你呀，俩人的事，俩人的事。”分担了一半过错，太太也就不便赶尽杀绝，于是生活又甜美起来：太太不生气，儿子只好另说吧，然后睡得很好，在梦里听说麦子要涨价，第二天一清早便上了铺子，多收麦子。果然又赚了一笔。

牛老者的样子不算坏，就是不尊严，圆脸，小双下巴，秃脑顶，鼻子有点爬爬着，脑面很亮，眼珠不大灵动，黄短胡子，老笑着，手脚短，圆肚子，摇动着走，而不扬眉吐气，混身圆满而缺乏曲线，像个养老的厨子。衣服的材料都不坏，就是袖口领边的油稍多，减少了漂亮。帽子永远像小着一号，大概是为脱帽方便，他的爱脱帽几乎是种毛病。一笑，手便往帽沿上去了；有时候遇上个好事的狗，向他摆尾，他也得摸摸帽沿。每一脱帽，头上必冒着热气，很足引起别人的好感——揭蒸锅似的脱帽，足见真诚。

有两条路他可以走：一条是去作英国的皇帝，一条是作牛老者。他采取了这第二条，唯一的原因是他没生下来便是英国的皇太子；要不然他一定能作个很好的皇帝，不言不语的，笑嘻嘻的，到国会去说话都有人替他预备好了。

说真的，假如牛老太太是他，而他是牛老太太，他一定会成个更大着许多的人物。可是老天爷常把人安排错了，而历史老使人读着起急。牛老太太比他厉害得多，可是偏偏投了女胎，除了欺侮老伴儿，简直没有英雄用武之处。她天生的应当作个英雄，而作了个主妇。自然她看不起丈夫。她顶适于作英雄了，第一项资格她有——自私。世界是为她预备下的。可惜她的世界太小。但是在这小世界里，她充分的施展着本领。四虎子是她的远亲，老刘妈是她从娘家特选了来的。不跟她有点关系的不用打算在牛宅立住脚。牛老者不是她由娘家带来的，这是个缺点，可是不好意思随便换一个，那太不官样。

她很看不起牛老者。不错，他弄了不少的钱；但是她要是个男的，岂止是弄钱；声名，地位，吃喝玩乐，哪样也得流水似的朝着她来。跟老牛一辈子，委屈点。他没有大丈夫的狠毒手段，只是对付将就。他的朋友们吃他喝他，还小看他。所以除了她娘家的人，她向来不肯热诚的招待。一把儿土豆子——她形容他的朋友们。她的娘家是作官的。虽然她不大识字，她可是有官气。她知道怎样用仆人，怎样讲排场，怎样讲身分。他都不懂。也就是作官的娘家父亲死了，要不然她简直没法回娘家去。带着土豆子的丈夫见作官的父亲？丢人！当初怎说这门子亲事来的？她常常纳闷。

她很希望得个官样的儿子——拿老牛的钱，拿自己的理想，一定会养起个体面儿子。可是老牛连得儿子的气派都没有！他早就想弄小。有她活着，乘早不用这么想。她不生儿子，谁也不用打算偏劳。抱一个小孩解解闷，倒是个办法。可是难处是在这里：他愿抱牛家的，她愿抱娘家的。她的理由软点，所以消极的不准他自由选择，暂且不抱好了。天赐的露面，解决了这个困难。他好像专为牛家生的。牛老太太把他一抱起来，便决定好了：在这小子身上试试手，成个官样的儿子。私生子，稍差一点；可是自己已经五十多了，恐怕不易再生小孩了；况且牛老者那个怯劲。算了吧，老绝户还有抱个哈叭狗当孩子养的呢，况且这是个真正有鼻有眼的小孩。天赐的机会太好。

牛老者上那里去找奶妈呢？他完全没个准备。可是他不慌。几十年了，他老是这么不慌不忙的；没有过不去的事。这种办法，每每使牛老太太想打他几个脖儿拐。她有官气——世界上的一切是为她预备好的，一招手就得来，什么都有个适当的地方，一丝不乱的等候着命令。老头儿没这么想过；世界便是个土堆，要什么得慢慢的去拨开土儿找，还不一定找得到。难怪老太太有时候管他叫作皮蛋，除了怕作赔了买卖，他无论怎说也不着急。

有时候太太告诉他去买胰皂，他把手纸买了来。忘了这样，拿那样补上，还不行么？据他看。他非常的乐观。这回，他可是记得死死的，找奶妈。手纸，胰皂，连洗脸盆算上，都不能代替奶妈。走出二里多地，还没忘了这个；可是也没想起上那里去找。准知道有些地方是介绍奶妈的，只是想不起那些地方在那儿。点上哈德门烟，喷了一口，顺势看了看天上的星。星星对他是没有意义的，可是使他想起太太的眼睛来；太太的眼睛是无所不知，无所不在的。他得赶快去找奶妈，完全不为自己，为是太太与那个小行李卷；要是为自己的话，找着与否满没关系。

找着个熟识的油盐店，进去打个招呼。有好多的事是可以在不可能中找出可能的，自要你糊涂与乐观的到家。牛老者常因为忘了买煤，而省下许多钱；想起来不是，煤忽然落了价钱。进了油盐店，彷彿奶妈已经找到了似的。

“周掌柜，”牛老者的圆脸上笑着，“给找个奶妈。”

“怎么；得了少爷？”周掌柜觉得天下最可喜的事就是得少爷。

“抱来的，承继过来的，”牛老者很得意，没有说走了嘴。“给找个奶妈去。今个，明儿，后天，后天请你喝喝。”

周掌柜想了想，看看铺中，觉得铺中绝对没有奶妈，非到外边去找不可。“你这里坐坐，我有办法。”他出去了，一恍似的被黑影给吞了去。

牛老者吸着哈德门，烟灰长长的，欲落不落，他心里正似这穗烟灰，说不清落下去还是不落下去好，脸上自动的笑着。

待了一会儿，周掌柜回来了，带着两个妇人。

牛老者心中打起鼓来，是找一个奶妈呢，还是找一对儿呢？出来的慌速，忘了问太太。

及至周掌柜一说，他明白过来，原来这两个妇人不都是奶妈，那个长得像驴的是介绍人。他觉得这似乎没有别的问题了："走吧。周掌柜，后天请你喝喝。"

"上那儿去？"驴叫了声。

差点把老者问住，幸而他没忘了家："家去，小孩没在这里。"

"咱们不先讲讲吗？"驴向周掌柜说。

"都是熟人，"周掌柜很会讲话。

"见了太太，什么都好办，"牛老者渴望卸了责任，睡个觉去："跟太太说去。"

"在那儿呀？这么黑灯下火的！"这个驴不是好驴。

"雇车吧，"周掌柜建议。

"是，雇车。"牛老者慢慢点了点人数，"大概得三辆吧。"

到了家中，他把二妇人交给了太太。

太太见着驴，精神为之一振，她就是爱和这种妇人办交涉，为是磨磨自己的智力。驴，跟太太过了三五个回合，知道遇上个能非常的慈善，同时眼里又不藏沙子的手儿。没等她说，太太全交派下来："有你三块钱的喜酒钱。她奶得好，先试三天。行呢，有她四季衣裳，一头银首饰。五块钱的工钱，零钱跟老刘妈平分。不准请假，不准有人来找。现在就上工。你把她的东西送来，雇来回的车！"

驴一看这面没有多少油水，想去敲那个奶妈，扯了她袖子一下。

老太太已把天赐递给奶妈，对驴说："你从她的工钱里扣多少？"

"回太太的话，她吃了我好几天了；都不容易，太太。"

"好吧，赏你十块钱，从此不许你来找她，我要用着你的时候，打发人叫你去。”太太的官派简直是无懈可击。

驴败下阵来，可是知道自己并没吃亏，太太的办法正碰在痒痒筋上。

驴回去收拾奶妈的东西，太太才开始审核奶妈。奶妈的用处是在那点奶，奶好便是一切，脸长得什么样，脚有多么长，都不成问题。

奶妈已经解开怀，两个大口袋乳。太太点了点头。脸上也没有什么下不去的地方：本来是张长脸，不知怎么发展到腮部又横着去了，鼻下忽然接着嘴，嘴下急忙成了下巴，于是上长下宽，嘴角和眉梢一边儿长，像被人按了一下子的高桩馒头。可是这与奶没关系，故尔下得去。脚不小，脚尖向上翻着，老像要飞起来看看空中有什么。这与奶也没关系，也下得去。

“姓什么呀？”太太问。

“唵？姓纪啊。”大扁嘴要顺着腮滑下去，乐呢。

太太更高兴了，纪妈是初次作事。训练人是一种施展能力而且不无趣味的工作。太太开始计划着怎样训练奶妈。

“家里都有什么人呀？”

“唵？”

“不必说这个唵！”

“有老的，有当家的，有小叔，有一个两月的娃子，没饭吃！”纪妈的鼻子抽了抽。

“给他吃吃看。”牛太太很替奶妈难过，可是天赐总得有奶吃，人是不能慈善得过火的。

天赐的小嘴开始运动，太太乐了。天赐有了奶吃，纪妈的娃子没了奶吃，合着是正合适。况且乡下的娃子是容易对付的。“哪村的？”

“唵？”

“说太太，不要这个唵！”

“十六里铺的。”

“哪个十六里铺？”

“黄家镇这边。”

“乡——”太太把个“亲”字吞了下去。不能和奶妈认乡亲。可是心里非常的喜欢。就是得清一色，打算齐家治国平天下都是一理。“我说，”太太一边叫，一边找了牛老者去，“我说，你打那里找来的奶妈呀？”太太不放心：假若老伴儿特意找来她的乡亲，即使是出于有意讨好，也足见他心里有个数儿。

“怎么啦？”老头儿不晓得出了什么毛病。“周掌柜给找的。”

“啊，没什么。”太太想着别的话：“我给他起了个名字，天赐；小名福官，天官赐福。”

“天官赐福？很好！”

天赐大概是有点福气，什么都是歪打正着吗。

三　子孙万代

牛老太太的黄净子脸上露出点红，不少的灰发对小髻宣告了独立，四下里搭落着。一对陷进点去的眼发出没尽被控制住的得意的光，两只小脚故意的稳慢而不由的很忙叨。她得住了个施展才能的机会；英雄而得不到相当的机会，像千里马老拴在槽前。她预备天赐的三天呢，这与其说是为天赐，还不如说是为她自己；办三天不办，天赐一点也不在意，反正他有了纪妈那两口袋奶，还有什么可虑的呢。牛老太太得露一手。多少年了，老没个事儿办，这个机会不能轻易放过。

带领着老刘妈，四虎子，和牛老者，她摆开了阵式。牛老者不反对，可是没想到事情会这么复杂。他以为办三天不过是请上几家亲友，叫厨子作上几桌鱼肉多而吃完非睡觉不可的菜而已。太太告诉他的事，他简直莫名其妙。事多去了，拿叫厨子这一项说，就够写一本书的。几件小烧，几个饭菜，几件冷荤，几道点心，几个大件，哎哟，太太好像是要开饭馆子。菜定好，登时就是怎样赁桌椅，而桌椅上还要铺垫呢，而铺垫也有种种呢。牛老者作了一辈子生意了，没有一项生意像办三天这么复杂的。他的脑子彷彿要肿起来，直嗡嗡的响；只能照计而行，太太说什么是什么吧。太太有嘴，他有腿，跑吧。跑得太累了，他会找个地方睡会儿去，省得回到家中又被派出来。太太手下的几员大将，数他不中用。

老刘妈，别看快七十了，是非常的努力。一夜的工夫把桌子的铜件全擦得像电镀的，椅垫子全换了新套。她的脚太吃力，可是有摔几个跟头也不灰心的坚决。她的眼虽都睁着，可是左边那只和瞎了一样，只管流泪，不负其他一切的责任。但这不成问题，左眼不中用，右眼便加倍的努力：歪着头，用右眼钉着东西，擦，洗，缝，补，嘴还唧唧的出声，颇像小鸡歪头出神的样子，可是没闲着。她不能闲着。她得捧姑奶奶一场。

刘妈打内，四虎子打外，这小子的腿好似是机器。从一方面说，牛太太对他很失望。他从十二岁便在牛宅，太太本想把他训练成个理想的仆人。四虎子干脆不受训练。二十岁了，还是用嘴呼吸气，鼻子只管流清汤。说话永远和打架一样，没有一句和气的。眉头子拧着，冬夏常青的脑门上出着汗。在另一方面讲，牛太太不能免他的职。他是她的亲戚，况且他忠实。办事不漂亮，可是不惜力呢；为买一斤白糖，他能来回跑六趟。这虽然费点工夫，可是跑得是他的腿，太太也就不便太挑剔了。他永远不等听明白了就往外跑，而后再跑回来问，要不然怎么老出汗呢。

纪妈以奶娃娃为正业，所以太太没派她什么别的差事。可是奶娃娃也得有个样儿，得加紧训练。怎样抱娃娃，怎样称呼人，怎样立着，太太一丝不苟的全教导下来。两天的工夫，纪妈的脚尖居然翻的减少了度数，而每一张嘴会想把“俺”改成“太太”。穿上了新蓝布裤褂，头也梳整齐，除了嘴角还一时紧缩不来，看着实在有个样子了。

至于咱们的英雄，也真算露脸，吃的香，睡的好，尿的勤，哭得声高，仿佛抓住了生命而要及时的享受。他一哭，六只小脚全往这儿跑，纪妈先到，太太居中，刘妈殿军。一人有一种慰问，可是他全置之不理，任情的哭下去，直到口袋乳送到唇边为止。他晓得他是英雄，是皇帝。

三天到了。老鸦还作着梦呢，牛家的人就全起来了。世界上的人虽多，但是自家添人进口到底是了不得的事。细想起来，自要你注意自家的事，也就没那么大工夫再管世界了。牛老太太的自私是很有理的。一个娃娃的哭声使全家颤动，必须充分的热闹一回，孩子哭继以狗咬，生活才落了实。牛老太太高兴，她的儿子必须是全家大小与亲戚朋友的欣喜的中心。她自己打扮停妥，开始检阅部下：牛老者的马褂没扣好，首先挨了申斥。四虎子的耳朵上竟自还有泥，男人简直没办法！老刘妈都好，就是直打哈欠；太太本想叫大家早起，为是显着精神，敢情有的人越早起越不精神；理想与事实常这么拧股着。纪妈很不坏，就是不大喜欢，大概是想起自己的娃娃；这是她自己找别扭。天赐还睡呢，可是全副武装在半夜里已经披挂好：全是新的，头上还戴了小红帽，帽沿上钉着金寿星看着十分的不自然，可是很阔气。

检阅完毕，天还没亮呢。借着烛光，太太指挥着陈列礼物。牛老者的朋友大多数是商人，送来的多半是镜框和对联。镜框中的彩画十张有九张是“苏堤春晓”，柳树真绿，水真蓝，要是不从艺术上看，颜色的浓厚倒颇有可取；苏堤上立着个打洋伞的大姑娘，比柳树高着一头，据牛老者看这很有画意。框子可是不同，有的是斑竹的，有的是黑木头的，有的是漆金的。太太把漆金的定为头等，叫四虎子给挂在堂屋的正面，其余的分悬左右。对联都像是一个人写的，文字也差不多，最多的是“买卖兴隆通四海，财源茂盛达三江”。这都挂在东西屋；太太不大喜欢对联，因为与小娃娃没关系。到底是亲戚送来的切于实用，小衣裳，小帽子，小鞋，还有几匣衣料。按着规矩说，应当送小米鸡蛋糕与黑糖，可是大家都知道既非牛太太作月子，似乎不必这样送。牛太太也很满意。自己既享用不着，都便宜了纪妈，那才合不着呢。这些礼物都摆在堂屋的条案上。陈列妥当，厨子到了，开始剁肉，声势浩大，四邻的识见不广的狗全叫起来。牛老太太叹了口气，这才像回事。打算叫自家威风凛凛，得设法使狗们叫，这才合规矩。

老刘妈的手指全是红的，染了多少红蛋，几乎没人能知道。鸡蛋设若会觉到骄傲的话，这是最好的时机了。就是那小而不起眼的蛋，涂得红红的便也登时显着特别的体面。况且那些平常和“蛋”发生关系的字眼，在此刻全似乎没有联属，而另有一些以“红”为中心的吉利话儿和它打成一气。老刘妈把染好的蛋都放在铜盘子上，像几盘子什么神秘的宝珠，鲜艳，浓厚，圆满，带着子孙万代的祥气。红蛋预备好，她和太太细心的研究了一番，把洗三该有的东西，如艾子水，如老葱，如带孔的老钱，如烧矾末，全都放在天赐的左右，看起来非常的严重，彷佛生命的开始比一师人马的开拔还要复杂；在一条小生命上的希望是无穷无尽的。

八点以后，亲友陆续的来到。牛老太太接待亲友的神气很值得注意。她的态度便是慈善的本身，笑着，老眼里老像含着点泪光，带出非常感激大家的意思。及至细一看，她是对自己笑呢。她觉到自己的能力，她是叫大家看看她的本事与优越。对那些穷苦一点的亲友，她特别的谦和，假如他们是借了债而来行人情的，那正足以证明她的重要与他们的虔诚。是的，她并没有约请这些苦亲友，而他们自动的赶上前来。无论怎样为难，他们今天也穿得怪干净，多少也带来些礼物，她没法不欣赏他们的努力——非这样不足算要强的人。王二妈的袍子，闻也闻得出，是刚由当铺里取出来的；当然别的物件及时的入了当铺。李三嫂的耳环是银白铜的。张六姑的大袄是借来的，长着一寸多。牛老太太的眼睛把这些看得非常的清楚；很想奖励她们一番，可是她的话有分寸：“哎，没敢惊动亲友：这怎说的，又劳你的驾；来看看小孩吧。”

她心里明白——“本来没想请你们。”她们也明白，可也另有一派答对：“应该的呀，给你来贺喜；要不是那个呀，昨天就来帮助你张罗了；都仗着你一个人，可真不容易！”

说着，来到天赐的展览室，大家一齐失声的“哟！怎么这么胖呀，多体面呀，可是个福相！”

屋里已坐定七八位老太婆与媳妇，把天赐团团围住，差不多都吸着烟卷，都夸奖着天赐的福相，都高声彼此的招呼，都嘴里谈着娃娃，而眼中彼此端详着衣裳打扮。屋里的温度忽然增高十度。后来的继续进来参观，先来的决不想让位；特别是有些身分的人，干脆坐在娃娃的身旁，满有自居子孙娘娘的气概。天赐莫名其妙，只觉得憋闷得慌，再也不能安睡，小眼睛直眨巴，这使大家更加倍的佩服：看这俩大眼睛，懂事似的！

男宾，除了至亲，没有详细参观娃娃的权利，都在东西屋里专等着喝喜酒。牛老者的招待方法与太太的完全不同，绝对没有一定的主意。他想不起说什么好，又觉得一言不发也未必对。他转着圆脸向四面笑，笑得工夫太大了，便改为点点头，点头太多了，便随便的说一句：“可不是，”“抽烟吧。”头上出了汗，这是个启示：“什么时候了，天还这么热！”大家说：“你是喜欢的，天并不热。”他哈哈起来。他的身后跟着四虎子，他一说“抽烟吧，”四虎子便把烟递过去——始终没管倒茶，因为主人没说。东西屋里的文化比起堂屋的来要低着很多，牛老太太知道这群土豆子专为来吃饭。她下了命令，先给东西屋开饭。

饭的确不坏，各位掌柜的暂时抛开关于作买卖的讨论，诚心的吃了个酒足饭饱，个个头上都出着热汗，然后牙上插着牙签，腾出手来用热手巾板狠命的擦脑门子。脑门擦亮，扑过烟筒去，吸着烟三三两两的偷着往外溜。

女宾席上可不这样简单，每一桌都至少吃个五六刻钟。这很官样。据牛老太太看。可是，有一点叫她未免伤心：各桌上低声的谈话，她扫听着，似乎大不利于天赐。屋中的光景彷彿忽然暗淡了好多，空气中飘着一片问号。牛老太太张罗着这桌，眼瞭着那桌：张六姑的薄嘴唇动得像是说“私孩子”。李三嫂神出鬼入的点了点头。无论你把谎造得多么圆到，你拦不住人们心里会绕弯。特别是那几位本族的，在牛太太的视线外，鼻子老出着凉气，这些凉气会使她觉得凉飕飕的，好像开着电扇。牛太太的心中不很自在。她知道牛老者是老实头，假如她们把他包围上，事情可就不见得好办。她得设法贿赂她们。天下最有效的办法就是收买；自己吃肉，得让旁人至少啃点骨头，英雄的成功都仗着随手往外扔骨头。自私的人得看准了肉而决定舍了骨头；骨头扔出去，自有自告奋勇愿意当狗的。老太太心中盘算开了：给她什么，给她什么，给她什么，然后对她说什么，对她又说什么，叫她们分离开，而后再一一的收拾。先分红蛋，这是个引子，引子是表示吉祥，吉祥的底下再有些沉重的东西，大家的鼻子自然会添加热度而冒出暖气来。

办法果然有效，大家看完洗三还不肯走，等着吃晚饭。牛老太太准知道她们一出大门，鼻子还会凉起来，可是在分别的时候彼此很和气。把客人送了走，她叹了口气，只成功了一半！她问老伴儿看出什么故典来没有，老者抓了抓头，他只看出大家吃得很饱，对于政治，他简直是一窍不通。不过这也好，牛太太正好把事情暗中都办了，叫他去顶着恶名。老太太所没看到的是这个：谁也晓得牛老头是老好子，而她是诸葛亮，聪明人就是有这点毛病，老以自己的藐小当作伟大，殊不知历史上并没有这样的事。要是有的话，人心早变成豆儿那么小了。

不论怎说吧，天赐的存在，是好是歹，已经是公认的了。自要红蛋被人分去，你想向生命辞职也不容易了！

四　钩儿套圈

满月也过了。虽然这应比三天更隆重，可是办得并不十分起劲，牛老太太确是把该堵塞的地方都设法堵住了，可是闲话这条河——像个烂桃——是套着坏的。天赐并没招惹着谁，名誉可是一天比一天坏。只有人是可以生下来便背着个恶名的，咱们还没见过自幼便不甚光荣的猪，天赐这口奶真不容易吃。

牛老太太可是很坚决，任凭大家怎样嘈嘈，天赐到底比从亲戚家抱来的娃娃强；楞便宜了外人，就是不跟亲戚合作，大家也只好白瞪眼。可是白瞪眼也不是全无影响——满月办得不甚起劲。眼虽白瞪，究竟是瞪了，无论怎说也有点别扭。英雄不是容易作的呀。

不用管这个了，反正满月已过，是好是歹得活下去了。专把洗三满月作得非常美满，而后便一命归西，也没多大意思。生命的最大意义仿佛就是得活那么几十年，要不然便连多糟蹋粮食的资格也得不到。天赐决定活下去，这是很值得赞美的。自然活下去也有活下去的苦处，但是他不怕；凡不怕生命的便得着了生命，因为粮食是他糟蹋的。

天赐的苦处还真不小呢。按照纪妈的办法，小孩是应当放在个沙子口袋里，过五六天把结成块的沙子筛巴一回，再连同小孩放进口袋去。十六里铺一带等处的弱小国民差不多都是这么养起来的。有的不甘心在口袋里活着，就在口袋里死去，倒也很省事。天赐可没受这个罪，他是官样孩子，不能装口袋而与机器面粉相提并论。他另有种苦处。虽然没装口袋，他的手脚可都被捆了个结实，一动也不能动，像一根打着裹布的大兵的腿，牛老太太的善意，唯恐他成了罗圈腿；后来，天赐的磕膝拧着，而脚尖彼此拌蒜，永远不能在三分钟内跑完百米；这个，牛老太太没想到。没有思想的善意是专会出拐子腿的。

手脚既然不能动，只好仗着啼哭运动运动内部了。这也行不通：每逢他一出声，乳头便马上堵住他的小嘴，他只好由哭喊改为哼哼，像个闷气的小猪。第一是孩子不应当哭，第二是纪妈的奶不应当存起来；牛老太太把账永远算得很清楚。设若由孩子的性儿哭，这便是费了孩子的力气，而省下纪妈的乳，按什么经济理论说也不大对。老太太似乎也明白，娃娃是应在相当的时候哭一会儿；但是一想到纪妈那对乳和月间的工钱，不由的她就叫出来："纪妈，孩子又该吃了！"钱不但会说话，而且会逼着人说话，这不能专怨牛老太太。手脚没有自由，被子盖了个严，不准出声，天赐有点起急，可是说不出道不出，只好一赌气子要抽疯。这是娃娃最好的示威运动。可是也怕遇上谁，牛老太太总不听这一套，早就预备好抱龙丸，一捻金，救急散，七珍丹，丸散膏丹，一应俱全。一病就灌！对什么她都有办法，天赐唯一的抵抗是不抵抗，自己翻白眼比有声有色的示威强的多。养孩子的乐趣是在发挥大人的才干；孩子得明白这个，不然便是找不自在。

天赐认了命。一天到晚，吃了睡，睡了吃；睡不着的时候翻翻白眼。吃吃自己的拳头，踢踢腿，他满不敢希望。这么一来，他反倒胖了，这是多么体面呢！不止于体面呀，老太太还叫他"胖乖子"呢！刀把儿在别人手里拿着，你顶好是吃得胖胖的；人家要杀你呢，肉肉头头的，也对得起人；人家要不杀你呢，你也怪体面。天赐教给了我们这个办法，他似乎是生而知之的。

纪妈总算很尽心。但是为了几块子工钱，把自己的娃娃放在沙子口袋里，而来奶别人家的孩子，到底不是——也不应该是——件得意的事。她心中的委屈无处去诉，只好有时候四顾无人，拿天赐出出气。比如给屁股蛋子两掌，或是尿湿而不立刻给换布……虽然都不是照例的课程，不过三天两头有这么一次也够天赐受的。自然，我们无须为这个而悲观；可是生命便是个磨炼，恐怕也无可否认。

老刘妈本是可以和天赐没什么关系的，而且天赐也没故意和她套交情，可是她杀上前来。从牛老太太的眼中看，老刘妈是不可多得的人物；从别人眼中看，老刘妈纵有许多的长处，可是仍不失为走狗。按照走狗分类法说，至少有两大类的：一类是为利益而加入狗的阶级，一类是为求精神的安慰而自己安上尾巴。老刘妈属于第二类。在她年青的时候，家中倒确是寒苦，非出来挣饭吃不可。到了老年，家境已慢慢转过来，她有孙儿孙女，也有口饱饭吃。但是她不回去。偶尔回家一次，她一年所挣的工钱全花在晚辈身上，给孙子带来城里的玩具，给孙女买来小布人，给儿媳妇带来针头线脑，细齿的木梳，和作鞋面的零材料等等。大家都很尊敬她。大家还没尊敬完她，她向后转回了城。没有牛太太，她心中就没了主心骨。她得牺牲了一切舒服自在，以便得到精神上的安慰。牛老太太厉害，这使刘妈惧怕，怕得心里怪痒痒的，而后觉出点舒适痛快。有时候帮助太太去欺侮老爷，四虎子，或是门外作小买卖的，更使她的精神有所寄托——她虽然不是英雄，到底是英雄的助手，很过瘾。她越上年纪，这股子劲越增高，好像唯恐一旦死了而没能完成走狗的使命。她不是为金钱，而是为灵魂，她的灵魂会汪汪的叫，除了牛太太没人能把她吓止住。

太太有了少爷，老刘妈更高兴了；就是两眼全瞎了也不能辞职。

设若太太是子孙娘娘，她必得是永远一旁侍立的仙女，给娘娘抱着娃娃。不过，纪妈来了；一个大打击。走狗最怕后补的走狗，而且看谁都是正往外长尾巴。和纪妈一块吃饭的时候，她嫌纪妈的嘴太大。嘴太大根本没有在城里作事的资格。况且纪妈老委委屈屈的呢，这更使她非常的生气。她不能明白为什么在牛太太手下而还觉着委屈，这简直是不要脸。老刘妈可以算是忠诚的人了，她只希望一个人的成功，不许大家诉委屈，因为那一个人的成功便是她的成功，虽然她未必得到物质上的好处，可是充分的过了狗瘾。她不能看着抱娃娃——太太的娃娃——而觉着委屈的纪妈而不生气。

但是她没法把纪妈赶了走，因为娃娃必须吃奶。前后这么一想，她除了看不起纪妈之外，还附带着不大喜欢天赐。天赐设若真是英雄好汉，据她想，就根本不能吃纪妈的奶。这个，她可不敢明言。当牛太太夸奖天赐的时候，她便多少给纪妈加上几句不大受用的话，而极力的奉承天赐。赶到太太对天赐有所不满的时候，她便也顺口答音的攻击这个娃娃。她是走狗中的能手。

纪妈受了老刘妈的气，也许是更爱天赐一点，也许在天赐身上泄怒，而天赐的屁股又加多了被拧的机会。生养在一个英雄——不管是多么大小的英雄——的手下，得预备好一座硬屁股，这是必需的。

天赐已会笑了。纪妈不大注意他的笑，她专留神他的哭；他不哭，她便少受申斥。天赐许多的笑是白费了事，没人欣赏。老刘妈瞎着一只眼，看不清娃娃的微有笑意的笑，即使看清，她也不热心的去给宣传。她的耳朵更有用，一听到孩子哭，她便自言自语的叨唠起来：这样的奶妈，老叫孩子哭，没有见过！这虽是自言自语，可是并不专为自己听；太太要是听见呢，自然便起了作用；纪妈听见呢，也好。反正有人听见便好，而她的自言自语是会设法使人听见的。

牛老太太自然喜欢娃娃的笑，可是不知道为什么，有她在一旁，天赐永远不笑。纪妈已经向太太报告过，娃娃已会撇嘴儿微笑。太太不信，而老刘妈以为奶妈是要加入狗的阶级，虚造事实，以便得宠。旧狗遇见新狗比遇见猫还气大，“太太，可得说奶妈子一顿，别这么乱造谣言！我就没看见娃娃笑过一回，哼！”

可是天赐确是会笑，牛老头儿知道。要说天赐已经会认识人，便是瞎话，可是他专爱对老者笑，也许他的圆秃脑袋能特别引起娃娃的注意——假如不能引起成人的趣味。事实给我们作证，多数的小孩喜欢“不”英雄的人。要不然怎么英雄有时候连娃娃一齐杀呢。老者天天要过来看天赐两三次，若遇上天赐正睡觉，他便细细看他的闭成缝儿的眼，微张着的小嘴，与一动一动的脑门，而后自己无声的笑一阵。若赶上娃娃醒着，他把圆脸低下去低声的不定说些什么，反正一句有意思的也没有：“小人！小伙计！吃饱了？睡忽忽了？还不会叫爸呀？真有你的！看这小眼，哟，哟，笑了！”天赐果然是笑了，那种无声而微一裂嘴的笑。

牛老者把这个报告给太太。太太心里微酸。纪妈已报告过，她不信；现在老伴儿又来这么说，分明他和奶妈联了盟，他是给纪妈帮忙助威！老太太自己没有看见娃娃笑，谁说也不能算数。“啊，我怎么没看见呢？”太太那对小深眼像俩小井，很有把老伴儿淹死的意思。

“也许是要哭，没准儿。”老者对于未经太太审定的事，向来是抱着怀疑的态度。

“少上纪妈屋里去，老了老了的，还这么杓杓颠颠的！”太太的酸意和真正山西醋一样，越老越有劲。自然，太太不是没有眼睛，不晓得纪妈的吸引力是很弱。不过，她得这么防备一下；英雄的疑虑是不厌精细的。看着该杀的，哪怕是个无害的绿虫儿呢，乘早下手。况且纪妈到底是个女人呀！

老头儿听出点意思来，一时想不出回答什么，笑了笑，擦了擦圆脸，啊了两声，看了看天花板，带着圆肚子摇了出去。他一点没觉得难过，可也没觉得好过，就那么不凉不热的马虎过去。

由天赐的笑，牛宅又闹了这么些钩儿套圈。牛老者来看他的次数减少了一半，他只好自己偷偷的笑了。

五　解放时期

糊糊涂涂，天赐不折不扣的活了六个月。到这儿，才与“岁”发生了关系。牛老太太训令纪妈一干人等：“有人问，说：半岁了。”“岁”比“月”与“天”自然威严多多了。天赐自己虽没觉出“半岁”的尊严在哪里，可是生活上确有变动。这些变动很值得注意，怎么说呢，假如人生六月而毫无变动，或且有那么一天，自朝及暮始终没出气，以表示决不变动，这个小人也许将来成圣成贤，可也许就这么回了老家。所以我们得说说这些变动，证明天赐在半岁的时候并未曾死过：传记是个人“生活”的记录，死后的一切统由阴间负责登记。

从一方面说，这是解放时期。牛老太太虽然多知多懂，可是实际上一辈子没养过小孩，所以对解放娃娃的手脚，究竟是在半岁的时候，还是得捆到整八个月呢，不敢决定。她赏了纪妈个脸，“该不用捆了吧？在乡下，你们捆多少天哪？”纪妈又想起沙子口袋来：“我们下地干活去，把孩子放在口袋里，不用捆，把脖子松松拢住就行。”老太太对纪妈很失望：凡是上司征求民意的时候，人民得懂得这是上司赏脸，得琢磨透上司爱听什么，哪怕是无中生有造点谣言呢，也比说沙子口袋强。纪妈不明白此理，于是被太太瞪了两眼。

到底是老刘妈。太太一问，她立刻转了眼珠——那只瞎的虽看不见东西，可也能转动助威——心里说：往常太太一问，街上有卖粽子的了吧，一定是要开始预备过五月节，或是太太想吃一顿嫩西葫芦馅的饺子。这么一想，便有了主意："少爷不是快八个月了吗?"给太太一个施展学问的机会。

"谁说的，不是刚半岁吗。"太太的记性到底是比下人的强。"老这么老颠蒜似的!"

"个子那么大，说九个月也有人信!"老刘妈的狗文章不专仗着修辞，而是凭着思想的力量，沉重而发甜，像广东月饼。"其实半岁就可以不用捆了，该穿小衣裳了。"真的，她自己的孩子也是在口袋里养起来的，根本不晓得娃娃该捆几个月；太太既是问下来，想是有意给天赐松绑。设若太太问娃娃该在几个月推出斩首，老刘妈必能知道是应登时绑到法场。

无论怎说吧，天赐身上的捆仙绳被解除下去，而换上了连脚裤。纪妈看出来：六个月的工夫，捆仙绳确是有功效，天赐的腿绝对不能罗圈了，因为脚尖已经向里拐拐着。这回她留了个心眼，没向太太去报告。幸而如此；不然，天赐也许再被捆起来。

好在天赐是男子汉大丈夫，曲线美的曲法如何，他满不在意。反正松绑是件快事，他开始享受。拳头也能放在口中咂着，脚也会踢，他很高兴。

一个哭不好，笑也不好的人，如牛天赐——小名福官——者，顶好别太高兴了。天赐不懂事：两脚踢起，心中一使劲，两唇暴裂，他叫出一声"巴"来。由他自己看，这本是很科学的，可是架不住别人由玄学的观点看。牛老太太以为一个懂得好歹的，官样的娃娃应当先叫"妈"。天赐叫了"巴"。"巴"者"爸"也；就凭牛老者那个样，配吗?

牛老者自然很得意了。五十多岁才有人叫爸，当时死去也不算冤屈了，况且是没死而当活爸爸呢！他越高兴便越不知道怎样才好，全身的肉都微笑着，而眼睛溜着太太。太太怎看怎以为他不像个官样的爸爸，而这官样的娃娃偏叫他，真使人堵得慌。

老刘妈的尾巴又摇起来了，她歪着头看准了天赐的嘴："叫妈！叫妈！"天赐翻了翻白眼，一声没出，偷偷的把连脚裤尿了个精湿。白活半岁，刘妈心里说。

其实我们的天赐并没白活；再往真切里说点，一切生命向来没有白活的时候。先不用说别的，天赐已长出点模样来；谁能说这六个月的奶白吃了呢？天赐一定是没闲着，别看他不言不语的，对于他要长成什么样必是思想过一番。不然，他为什么长成自己的面貌，而不随便按照纪妈或四虎子的样子长呢？生活是一种创造：红脸大汉拦不住儿子长成白面的书生。

天赐的腿是没办法了，这自然不是他的过错。他的脑杓扁平也不是他自己所能矫正的：牛太太是主张不要多抱娃娃的，六个月工夫，除了吃奶，他老是二目观天，于是脑杓向里长了去，平得像块板儿。现在虽穿上连脚裤，可是被抱着的时候仍然不多。纪妈自然不反对这个办法，牛老太太以为非这样不足养成官样儿子，疼爱是疼爱，管教是管教，规矩是要自幼养好的，娃娃应当躺着，正如老刘妈应当立着。天赐的创造是在脸部。我们现在一点还不敢断定他是个天才，或是个蠢才；不过，拿他自己计划的这张小脸说，这小子有点自命不凡。豪杰有多少等，以外表简单而心里复杂的为最厉害。天赐似乎想到了这个。眉毛简直可以说是被他忘记了，将来长出与否，他自己当然有个打算。眼睛是单眼皮，黑眼珠不大，常在单眼皮底下藏着，翻白眼颇省事。鼻子短而往上掀着点，好像时时在闻着面前的气味。薄嘴唇，哭的时候开合很灵便，笑的时候有股轻慢的劲儿。全脸如小架东瓜，上窄下宽，腮上坠着两块肉。在不哭不笑的时节，单眼皮搭拉着，鼻尖微卷，小薄嘴在两个胖腮中埋伏着，没人知道他是要干什么。脸色略近象牙的黄白，眉毛从略，脑顶上稀稀的爬着几根细黄毛。部分的看来，无一可取；全体的端详，确有奇气——将来成为豪杰与否还不敢说，现在一定不是个体面的娃娃。但是自己能创造出不体面的脸来，心中总多少有个数儿，至少他是有意气牛老太太。

虽然这么说，到底他有点艺术的手段，两腮的肉救了他的命。牛老太太当要对他生气的时候，往往因为那两块肉而把气压下去。官样孩子的基本条件是多肉；有眉毛与否总是次要的。况且“孩大十八变”，焉知天赐一高兴不长出两条卧蚕眉呢。老太太为减少生气，永远先看他的腮。客人呢，自然也找最容易看到的地方来夸奖：看这一脸的肉，有点福气！至于那些不得人心的地方，主人与客人都看得清楚，可是都持着缄默的态度。艺术，由此看来，就是个调动有方；假若天赐把肉都匀到屁股上去，那只好专等挨揍吧。

到了八个月，牛老太太由极精细的观察，发现出来：设若再不把娃娃抱起来，也许那个扁平的脑杓会更进一步把应长在后面的东西全移到前面来，而后面完全空空如也。把脑后的头发要都移植到脑门上来，前面自然威风凛凛喽，而后半一扫光怎样办呢？老太太考虑了许久，才下了第二道解放令：娃娃除在吃奶时间也理合抱一会儿。

随便解放，无论对于什么，是很危险的。最牢靠的办法是一把儿死拿；即使憋急的水会横流，反正不能只淹死一个人。抱娃娃令刚一下来，连四虎子也搭讪着走上前来。更气人的是天赐见着四虎子就往前扑，而且一串一串的喊“巴”！四虎子这小子，别看他楞葱似的，有时候一高兴也能作出巧妙活儿来。不知从哪里学来的，他很会抱娃娃。牛老太太虽然能把四虎子喝出去，可是没法子使天赐明白过来：一个官样的孩子怎能和个老粗相友爱呢。老太太越想把娃娃的身分提高，（而且是完全出于善意，）娃娃偏成心打坐坡，不知好歹。她自然犯不上为这个而想自杀，可是心中真不痛快。她在夏天嘱告四虎子多少回了，穿好了小褂！而四虎子在挑水去或打扫院子的时候，偏赤着背。没办法！现在，天赐又是个下溜子货。况且老太太不是不以身作则呀，顶热的天她也没赤过背，照旧是穿着官纱半大衫，在冰箱旁边的磁墩上规规矩矩的坐着。再说，她也没叫四虎子抱过一回，你说天赐是和谁学的，偏偏爱找四虎子！

老太太可是没完全灰心，该办的还得办，只求无愧于心吧。天赐该种痘了。老太太亲自出马去调查。施种牛痘的地方很多，天赐自然不能上这样地方去，身分要紧。花钱种痘的地方也不少，可是大概分为两派：一派是洋式的，只种一颗，而且不必一定种在胳臂上，腿上也行。一派是老式的，准在左右两臂上各种三颗，不折不扣，而且种的时候，大夫的手不住的哆嗦。她决定抱天赐到打哆嗦的地方去，理由是哆嗦的厉害了，也许应种六颗而种成七颗或八颗；牛痘不是越多种越好么？

择定了吉日，大举的去种痘。纪妈戴上应戴的一切首饰，穿上新衣。老刘妈也愿跟去，一半是走狗，一半是天气已暖，借机会去散逛一番。她也打扮起来。牛太太于装扮得尽情尽理而外，还找出檀香股子的老折扇；还不到拿扇的时节，专为表示大雅。天赐穿了新红洋绉的毛衫，头上的几根黄毛很勉强的扎成一个小辫，专仗着红绒绳支持着。脚上穿了黄色老虎鞋，安着红眼睛，挂白挂须。除了他自己，其余的都很体面。

活该天赐丢人！设若只种一颗，虽然也得哭——种痘而不哭的小儿恐怕是没有哭的本能——但绝对不会把哭的一切声调与姿态全表演出来。种六颗，不哭怎么办呢？好一阵哭，嘴唇好像是橡皮的，活软而灵动。眼中真落了泪，有往鼻子上流的，有在眼角悬着的，还有两三滴上了脑门。老虎鞋也踢掉了一只，小辫也和绒绳脱离了关系。连扁平无发的脑杓都红红的挂着汗珠，像一堆小石榴子儿。由全体上看，整是大败而归的神情。牛老太太要不是心疼扇股子，真想敲他一顿好的。好在医生很坚决，不种齐六颗不拉倒，因为牛太太有话在先：种六颗才送一块钱，短一颗扣大洋一角五分。天赐觉到非抽疯示威不可了，正要翻白眼，六颗种齐了；算是没成了最动心的悲剧。

回来的时候是抄小路走的，天赐还抽答呢！

痘发得不错，只瞎了两颗。天赐大概有点心里的劲儿，他并没大发烧，而且几天的工夫没怎么哭，大概是表示：你要不动我，我本来不愿多费眼泪。

痘儿落了痂，天赐开始喷牙。把"巴"似乎忘了，高兴便缩起脖子，小眼一挤，薄嘴唇一撅，噗！噗完之后，他搭拉着一双胖腮静候有什么效果。果然，大家都想看还包在牙床里的小嫩牙。他不叫看，谁过来噗谁个满脸花。身上的玩艺越多，生活的趣味越复杂；牙已露出一个，他觉得噗噗又太单调了，于是自己造了一种言语，以"巴"为主音，随时加上各种音乐：有时候管牛老头儿叫"嘟嘟"，有时候管老刘妈叫"啊"，有时候自己作一首诗——"嘟嘟巴巴噗——噗！啊——"用手一指，原来诗中的要意是要出去，上院里玩玩。牛老太太不准，"野小子！看谁敢上院里去！"没办法，他只好继续作诗，嗯，嗯嗯！据四虎子的解释，这首极短峭的诗是骂牛老太太呢。

天赐可是还不会爬。"七坐八爬"，老刘妈早就这么预言下了，而天赐决定不与她合作，偏不爬。事实上是这样，他是头沉腿软，没法儿爬。他于是发明了滚，肚子，脊背，来回翻转，会横着移动。有时候利用肚子朝上的机会，小麻雀向空中喷水，直起直落，都浇在自己身上，演习着水淹七军。"这小子官样不了了！"牛老太太心里说。可是四虎子赶上太太不在家的时候，特意过来烦演这一出。"来一个，伙计！来一个直直的！”天赐为表示感激，真来了直直的；四虎子把预备买袜子的钱给天赐买了一对哗啷棒，一个脑子是五个黑豆的小人，头一动就哗啦哗啦的响。这头一批玩具是四虎子的礼物；那些当权的人们谁也没想到这一层！天赐露着小牙叫了四虎子一串儿“巴”，老刘妈那只好眼差点也气瞎了！

六　哗啷棒儿

新落花生又下市了，天赐已经一岁。

在他十个来月的时候，纪妈心中已打开了鼓：她真愿回家看看自己的娃娃去，可是她又怕回去。城里的享受和想家的苦痛至多不过是一边儿重，有时候她宁愿牺牲了大米白面与整齐的衣服，而去恢复骨肉团聚的快乐；个人的物质享受没完全克服了她的心灵。（要不怎么老刘妈不喜爱她呢。）难处是在这里：把自己撇开不提；那点钱！那点钱！！那点钱！！！在她看，她自己有了吃喝，她必须把所挣的钱全数交给家中，这才对得起大家。在家中看，她的离开家庭是种高贵的牺牲，可是他们真需要那点钱。她愿意回去，他们也愿意她回来，但感情敌不过老辣的事实，那点钱立在他们与她的中间，像一个冷笑的巨鬼，使他们的血结成冰。她的心拴在她自己的娃娃身上，她的理智永远吻着那几块钱。回去，回去！有时候她跺着脚这样自言自语。可是她真怕——有那么一天还是非回去不可呢！假如天赐断了奶！在十个月左右断奶是常有的事。她常楞着，长嘴闭成一道线，什么也想不出，只有家，钱，家，钱，两个黑影来回的撞她的心。

幸而在十个月左右，牛老太太没有提断奶的事，走狗老刘妈也没提——有多少多少事，该作的事，太太要是想不起，老刘妈便也想不起；有多少多少事，无须办的事，太太自要一提，老刘妈便有枝添上叶；地道走狗吗。她们没有提，纪妈更会闭紧了嘴。可是她想起自己的娃娃，比天赐大着两个月，应当是一生日了。一生日了，自己的娃娃，会走了吧，长了多少牙，受别人的气不受，吃了什么，穿着什么……她看着天赐落泪，在夜间；白天，得把泪藏起来。

对于天赐，她有时候发恨，因为她自己的娃娃；有时候恩爱，因为她自己的娃娃。一想起自己的娃娃，她看天赐只是一堆洋钱，会吃奶的洋钱。可也有时候，她紧紧的抱着他，一个跟着一个的亲嘴，长嘴岔连天赐的胖腮都吸了进去，像虾蟆吞个虫儿似的，弄得天赐莫名其妙。在断奶与失业的恐怖中，她没法不更爱这堆洋钱了。她心中唯一的希望是：假如天赐懂得报恩，而不许她走，她便能多混几个月——长久的计划是不能想的。她加意的看护天赐，而且低声的把委屈都告诉了他，他似乎懂又似乎不懂的和她瞎嘟嘟。有的时候，她把娃娃放下，而恫吓着："我走了！再不回来了！"然后走出几步去看看有什么作用。天赐多半是滚起来，抬着头，两手用力支持着，啊啊几声。纪妈心中痛快些——这小子还有人心。不过也有的时候，他手脚朝天，口中唱着短诗，完全不理她；这使她非常的难过，"好东西；我走就是了！"可是她知道那几块钱的价值是不能这么随便舍弃的。她稍微瘦了些。

至于天赐是否爱纪妈呢？很难说。这小子有时候能非常的冷静，两腮一垂，眼角搭拉着，很像个不大得志的神仙，对谁也不表示亲热，特别是对牛太太。在这三个女人中，自然他和纪妈最熟，但熟不就是爱。设若他能爱的话，无疑的他最爱四虎子，其次是牛老者，大概他是愿作个男性的男子汉。可是他也爱花的东西，谁的衣裳上有花，他便扑过去；纪妈看出这个来，她可是不敢穿花衣裳。在她的简单而可敬的心中打算着，假如被辞退，她走的时候须穿上一件花衣。

设若天赐能抱住她不放，她的机会便多了些。她想暗中托四虎子把一件蓝布衫卖掉，以便买几尺花洋布；她决不肯动用工钱中的一文。

可是在执行这条计策之前，她觉出她脚下的地已稳固了些。有一天老刘妈病了，得由纪妈下厨房作饭。老刘妈最讨厌别人动她的锅碗刀勺。只要她支持得住，决不肯离开厨房。十回有八回，她有病而不告诉人，怕别人占据了她的地位。由忠诚而忌妒是走狗的伟大，而是圣人的缺点。这回，她可是不能不离开厨房了，因为四虎子发现了她手里拿着炒勺，躺在水缸的前面，嗓子堵着一口痰，一口很有将她憋死的把握的痰。四虎子慌了，慌得惊鸡似的，越嘣越没主意。直到牛老太太来到，他才把老刘妈卷巴卷巴抱到她屋里去。牛老太太开开自己的药库，细细合算了一番，找出一包纸上带"⇓"号的丸子来。牛老太太都文雅官样，就是记药包的办法是和送水和卖炭的学来的，在纸上画不同的鸡爪代表药的差别与功用：爪朝上的是妇科药，五爪的是治重病的。五爪丸灌下去，老刘妈喘过口气来，可是仍然不能动弹；太太也明白交派下来：非吃四爪丸不准下地。

这样，纪妈便非下厨房不可了。往常她每每张罗着帮老刘妈的忙，而都被拒绝了；老刘妈的势力范围是不许别人侵入的。四虎子倒能搭把手，如剥剥葱，洗洗米之类的不惊人的工作。可是四虎子是个"小子"呀；同性的不便合作，便给了异性的一些携手的机会。纪妈平日除了看孩子，次要的工作是作些针线活。老刘妈对这个是无可如何的，她的眼已不作脸了。可是她生气：不是她真愿包办一切，活活把自己累死，而是愿意一切都由她监管，她得在事实上算头一份儿。看看太太和纪妈讨论怎么裁，怎么作，完全没她的事，多么难堪！因此，她更得把厨房的门关得严严的了。现在，吃下五爪丸去，任凭纪妈侵略厨房，她觉得生命的空虚，像条一叫便咳嗽的老狗那么卧着。

纪妈自己知道不能和老刘妈竞争，就拿切葱丝说，她一辈子也不用想能切得那么细，像老刘妈切得似的。可是她心中痛快了点，自要一进了厨房，她以为便有可以顶了老刘妈的希望。她一点没有替老刘妈祷告快死的意思，但事实往往使人心硬一些：老刘妈吃了五爪丸，也许……呀！一个人的死会给别人一些希望。

更使她高兴的是天赐表示了态度。她正在煮饭，四虎子奉了太太的命令，调她急速回营，因为天赐和太太闹翻了。四虎子看着饭，纪妈脚尖高仰，脚踵急蹴，头上的发髻一起一落，慌忙的跑来。天赐在床上仰卧，手脚乱蹬，哭得异常伤心，而没有充足的眼泪。

“看这孩子，看这孩子！”牛老太太叨唠着：“不跟我，翻波打滚！好的，越大越有样儿了！”

天赐一点也没有把妈妈放在心上，扑过纪妈去，一头扎在怀里，登时不哭了。藏了有一分钟吧，回过头来笑了，眼皮上还悬着两个舍不得走的泪珠。

“从此你就别再跟我，你个小东西子！”牛太太指着他的鼻尖说。

“啊，卜！”天赐毫不客气的反抗。

纪妈没敢作任何的表示，极冷静的守着中立；介乎两大之间，这是最牢靠的办法。可是她心中自在了许多——要是天赐能多来这么几次，她的地位可就稳固多了。

到天赐生日那天，老刘妈才又照常办公，已把五爪四爪三爪等丸药都依次吃过；太太的医术简直比看香的张三姑还高明——这在老刘妈心中是最高的赞扬，因为张三姑能用香灰随便治好任何病症。

天赐的生日有两项重大的典礼，一项是大家吃打卤面，一项是抓周。第一项与天赐似乎无关，而好像专为四虎子举行的。四虎子对打卤面有种特别的好感，自要一端起碗来就不想再放下。据他自己说，本来五大碗就正好把胃撑得满满的，可是必须加上两三碗，因为他舍不得停止吸面的响声；卤面的响声只能和伏天的暴雨相比，激烈而联贯。

第二项可是要单看天赐的了。大家全替他攥着一把汗。纪妈唯恐他去抓太太所不愿意叫他抓到的东西，因为他是吃她的奶长起来的，他要是没有起色，显然是她的奶没出息。一个妇人的奶要是没出息?！四虎子另有个愿望，他热心的盼望太太公道一些，把那对哗啷棒也列入，他以为小孩而不抓玩具简直不算小孩，而是个妖精。可是牛太太不能公道了，她早和刘妈商议好应用哪几件东西去试试天赐。太太有块小铜图章，是她父亲的遗物，虽然只是块个人的图章，可是看着颇近乎衙门里的印。太太最注意这件高官得作、骏马得骑的代表物。老刘妈建议：应把这块印放在最易抓到的地方，而且应在印钮——一个小狮子——上拴起一束花线，以便引起注意。其次便是一枝笔，一本小书；二者虽不如马到成功伸手抓印的那么有出息，可是万般皆下品，惟有读书高，笔与书也是作官的象征，不过是稍绕一点弯儿。再其次是一个大铜钱，自从在咸丰年间铸成就没用过，非常的光亮。这是为敷衍牛老者，他是把钱放在官以上的人；天赐既是老爷和太太共同的产业，总得敷衍牛老者一下。

至于牛老者呢，他目下以为卤面高于一切，很有意加入一把羹匙，表示有卤面吃的意思——一个人有面吃，而且随便可以加卤，也就活得过儿了。可是他并没向太太去建议，少和太太办交涉是使卤面确能消化的方法，这个人专会为肚子而牺牲了理想。

纪妈当然没有发言权。四虎子向老刘妈打听明白，心中觉得不平。这太不公道了。况且怎见得哗啷棒便比铜钱低呢？可是，他自有办法。

一个非常美丽的秋天，浅远的蓝天上飞着些留恋的去燕。天赐抓周礼在正午举行，在桂香里飘来一两声鸡鸣。老刘妈把御定的几项物件都放在铜盘上，请太太过目。然后纪妈抱来天赐，他的脸还是搭拉着，仿佛一点也没看出一周年有什么可乐。虽然眉毛已有相当的进步，长出稀稀的几根。可是鼻子更向上卷了些，“不屑于”的神气十足。

老爷为保养肚子，带着里边的三碗卤面，已在床上打开了不很宜于秋高气爽的大呼。四虎子请了他一次，他嘟囔了几声，不知是要添点卤，还是纯粹为嘟囔而嘟囔。不管怎样吧，他依旧睡下去。

四虎子回来报告：

“老爷睡了；我替他吧？”

“你是什么东西？”太太说。

四虎子也楞住了，他自己不知道他是什么东西——这本是世上最难答的一个问题。可是他搭讪着站在屋里，手按着大褂的口袋，太太也没再驱逐他。

老刘妈比牛太太还热心，一个劲嘱咐天赐，“抓那个有花绳绳的小印，老乖子！”

天赐用小眼看了看铜盘，刚一伸手又缩回去，把大拇指放在口中，好像是要想一想看。屋中的空气十分的紧张。拔出手指，放在鼻前端详了一番，觉得右手拇指不高明，把左手的换上来咂着。咂着似乎不大过瘾，把食指探到小白牙的后面去掏，仿佛刚吃了什么塞牙的东西。

纪妈托住了他，往铜盘那边送，大嘴发出极轻微的声儿，就像窗上的纸口，裂得虽大而声儿很细，当风吹过来的时候：抓呀！抓呀！

天赐探着身，看桌上的小胆瓶颇好玩，定着眼珠看，用手指着：啊啊呀呀。对于铜盘一点也没看起。

老刘妈急了，要把着娃娃的手去抓。太太非常镇静的拦住她：等等，看他自己抓什么！

四虎子本没打算出声，可是不晓得嗓子里怎一别扭，嗽了一下。天赐的头回过来，张牙舞爪的往这边扑。这时候，四虎子再也忍不住，把久已藏好的哗啷棒从衣袋里掏出，哗啷了几声。天赐笑着，眼中发着光，鼻旁起了好几个小坑，都盛着笑意，身子往前探，两手伸出去。他要哗啷棒！

太太想喝止住他们，可是说时迟，那时快，花棒已换了手，天赐连踢带跳的摇起来，响成一片。

太太的一对深眼，钉着四虎子，问："花棒，抓花棒，有什么说章呢？"太太的脸要滴下水来。

"说章？"四虎子想了想："爱玩！"

七　两种生活

一岁，两岁，三岁，光阴本来对什么都不挂心，可是小猫小狗小树小人全不住的往起长，似乎替光阴作消费的纪录呢。天赐三岁了，看着很像回事儿。他说话，走路，断奶，都比普通小孩晚些，可是到了三岁他已应有尽有，除了眉毛不甚茂盛，别的还都能将就。一个小孩能全须全尾的活到三岁，并不是件容易的事；即使自己努力向善，有时候外来的势力会弄瞎他一只眼，或摔成罗锅儿，或甚至于使他忽然的一命呜呼。所以在自己努力之外，还得有些特别的智慧，能使自己的生长别和外来的势力顶了牛，如两个火车头碰到一处。天赐是值得佩服的，这三年工夫总算对付得不错。

牛老太太那份儿热心不止于负使天赐成了拐子腿的责任；专拿他的眉毛问题说，就剃过不知多少回。这个问题就很不易解决，而且很有把脑门剃个大口子的危险。天赐在这种地方露出聪明。原来的局势是：老太太以为非勤剃不可，即使天赐是块石头。而天赐呢，总以为长眉毛与否是他的自由，而且以为还没有到长眉毛的时候。设若这样争执下去，眉毛便一定杳无音信，而刀子老在眼前晃来晃去，说不定也许鼻子削下半个去。天赐决定让步，假装不为自己，而专为牛老太太，把生力运到脑门上去。这不仅是解决了小小的问题，和保全住了鼻子，而是生命哲学的基本招数。要作个狗得先长得像个狗，人也是如此。人家都有眉毛，你没有便不行，在这块没有自由，你想把它长得尖儿朝上像俩月牙似的都不行，要长就得随着大路，天赐明白了这个，所以由牛犄角里出来而到大街上遛达遛达。这未免有点滑头，可是老头儿有几个不是脑顶光光的？棺材里的脑袋多半是光滑的，这是“人生归宿即滑头”的象征。带着一头黑发入棺材固然体面，可是少活了年岁呢！

天赐非滑头不可。眉毛算是稀稀的足以支持门面了，还有头发问题呢。特别是那个扁脑瓢上，成绩太坏。还得剃！天下还有比剃头再难过的事？一上手，就把头部洗得和鱼那么湿。而后，按着头一劲儿剃，不准扬脖，不准摇动，不准打个喷嚏；得抿耳受死的装作死人，一点不关心自己的脑袋，仿佛谁把它搬了走也别反抗。偶然一动，头皮来个大口子；而且是你自己的不是。剃过一遍，还得找个二茬，脑袋好像是新皮球，非起亮不可。剃完以后，脑皮干巴巴的不得劲还是小事，赶到照镜子一看，无论多么好脾性的小孩也得悲观：头不像头，球不像球，就那么光出溜的不起美感，只好自比于烫去毛的鸡。头皮若是青青的也还好；像天赐的头皮，灰里发青，起着一层白刺，他简直没法看重自己。

因此，他决定长头发。头发有了不少而仍须剃的时候，他会装病，一听见剃头的唤头响他就宣布肚子疼。我已有了头发，为什么还得剃呢？他自己这样问心，而觉得假装肚痛是可告无愧的。

眉毛头发俱全，脸又出了毛病，越来越黑。一天至少得洗三遍！水本是可爱的，可是就别上脸。水一上了脸非胡来不可，本来脸不是盛水的玩艺。它钻你的眼，进你的耳朵，呛你的鼻子，淹你的脖子，无恶不作。况且还有胰皂助纣为虐呢，辣蒿蒿的把眼鼻都像撒上了胡椒面；你越着急，人家越使劲搓，搓上没完，非到把你搓成辣子鸡不完事，连嘴里都是辣的。不能反抗，你要抬头，人家就按脖子，一直按到盆里，使你的鼻子变了抽水机。也不能不反抗，你要由着性儿叫人家洗，人家以为你有瘾，能干脆把你的脸用胰子沫糊起来，为是显着白，整整糊四五点钟。天赐的办法是不卑不亢，就盼着给他洗脸的人生病。事实逼的，连天赐也会发恨。

他一点也没觉得脸黑有什么障碍，脸黑并无碍于吃饭。他不知大人们为什么必替他操心。有许多他不能明白的事，而且是别问，一问就出毛病。他学会了自己嘟囔，对着墙角或是藏在桌底下，他去自言自语："桌子，你要碰福官的脑袋呀，福官就给你洗脸，看你多么黑！给你抹一条白胰子，福官厉害呀！不是福官厉害，他们跟福官厉害，明白了吧？臭王八！"这最后的称赞，他没肯指出姓名来，怕桌子传给那个人，而他的屁股遭殃。

天赐虽然说不出来，可是他觉到：生命便是拘束的积累。会的事儿越多，拘束也越多。他自己要往起长，外边老有些力量钻天觅缝的往下按。手脚口鼻都得有规矩，都要一丝不乱，像用线儿提着的傀儡。天上的虹有多么好看，哼，不许指，指了烂手指头！他刚要嚷，"瞧那条大花带儿哟，"必定会有个声音——"别指！"于是手指在空气中画了个半圆，放在嘴边上去；刚要往里送，又来了："不准吃手！"于是手指虚晃一招，搭讪着去钻钻耳朵，跟着就是："手放下去！"你说这手指该放在哪儿？手指无处安放，心中自然觉着委屈，可是天赐晓得怎样设法不哭。他会用鼻子的撑力顶住眼泪，而偷偷的跑到僻静地方去想象着虹的美丽，小手放在衣袋里往上指着。

多了，不准作的事儿多了。另有一些必须作的，都是他不愿意作的。他的小眼珠老得溜着，像顺着墙根找食吃的无娘的小狗。在那可怕的眼线外，他才能有些自由。对那些不愿作而必须作的，他得假装出快乐：当他遵照命令把糖果送到客人手下的时候，他会心中督促着自己："乐呀！福官不吃，送给客人吃。因为妈妈说福官不馋！"把唾沫咽下去，敢情没有糖那样甜！

要是由着他自己的性儿发育，谁知道他长成什么样子呢。他现在的长像决不完全出于他的心愿。三岁的天赐是这个样：脸还是冬瓜形，腮上的肉还堕着，可是没有了那层乳光，而且有时候搭拉的十分难看。嘴唇也没加厚，只是嘴角深深的刻入了腮部，老像是咽唾沫呢——客人来多了，眼看着糖果的支出而无收入，还不能不如此！鼻子向上卷着，眼扣扣着，前者是反抗，后者是隐忍，所以二者的冲突使稀稀的眉毛老皱皱着；幸而是稀稀的，要不然便太露痕迹了。扁脑杓上长出个反骨来，像被烟袋锅子敲起来的。脸上很黑，怎洗也不亮，到生气的时候才显出点黄色。身子似乎太小点，所以显着头更大。拐子腿，常因努力奔走，脚尖彼此拌了蒜，而头朝下摔个很痛心的跟头。因此，他慢慢的知道怎样谨慎，要跑的时候他把速度加在胳臂上，而腿不用力，表示点意思而已。

嘴最能干。他说话说得很晚，可是一说开了头，他学的很快：有些很难表现的意思，他能设法绕着弯说上来。因此，他的话不是永远甜甘；有时候很能把大人堵个倒仰。可是他慢慢的觉悟出来，话不甜甘敢情是叫自己吃苦子，于是他会分辨出对谁应当少说，对谁可以多讲；凡事总得留个心眼儿。对四虎子，举个例说，便可以无所不讲，而且还能学到许多新字眼，如"臭王八"，"杂宗日的"……对牛老太太，顶好一语不发；勤叫着点"妈妈"是没有什么错儿的。

天赐也有快活的时候，我们倒不必替他抱不平。跟牛老头儿上街，差不多是达到任何小孩所能享受的最高点。在出发的时候，他避猫鼠似的连大气也不出，表示他到了街上绝对不胡闹。连这么样，还得到许多蔑视人格的嘱告："到了街上别要吃的！好好拉着爸爸的手！别跑一脚土！"他心里跳着，翻着眼连连点头。一出了大门，哈哈，牛老头儿属天赐管了。“爸，你在这边走，我好踢这块小砖，瞧啊！爸！瞧这块小砖，该踢不该踢？”牛老者以爸爸的资格审定那块小砖：“踢吧，小子，踢！”

“爸！”天赐因踢小砖，看见地上有块橘子皮！“咱们假装买俩橘橘，你一个，福官一个，看谁吃的快？”

爸以为没有竞赛的必要，顶好天赐是把俩橘橘都吃了。两个橘子吃完，至多也没走过了一里的三分之一。爸决不忙。儿也不慌。再加上云城是个小城，——虽然是很重要的小城——爸的熟人非常的多，彼此见着总得谈几句，所谈的问题虽满没有记录下来的价值，可是时间费去不少。他们谈话，天赐便把路上该拾的碎铜烂铁破茶壶盖儿都拾起来，放在衣袋里，增多自己的财产与收藏。此外，路上过羊，父子都得细细观察一番；过娶媳妇的更不用说。在路上这样劳神，天赐的肚子好似掉了底儿，一会儿渴了，一会儿饿了。爸是决不考虑孩子的肚子有多大容量，自要他说渴便应当喝，说饿就应当吃。更不管香蕉是否和茶汤，油条是否与苹果，有什么不大调和的地方。自要天赐张嘴，他就喜欢，而且老带出商人的客气与礼让：“吃吧！苹果还甜呀！不再吃一个呀！”这有时候把天赐弄得都怪不好意思了，所以当肚子已撑得像个鼓，也懂得对爸作谦退的表示：“爸！看那些大梨，多好看！福官不要，刚吃了苹果，不要梨！”爸受了感动：“买俩拿家去吧？”天赐想了想：“给妈妈的？”爸也想了想：“妈不吃梨，还是给福官吧。”天赐觉得再谦让就太过火了：“爸，买三个吧，给妈一个；妈要是不吃，再给福官。”

爷儿俩在街上便完全忘了时间，幸亏爸没陪着天赐吃东西，所以肚子一觉出空还不至于连回家也忘了。“该回去了吧？”爸建议。天赐的肚子充实：“再玩玩，福官不饿。”爸不得已的说出自己的弱点：“爸可饿了呢！”儿子又有了办法：“吃个梨？”爸摇头：“爸要吃饭饭。”爸都好，就是肚子稍微有点缺点；假如爸老不饿，三天不回家又有什么关系？天赐轻轻的叹口气。

快到家了，天赐嘱咐爸：“妈要问，在街上吃了什么呀？”他学着牛老太太的语声。“就说什么也没吃，福官很乖，是不是，爸？”

“对了，”爸也觉得有撒谎的必要，“什么也没吃。可是，你别嚷肚子疼呀！”

“肚子疼也不嚷，偷偷上后院去，”天赐早打好了主意。为自己的享受与自由，没法儿不诡计多端。

可是事情并不这么容易。肚子早不疼晚不疼，偏在半夜疼起来。谁敢半夜里独自上后院呢？忍着是不可能的：肚子疼若是能忍住，就不能算是肚子疼了。

次日早晨，天赐的眼睛陷进去许多。牛老太太审问老伴儿。牛老者不认罪：“我带出他去，他是好好的；回来，还是好好的；半夜肚疼，能是我的错儿么？”老太太下了令，不许他们父子再上街。牛老者心里非常难过，一个作父亲的不常到街上展览儿子去，作爸爸还有什么意义呢？不该和太太顶嘴，嘴上舒服便是心上的痛苦，他决定不再反抗太太，至少是在嘴头上。

天赐就更苦了：什么也吃不着，一天到晚是稀粥白开水，连放屁都没味。也不准出去，只在屋里拿一点棉花捏玩艺儿，越捏越没意思，而又不敢不捏，因为妈妈说这是最好的玩法吗。

天赐觉得有两种生活，仿佛是。妈生活与爸生活：在妈生活里，自己什么也不要干，全听妈的；在爸生活里，自己什么也可以干，而不必问别人。自然他喜欢爸生活，可是和爸上街的机会越来越少了。次好的是四虎子生活，虽然四虎子不能像爸那样给买吃食，可是在另一方面他有比爸还可爱的地方。就以言语而论：四虎子会说谁也想不起怎说，而且要说得顶有力量的话。他能用一两个字使人心里憋闷着的情感全发出来，像个爆竹似的。一天到晚吃稀粥，比如说吧，该用什么话来解解心头的闷气？四虎子有办法："他妈的！"这三个字能使人痛快半天，既省事，又解恨。还有"杂宗"，"狗蛋"……这些字眼都不需要什么详细说明，而天然的干脆利落，有分量。天赐学了不少这种词藻，到真闷得慌的时候，会对着墙角送出几个恰当的发泄积郁。四虎子，在天赐眼中，差不多是个诗人。

"肚肚，你又饿了？他妈的！那个老东——"天赐回头扫了一眼："狗蛋！"心中痛快多了。

八　男女分座

在天赐断奶之后，纪妈心里愁成个大疙瘩。她恨不能飞回家去，看看自己的娃娃，真的；可是她不敢说，到底是娃娃还是工钱更可宝贵。

正在她最害怕的时候，老刘妈又病了，而且病得很重。

牛老太太虽然药多，可是她知道：药治得了病，治不了命。老刘妈是快七十的人。老太太为了难：万一刘妈死了呢，哪去找这么可靠的人？这并不是说，“老”就好，不是；老刘妈的好处是在乎老当益壮。老马要是能照样干活，谁舍得钱去买匹小的呢？况且养着能干活的老马也显着慈善不是？可是老马既然拒绝了吃草，那也说不上不另打主意。走狗的下场头啊！

为思路的顺便，牛太太自然而然的想到了纪妈。纪妈年轻力壮，而且也是乡亲，满可以代替老刘妈。可是纪妈自己有小孩，还能够叫她带来么？叫个不三不四的野孩子和天赐在一块，干脆不行，只能让她“暂代”，至于长远之计——忽然想起四虎子来。给四虎子娶个老婆，岂不一打两用：一来可拢住他的心，二来可以用个女仆，倒也不错。反正四虎子的老婆得由牛宅给娶，他自己没家没业。可是四虎子娶亲后，要是有小孩呢？这么一想，老太太不甚热心了。越是下等人越会生小孩，这使她气恨。好，没使成女仆，倒闹得天上地下都是孩子，那才有个意思呢！不行。

老刘妈的病可不这样犹疑，一天不如一天。四虎子下乡把她的儿子找来。牛太太说得好："要死得死在自己家里。"老刘妈真没想到这个。太太应许了她一口棺材，作为她服务几十年的报酬。

老刘妈走后，纪妈暂行代理。不多的日子，刘妈死了。纪妈能否实任呢？牛老太太没有什么表示。她看纪妈很努力，可是孩子问题不能解决。正在这么个时候，乡下送上信来：纪妈的孩子死了。纪妈不敢放声哭，怕主人说丧气，可是两三夜眼泪没有干过。为那几块钱，把人家的孩子奶大，自己的娃娃可死了，死了！她梦见她的娃娃，想着她的娃娃，低唤着她的娃娃；永远不能见面了！她恨她自己，恨她的丈夫，恨天赐；世界上再没有爱。"穷"杀死一切。她两三天没正经吃饭，可是还得给别人作，油腥味使她恶心，使她想把碟子碗全摔了。到底她得横心，钱是无情的。她还得为丈夫奔，为大家想。她得自动的忘了她的娃娃，自己管住眼泪。钱不听，也不原谅，哭声！

她和太太请三天假，回家看看死娃娃。

"那么，你还愿意回来？"太太问。

纪妈用尽了力量回答："愿意！"为那些工钱。命不是肉作的，是块比钱的分量轻的什么破铅烂铁。

太太合算了一番：为四虎子娶老婆得花一百多块。这笔钱早晚是得花的，不错；可是晚一点到底有利无弊。先叫纪妈试试吧："自要你愿意，你就回来，我这也缺人。好在娃娃也死了，你也没的可惦记着了；作几年事也不错，乘着年轻。"

"没有可惦记着的了！"在纪妈心里来回的响，她的泪不由的落下来；看在钱的面上，她不能否认这句话。

太太还有话呢，纪妈没心去听，可是不能不听着。

“你回来，就干老刘妈的事了。话得说明白：以后你可不是奶妈了，我也不能给那么大的工钱。不在乎一两块子钱，规矩是规矩；奶妈照例是挣得多点。我也苦不了你：我这儿饭食不苦，这你知道。你好好干呢，我穿剩下的衣裳都是你的；三节还有赏钱。我不在乎一块半块子钱，我不能叫人笑话我；这城里没有五块钱一个月的老妈子。以后，我给你三块钱，这是规矩。你干的好呢，我再给你五毛点心钱，咱们以好换好。是这么着不是？”

纪妈点头，她说不出话来。在城里这么多日子了，她知道，老妈子的工钱真是三块钱一个月。她什么也说不出，这是规矩！

她走了三天，天赐就开始跟牛太太去睡。他和纪妈的关系，从此，也就说不上是好是坏来。纪妈老有点恨他，她老记着：她的娃娃比天赐大两个月。越看天赐长身量，她越难过——她的娃娃永远不长了。天赐自然是莫名其妙。可是久而久之，他觉到纪妈的眼神有点不大对，不能不躲着她了。不过纪妈也对他有好处，每逢他饿了，眼看着盘中的吃食而不敢要，他便偷偷去找纪妈。在这种时节，她的眼神不对也得算对，她总会给他烤块馒头什么的吃：“吃吧，小东西！不饿也不找我来！”天赐没办法，只好先安慰了肚子，而后再管灵魂。他慢慢的把家里的人分为两组，一组男，一组女；女组是不好惹的。

他越大越觉出男女的不同，也越不喜欢女的。当四五岁的时候，牛老太太遇上亲友家有红白事，高兴便带了他去。在出发之前，看这顿嘱咐与训练：别当着人说饿，别多吃东西，别大声嚷嚷，别弄脏了衣裳；怎么行礼？作一个看看！怎给人家道喜？说一个……而后打扮起来：小马褂，袖儿肥阔而见棱见角，垂手吧，袖儿支支着；抬着手吧，像要飞。长袍子，腰间折起一块还护着脚面，不留神便绊个跟头。小缎帽盔，红结子——夏天则是平顶草帽，在头上转圈。这样装束好，他的脸不由的就拉得长长的；通体看来：有时候像缩小的新郎官，有时候像早熟的知县。他非常的看不起自己，当这样打扮起来。出大门的时候，他不敢看四虎子，准知道四虎子向他吐舌头呢。

在家里差不多快叫女的给摆弄碎了；到了外面，女人更多，全等着他呢。“哎哟，福官长这么高了！这个小马褂，真俏！”他只好低着头看自己的鞋尖，脸上发热。家里的女人在后面戳脖梗子：“说话呀！处窝子！”他想不起说什么，泪在眼里转圈。而后，人家拍他的扁脑瓢，专为使小帽盔晃动，因为那里空着一大块。扒拉他的脸蛋，闻他的手；怎么讨厌怎办，这群女的。

虽然表面上这么表示亲善，可是他看得出她们并不爱他。有妈妈在跟前，大家乖乖宝贝的叫；妈妈不跟着，人们连理他也不理；眼睛会由小马褂上滑过去。更叫他伤心的，他要是跟人家的小孩玩耍，人家会轻轻的把小孩拉走，而对他一笑：“待会儿再玩。”他木在那里半天不动，马褂又硬整，很像个没放起来的风筝。他不知这是因为什么，不过他——四五岁了——觉出有点什么不对的地方来。他只能自言自语的骂几声：“妈妈的！”

等到回了家，还得被审：“谁跟你玩来着？”

“小秃；刚玩一会儿，小秃妈把小秃拉走。”

“呕！呕呕！”妈妈连连点头，脸上不是味儿。

爸要是带他出去，便没这些事。爸给亲友贺喜或吊祭去，只是为吃。在路上父子就商议好：你爱吃丸子，是不是？好吧，爸给多夹几个。吃完饭上哪儿呢？出城玩玩？还是上老黑的干果子店？要是上老黑那里去，爸可以睡个觉，而天赐可以任意的吃葡萄干，蜜枣；而且伙计们都愿陪着他玩：在柜里藏闷儿，拔萝芭，或是赌烟卷画儿。男人们不问这个那个的。况且老黑还有一群孩子呢。这群孩子中能走路的全不常在家。不过，要赶上他们在家，那个乐趣差不多和作一回皇上一样。这群孩子永远不穿小马褂，脚老光着，而经验非常的丰富。

男的和女的一样。全知道城外的一切河沟里出产什么，都晓得怎样掏小麻雀，捉蜻蜓，捞青虾，钓田鸡，挖蟋蟀……他们的脸，脖子，脊背，都黑得起亮；有泥也不擦，等泥片自己掉下去，或是被汗冲了走。

天赐跟他们玩半天，才知道自己的浅薄，而非常高兴他们的和爱可亲。他们都让着他，比如捉老瞎的时候，他要是被捉住，该打十板就只打五板，可是打得一样的疼。天赐忍着痛，不哭；他晓得他们的打手板是出于诚意，打得不疼还打个什么劲？他们诚意的告诉他，小马褂不是人穿的。假如出城去掏麻雀或捞青虾，可能穿着马褂吗？说得他闭口无言，而暗恨妈妈。提到了妈妈，他们更有办法："妈妈？妈妈的腿慢呀。一打就跑；妈妈追不上。"

"妈妈要不给饭吃呢？"天赐问。

"就不吃！非等妈妈来劝不可。"

"妈妈要是不来劝呢？"

"先偷个馒头垫垫底儿。"

听了这个和一些别的，天赐开始觉到该怎样作个男子。和爸回家的时候，先得了爸的同意——在路上不用穿小马褂了。爸不反对。到了家中，他预备扒袜子，看光脚行得开行不开。把袜子扯下来，先到厨房探探纪妈的口气。

"你这孩子，找打呢！"

天赐心里说："打？我会跑！"假装没事似的往妈妈屋中走，鼻子卷起高度的反抗精神。

"越学越好了！"预期的雷声到了："谁兴的光脚啊？"

天赐沉着应战，假装没听见。

"说你哪！穿上去！"

"不爱穿！"

妈妈气得脸都白了。“好，好！你可也别吃饭！”

“先偷个馒头垫垫底儿！”天赐自己知道非失败不可了。不行，到底自己没那么多的经验！男子汉恐怕作不成了。

结果，还是穿上了袜子，托纪妈给说的情，自己认了罪，才吃上了饭。肚子饱得没什么味儿，可是也没办法。妈妈到底不是好惹的，而肚子又不给自己作脸，失败！

天赐苦闷，没有小孩和他玩。大门成天关得严严的，而院里除了他都是大人。四虎子虽然可爱，究非小孩。天赐常常见着老黑的那伙儿女，可惜是在梦里！

他只好独自在院中探险。大门里是四虎子的屋子，他常来玩玩，特别是妈妈睡午觉或不在家的时候。和这间屋子联着的是三间堆房，永远锁着。四虎子抱起他从窗纸的破处看过一回，里边的东西复杂而神秘。这是牛老者营商的史料保存所；招牌，剩货，帐竿，……全在这儿休息着。天赐对这三间屋子有点怕，又愿进去拾些玩具，可是进不去。对着这三间堆房是个小屏风门，进门便是三合房的院子了。北房前有两株海棠树，这有时候供给他一些玩的材料。有一回，树上落下两个小青海棠来，他和它们玩了整整三点钟。从北房与东房的拐角过去，有个小院。这个拐角，据天赐看，是军事上的要地：倒水的，送煤的，纪妈……都得由此经过，他常想藏在垛子旁边“呀”他们一声，吓他们一大跳。可是他呀过纪妈一次，而她把茶碗撒了手；所以他只能常“想”。小院里有三间屋子，纪妈住一间，厨房住一间，煤住一间，按照他的叙述法。

他一天到晚就在这个小世界里转，虽然也能随时发现些新东西，可是没人和他一同欣赏；遇必要时，他得装作两个人或三个人，从东跑到西，从西跑到东，以便显出生命的火炽。及至跑累了，他坐在台阶上，两眼看着天，或看着地，只想到：“没人跟你玩呀，福官！”

九　换毛的鸡

黄绒团似的雏鸡很美，长齐了翎儿的鸡也很美；最不顺眼是正在换毛时期的：秃头秃脑翻着几根硬翅，长腿，光屁股，赤裸不足而讨厌有余。小孩也有这么个时期，虽英雄亦难例外。“七岁八岁讨狗嫌”，即其时也。因为贪长身量而细胳臂蜡腿，脸上起了些雀斑，门牙根据地作“凹”形，眉毛常往眼下飞，鼻纵纵着。相貌一天三变，但大体上是以讨厌为原则。外表这样，灵魂也不落后。正是言语已够应用的时候，一天到晚除了吃喝都是说，对什么也有主张，而且以扯谎为荣。精力十足，在万不得已的时候才翻着跟头睡觉；自要醒着手就得摸着，脚就得踢着，鞋要是不破了便老不放心。说话的时候得纵鼻，听话的时候得挤眼，咳嗽一声得缩缩脖，骑在狗身上想起撒尿。一天老饿。声音钻脑子，有时候故意的结巴。眼睛很尖，专找人家的弱点：二嫂的大褂有个窟窿，三姨的耳后有点泥……都精细的观察，而后当众报告，以完成讨厌的伟业。狡猾，有时也勇敢；残忍，无处不讨厌。

天赐到了这个时期。七岁了。两腮的肉有计划的撤去，以便显出嘴唇的薄。上门牙一对全由他郑重的埋在海棠树下，时常挖出看看。身量长了不少。腿细而拐，微似踩着高跷。臂瘦且长，不走路也摇晃。小眼珠豆一般的旋转。鼻子卷着，有如闻着鼻梁上那堆黑点。扁脑瓢摇动得异常灵便，细脖像棵葱。

牛老太太对这个相貌的变化并不悲观，孩子都得变。她记得她的弟弟，在八九岁的时候整像个瘦兔，可是到了十六岁就出息得黄天霸似的。这不算什么。

她没想到的是这个：以她这点管教排练，而福官不但身体上不体面，动作上也像个活猴。她很伤心。一天到晚不准他出去学坏，可是他自己会从心里冒坏！越叫他老实着，他越横蹦乱跳，老太太简直想不出个道理来。越叫他规矩点，他越棱棱着眼说话，这是由哪里学来的呢？吃饭得叫几次才来，洗脸得俩人按巴着；不给果子吃就偷。胆气还是非常的壮，你说一句，他说两句；要不然他干脆一声不出，向墙角挤眼玩。打也没用，况且一身骨头把人的手碰得生疼。

最气人的是凡事他得和四虎子去商量！原来四虎子看天赐的门牙一掉，不敢再拿他当小孩子了，所以开始应用一个新字儿——咱哥俩。天赐也很喜爱这个亲切有味的字，一出屏风门便喊："咱哥俩说个笑话呀?!"其实四虎子并不会说笑话，不过是把一切瞎扯和他的那点施公案全放在笑话项下。他的英雄也成了天赐的英雄；黄天霸双手打镖，双手接镖，一口单刀，甩头一子，独探连环套！据天赐看，四虎子既有黄天霸这样的朋友，想必他也是条好汉，很有能力，很有主意。所以他事事得和四虎子商议。四虎子也确是有主意：

"咱哥俩问你点事，"天赐在这种时节，说也奇怪，能够一点也不讨厌。

"咱哥俩说吧，"四虎子也很真诚。

"想买把刀；街上不是有吗？鬼脸，刀，枪，布娃娃；我不要布娃娃，先买把刀得了。"天赐因为缺乏门牙，得用很大的力量把"刀"说清楚正确，于是溅了四虎子一脸唾沫星子。"妈妈不给钱，怎办?"

“单刀一口，黄天霸，双手接镖？”四虎子点破了来意。

天赐笑了，用舌头顶住门牙的豁子。

四虎子想了想：“跟爸上街，走到摊子前面，怎说也不再走；看，爸，那刀多好！可别说你要；就是一个劲儿夸好，明白不？爸要是给买了，回来你告诉妈妈，不是我要哇，爸爸买的！棱棱着点眼睛说都可以。”

“爸要是不给买呢？”

“不走就是了！”

“镖呢？”

“那不用买，找几块小砖头就行。看着，这是刀，”毛撢子在四虎子的右手里，“往左手一递，右手掏镖，打！练一个！”

天赐聚精会神的接过撢子来，嘴张着点，睛珠放出点光，可是似乎更小了些，照样的换手掏镖。他似乎很会用心，而且作得一点不力笨。

爸果然给买了把竹板刀，刷着银色。在后院里，天赐练刀打镖，把纪妈的窗户纸打了好几个窟窿。他佩服，感激四虎子。凡事必须咱们俩商量，把牛老太太气得直犯喘。

有的时候，老太太还非求救于四虎子不可：天赐已经觉出自己的力量，虽然瘦光眼子鸡似的，可是智力与生力使他不肯示弱。他愿故意讨厌，虽然他可以满不讨厌。事情越逆着来，他越要试试他的力量，他的鼻子不是白白卷着的。恰巧牛老太太是个不许别人有什么主张的人，战争于是乎不能幸免。可是，妈妈与儿子的战争往往是妈妈失败。因为她的顾虑太多，而少爷是一鼓作气蛮干到底。

“福官，进来吧，院子里多么热！”

“偏不热！”天赐正在太阳地里看蚂蚁交战，十分的入味儿。

“我是好意，这孩子！”

“不许看蚂蚁打架吗?!”好意歹意吧，搅了人家的高兴是多么不近情理，况且看蚂蚁打仗还能觉到热吗?

“偏叫你进来!”

“偏不去!”又替黑蚂蚁打死三个黄的。

宣战了!可是太太不肯动手，大热的天，把孩子打坏了便更麻烦。不打可又不行。退一步讲，出去拉进他来，他也许跑了，也丢自己的脸。

“四虎子!”太太在屏风门上叫，不敢高声，怕失了官派。“你跟福官玩玩，别让他在太阳底下晒着。”

四虎子来了，在天赐耳旁嘀咕了两句。

“上门洞说去?”天赐跟着黄天霸的朋友走了。

太太不久也学会了这招儿，可是不十分灵验。

“福官，你要是听说呀，我这儿有香蕉!”

天赐连理也不理，谁稀罕香蕉!几年的经验，难道谁还不晓得果子专为摆果盘，不给人吃?妈妈是自找无趣。

为赌这口气，妈妈真拿了根香蕉。嗯，怎样桃子底巴上短了一口呢?三个，一个上短了一口!

“福官!这是谁干的?”

“桃儿呀?”福官翻了白眼:“反正，反正我才咬了三口，凑到一块还赶不上一整个!”

妈妈放声的哭了。太伤心了:自己没儿，抱来这么个冤家，无处去说，无处去诉!

天赐慌了，把妈妈逼哭了不是他的本意。拐着腿奔了四虎子去:“咱哥俩想主意，妈妈哭了!”

“为什么?”

“我偷吃了桃!”

“几个？”

“三口！”

“怎么？”

“一个上一口，凑到一块还不够一整个；挨打也少挨点！”

在桃儿的压迫下，算错了账是常有的事。

他们找纪妈去劝慰太太，太太更伤心了。没法说呀！不能说天赐是拾来的，不能。可是你为他留脸，他不领情。三个大桃，一个上一口！

好容易妈妈止了悲声，天赐和四虎子又作一度详细的讨论。四虎子的意见是“我要是偷，就偷一个；你的错处是在一个上一口！”

“求爸赔上妈妈三个呢？”天赐问。

“也好！”

偷桃案结束了以后，太太决定叫天赐上学；这个反劲儿，谁受得了？

孩儿念书，在老太太看，与其是为识字还不如是为受点管教。一个官样的少爷必得识字，真的；可是究竟应识多少字，老太太便回答不出了。她可是准知道：一个有出息的孩童必须规规矩矩，像个大人似的。因此，她想请先生来教专馆。离着先生近，她可以随时指示方针；先生实在应当是她的助手。

牛老者不大赞成请先生，虽然没有不尊重太太的主张的意思。商业化：他并不能谋划得怎样高明，可是他愿意计算一下；计算的好歹，他也不关心，不过动动算盘子儿总觉得过瘾。他的珠算并不精熟，可是打得很响。太太一定要请先生，也好；能省俩钱呢，也不错。他愿意天赐入学校。这里还有个私心；天赐上学，得有人接送；这必定是他的差事。他就是喜欢在街上遛遛儿子。有儿子在身旁，他觉得那点财产与事业都有了交待，即使他天生来的马虎，也不能完全忘掉了死，而死后把一堆现洋都撒了纸钱也未免有失买卖规矩。可是太太很坚决：不能上学校去和野孩子们学坏！她确是知道天赐现在是很会讨厌，但她也确信天赐无论怎样讨厌也必定比别人家的孩子强。再说，有个先生来帮助她，天赐这点讨厌是一定可以改正的。牛老者牺牲了自己的意见，而且热心帮忙去请先生；在这一点上，他颇有伟大政治家的风度。所以怕太太有时候也是一种好的训练。

牛老者记得死死的，只有“老山东儿”会教馆，不知是怎么记下来的。见着朋友，他就是这一句：“有闲着的老山东儿没有，会教书的？”

不久，就找着了一位。真是老山东儿，可是会教书不会，介绍人并没留意。介绍人还以为牛掌柜是找位伙计或跑外的先生呢。及至见了面，提到教书问题，老山东儿说可以试试，他仿佛还记得幼年间读过的小书：眼前的字们，他确是很能拿得起来，他曾作过老祥盛的先生。一提老祥盛，牛老者肃然起敬：

“老祥盛？行了，家去见见吧！老祥盛，”这三个字有种魔力，他舍不得放下：“老祥盛的老掌柜，孟子冬，现在有八十多岁了吧？那样的买卖人，现在找不到了，找不到了！”

王宝斋——前任老祥盛的管账先生——附议：孟子冬孟老掌柜那样的人确是找不到了；他死了三四年了。

王宝斋有四十多岁，高身量，大眼睛，山东话亮响而缠绵，把“腿儿”等字带上嘟噜，“人儿”轻飘的化为“银儿”，是个有声有色的山东人。

束脩多少，节礼怎送等等问题，王老师决定不肯说，显出山东的礼教与买卖人的义气：“你这是怎么了，牛大哥，都是自己银儿！给多少是多少，给多少是多少；我要是嫌少，是个屌！”王老师被情感的激动，不自觉的说着韵语。

牛老者本来不敢拿主意，就此下台，回家和太太商议。太太有点怀疑王宝斋的学问与经验。老者连连的声明：“老祥盛的管账先生，老祥盛的！”太太仔细一想：没有经验也好，她正可以连天赐带老师一齐训练。于是定了局：每年送老师三十块钱的束脩，三节各送两块钱的礼，把外院的堆房收拾出一间作宿室，西屋作书房，每天三顿饭——家常饭。

“就是花红少点！”牛老者的批评是。

“节礼！”老太太不喜欢商业上的名词。“以后再说，教得好就多送。”

八月初一开馆。天赐差不多是整七岁。

十　开市大吉

念书，请老师，不好就打……弄得天赐连饭也不正经吃了。什么是书呢？牛老太太虽然讲官派，可是牛宅没有什么书。牛老者偶尔念念小唱本，主要的目的是为念几行，眼睛好闭上得快一些。一本小唱本不定念多少日子，而且不定哪一天便用它裹了铜板。天赐不晓得书是什么东西，更不知道为何要念它。老师这个字也听着耳生，而且可怕——带“老”字的东西多数是可怕的，如“老东西”，老虎……

他得和四虎子商议一番：

“咱哥俩问你干什么念书？”

“念好了就作官，念不好就挨板子！”

天赐的心凉了半截。“什么是老师呢？”他的小眼带出乞怜的神气，希望老师是种较比慈善的东西。

“老师教给你念书，手里拿着板子。”四虎子不能不说实话，虽然很难堪。

天赐不言语了，含着眼泪想主意。待了半天，他问：“我打他行不行呢？”

“不行，他个子大，你打不了他。”

“咱哥俩呢，你帮助我？”

四虎子非常难过，他没法帮助他的朋友；老师是打不得的！他摇头，天赐哭了。

八月初一就快到了！天赐一天问四虎子六七次：“还有几天？”

“早着呢，还有三天！”四虎子想给朋友一点安慰，可是到底说了实话。三天！可怜的天赐！“不用怕，下学之后咱们还能练刀玩，是不是？”

这个都没引出天赐的笑来。挨了板子还有什么心程练刀呢！“三天以后，一定是八月初一？”

“一定！”

跑不了了！两个朋友都默默无言，等着大难临头。天赐所有的想象都在活动着：书也许是个小鬼，老师至少是个怪物，专吃小孩，越想越怕，而怕得渺茫；到底不准知道为什么，为什么给小孩请个怪物来呢？为什么必得念书呢？

“就不许咱们玩吗，连好好的玩也不许吗？！”天赐的小心儿炸开了。他直觉的知道玩耍是他的权利，为什么剥夺了去呢？为什么？

四虎子受了激刺，他想起自己的幼年来：“你还比我强得多呢！你七岁？我由六岁就没玩过，捡煤核，拾烂纸，一天帮助妈妈作苦工，没有玩的时候。八岁，妈妈死了。”他楞了会儿：“八岁，我夏天去卖冰核，冬天卖半空的落花生。九岁就去学徒，小刀子铺，一天到晚拉风箱；后来又去卖冰核，我打小刀子铺跑出来，受不了风箱的烟和热气——连脚上全是顶着白脓的痱子，成片！还挨打呢！十二岁我上这儿当碎催，直到如今！你强多了！别怕，下学之后，我和你玩；不说瞎话！咱哥俩永远是好朋友，是不是？”

天赐得到一点安慰。可是一进里院，这点安慰又难存在了。

“看你还用砖头溜我的窗户不？！”纪妈看天赐到了上学的年龄，怎能不想起自己的小孩；想起自己的小孩还能对天赐有好气？“一天到晚圈着你，叫老师管着，该！看你还淘气，拿大板子打，我才有工夫去劝呢！”

“用你劝？先打你一顿！”虽然这样嘴皮子强，天赐的心中可是直冒凉气。

妈妈还不住的训话呢。越躲着她越偏遇上她，一遇上就是一顿：“福官，你这可快作学生了，听见没有？事事都有个规矩。老师可不同妈妈这么好说话，不对就打，背不上书来就打。提防着！好好的念，长大成人去作官，增光耀祖，听见没有？”

天赐不敢不听着，低着头，卷着鼻子，心里只想哭，可又不敢，双手来回的拧，把手指拧得发了白。

爸是最后的希望。纪妈无足轻重。妈妈的话永远是后话：什么长大了作官，什么她死后怎样。四虎子的是知心话，但是他没去请老师，当然他不晓得老师到底怎么样。得去问爸，爸知道。

“爸！爸！”

“怎着，小子？请坐吧！”爸就是爱听“爸”字，喜欢得不知说什么好。

“老师几儿来？”

“八月初一。”

真的！

“老师爱打人呀？”天赐的心要跳出来。

“我不知道。”牛老者说的是实话。据他看，老祥盛的管账先生怪和气的，不像打人的样儿；可是太太设若一张劲托咐，“老山东儿”也未必不施展本事。这个高身量大眼睛的先生，要是打人，还管保不轻。他只顾了讲束脩送花红，始终没想到这个打人的问题。他觉着有点对不起天赐。他不愿意儿子挨打，可又没法反抗太太的管教孩子。他的坏处就是没有主张。“咱们得商量商量。”他道歉似的说。

天赐看出来机会，学着纪妈着急时的口气：“老师要打我，我就死去！”

“可别死去！”老头儿揪着黄胡子想主意：“这么着吧，我先对老师说一声，别打人！他要是打你，我就扣他的工钱！”

天赐心里舒服了点。“老师也拿工钱哪，我也先扣他点！”

牛老者又觉得有点对不起王宝斋。左右一为难，想出条好办法来：马马虎虎就是了。妈妈是条条有理，不许别人说话；爸是马马虎虎，凡事抹稀泥。天赐就是在一块铁与一块豆腐之间活了七岁。

八月初一到了！天赐怕也不是，不怕也不是，一会儿以为老师是怪物，一会儿想起扣老师的工钱。

小马褂又穿上了，等着拜老师，天赐像闪后等着雷似的，脸上红一阵白一阵。

老师来了！四虎子报告的时候，声音都有点岔批儿。

天赐不敢看，又愿意看，低着头用眼角儿扫：原来老师是个人，高大，一眼看不到边！

老师似乎没大注意天赐，只对爸妈一答一和的说话儿，声音响亮，屋里似乎嗡嗡的响，天赐只听见了声音，可是听不明白大家是说什么；他觉着非常的慌乱，好像一切熟识的东西都忽然变了样，看着果盘上的鲜红苹果都不动心了。

牛老太太要考考老师，问先念什么书？老师主张念《三字经》，并且声明《三字经》和《四书》凑到一块就是《五经》。

牛老者以为《五经》太深了些，而太太则以为不然：“越深越好哇！不往深里追，怎能作官呢！”

这些，对天赐都没意义；下面的几句，他听明白了：“王老师，”妈妈的声调很委婉：“追他的书是正经，管教他更要紧。自管打他，不打成不了材料！”

“嫩皮嫩骨的！”牛老者低声的说。太太可是没听见。

天赐的心反倒落下去了，跑是跑不了，等着挨打吧，“他妈的！”正在这么个工夫，忽听老师说：“先拜圣人吧！”

天赐又吓了一跳，四外找，并不见什么圣人或生人。

牛老太太早就预备好了圣人牌，在条案上供着。牌前香炉蜡签，还有五盘鲜果。牛老者点着高香，插在炉内。牛老太太扯着小马褂，按在垫子上：“给圣人磕头，磕九个，心里祝念着点，保佑你记性好，心里灵通！”

天赐看着香光烟雾，心中微跳，明知案上是个木板，可是由不的不恭而敬之，这块木板与普通的木板大有不同，这是圣人！

拜完了圣人该拜老师，王宝斋一劲儿谦恭，可是老太太非请他坐着受礼不可：“师父，师父！老师和父亲一边儿大！”王宝斋没的可说，五鸡子六兽的受了礼，头上出了汗。天赐莫名其妙，哭也不好，笑也不好，直大口的咽气。

拜完师，参观书房。天赐没顾得看别的，只找有板子没有。桌上放着呢！二寸宽，烟袋那么长。王老师拿起来，抡了抡：“真可手，我的伙计！”天赐以为这就开张，嘴唇都吓白了，直往爸身后躲。“老师说着玩呢，说着玩呢！”牛老者连连解说。天赐看老师把板子放下了，又假装的笑了，笑得像个屈死鬼似的。

妈妈去监督纪妈作饭；菜是外边叫来的，四盘四碗四碟，该蒸的蒸，该热的热。纪妈急得直出汗，因为蒸完热完，再也摆弄不像原来那么好看；老太太得自己下手。

牛老者陪着老师在书房说话，天赐穿着小马褂在一旁侍立，来回的换腿，像个要睡的鸡。他们的谈话内容，他不十分懂，可是很耳熟，正像往常爸和客人谈的一样：铺子，行市，牙税，办货，三成利，看高，撒手……这些耳熟而不易明白的字在他们的话中夹杂着：

这也许就是书？他想。

王宝斋很能讲话，似乎和爸说得很投缘。王老师本来也是要露一手：他想把牛老者说动了心，拿点钱叫他去开买卖；教书，他满没放在心里。闲着也是闲着，先有个吃饭的地方，慢慢的再讲。

酒饭上来，四虎子一边端菜，一边向天赐善意的吐舌头；天赐可忍不住了，哭出了声。

“别哭哇，小子！陪着老师吃饭呵！”牛老者安慰着儿子。

“不吃！不陪！操姥姥！”

“四虎子！带他玩会儿去！”

拉着四虎子的手，天赐把所有的委屈都翻上来，一边抽气一边叨唠，眼泪往小马褂紧滴，滴得带响。

“得，得了！太太可就上前院来，叫她听见又不答应！”四虎子劝着：“擦擦眼泪！啊，对了！那天咱们不是说，黄天霸打镖——打谁来着？”

天赐想起黄天霸来，心气壮起了点。四虎子跟他玩了会儿，说：“我还得端菜去呢。”天赐也没强留他，只嘱咐：“要是有丸子呀，给咱哥俩拿两个来。”四虎子给私运来一个馒头，两个丸子，天赐拿丸子当镖往嘴里打，吃得分外的香甜。

第二天开始上书，天赐无论如何也记不住：“人之初，性本善。”王老师瞪着大眼睛把嘴唇都说木了，徒弟还是记不住。他本来没有耐性，不过为讨牛老者的好，真不肯和天赐闹起来。他看着天赐怪可怜，本想和他瞎扯一回，又怕牛太太听见。他没想到教书会这么难！没办法，只好死教：人之初，人之初，人之初……说到不知是五百遍还是五百五十遍，他说走了嘴：人之初，狗咬猪！

“老师！我记住了，狗咬猪！”天赐心里非常的痛快：“我告诉四虎子去吧！人之初，狗咬猪，人一出来，一瞧，喝，狗咬着一个大母猪！”

王老师不敢高声的笑，憋得反倒要哭。他不能叫天赐出去：“人之初，性本善，会说不会？”

“性——善是怎回事？”天赐大着胆问。

把老师问住了：“这是书，你得记着；不用问！”

天赐不问了，可是把狗咬猪记得死死的，怎么也改不过口来。王老师出了汗，这要叫老太太听见，像什么话呢？！

“先写字吧！”老师想出个主意来。天赐也觉得写字比念书有兴趣：笔，墨，红模子，多少有些可抓弄的，老师先教给拿笔，天赐卖了很大的力量，到底是整把儿攥合适。王老师也不管了：反正这不是个长事，给他个混吧，爱怎写怎写。天赐大把儿握笔，把墨都弄到笔上，笔肚像吃饱了的蜘蛛。然后，歪着头，用着力量，按着红道儿描；一顿一个大黑球，一顿又一个大黑球。描了几个字，墨已用干，于是把笔尖放在嘴里润一润，随着用手背抹了一下，嘴两边全长了胡子。又描了两个，墨色不那么黑了，有点不高兴，于是翻过纸来改为画小人，倒还有点意思。不喜欢谁就画谁，所以画妈妈。画了个很大的头，两个顶小顶小的脚。一边画一边想着“抱着小脚哭一场！”

王老师始终没管他，看着天花板盘算：牛大哥要能拿三千：倒天利的铺底，就说二千；上千十来块钱的货；收拾收拾门面；不够也差不离；小铺子不坏！书教不了，一天两天的，跟孩子捣乱还可以；整本大套的可干不来！看了天赐一眼，画小人呢！随他的便，爱画就画吧，自要不出声老实着就好。要是倒的话，得趁着八月节前；等钱用，可以贱点。节前倒过来，收拾收拾，报铺捐，等着批，九月初横是能开张了，正好上冬天的货。嗯，得给刘老九写封信，问问毛线的行市。他拿起管笔来，往砚台上倒了点水，把笔连连的抹，抹得砚上直起泡儿。然后，铺好了纸，拉了拉袖子。又在砚上抹笔，连抹带摔，很有声势。左手按住了纸，嗽了一口；笔在拇指与中指之间转了几圈。下笔很重，中间细，收笔又重；一收笔，赶紧又在砚上抹；又写，字大而联贯，像一串儿小螃蟹。天赐看入了神。老师写字多么快呢！他不画小人了，也照老师的样儿写字，很快，比老师还快。老师写完一段，低声的念一遍；天赐画了一串黑东西，也哔哩哔哩的念着。这还有点意思。

一直到八月节，天赐并没学出什么来，可是和王老师的感情不坏。人之初还是狗咬猪，又学会好些山东话，什么桌子腿儿（带嘟噜的），银儿，他说得满漂亮。对于王老师的举动，如好拉袖子，用大块手巾擦脑门，咳嗽时瞪眼睛等，他也都学会。写字还是一疙疸一块，画小人可有些进步：满脸只有个嘴的是纪妈，只有眼睛的是王老师。可是一高兴也许把嘴画得很小，比如纪妈责备了他之后，他便把她的嘴画成一个黑豆似的："看你怎吃饭！"

八月节是头一次该送节礼，虽然才教了半个月，但这是个面子。牛太太不送！书才念了两页，净画小人儿，也不打学生，节礼不能送！王老师愿意干的话得另打主意。

"可是福官跟他很好，"牛老者给说情。

"不能由着孩子！"

十一　没有面子

没送节礼，王老师也没什么表示。这叫牛老太太很悲观：有些人是非指着脸子说不可，不懂什么暗示与斗心眼！她得明告诉老师：这个教法不行！她实在不愿这么办，可又无法。

王老师根本就没记着节礼这回事，他急的是牛老者的慢腾腾的劲儿。牛老者对他开铺子的计划完全赞同，也答应下给他出资本，可就是没准日子。他得耐心的等着，求人拿钱不能是件痛快事。他暂且和天赐敷衍吧，多喒钱到手多喒搬铺盖；着急，可是很坚决。牛老太太说什么，他和颜悦色的答应："对！得打！对！得多念！你老放心，牛太太，没错儿！"他知道他不能打天赐，他下不去手。他也知道这简直是个骗局，想起来就脸红，可是无法。钱是不易周转的，不能轻易撒手牛老者。

一直对付到年底，他和天赐成了很好的朋友。《三字经》走得很慢，可是天赐得到好多知识。王老师告诉了他许多事儿：山东有济南府，当锏卖马的秦琼秦二爷家住这里，还有贾家楼，群雄结拜。由这儿就扯到了《隋唐演义》，王老师出去买了一部石印的，以备参考。天赐最佩服李元霸，锤震四平山。此外，老师还说山东有泰山，有青岛，有烟台……都使天赐的想象充分活动开。山，海，烟台苹果……

原来世界并不是四合房的院子，院里有两株海棠树！“烟台有多少苹果？”

“开花的时候，一二十里，一眼望不到边，就像地上堆起一夏天的白云！”

“！！！”天赐说不出话来了，他恨不能立刻飞到烟台，看看那一眼望不到边的苹果花。他并不想吃，是要看看那么些花！“比由门口到老黑的铺子还长？”

“长的多！都是花；到了七月，看那些果子吧，青的，半红的，像条花地毯似的，远看着。”

“多么好看！”

“还多么香呢！”

“怎么上山东呢？”

“坐火车。打这里呀，三等票，六块多钱，到济南府。离济南有二百里地就是泰山，泰山上，夏天还得穿棉袍子，凉快极了！”

“火车是怎回事？”天赐聚精会神的问。

可惜王老师的科学知识太不高明，他说不上来火车到底是怎回事。他只会形容：“一串小铁屋子，屋子里有座儿；㘗一响，小铁屋子全你拉我，我拉你，一直跑下去。”

形容也好，反正比《三字经》有意思。

这半年就这么下去了，天赐没有学到什么，可是心中觉得宽了，他常想起那一眼望不到边，又美又香的苹果；还有那高入了云的泰山，和小屋子会跑的火车，还有锤震四平山……对于人情，他也领略了一些。他觉到王老师的可爱。老师已经给他买过两本《三字经》了。他沾上唾沫掀书，一掀把书角掀毛了，再掀，落下一块来。掀着掀着，书掉下好些去。老师给买来一本新的！天赐不过意了：“这臭书，一掀就撕！”他实在是责备着自己。

“你要轻轻的一划，把书页的尖儿划起来，看，这么着，就撕不了了。”

果然，那样是轻俏而且有意思，第三本《三字经》的字一个也没弄残。偶尔要发疯而狂翻书页的时候，他会管束住自己，这本新书是老师给的：“老师，我把那本旧的快翻一回吧？看我能掀得多么快！”于是废物利用，那两本旧的专为过瘾用，呲呲的掀得非常的快，也很满意。

那块竹板还在，可是他已不再怕它，有时候反倒问老师：“老师，你怎老不用板子呢？”

“手心痒痒啊？”老师笑了：“不爱打人，我家里也有小孩！”老师不笑了：“三的跟你一边儿大。你几月生日？”

“过了八月节；那回不是老师放我一天学？”

“对了；三的是四月的，比你大。”

“他在哪儿呢？”

“在家里呢。”老师楞了半天才说：“作买卖真不容易呀！”

天赐不大明白这是什么意思，可是看得出老师有点不大欢喜，他不往下问了；赶紧磨墨写字，磨得天上地下全是墨。连耳朵后边都有一对黑点。

到了年底，王老师的地位再也维持不住了。牛老太太没说别的；“二十三祭灶，老师就请吧！”这也就很够了。二十二晚上，他和牛老者见了一面，牛老者背着太太借给他一千块钱。他没叫天赐知道，便搬了铺盖。临走他给了四虎子一块钱：“你花两三毛钱给天赐买个玩艺儿，剩下是你的；告诉你，伙计，天赐有聪明！”

知道王老师已经走了，天赐自言自语的在书房里转磨了半天。除了家里的人，王老师是他第一个朋友。这个朋友走了！他不爱念那臭书，他愿听王老师说山东，青岛，和烟台苹果。那些事他都记得真真的；可是王老师走了，他只能自己装作王老师，瞪着大眼睛，似笑不笑的，拉拉袖子，告诉天赐："天赐，一眼望不到边，全是苹果！"天赐装得很像，可是往老师的椅子上一看，没了，什么也没有；仿佛在哪儿有点王老师的笑声和"银儿"，只是找不到！"你爱什么不是，偏不给你；你爱谁不是，偏走了！"他自言自语的说。

过了年，来了位新老师，也是老山东儿——四虎子管他叫作"倒霉的山东儿"。这位先生是真正教书的，已经在云城教过二十多年书，大家争都争不到手。云城人不知道米老师的简直很少。米老师的个子比王老师还高，大肚子，脑袋除了肉就是油，身上老有股气味。把他放在哪里，他也能活着；把什么样的孩子交给他，他也会给打闷过去。他没有老婆，似乎天生的不爱女人，专会打孩子。

天赐听说新老师来到，他不像初上学那样害怕了。由王老师的友爱，他断定新老师也必是个朋友。他没有小朋友和他玩，只能希望在成人中找点恩爱。他很高兴的上学。可是一见了米老师，他的心凉了。米老师坐在那儿，压得椅子直响，一脸的浮油，出入气儿的声音很大，嘴一嚼一嚼的嘎唧着，真像个刚出水的鳄鱼。

"拿书来！"米老师的嘴裂开，又嘎唧了几下。

天赐颤着把书递过去。

"念到哪儿了？"

天赐翻了两页，用小指头指了指。

"背！"老师的嘴嘎唧上没完了，好像专等咬谁似的。

天赐背了几行，打了磕巴。

老师的大手把书一扫，扫到地上："拿去念！再背不上来，十板子，听见没有？"说完，嘴嘎唧着，眼闭上，一动也不动，就那么一篓油似的坐着。

按照妈妈的规矩，天赐不能去拾那本《三字经》，这是种污辱；

按着爸的办法，满可以扯着长脸去拾起来。天赐不知怎样好。可是他的确知道，他讨厌这个老师，这个老师不是朋友。看老师的眼是闭着，他想溜出去，找四虎子商议商议。他刚一挪脚，老师的眼睛开了："上哪儿?!"天赐本能的想跑。他已经糊涂了，只想躲开这个老东西。还没跑出两步，他的细胳臂被只胖手握住，往回一甩，他几乎摔倒。"念去！"老师的嘴嘎唧得很快，眼角露出点笑意。天赐决定反抗。他知道这个东西一定比妈妈厉害，但是不能再思索，他有时候不近情理的反抗妈妈，因为妈妈好管事，对这个上手就摔人的东西，他更不能够受。马上决定了，他走，看这个老东西怎样！他本想多一个朋友，谁知道世上有这样的老东西呢？他得反抗，这不是他的过错。他的嘴唇咬上了，翻着小眼珠看了看那堆肉。他慢慢的往前走；跑是没用的，他的腿不跟劲。老师以为他是来拾书，眼角的笑意更大了些。嗯，他还前走！老师的胖腿横在门上。天赐用手去推，用胸口碰，纹丝不动。老师笑得非常得意，这是一种猫对老鼠的戏弄，使他心里舒服。天赐更讨厌他了，下口去咬。老师的笑脸当时变了，一手揪住天赐的领子，一手抄起板子来。天赐叫上了劲，他一声不出，可是眼泪直落。

"来！把手伸出来！"

天赐咬着唇，耗了半天，"你敢！"这一声喊得非常的高，本想不哭出声来，可是没法不哭了。

牛老者在家呢，听见喊声跑了过来。

"米老师，孩子还小呢！"牛老者拉住了天赐。

四虎子也赶到了，把天赐抱了走。

牛太太也赶来，她责备牛老者不该这样护着孩子，牛老者看天赐那个样，决定和太太抵抗。这回他不能再听太太的话，他不能花钱雇个山东儿专来打孩子。他的态度不但使太太惊异，也使米老师动了气："不干就是了！不打，能教出本事？教了二十多年的学，没受过这个！"

牛太太不能舍弃这样负责的先生，可是老头儿今天似乎吃了横人肉，他一句不饶。正在这么个当儿，四虎子和纪妈都在院里，由四虎子发言，拥护天赐："看谁敢打？不揍折他的腿！"

在历史上，牛太太没经验过这样的革命。她虽尽力保持她的尊严，可是没法拦住大家的嘴。最没办法的是牛老者这次首先发难，她不能当着老师的面打丈夫几个嘴巴，不能。既然治不住丈夫，四虎子等自然就横行起来。连纪妈也向着天赐？这使她想起老刘妈来。纪妈并非一定向着天赐，不过看孩子受气便想起自己的孩子，而觉得孩子是该在活着时疼爱的，等孩子死了再疼就晚点了。牛老太太不便当着老师和男人们吵嘴，她找了纪妈去："有你什么事？鸡一嘴，鸭一嘴的！作你的事去！"把纪妈喝到后院去，她自己也回了北屋。跟头是栽了，可是不能失了官仪；在北屋等着牛老东西。牛老者也很坚决，坐在书房里不动。米老师有经验，先生和东家不和是常有的事，可是以先生的地位而镇静着，东家也不会马上就把先生赶出去。他还一篓油似的安坐在那里，等着东家给道歉。牛老者没有道歉的意思，吸着"哈德门"一劲儿说："要走就走！要走就走！打我的儿子，不行！"四虎子和天赐还在院里听着，四虎子直念叨："咱们给他一镖！"米老师把二论典故，字汇等收拾起来："好了，牛先生，咱们再见！看好了你的孩子，死了可别怨我！"牛老者的嘴笨，登时还不出话来。四虎子接了过去："走吧，小心着点你的肚子，洒了油可别怨我！"

米老师走后，太太和老爷开了火。牛老者一声也没出，只在心中玩味着胜利的余威。太太声明不再管请先生了，"爱念书不念，爱怎闹怎闹！不管了，管不着！孩子大了没出息，别怨我，我算尽到了心。"

对于天赐，她拿出最客气的严厉：他叫妈便答应着；不叫，她连看也不看，眼睛会由他身上闪过去。她表示不再管他。这是件极难堪的事，但是没法不这样，她的善意没人领略，何必再操心呢？

牛老头儿心里也不好受，他真爱天赐，可是因为儿子而长期抵抗太太也不是办法。为平太太的气，他不大带天赐出去玩。于是天赐便成了四虎子的孩子。半年的工夫，没人再提请先生，他把那点《三字经》忘得一干二净，可是没忘了烟台苹果和米老师的嘎唧嘴。

十二　教育专家

天真是儿童的利器，希望是妈妈的“自己药片”。天赐的天真与妈妈的希望，渐次把家庭间的不和医治好了。妈妈到底还得关心孩子；撒手不管只能想到，事实上是作不到的。天赐还得上学；为闹脾气而耽误了孩子的书是种罪过。牛老太太厉害，可还不这么糊涂。

这次，决定去入学校，据调查的结果，云城最好的小学是师范附小。在这儿读书的小孩都是家里过得去的，没有牛太太所谓的野孩子，学费花用都比别处高。

天赐又穿上了小马褂。有爸送他去，他一点也没害怕，以为这不过是玩玩去。到了学校，爸把他交给了一位先生；看着爸往外走，他有点心慌，他没离开过大人。在家里，一切都有妈管着，现在剩了他自己，他不知怎么才好。也不敢哭，怕人家笑话——妈妈的种种“怕”老在他心里。及至看见那么多的小孩，他更慌了。他没想到过，一个地方能有这么多的孩子，这使他发怵。他不晓得怎样和他们亲近。诚然，他和老黑的孩子们在一块儿玩耍过，可是这里的孩子们不是那样。那些大点的差不多都穿着雪白的制服，有的是童子军，都恶意的笑他呢——小马褂！那些年纪小点的也都看着很精明，有的滚着铁环，有的拍着小球，神气都十足，说的话他也不大懂。这些孩子不像老黑家里的那么好玩，他们彼此也不甚和气："给你告诉老师去！""我要不给你告诉去才怪呢！"老在他们的嘴上。他们似乎都不会笑，而是挤着眼唧咕。那些大的有时候随便揪住两个小的碰一头，或是捏一下鼻子，而后唧咕着走去，小的等大的走远才喊："给你告诉去！"小的呢，彼此也掏坏，有的用手指挖人家脚脖子一下，假如那位的袜子有个破口；有的把人家的帽子打在地上："赔你一个，行不行？爸爸有的是钱！"而后童子军过来维持秩序，拉过一个来给个坡脚；被踢的嘟囔着："还是他妈的童子军呢！"童子军持棍赶上来："哎，口出恶言，给你回老师去！"他们吹哨，他们用脚尖跑，他们唧咕……天赐看着，觉得非常的孤寂。他想回家。那些新入学的，都和他差不多，一个个傻子似的，穿着新衣，怪委屈的。他们看着大孩子们买面包，瓦片[1]，麻花等吃，他们袋里也都有铜子，可是不敢去买。一个八棱脑袋的孩子——已经念了三年书，可是今年还和新生们同级——过来招呼他们，愿意带他们买点心去，他们谁也不去，彼此看着，眼里含着点泪。

摇铃了，大孩子都跑去站队，天赐们楞着。有个很小的，看人家跑他也跑，裹在人群里，摔了一交，哭成人阵。八棱脑袋的又来了，他是学识不足而经验有余，赶着他们去排班。先生也到了，告诉他们怎排，大家无论如何听不明白。先生是个三十来岁的矮子，扁脸，黑牙，一口山西话。他是很有名的教员，作过两本教育的书。除了对于新学生没有办法，他差不多是个完全的小学教师。天赐不喜欢他的扁脸。排了好大半天，始终没排好，他想了会儿，自己点了点头。他一个个的过去拉，拉到了地方就是一个脖儿拐："你在这儿涨着！"大家伙并不明白"涨着"的意思，可是脖儿拐起了作用，谁也不再动了。

① 瓦片，烤酥的形状如小瓦片的点心。

先生觉得这个办法比他的教育理论高多了，于是脖儿拐越打越响，而队伍排得很齐。再排一回，再排一回；有个小秃尿了裤子。天赐也憋着一泡，怕尿了裤子，于是排着队，撩着衣襟，尿开了。别人一看，也搂衣裳，先生见大事不好，整好队伍先上了厕所。先生的教育理论里并没有这一招儿，他专顾了讲堂里边的事，忘了学生也会排泄。

上了讲堂，天赐的身量不算矮，坐在中间。他觉得这小桌小椅很好玩，可是坐着太不舒服。先生告诉大家要坐正，大家听不明白，先生又没了办法，还得打脖儿拐。“绳子坐正！”拍！“绳子坐正！”拍！然后他上了讲台，往下一看，确是正了，他觉得有改正教育原理的必要。他开始训话，“买第一册国翁，公明，算数；听明白了没有？一仍作一绳白制服，不准疮小马褂；听明白了没有？”他把“没有”说得非常的慢，眼珠还随着往一边斜，他觉得这非常像母亲的说话法，小孩子听了必定往心里去。“明白了没——有——”大家发楞。

磨烦到十点半钟，天赐一共挨了五六个脖儿拐，他觉得上学校也没什么意思。他也不敢反抗，因为别人都很老实地受着，这当然不是一个人的事，他不敢有什么表示。况且八棱脑袋的还告诉他：“今个都好，就是脖儿拐没有去年的响！”天赐的想象又活动开：山响的脖儿拐大概也很有意思。看见爸来接他，他觉得上学更有意思了：看见的事太多了，简直报告不过来。本来在家里只能跟四虎子瞎扯，而所扯的全是四虎子的经验。现在他自己有了经验，这使他觉到自己的尊严，连挨脖儿拐都算在内。

“爸，人家都买面包吃，晌午我也买吧？爸，有一小孩尿了裤子，我没有。爸，别穿小马褂了，人家都穿白的——白的——爸，有一小孩把人家的帽子打在地上。爸，老师说话，我不懂，八棱脑袋的也不是懂不懂；横是他懂，喽！爸，还排队，拍，打我脑瓢一下，我也没哭。爸……”

爸有点跟不上趟了，只一个劲的“好！”“那就好！”拉着天赐，天赐不住的说，眼看着爸的脸，不觉的就到了家。

顾不得吃饭，先给四虎子说了一遍。然后给妈妈也照样说了一回。妈妈说都好，就是不穿小马褂没道理。

刚吃完饭，就张罗上学。他准知道学校里有许多可怕的人与事与脖儿拐，可是也有一些吸力，叫他怕而又愿去，他必得去看那些新事和他的小桌小椅。他必须亲手去买个面包吃！在家里永不会有这些事。

上过一个礼拜的课，天赐的财产很有可观了：白制服，洋袜子，黄书包，石板，石笔，毛笔，铅笔，小铜墨盒，五色的手工纸，橡皮……都是在学校贩卖部买的，价钱都比外边高着一倍，而且差不多都是东洋货。牛老者对于东洋货没有什么可反对的，他抱怨这个价钱。并不是他稀罕这点钱，他以为学校里不应当作买卖；学校把买卖都作了，商人吃什么？牛老太太另有种见解：学校要是不赚钱，先生们都吃什么呢？孩子为念书而多花几个钱是该当的，这是官派。天赐不管大人的意见怎样，他很喜欢自己有这么些东西。最得意的是每天自己亲自拿铜子买点心吃，爱吃什么就买什么，差不多和妈妈有同样的威权。

在同学里，他不大得人心。在家里他一人玩惯了，跟这群孩子在一块，有的时候他不知怎样才好，有的时候他只看自己的玩法好，别人都不对。有时候他没一点主意，有时候他的主意很多。他没主意的时候，人家管他叫饭桶；他有主意的时候，人家不肯服从他。所以常常玩着玩着，人家就说了：“没天赐玩了！”他拿出反抗妈妈的劲儿：“我还不愿意玩呢！”于是他拧着手，呆呆的看着人家玩耍，越看越可气；或是找个清静没人的地方，自己用手工纸乱折一回，嘴里叨唠着。还有个大家看不起他的原因，他的腿慢。连正式作游戏的时候，先生也循着大家的请求：“我们这队不要天赐，他跑不动！”两队分好，竞赛传球或是递旗，天赐在一旁呆着。有时候他不答应：“我能跑！我能跑！”结果，他努力太过而自己绊倒。慢慢的他承认了自己的软弱。看着大家——连先生！——给得胜的英雄们鼓掌，他的薄嘴唇咬得很紧。他不能回家对四虎子说这个，四虎子老以为他是英雄，敢情在学校里不能和人家一块儿游戏！他只能心里闷着，一个人在墙根立着，听着大家嚷闹，没他的事。他得学爸爸的办法：“也好吧，他妈的！”自然他会用想象自慰，而且附带着反抗看不起他的人：“你等着，有一天我会生出一对翅膀，满天去飞，你们谁也不会！”可是在翅膀生出以前，他被人轻视。有的时候，人家故意利用他的弱点戏弄他，如抢走他的帽子或书包：“瞎！你追来呀，追上我就给你！”他心里的腿使劲，可是身子不动：“不要了，再买一个！”人家把他的东西放在地上，他得去拾起。因此，他慢慢的有点爱妈妈了。妈妈的专制是要讲一片道理的，这群小孩是强暴而完全不讲理。气得他有时非和妈妈讲论一番不可：“可以把人家的帽子抢走，扔在地上吗？妈？”妈妈自然是不赞同：“坏孩子才那样呢！”他心中痛快了一些，逐渐的他学着妈妈的办法判断别人：“这小子，没规矩！”到他自己作了错事，他才马马虎虎。因此，他的嘴很强，越叨唠话越层出不穷。他能把故事讲得很好。

因为讲故事，他得到几个朋友——都是不好动的孩子，有的是身上有病，有的是吃多了动不得。他们爱和他玩，听他瞎扯。他因为孤寂惯了，很会无中生有的找些安慰，所以他会把一个故事拆成俩，或两个拼成一个，他们听得很高兴。在这种时节，他恢复了他的尊严，能命令着他们，调动他们：“你别说话！”“你坐在这儿！”“咱们先点果子名玩，然后我说黄天霸。”大家只好点果子名玩，要不然他不给说故事。他觉得他有点像妈妈了，大家都得听他的。

先生也不很喜欢他，因为他自己的主意太多。爱听的，他便极留心听，他能回讲得极好，如司马光击瓮救小孩，如文彦博灌水取球，如两个青蛙对话。他不爱听的，完全马马虎虎，问他什么他不知道什么。先生教算数，他在石板上画小人；他不爱算数。先生不爱这路孩子，先生愿意学生老爱听他讲，不论讲什么。先生不愿意孩子们大声的笑，除非在操场上。天赐既不能参加游戏，人家越笑他越委屈，所以他有时候在讲堂上笑起来，比如他忽然想起一件可笑的事。他一笑，招得大家唧咕起来——在教室里至多只能唧咕，老师就永远不大笑而唧咕——于是秩序大乱，而天赐被罚，面壁十分钟。他越来越讨厌老师的扁脸，而老师也似乎越来越不爱他的扁脑袋。老师要是有意和孩子过不去还是真气得慌，有时候他被天赐气得吃不下去饭。可是天赐不是有心气老师，他以为老师应当多说些故事，少上点算数，而且脸别那么扁。这孩子对什么都有个主张；你越不顺着他，他就越坚决。只有罚站的时候，他没了主张。大家都坐着，只有他独自向壁，这不大好受。在这个工夫，他马马虎虎了，拉倒吧，就站站会儿去，向墙角吐吐舌头。

这种学校生活叫他越来越“皮”。他得不到别人的善遇，于是他对人也不甚讲交情。他会扯谎，他会在相当的时机报仇，他会马马虎虎假装喊着国文，而心里想着别的事。他也学会了唧咕，用舌头顶住腮，用眼睛笑。

只有和四虎子在一块，他还很真诚，把国文上的故事说给四虎子听，说得有声有色，而且附带着表演：“你等等，我给你比方比方。”把击瓮救小孩的故事说到半截，他跑了。一会儿又回来了，袋里装着一块小砖，手里拿着个玻璃杯，杯里满盛着水。把一个粉笔头放在水内：“这是小孩，噗咚，掉在水里，喊哪，救人哪——喝，我听见了，我就是司马光。来了，不要紧；看着！”掏出砖头，拍！杯碎了，把粉笔头救了出来。“明白了没有？”

“玻璃杯可是碎了呢？”四虎子说。

“哟！”

商议了半天，还是得跟爸要钱赔上一个杯子。

“可是比方得真好！”四虎子诚心的欣赏这个表演：“这件事也体面！”

“哼！老师不叫我细说！我一说噗咚，他就问，书上哪有噗咚？臭老师！”天赐出了口恶气。

十三　领文凭去

到了三年级，天赐上学的火劲不那么旺了。上也好，不上也好，他学会了告假。有点头疼，或下点雨，算了，不去了。在家一天也另有种滋味。

所以使他松懈的原因是学校里的一切都没有准稿子，今天这样，明天那样，他的心力没法集中，所以越来越马虎。这个学校是试验的，什么都是试验。以主任说，一年就不定换上几个，每一个主任到职任事总有个新办法，昨天先生说上课时要排好，今天新主任来了说上课要赶快跑进去。这个主任注重手工，那个主任注重音乐，还有位主任对大家训话说，什么都是那回事，瞎混吧。有时候试行复式制，两三班在一块，谁也不知干什么好。有时候试验分组法，按着天资分组，可是刚分好组又不算了。主任的政策不同，先生们的教法也不一样。一年换一位先生是照例的事，而一年换三四位先生也常有。一位先生一个脾气，一个办法，有的说书包得挂在身旁，有的叫把它背在身后。天赐有一回把书包顶在头上也并没有人管。书也常换，念书的调子也常改。都是试验。先生与学生的感情也不一样，这位先生爱这几个小孩，过了两天，那位先生爱那几个小孩，好坏并没有什么标准。先生的本领也不一样，而一样的发威，有的先生天生的哑嗓而教音乐，他唱得比压着脖子的虾蟆还难听，可是不准学生笑。有的肥得像猪而教游戏，还嫌学生跑得不快，他自己可始终不动。有的一脖子黑泥给学生讲清洁，有的一天发困给学生讲业精于勤。

天赐不知道怎样才好，于是只好马马虎虎。每逢到了暑假前就更热闹了，一大批师范生来实习，一点钟换一位先生。大家哪里还顾得念书，专等给先生们起外号了。实习生有的由老远就瞪着眼来了，到了讲台上，没等学生坐好，就高声喊起来，连教育原理带心理学全给学生说了，直说一点钟。有的一上台就哆嗦，好像吃了烟袋油子的壁虎，一句一个“鄙人”。大家不敢笑，级任先生在一旁看着呢。等大家实习完了，学生也明白先生们才二五眼呢。

还有呢，哪位先生都要学生尊敬，可是先生们自己彼此对骂：张先生在课室上告诉学生，李先生缺德；李先生说张先生苟事。等到先生们有运动作主任的时候，那就特别的热闹：学生们得照着先生编好的标语写在纸条上，学生得回家告诉家长拥护王先生或是赵先生。一年说不定有这么几回，每回学生都无须上课一两个星期。学生们也不晓得到底谁好谁坏。一切都在忙乱复杂中，谁也摸不清是怎回事。只有一件事是固定的，就是学生用费越来越高，而学生也越来越多。“费”的名目很多：园艺费，游戏费，旅行费，演讲会费，手工费……费越高学生越多。云城是个买卖城，赚几个钱的商人都想把儿子造就起来，由商而官以便增光耀祖；花钱多的学校必是好学校，所以都争着上这里来。学校呢，得表现成绩以增高信用。除了先生们捣乱，就是开会，开会就又收费。运动会，恳亲会，游艺会，毕业会，展览会，每年必照例的举行。他们的会确是比别处的好，制服齐，学生脸上有肉，花样离奇。这是学生家里老太太小媳妇来玩一天的好机会，她们非常佩服那些先生，特别是自己的小孩参加一项或两项运动或游艺——那点“费”没白花！小六儿会表演“公鸡打鸣”，二狗子居然用三个指头行礼，当童子军！开会前后，没人再看课程表，画图的一天画图，作手工的一天作手工，一个好手儿给大家画，老师作的也写上学生名字，作文是改好了再抄，谁的字好谁抄。天赐没事。运动没他，他的腿不跟劲。游艺没他，他的脸不体面。他会说故事，可是一到台上他就发慌，他不会像别人那样装腔作势。什么也没他，他只和一些“无业游民”随便打转，或在课室温课，赶到回到家中，他给四虎子表演，很能叫好，可是在学校里他没有地位。他慢慢习惯下来，也就满不在意了。他的鼻子卷着，轻视一切，正像个学油子：凡事不大关心，也不往前抢，他混。

学校里的会不能不开，学校外的不能不去。提倡国货，提倡国术，提倡国医，提倡国语，都得是小学生提倡。他们提灯，他们跑路，他们喊口号，他们打旗，他们不知道是怎回事。天赐不喜欢参加这些个会，因为他的腿受不了。可是他必得去。人家那长得体面的，或手工图画好的，可以不去；老师们对运动会游艺会等的台柱子特别加意保护；学校外的会是天赐们的事，不去就开除的。他不明白为什么他必得去，去挨挤受冷受热和跑腿。他愿意安安静静的说个或听个故事，可是他必得上那人喊马叫的地方去挤，把灯笼挤碎，纸旗刮飞，嗓子喊干，算是完事。这些会比学校里的还难堪：学校开会，他可以逍遥无事，到图书馆中尽兴的看图画故事，叫他的心里丰富。学校外的会，除了跑酸了腿与跑成土猴，别无作用。

在这种忙乱纷扰中，他平日所要反抗的那些妈妈规矩倒变成可爱的了。他自幼就不爱洗脸，可是经过这么长久的训练他不喜欢自己变成土猴。他嫌妈妈禁止他高声说笑，可是在街上呐喊使他更厌恶。他不愿在家里受拘束，在街上的纷乱中叫他爱秩序。家庭的拘束使他寂苦，街市上聚会的叫嚣也使他茫然。他不知怎样好，他只觉得寂寞，还得马马虎虎，只有马马虎虎能对付着过去一天。他不再想刨根问底的追问，该去的就去，提灯就提灯，打旗就打旗，全都无所谓。

对于同学们，他也是这样，爱玩就玩，不玩就拉倒。有欺侮他的，他要找个机会报复；不能报复的，他会想出许多不能实行的报复计划。他们专爱叫他：拐子腿，扁脑杓！他也去细找他们的特点，拿搧风耳，歪鼻子等作抵抗；不易找到的时候，他只好应用，“拐子腿是你爸爸！”他们今天给你一张手工纸，明天就和你讨要，或是昨天托你给保存着一张小画，而今天说你抢人家的东西。他明白了界限，谁的东西是谁的；不要动别人的，也不许别人动自己的。可是把别人的东西弄坏一点，假如没有多大危险，如给帽子上扔把土，或把书摔在地上，是可以作的。大家都以弄脏别人的东西为荣，谁的爸爸更阔，谁便更敢这么作：“赔你！赔你！”是他们最得意的口号。那些大学生更了不得，腕上有手表，脚上穿着皮鞋，胸前挂着水笔，他们非常的轻看教员，而教员也不敢惹他们。天赐没有这些东西，妈妈不准小孩子这样奢侈。他很羡慕他们，再也看不起砖头瓦块什么的，这使四虎子很伤心。四虎子一辈子没有想到手表有什么用处，而天赐常和他抱怨：“人家都阔阔的，手上有表！”

况且那些有表的学生可以随便上先生们屋里去，随便和先生们说笑，而天赐永没有和先生们说过亲密的话，先生也不拉他的手，也不拍他的脑袋。自然他也会不稀罕这些，可是鼻子终归得卷起很高才能保持自己的尊严。

羡妒和轻视是天然的一对儿。他忌恨人家有手表，同时他看不起老黑的孩子们了。他渴望与他们玩玩，可是机会到了，他又不能跟他们在一块了。原先，他爱他们的自由，赤足，与油黑的脊背；现在，他以为他们是野，脏，没意思。他们身上有味，鼻垢抹成蝴蝶，会骂人；而他是附属小学的学生。他不再珍贵他们那些野经验。他知道的事，他们不知道。他们去捉蜻蜓，掏蟋蟀；他会拿钱买蜻蜓与蟋蟀。

钱花的多，就买到更大更能咬的蟋蟀。他的同学谁没有几个蟋蟀罐儿，谁稀罕自己捉来的“老米嘴”与“梆儿头”？他不能再和他们在一块儿跑，他穿着雪白制服，他们光着腿，万一被同学看见呢？万一被先生看见呢？他们还捉苍蝇玩呢！先生不是说过，苍蝇能传染病？他们捉到小猫小狗，说不定就给剥了皮；先生不是说，得爱惜动物么？他心里真愿意弄死个小动物，可是他得装出慈善，他是学生！他什么也不真知道，可是他有不少的道理：由先生与同学得来的。这些道理是绝对没错的。由家里带一块点心到学校去吃是“寒蠢”。在学校里买才是真理。看着老黑的孩子们啃老玉米，他硬咽唾沫，也不肯接过来吃，他们不懂卫生！在学校里，比上那些有手表的，他藐小得很，比上老黑的儿女们，他觉出他是了不得的。

到了快毕业，他更觉得不凡。八棱脑袋的，据说，还得留级；别人都可以毕业，得文凭。天赐知道毕业不是什么难事，他准明白：这四年就那么晃晃悠悠的过去了，他并没有什么出奇的地方。可是比起八棱脑袋的来，他觉得到底他是心中有点玩艺；八棱脑袋的算数才得了五分！老师说了：八棱脑袋的设若得十分，就也准他毕业，他偏偏弄了个五分。天赐得了四十五分呢！况且国文是七十五分！豆细工，他拾了别人不要的一个，也得了六十分！他一定可以毕业。

连妈妈都尊敬他了，快毕业的学生！他得要一双皮鞋，一管带卡子的铁杆铅笔，一转就出铅，一盒十二色！妈妈都答应了。妈妈得去看毕业会；爸也得去！叫爸穿上绸子大褂。“爸毕过业吗？”他问妈妈。妈妈不能不说实话：“爸没有上过学校。”天赐有点看不起爸了：“爸的国文没得过分数！”他点头咂嘴的，带着小学毕业生——特别是云城的——那种贫样。

他就是不敢惹四虎子。一来因为他俩平日的感情，二来因为四虎子拿着他的短处。

“咱哥俩问你，”他还用着几年前的言语，“上海在哪儿？”

“上海？离天津不远！”

“你不知道，结了，完了！”

“不知道又怎样呢？”四虎子反攻。

“等我拿国文去，”天赐转了弯。

“没人爱看你的臭国文！我问你，下雨的时候，谁把你背回来？说！”

“咱哥俩呀！”天赐折溜子，知道下大雨要没人背着是危险的。

“结了，完了，”四虎子故意的学着敌人的用语。“少跟我耍刺儿；不高兴，背着背着一撒手，扔在河里喂了王八，我才不管什么毕业不毕业！上海在哪儿喽，瞎扯臊！”

“那反正，反正，结了！”天赐窝了回去。

“别长习气，蒜大的孩子！”

“你才是蒜，独头蒜，蒜苗！”

“去，一边去，不用理我！”

“偏理你！”天赐过去抓四虎子的痒痒肉，四虎子也不笑。天赐没脸，可是知道四虎子没真生气，也心中承认自己是有点装蒜。他从此不再对四虎子施展学问，表示身分。他得真诚的拿四虎子当作朋友。四虎子晓得他的一切。

真毕业了。开毕业会这天，天赐极兴奋。穿上了新皮鞋，胸袋上卡住了一转就出铅的笔。走路很用力，为是增高皮鞋的响声；可惜拐子脚，两脚尖常往一块碰，把鞋尖的皮子碰毛了两小块。一边催妈，一边催爸，去看会。他没觉到学校给了他什么，可是他今天特别的爱学校，学校今天给他文凭——连爸都没得过！四虎子在门口又向他吐了吐舌头。

同班的学友也都打扮的很整齐，差不多都穿着皮鞋，彼此听着皮底子的响声。八棱脑袋的虽然又留级，也穿上皮鞋，看别人毕业仿佛是他的最大快乐。级长——一个小白胖子——拿着张纸，看看，嘴里咕唧咕唧，又看看，又仰头咕唧，脸上一红一白的；他预备“答词”呢。天赐领着妈爸去看成绩。爸看见他的作文——七十五分。

“写的还可以？”妈低声的问。

“不错。”爸心里计算着：“七十五分，七钱五，差不多就是一两：比一块现洋还重点呢！”

天赐没敢指出他的豆细工来，虽然也得了六十分，可是不是他自己作的，他觉着有点亏心。他找算数卷子，没有找到，大概六十分以下的都没陈列出来，他很感谢先生们。学友们也都领着家长看成绩。家长们摇着扇子，慢慢的看，“还好！”点点头；卷子拿倒了，学生忙过去矫正。学生的态度也非常的自在，指指这，看看那，偷着往嘴里送个糖豆，顶在腮部，等泡湿了再嚼，以免出声。

开会了。毕业生坐在前面，家长在后边。台上是商会会长，师范校长，和其他的重要人物。先生们坐在台下左右，倒好像学生是商会会长教出来的。

国歌校歌都唱得很齐，还向国旗鞠躬。牛老者本来把草帽已摘下来，见别人戴着帽鞠躬，他又赶紧戴上了。老太太们还没立利落，人家已经鞠完了躬，只好再坐下。抱着小孩的根本立不起来，孩子被前边的人影壁挡住，什么也看不见了，急得哭起来。好几位邻居的老太太帮着劝慰，才住了声。再看台上，附小主任报告呢。主任穿着洋服，说一句话向上翻一下眼，报告了有四十分钟，大意是这些毕业生都是将来国家的栋梁；可是毕业只是学程上的一段落，学问是无穷的……他坐下，师范校长立起来。他说话声音很细小，好似不大耐烦和小学生们说话。可是也说了三十分钟：学业是永不休止，毕业不过是一段落……该商会会长了。鼓掌特别的激烈。会长说着惊人的四书句儿与国文上的名词："学然后知不足，不论是银行的经理，还是古圣先贤，都是这样的。不论在水陆码头，还是商埠，也是这样的。活到老，学到老。诸位是将来的知县，将来的经理，可是得知道，学然后知不足。学是如此，个人的财产也是如此，有一万的可以赚五千；有一万五的赚八千；凑到一块就是两万多！"台下鼓掌如雷，连小孩子们都精神起来，会长趁着机会转了弯："礼义廉耻，国之四维！凡事要拿圣贤的道理作准，圣人的道理就好比商会定的规矩！……"他一共说了四十多分钟。

天赐听着，吃着糖豆。屋里的空气越来越闷，他的眼慢慢的闭上了，牙自动的嚼着糖豆。商会会长下面还有五六位演说的，他都没听见。忽然听见一声："牛天赐！"胁部挨了一肘，他醒过来："我没吃糖豆！"

"拿文凭去！"

十四　桃园结义

天赐入了高小。只隔了一个暑假，他的地位可是高多了。他可以不大答理初小那些小鬼了，学校里的一切，他都熟习。他和有手表的们是肩膀一边儿齐了。老师虽是熟人，可是一上课就说给他们——现在是大学生了，不要再叫先生张心，大家须知自重。听了这番话，天赐细看自己，确是身量高了，而且穿着皮鞋！他得知道自重。又赶上这位老师对大家都很好，谁有什么长处他都看得出，他说天赐有思想。这使天赐的脸红起来，脚也发飘。他决定好好的用功。回讲的时候，他充分的运用着想象与种种名词，虽然不都正确与有用，可是连老师带同学都承认了他的口才与思想。他常到图书馆去借小故事书，他成了全班中的故事大王，于是也就交下几位朋友。

这些朋友可是真朋友了，吃喝不分，彼此可以到家中去，而且是照着“桃园三结义”的图拜过盟兄弟的。一共是五个人，天赐是老三。他很喜欢被叫作“老三”，想象着自己是张飞。大爷的爸爸是在县衙门里作官。天赐去给大哥请安，看到了官宦人家的派头并不和妈妈所形容的一样。大哥的家中非常的脏，乱；使他想不出怎么大哥的制服能老那么白。大哥的妈一天到晚吸着香烟，打着小牌，瓜子皮儿盖满了地。天赐不喜欢脏乱，可是也不敢否认这种生活的正当，因为大哥的妈到底是官儿太太，而大哥自己将来也会作官的。不论怎么说吧，盟兄弟们来往得很亲密，彼此也说着家事。大哥的爸仗着“活钱”进的多，所以妈妈有钱打牌。二哥的爸是当铺的掌柜，所以二哥的身上老有樟脑味儿。天赐也得告诉人家。他开始和妈打听：爸有几个买卖，多少所房子，多少钱。他把妈妈说的都加上一倍：爸有十来个铺子，十来所房子，钱是数不过来的；他想象着曾和爸数过一天一夜的钱，连四虎子也帮着，都没数过来！他也就这样的告诉了他们，虽然觉得有点不诚实，可是怪舒服。他把兄弟们“虎”住了。他们自然也不落后，他的爸越阔，他们的爸也越了不得。大哥的爸甚至于一夜赢了一千多块！这时候大家的想象都在钱上，而且要实际表现出来，大哥今天请大家吃糖；明天，二哥争先的应许大家，他请吃瓦片，每人五块！

可是，不到两个月的工夫，大家都觉得这有点讨厌了。大哥也不怎么看着二爷很不顺眼。恰巧这个时候，二哥告诉四弟：“你可别说呀！昨个，大哥的妈上我们铺子当了一个表，而且并不是好表！你可别说呀！”四弟本想别说，可是心中痒痒，于是告诉了大哥。大哥和二哥开了打，把以前彼此请客的互惠都翻腾出来：“谁他妈的吃了人家口香糖？”“对！也不是谁他妈的要人家的手工纸！”

天赐看不过眼去，想为两位盟兄说和，可是二位兄长都看他更讨厌：“你是干什么的？拐着腿！”

于是兄弟五人都“吹”了，手心上一口气，他妈的“吹！”“吹？那是！彼此谁再理谁是孙子！”

兄弟五人吹过，开始合纵连横另组织联盟，以便互相抵制。先生们也有在暗中操纵的，使某某几个人联合，以先生为盟主。家长们听说儿子与谁吹了，又与谁合了，也愿参加意见：“不用跟沈定好，他家卖米，咱们也卖米，世仇！听见没有？”天赐在这种党争里，充分的运动着想象：和谁合起来，足以打倒谁。他按照着“木羊阵”等的布阵法设下毒计，怎用翻板暗箭，哪里该设下消息埋伏，又怎样夜走荒郊，探听消息。他想到的比作到的多，可是他自己觉着作了不少；有时候想到便是作到了。他想到去探听谁和谁又有新的结合，他心里便作成一个报告：他和他在操场埋下炸弹，或是他请了他摆下天门大阵。这使他自己很恐慌，也有头有尾的告诉别人，于是班中的空气时时紧张起来，而先生骂他“瞎扯！”他也学会怎样估量人的价值：班上有几个永不得志的人，屈死鬼似的永远随着人家屁股后头；他们没有什么可说，说了也没人听。他们永远当“下手”，因为他们的爸爸不高明。谁的爸爸钱少，谁就得往后站。天赐的想象中永远不为他们摆阵设埋伏。

可是，不久他又变了主张。他开始自己读《施公案》，不专由四虎子那里听了。他学会了“锄霸安良，行侠作义”。这更足以使他的想象活动。一个人自己有钱，偏要帮助那穷苦的，这是善心。善心可远不如武艺的更有趣味：一把刀，甩头一子，飞毛腿！一个人有这等本领，随便把自己认为是坏人的杀了，用血在墙上题诗！他觉得班友的合纵连横没意思了；杀几个，或至少削下几个鼻子来，才有价值。但是，他没多大希望，他的腿成不了飞毛腿！纪妈已经封就了他：“你呀，属啄木鸟的，嘴强身子弱！”学校里有武术，他只能摆摆太极，两手乱画圈儿；打个飞脚，劈个叉，没他。武术先生说了：曾经保过镖，一把单刀，走南闯北，和“南霸天”比过武。“南霸天”一刀剁来，他一闪身，飞起左脚把刀踢飞！武术先生的确可以行侠作义，看那两条腿！天赐只能在想象中自慰，他想用软功夫，用太极行侠作义：见了恶霸，一刀剁来，他右手一画圈，腿往后坐，刀落了空，而后腿往前躬，依着恶霸的力量用力，一声不响把他挤在墙角，动不了身。是的，太极也行，自己的腿不快，软倒还软！他想好不少套招数，而且颇想试试。顶好是拿八棱脑袋的试手，八棱脑袋的天生的没劲。他右手一画圈，八棱脑袋的给他左脸一个嘴巴。天赐假装笑着，还往后坐腿："你打着了我不是？我是没防备，我这儿练往下坐腿呢！你坐坐试试，能坐这么矮？"八棱脑袋的果然坐不了那么矮，可是天赐脸上直发烧。完了，太极也不中用，他只能在嘴皮子上行侠作义了。他很爱念念小说，甚至结结巴巴的，连蒙带唬的，念《三国志演义》。四虎子不能再给他说，他反倒给四虎子说了。最得意的是妈妈有时候高兴，叫他给念一两段《二度梅》。他的嗓音很尖，用着全身的力量念，有不认识的字也没关系，他会极快的想怎合适怎念。念得满头是汗，妈妈给他一个果子："明儿再念吧，天赐。"

年假后开学，天赐读小说的机会更多了。来了两个插班生，其中有一个就是昔年曾与他玩过而被妈妈拉走的那个小秃，现在是叫陆本善。他们是亲戚。学友因合纵连横的关系，彼此侦探家中的情形，而这位亲戚便依着他妈妈的心意把天赐叫作"私孩子"。这三个神秘而又卑贱的字使大家心跳，都用另一种眼神细细重新审定天赐："拐子腿，私孩子是拐子腿的！或者扁脑杓是私孩子的记号？""私孩子"在大家的嘴唇上嘶嘶的磨着，眼睛都溜着天赐，没有人再和他亲近，没有人再约他到家中去玩，没有人再听他的故事。学校，对于天赐，成了一个绝大的冰窖。他们远远的看着他，嘀咕，窃笑。继而看他并不咬人，他们大着胆子挨近他来，碰他一下，赶紧又走开："哟，私孩子身上也有肉，我的乖乖！"他们碰他，挤他，绊他的腿，瞪他，向他吐舌头。天赐恍忽的想起先前自己在家里捏棉花的情形，没有人跟他玩。不过，那时候没有人讥诮他，现在一天看着别人挤眼。他可以忍受孤寂，但是受不了嘲弄。他不晓得到底什么是私孩子。有时候逼急了，他想用武力解决，可是他干不过他们。他的泪常在眼圈里转。

"妈！妈！他们叫我私孩子！"他想妈妈必能给他出气。

可是妈妈没有什么表示，只极冷静的说："甭理他们！"

他向四虎子要主意，四虎子主张："跟他们干，我帮助你，单个的钓出城去，揍！"

天赐很满意这个办法，可是事实上作不到。"我告两天假吧？"他提议。

"你一告假，他们就更欺侮你，"四虎子说："去，天天上学，看他们把你怎样了？太爷不含忽！"

天赐确是有点怕他们了，可是四虎子壮起他的气来，他会消极的抵抗，自幼他就会。他拿准了时间，约摸着快上堂了，他才到。上课的时候他低着头听讲，下课后他独自嚼点什么，仰脸看天。图书馆是他的避难所，要不然就回家来。他就不想交朋友了。念小说，温功课，他觉得出自己的功课有了进步，虽然心里很堵得慌。他会想象，独自个会在心中制造出热闹的世界来。他的心比身强。

只有礼拜天是快活的。爸和妈大概有了什么协定，爸每到礼拜总张罗带他出去玩，而妈并不拦阻。在爸的左右，他忘了想象与计算，爸对什么都马马虎虎。他们爷儿俩在城外，或在戏园，会无忧无虑的发笑。可是赶到在回家的路上，天赐心中的黑影又回来了，他愿和爸谈心。爸在这种时节，能给他一些无心说而有心听的激刺。"管他们呢，"爸会说："管他们呢！一个人自要成了事，连狗都向你摆尾巴。我一辈子马马虎虎，也有好处。你说是不是？"这会儿爸变成极体面而有智慧的人。天赐又想象了：一旦自己成了大事，别人，哼，对我递嘻和[①]，我也不答理！他试着把自己比作赵子龙，秦琼，和黄天霸。不，他得是张良，或是朱光祖。他还得上学去，故意的气他们。谁也不理。他匀出点心钱，买了把用洋火当子弹的小手枪。手枪在袋里，

① 递嘻和，递，送；嘻和，笑语。即向人笑脸说话，有致歉、赔罪的意思。

手按着枪柄，看谁不顺眼，心里就向他瞄准，而口中低声的：訇！又死了一个！

到了暑假，他考得很好。翻着小眼，他看着同学们。他们的嘴撇得更大了。他们不甘心在私孩子的后面，老师设若愿意干的话，得把天赐降到十名以外；不然的话，他们就退学。他们见了主任。主任嘱咐先生把天赐降到第十五名，原来他本是第四名。胜利是他们的；主任觉得这样办非常的公道，一个被大家看不上的学生当然不能列在前几名的。老师可是同情于天赐，但是他没办法，他不能得罪别的学生；附小向来有这个规矩——榜示的名次是可以随意编排的。

天赐哭了。他决定不再上这个学校来。可是妈妈不答应："偏去！偏去！看他们把你怎样的了！你要是不去，那可就栽到了底！咱们还怕他们？你等着，我找主任去，我不把他的学校拆平了！"牛老太太是说得出行得出的。她可以去找商会会长，她在县衙门也有人，她连师范校长都能设法打通。她不能受这个！

天赐见妈妈急了，他反倒软下来。他取了爸的态度。他不愿妈去捣乱；想象使他热烈，也有时使他惧怕，他想象到妈妈打主任几个嘴巴！他还上学就是了；好在隔着一个暑假呢。

暑假里没有同学来找他。他又想起老黑的孩子们来。到底是这些孩子可爱，他们不笑话谁，不挑拨事，他们只知道玩耍。他找了他们去。他们——一共五个，最大的是个姑娘，有十四岁了——同他出城去玩，一天有事情作，没有工夫瞎扯与冒坏。他特别爱这个黑姑娘。她有顶黑的眼珠，黄黄的头发。她现在已不赤背，可是到城外还扒下袜子。那四个男孩完全受她的指挥，他们管她叫"蜜蜂"。

云城的北门外有一道小河，河身不深，水很清，水草随着水溜流着绿叶。河心还浮着金与银的小睡莲，圆叶像碧玉的碟儿。两岸都是杨柳，长条与蝉声织成一片绿的音乐。河边上有小鱼，短苇里藏着小水鸟，风里有各色的蜻蜓。河岸左右都是田地。“蜜蜂”领着他们在河岸上玩，不用带着玩具，动物植物都供给他们一些玩的材料。他们知道什么苍蝇最好钓什么样的蛙，什么树上有长犄角的“花牛”，什么样的蜻蜓是最好的“招子”。天赐跟着他们，忘了学校里的一切，他非常的快乐。他也不嫌他们脏了，他们并不脏，至少是他们的脚，一天不知在水里浸多少次。他们会用裤子作成水骆驼，在河里骑着。那凉凉的水，柳树下的不很热的花树影；脚在水里，花树影在脊背上，使他痛快得大声的喊叫。他们也喊。于是他与“蜜蜂”各领一军作水战。他的想象与设计，使“蜜蜂”佩服他的战略，他也佩服她的勇敢。

他舍不得离开他们，他们也拉着他不放，非到他们家去吃饭不可。他去了。老黑没有理会他，直到快吃完了，才问“蜜蜂”，怎么多了一个孩儿？哎呀，原来是福官来了！你看大家这个笑！

十五　天罗地网

第二学年的开始，天赐不打算再上学。妈妈有点犯喘，说是被他气的。他不敢再别扭，他不肯把妈妈气病了。入学之后，大家对他不像先前那么坏了，因为大家的注意已移到一两个新学生的身上。有一个新学生的姐姐，据说，叫作“大美人”。师范和中学的学生在课后常往那条街上跑，去看“大美人”。他们管“大美人”的弟弟叫作“二美人”。二美人长得很俊秀，头发被油沤的像洋磁盆那么亮。他很老实。大家摸他的脸蛋，抹他头上的油而深呼吸的闻着，抢他的手绢。他不反抗，只在教员休息室门口立着，好避免大家的进攻。天赐讨厌他们的这种行动，可是敢怒而不敢发作。他知道，设若公开的护着二美人，大家一定会把他和二美人放在一类。他心中很难过，可是为自己的利益他不敢主持公道。要动同情心的时候他得马马虎虎，他得冷静。在作文的时候，他有一次把他的愤怒发泄出来一些——他的文字只能说出心中所要说的十分之一。可是先生给他批上：“不平之鸣非小学生所宜发；和平实养天机。”先生对于大家欺侮二美人也不管不问，似乎那是该当的。这个，使天赐又想起来行侠作义，他真希望半夜里取下他们的人头，而后留下一张小纸，印着一朵梅花。他花了十个铜子刻了一个小木头戳子——一朵梅。

学校又起了风潮。主任被撤职，教员们拒绝新主任。旧主任本来和学生们没有多少接触，更提不到彼此有什么感情。可是经先生们在教室里一演说，学生们全动了心，甚至于落了泪。先生们说：主任家里有十个买卖，家里的人有五六个作官的，他本人原来就不爱干这个穷事，可是他为教育，为学生而牺牲，放着知县都不作，而来作主任。这样的人不应当拥护么？再看新主任吧，一个穷光蛋，父亲是个木匠，木匠！

没有说完，大家已经决定了，附小绝对不能要木匠的儿子来作主任！谁的爸爸也比木匠高，甚至于二美人的爸爸也比木匠高。云城里，木匠是没有地位的。拥护主任，主任要是走了，太阳就没法再出来了。学生家长一律气炸了肺，什么？木匠的儿子？太好了，再等两天，打扫茅厕的还作主任呢！绝对不行！

课不上了，标语写了两刀多纸：誓死反对小木匠；拥护革命的主任……课虽不上，大家可是都得上学。全体童子军一律拿木棍当纠察。有不来的便是走狗；打倒小木匠的走狗！其余的学生分为文牍股，庶务股，交际股，宣传股，会计股，侦探股，卫生股，交通股，八大股。一年级的小学生也分在各股服务。天赐被分在侦探股。这股的办事细则还没拟好，不过主要的工作已派定：校里校外探听消息，随时报告给先生们。股员有四十多人，有在厕所里巡逻的，看见有人去挤尿便得报告，而一二年级的小学生这两天因为没事可干，常常去挤点尿解闷，于是被报告的不少。天赐看不起这种工作，可是这紧张的空气激动了他的想象，他想到些别人没想到的危险与阴谋。他专在主任室外巡视，生怕房脊上偷爬着穿夜行衣靠的来行刺。越看那个屋脊，这越有可能。他偷偷的去裁了些小纸，印上一朵梅的暗号，并题上“狗主任，一刀一个不留情！”主任室门上，教员休息室内一带等处，都贴了一张。然后他拿着一张去报告：“报告，有行刺的！”先生到各处一找“无名帖”，全学校的脸色全变白了。天赐立刻成了英雄。大家争着问他：“你是看见了吗？”天赐的薄唇用力缩紧，一字一字的往外爆：“主任的房脊上，俩背单刀的！”一个传十，十个传百，没有半天的工夫，已经成为“牛天赐说的：他看见十个背单刀的！”听说的唯恐不确，必须亲自来问：“你是看见十个背单刀的吗？”天赐不便否认，“还许是十一个呢，跑得太快，都是飞毛腿，不容易数，准得是十一个！”天赐的名誉恢复了，他一点也不能是私孩子了，谁也没这么说过；他是朱光祖了。主任亲派他为侦探股副主任。连主任上厕所都有十个纠察随着，怕那里有行刺的。天赐向来没呼吸过这么甜的气，他并没把副主任搁在心上，而所喜的是他可以随便运用想象，想象出来的不但使别人惊恐，连自己也害怕。他会由闹着玩而渐变为郑重其事的干，他觉得真有刺客埋伏着了。他向先生们建议：得把武术先生请来教给大家打镖。这又是独到的，谁也没想起武术教员来——教员们平日是不大看起他的。教员们也都佩服了牛天赐。

正在这个当儿，真正严重的消息来了：新主任已跟县里接洽好，要带二十名保安队来武装接收！大家向武术教员要主意，他说他一个人能打四十个小伙子。他是铁布衫，朱砂掌，刀枪不入。可是待了一会儿，他偷偷的溜了。他一溜，大家更恐慌了。开了全体大会，一年级的小学生吓得直尿裤子，当时由卫生股去相机处理。自然教员出了好主意：门口安电网。初级的学生暂放三天假。高级的全得带武器来，在电网后堵防。学生登时都回了家去拿兵器，有的就没敢回来。天赐非常的热烈，他管电网叫作天罗地网，这必会拿住几个妖精。他把旧竹板刀找出来，没告诉妈妈，偷偷又回了学校。校门上果然安上了铁丝，可是还没有通上电。天赐抱着竹板刀，在大门内站着，他的眼光四射，薄嘴唇咬着，一心等着厮杀，他十分的真诚。门口来往的人都向大门上细看：电网！电网！这回可有个热闹！这叫天赐的心跳得更快，他是行侠作义的真黄天霸了。到了下午两点，高级生虽只回来一半，可是不能再等了。大门关上，通了电流，天赐听着门外的声音，好像隐隐有天兵天将呐喊！

等到四点不见动静，天赐不耐烦了。散了吧，歇会儿去，他来了爸的劲儿。他上了教员休息室，他是副主任。随便拿起先生们用的茶碗喝了一碗，气魄极浑厚。找了个座儿坐下，把刀顺在腿旁。身子一累，脑子便迟钝，他就想睡觉。他闭上了眼。约摸着有四点半钟吧，他被人唤醒。眼前站着两个保安队！"叫什么？"

"牛天赐，"天赐莫名其妙。

"干什么的？"一个问，一个往小本上写。

"侦探股副主任！"

"副主任，哎？"保安队打量了天赐一下，笑了。"走，回家去！"

"我这儿服务呢！"天赐还不肯走。

"去你的吧，小孩子！"保安队扯着他的肩膀，往外一搡。

到了院中，天赐的心凉了，各处都把上了保安队。原来新主任知道大门有电网，由后面登梯子跳墙进来了。他只好回家吧，虽然很后悔没能厮杀一阵。

过了两天，他到学校去看一眼。门外的标语已经换了："欢迎有革命精神的 × 主任！""打倒帝国主义走狗的 × 主任！"他认识这个笔迹，他的级任先生写的。大门的旁边贴着张布告："……牛天赐……等十名，应即开除！"

天赐糊涂了，这是什么把戏呢？再看，不错是他被开除了。他不敢进去质问，门口有个保安队站着，带着枪！

他极慢的走回家去，不敢去告诉妈妈，妈妈这几天不大舒服。可是不能不告诉，这不是丢了一管铅笔什么的那种事。怎么告诉呢？他思前想后，越想越糊涂。不必想了，先看看妈妈去，假若正赶上妈妈喜欢呢，就告诉她。他假装没事人似的进了妈妈的屋中。他的眼神与气色把他自己卖了，妈妈看得出来："福官，学校怎么着了？"

天赐想笑，没笑出来。一个小学生最大的羞辱恐怕就是开除吧？"没，没——"他结巴起来。

"怎么了？福官！"妈妈的神气有点可怕。

"开，开除了！"天赐的头扭在一边。

"谁？你？"

"我！"

妈妈半天没说出话来。养起个官样的儿子，就这样呀！十几年的心血，白费！天赐被人家开除了！但是妈妈必须知道个水落石出，为什么开除呢？

天赐说不上来。

妈妈得到学校去问。为减少对于儿子的失望，妈妈希望这是学校当局的错误。她得去问。假若真是学校不对，她不能这么善罢甘休；她在云城有个名姓！

天赐怕妈妈去，她的身体不大好。可是又希望她去。问个明白。

"走！跟我去！"妈妈很坚决。

天赐知道妈妈的脾气，不敢不去。多么难堪！妈妈去和先生吵嘴；还能不吵嘴吗？平日最应尊敬的不是妈妈与先生么？看着他们吵嘴！他的手哆嗦了。

牛老太太拉着天赐，极官样尊傲的往校门里走。天赐要钻到地里去才好。他受不了这种争斗。他好玩，也可以不玩；玩的时候运用着想象，不玩的时候便马马虎虎；他怕妈妈这种郑重的实际的攻伐。保安警察拦住了他们。

"牛天赐的母亲牛老太太见你们主任！"妈妈一口气而字字清楚的说。

“主任不见，”警察说，神气也够傲慢的。

“你说的？是你——说的？”妈妈的眼钉住了警察的脸，“好吧，咱们县里说去！”

警察毛了。他看了看牛老太太的穿张，开始收兵：“看看去，主任也许见。”

“也许干吗？牛老太太赏他脸才来呢，叫出他来！”

天赐觉得妈妈的手拉得更紧了些。他要佩服妈妈，可是不能，他以为这太严重了。

主任出来，把牛老太太让到接待室。

“牛老太太？”主任搓着手。三十多岁，一身洋服，上面安着个虾蟆头，说话吸着气。

“你就是跳墙过来的那个主任呀？”牛老太太眼皮扣着，手放在膝上，声音低而有力，很像位太后。“我不是来求你再收留天赐，听明白了；我来问问你，为什么开除了他？”老太太这才抬起眼皮，看着那个虾蟆头。

主任搓手，吸气，裂嘴，心中很得意：老太太并不要求收回成命，这就好办了；说话好听不好听的，没大关系。虽然如此，他可是一时想不起说什么好。再搓手，吸气，裂嘴。天赐替他很难过。

“是的，是的，”主任搓着手：“没什么，老太太请回去吧！”

“你还没说明白呢，”老太太的深眼坑里窝着点黑火：“为什么开除了他？”

“是的，教员们的主张，我刚到，不大清楚。”

“看你就露着糊涂样子吗，还清楚得了！”

主任要生气：“老太太可也别——”

“别怎样？别？老太太今天高兴来教训教训你！你，就凭你，还有什么蹦儿?！你打听去吧，我有个名姓！我要叫你安安顿顿的作主任，我不算是我妈妈养的！”老太太对于这点并没有把握，可是她知道云城的教员们是不敢惹绅商的。

果然，主任又不生气了；他就怕有家长出来捣乱。同行的捣乱好对付，家长是另一回事；在云城办教育而得罪了学生家长是满有被人推到河里去的危险。他又搓手，很像个不得主意的大苍蝇。“是的，是的，老太太请回吧！我去商议商议看，自有办法！”

“用八人大轿往回抬，我们也不在这里念了，用不着你的办法。我来问你为什么开除了天赐；你说不上来！要不是你糊涂，就是你爸爸糊涂。搁着你的，放着我的！这是怎么说的！天赐，给主任鞠躬，咱们走！”

主任只剩了吸气，可是十分的努力把老太太送到校门外：“老太太慢走！是的！”

天赐非常的难过。他想起老黑的小孩在城外钓青蛙，为贪吃一个苍蝇，蛙的腮挂在钩上，眼努出多高，腿在空中踢蹬着，可是没办法，连叫也不会叫了，任凭人家摆弄，它只鼓起肚皮。主任很像这个青蛙！他一天没吃饭。

十六　一命身亡

老太太与主任的战斗虽然不很热闹，她可是没省了力量。本来身体就不甚好，加上这一气，她到家就病了。在精神上，胜利是她的；事实上，她的高傲的办法使主任得去便宜。她这种由人格上进攻的战法，在二十年前或者还能大获全胜；主任是读书要脸面的人呀，按老规矩说。按老规矩，王朗是可以被骂死的呀。可是，现在的主任只求事情过得去：开除了，学生不要求回来，这岂不很顺手；骂几句算得了什么？老太太白费了力气，没把主任怎样了。她觉出她该死了。她一辈子站在礼义廉耻上，中等人家的规矩上，现在这些似乎已不存在了。她越想越气。

天赐很难过。妈妈为他的事气病，没想到的事。遇到实际上的问题，他不能再想象，因为眼前的事是那么真切显明，他没法再游戏似的去处置。妈妈生病，事儿太郑重，他不能再“假装”怎样了。他能假装看见学校房上有十一个背单刀的，因为那里的事不切近；妈妈是真哼哼呢，妈妈真是为他的事而生病。这里边有他！他迷了头。他着了急：为妈妈去找药，为妈妈去倒开水，他一心的希望妈妈好了。可是妈妈的病越来越沉重。他愿常问问妈妈好些没有？妈妈的身上疼，他愿说——我给轻轻捶一捶？可是，他说不出口，他在屋中打转，说不出。妈妈说他没良心，纪妈责备他不懂事。他有口难辩。在家里，在学校里，一向是生闷气的时候多；同情往往引起是非，而且孤高使他不愿逢迎。他会说故事，可是这并不能使他对人甜言蜜语的。遇到了真事，他怕。在想象里他能郑重；在真事里他不能想象，因而也不能郑重。他真愿安慰安慰妈妈，可是妈妈是真病了，怎能假装的去问呢？不假装的还有什么可说呢？

妈妈和一般的六十多岁的老人一样，有病便想到了死，而且很怕死。这倒不一定是只怕自己不吸气而去住棺材，死的难堪是因为别人还活着。死去也放心不下活着的，这使死成为不舒服的事。越到将死越觉出自己的重要，不然这辈子岂不是白活？她设若死去，她自己盘算：天赐该怎办呢？老头子由谁照应呢？那点产业由谁管理呢？……越想越觉得自己死不得，而死也就更可怕。有一分痛苦，她想着是两分，死越可怕，病势便越发仿佛特别的沉重。她夜夜差不多梦见死鬼！

在亲戚们的心中，牛老太太死在牛老头儿的前头是更有些道理的。他们惹不起她，可是她若在最后结个人缘的话，顶好是先死。他们自然没法把她弄死；她自己生病可是天随人愿，他们听说她病了都觉着心里痛快。他们拿着礼物来看她，安慰她，同时也是为看看她到底死得了死不了；设若她的气色正合乎他们所希望的，那点礼物算是没白扔了。天天有人来看她，也很细心的观察天赐。天赐直发毛咕。在他们心中，老太太要是一病不起，他们会想法叫牛家的财产落在牛家人的手里。天赐觉得他们的眼角有点不是劲儿。

牛老者给太太请了医生。医生诊了脉，说不怕；吃两剂小药就会好的。他开了二十味小药。牛老太太吃了一剂，病更重了，二十味小药没有一味有用的。又换了位医生，另开了二十味小药；这二十味大概是太有用了，拿得老太太说起胡话。

妈妈不像样儿了。在灯下，她十分的可怕。她闭着眼，嘴唇动得很快，有时出声，有时无声，自己叨念。有时她手摸着褥边："对了，你拿这二十去吧；那三十你不能动!"她睁开了眼，向四外找："走啦?拿了钱就走!早知道，少给他……"她楞起来，吧唧了两下："给我点水喝!"

天赐大着胆给了妈点水，妈咽了半口，"不是味!"天赐没了主意。他没想到妈妈会有这么一天。他和妈妈的感情不算顶好，可是妈妈到底操持着一切，妈妈是不可少的。妈叫他呢："福官，这来!"天赐挨近了妈妈。"我呀，大概不行了。把抽屉里的小白布包递给我!"天赐找到了小包，要叫声妈，可没叫出来，他的泪下来了。他没和妈这样亲密过，妈向来不和他说什么知心的话。"打开，有个小印，小图章，不是?你带着它，那是你外祖父的图章。你呀，福官，要强，读书，作个一官半职的，我在地下喜欢。你外祖作过官!老带着它，看见它就如同看见我，明白不?"

天赐说不出来什么。他想不出作官有什么意义，也顾不得想。他心中飘飘忽忽的。他看见了死。妈又说话呢，说的与他没关系。这不像妈，妈永远不乱讲话!妈又睡去，全身一点都不动，嘴张着些，有些不顺畅的呼吸声儿。越看越不像妈了，她没了规矩，没了款式，就是那么一架瘦东西。她的身上各处似乎都缩小了，看不出一点精力来。这不是会管理一切的妈妈。他不敢再看，转脸去看灯。屋中有些药味。他仿佛是在梦里。他跑去喊爸。

爸来了，屋中又换了一个样。爸的圆头大肚使灯光都明了好些。屋中有了些热气。天赐看看爸，看看妈，这一间屋中有两种潮浪，似乎是。他可怜妈那样瘦小静寂，爸也要落泪，可是爸的眼好看，活的。

妈睁开了眼，看看他们，极不放心的又闭上了，没看完的一点什么被眼皮包了进去，像埋了点不尽的意思。

妈的眼永不再睁了。

天赐哭不出声来，几年的学校训练使他不会放声的哭。他的心好像已经裂开了，可是喊不出，他裂着嘴干泣。妈妈的寿衣穿好，他不敢再看，华美的衣服和不动的身体似乎不应当凑在一处。

吊丧的人很多，可是并没有表现多少悲意，他在嘈杂之中觉得分外的寂寞。有许多人，他一向未曾见过，他们也不甚注意他。他穿着孝衣，心里茫然，不知大家为什么这样活泼兴奋，好像死了是怪好玩的。妈妈死了，一切的规矩也都死了，他们拿起茶就喝，拿起东西就吃，话是随便的说，仿佛是对妈妈反抗，示威呢。

到了送三那天，他又会想象了。家中热闹得已不像是有丧事，大家是玩耍呢。进门便哭着玩，而后吃着玩，说着玩，除了妈妈在棺材内一声不发，其余的人都没话找话，不笑强笑，他们的哭与笑并没什么分别。门口吹鼓手敲着吹着，开着玩笑。门外摆着纸车纸马纸箱纸人，非常的鲜艳而不美观。院里摆着桌面，大家吃，吃，吃，嘴像一些小泔水桶。吸烟，人人吸烟；西屋里还有两份大烟家伙。念经的那些和尚，吹打着“小上坟”，“叹五更”，唱着一些小调。孩子们出来进去，野狗也跟着挤。灵前点着素烛，摆着一台“江米人”，捏的是《火焰山》，《空城计》，《双摇会》。小孩进门就要江米人，大人进门就让座。也有哭一场的，一边抹泪，一边“先让别人吧”，紧跟着便是“请喝吧，酒不坏！”祭幛，挽联，烧纸，金银元宝，红焖肉，烟卷筒，大锡茶壶……不同的颜色，不同的味道，不同的声音，组成最复杂的玩耍。天赐跪在灵旁，听着，看着，闻着，他不能再想妈妈，不能再伤心，他要笑了，这太好玩。爸穿着青布棉袍，腰中横了一根白带，傻子似的满院里转。他让茶让烟让酒，没人安慰他，他得红着眼皮勉强的笑，招待客人。那些妇女，穿着素衣分外的妖俏，有的也分外的难看，都惦记着分点妈妈的东西，作个纪念。她们挑眼，她们彼此假装的和睦，她们都看不起爸。天赐没法不笑了，他想得出更热闹的办法，既然丧事是要热闹的。他想象着，爸为什么不开个游艺会，大家在棺材前跳舞，唱“公鸡打鸣”？为什么大家不作个吃丸子竞赛，看谁一口气能吃一百？或是比赛哭声，看谁能高声的哭半点钟，不准歇着？这么一思索，他心中不茫然了，不乱了；他郑重的承认了死是好玩的。一个人应当到时候就死，给大家玩玩。他想到他自己应当死一回，趴在棺材里，掏个小孔，看外面大家怎么玩。或者妈妈就是这么着呢，也许她会敲敲棺材板说：“给我碗茶喝！”他害怕起来，想象使他怕得更真切，因为想象比事实更复杂而有一定的效果。他应当去玩，他看不出在这里跪着有什么意义，他应当背起单刀去杀几个和尚，先杀那个胖的，血多。

事实是事实，想象只是一种奢侈。他听见屋中有位脸像埋过又挖出来的老婆婆，说：“这孩子跪灵算哪一出呢?!”一个大白鼻子的中年妇人回答：“死鬼呀都好，就是不办正事。不给老头子娶个二房，或是由本家承继过小子；弄这么东西！”大家一同叹息。天赐知道这是说他呢。妇女们的眼睛都对他那么冷冷的，像些雪花儿往他身上落。他又茫然了。一提到他自己，他就莫名其妙。他曾问过妈妈，为什么人家管他叫私孩子，妈妈没说什么。他是不是私孩子？妈妈说他是妈妈生的。私孩子有什么不好？妈妈不愿回答。纪妈，四虎子，爸，也都不说什么。他不明白究竟是怎回事。在想象中，他可以成为黄天霸或是张良，他很有把握。一提到他真是什么，他没了主张。现在人家又骂他呢。他并不十分难过，只是不痛快，不晓得自己到底是什么。而且更不好受的是在这种时节他不能再想象，既不是黄天霸，又不是任何人，把自己丢了！在这种时节，生命很小很晃动，像个窄木板桥似的，看着就不妥当。

有十点来钟吧，席已坐过不少桌，外面的鼓又响了。进来一个妇人，带着四个孩子，都穿着孝衣，衣上很多黄泥点子，似是乡下来的。妇人长得很像雷公奶奶，孩子们像小雷公。天赐一眼没看见别的，只看见五个尖嘴。妇人进来就哭，哭得特别的伤心，头一句是："我来晚了，昨天晚上才得到信呕，我的嫂子——"四个小雷公手拉着手站在妇人后面，一声也不出。妇人把来晚，与怎么起身，乡下的路怎么难走，和四个孩子怎么还没吃饭，都哭过了。猛然的把鼻子抓了一把，而后将天赐用脚踢开，好像踢着一块碍事的砖头。紧跟着把四个孩子都按在灵旁："就在这儿跪着，听见没有？动一动要你们的命！"转过头来，眼泪还满脸流着："茶房！开饭，开到这儿来，给他们一人一碗丸子，五个馒头！"然后赶过牛老者去："大哥！嫂子过去，我没什么孝心，就是这一身孝，四个孩子来跪灵；你二弟病了不能来，叫妹妹来了。那个小子是谁？"她指天赐："大哥你这就不对了，放着本家的侄子不要，不三不四的找个野孩子，什么话呢？我们穷啊，穷在心里，没求哥嫂给个糖儿豆儿！今个咱们可得把话说明白了，当着诸亲众友，大水冲不了龙王庙，一家人得认识一家人；你的侄子是你的骨肉，虽然咱们不是亲手足，可也不远。不能叫野孩子这儿装眉作样的！"又转过头去："好好的吃！别叫人耻笑！"

这一片独白引起大家的同情，埋过又挖出来的老婆婆，大白鼻子，红眼边，全一拥而上把牛老者围在当中。各人争着说，谁也没听见谁的，牛老者头上冒了汗。他不用挨着个儿细听，反正大家都责备他呢。他又不能答话，想不起说什么。男人们有关系的不过来，由着妇女打前阵，没关系的站着看热闹。说着说着，大白鼻子也把个孩子按在灵前，红眼边一下子按倒了三个；一急把别人家的孩子也按在了那儿。不大的工夫，灵前跪了一片白。最后，还是雷公奶奶挑头儿，"把那个野孩子赶出去！"

天赐在棺材旁边立着呢。他觉得那些人可怕，可是说不上来怎么可怕。羞辱他常受，不足为奇。在人群中他觉着孤寂，也是平常的事。他不慌，只是不知道怎样才好。他站着不动。爸被人围住，不能过来。他找不到一个同情于他的人。妈妈是死了。灵旁跪着的孩子们听见雷公奶奶的呼吓，有个大点的立起来，和天赐眼对着眼。天赐不动。那个孩子搂起袖子。正在这个时候，搂袖子的少爷挨了个很响的脖儿拐。四虎子扯起天赐就往外走。

“怎样?！打人吗?！”多少人一齐喊。

“妈的臭！”四虎子的头筋跳着，连推带搡的从人群中穿出去。大家不知他是何许人，没敢动手。及至大家打听明白了他是谁，已经太晚了，这使他们非常的丧气。

出了门，天赐反倒哆嗦起来。四虎子一声没出，把他领到老黑的铺子里。

黑家的孩子们都在家呢，他们热烈的欢迎天赐，可是天赐没有心程跟他们玩。四虎子跟老黑说了几句，老黑点头：“没错，交给我吧；钉这么擦黑的时候，我把牛掌柜找来，没错!”

“你上哪儿?”天赐问四虎子，“可别回去，他们打你!”

“我不回去，你好好的在这儿玩吧，回头见!”四虎子走了。

老黑派“蜜蜂”等陪着天赐在家里玩，不准出去。蜜蜂把大家领到后院去，直玩了一天。他们现在已经“文明”了：蜜蜂的大弟弟已去念书。他把书教给大家替他记着，蜜蜂记人之初，他自己记性本善，二弟弟记性相近……他要是在学房里背不过书，到了家中就都想起来，所以他常在家里，非等大家请求他再去学两句新的他不上学。他不记字，只记一句的声音，记不准确也没关系，大家可以临时创造。所以黑家的这本《三字经》是与众不同。他一人上学，大家可都有笔，后院的墙上满画的是图。老黑很喜欢家中有了“书气”。

玩着玩着，天赐慢慢的把愁事都忘了，他开始说故事给他们听。他们很爱听黄天霸，不爱听青蛙和小鱼说话，因为知道青蛙不会说话。听完了几段故事，他们决定举天赐作他们的先生。天赐很感激他们，他向来没受过这样的尊敬。先生得教给他们书，他编了几句：黄天霸，要单刀，红帽子，绿裤腰，……大家登时背过，而且不久就发现了，原来红帽子绿裤腰是说的五妹妹，五妹妹的裤腰，因为褂子短，确是露着一块儿绿的。大家非常佩服天赐。

黑家的孩子们不认识钟表，天黑了就睡。在哪儿困了就躺在哪里，“蜜蜂”得把他们抱到一张大床上，点好数儿。有时候数目不对就很麻烦，因为有睡在煤筐里的就不大容易找着。他们睡了，天赐坐在柜台里十分的寂寞。他又想起早半天的事来。他不明白其中的故典，一想起来就觉得自己应该是大人了，不该再和孩子们玩，也不该快乐。他的稀眉毛皱起来。

八点多钟，爸才来。爸也改了样，脸上的纹深了些，不是平日马虎的神气了，那些纹都藏着一些什么，像些小虫吸着爸的血。父子都没话可讲。坐了半天，爸说：“咱们上街走走去。”

爸不像是想说话的。天赐忍不住了：“爸！你真是我的爸？”他扯了爸的袖口一下。

“真是！”爸点头。

“你还要我，爸？”

“要你！”

“他们为什么赶出我来？”

“他们要钱。”

“给他们不就完了？”

“完不了，他们嫌少。”

“不会多给点？钱算什么？！”

“不能多给，我的钱！”

这不像爸。没想到爸能这样。爸不是遇上事就马马虎虎么？为什么单在这几个钱上认真呢？钱为什么这样可爱呢？

“我的钱！”爸又重了一句。“我爱给谁，都给了也可以；我不爱给谁，谁也抢不了去！”

“不给多多的钱，他们不走，我就不能回家？”天赐问。

“偏回家！怎么不回家呢？！我接着他们的！钱是我的！”

天赐不能明白爸了。钱必是顶好的东西，会使爸不马虎。这是爸第一次这么认真。他不敢再问，只觉得妈是在爸身上活着呢，爸和妈一样的厉害了。

“咱们回家！”爸的皱纹在灯光下显着更深，更难看了。

天赐怕回家，可是必须为爸显出勇敢；妈死了，爸只有他，他不能再使爸不痛快。

四虎子在门口呢，天赐壮起点胆子来。院中冷清清的，多数的客人都在送三的时候走了，和尚也去休息。西屋有两三位预备熬夜的。灵前点着一对素烛，烛苗儿跳动着。灵后很黑，棺材像个在暗中爬伏的巨兽。天赐哭了。他觉得非常的空虚寂寞，妈是在棺材里，爸为几个钱要和人家打架。

四虎子过来安慰他：“别哭啊，伙计！你看我，我不哭！妈死了，咱们就不是小孩子了，咱们跟他们干！”

妈常说：“得像个大人似的！”妈死了，这句话得马上实现出来，“不是小孩子了！”天赐觉得心中老了一些。是的，他不能再和“蜜蜂”们玩，不能再随便哭，他得像个大人。怎么像个大人呢？他得假装，假装着使他能郑重，他似乎明白了爸，钱是不能给人的，一个也不能给，他是大人了。大人见了叫化子就说：“去！没有！”即使袋中带着许多钱。这是大人的办法，他也得这样。怪不得爸变了脾气，大概是爸在妈死后才成了大人。他收了眼泪，盘问四虎子，他得关心，既已不是小孩子了。

四虎子告诉他：他们要钱，爸不多给，他们说了，送殡的那天还得闹。有两个办法可以避免闹丧：爸多给他们钱。或是爸坚持到底。他们都知道爸老实，可是爸真不往外多拿钱，他们也得接收爸愿给的那点。

天赐的心里赞成多给钱，可是他现在是装作大人，不能多给，钱是我们的，爸是完全对的。他的薄嘴唇咬起来，眼睛扣着，手背在后面，脚尖抓住了地。他似乎抓住点什么，自己是一种势力，一种天不怕地不怕的威能。即使他们因为钱少而闹丧，也只好凭着他们去闹，钱是不能添的，不能添的！爸并不马虎，爸是可佩服的，他必须帮助爸去抵抗。他睡了，连和尚念经也没吵醒他，他有了自信的能力。

十七 到乡间去

殡是平安的出了。双方都没栽了跟头。原本是牛老头儿决不添钱，而亲族们预备拦杠闹丧，不许天赐顶灵。双方都不让步。过了两天，双方都觉悟出来，打破了谁的脑袋也怪疼，谁又不是铁作的。于是想到面子问题。设若面子过得去，适可而止，双方一齐收兵也无所不可。直到开吊那一天，大家的眼还全红着，似乎谁也会吃人。到了出殡那天早晨才讲好了价钱，大家众星捧月的把棺材哭送出来，眼泪都很畅利。雷公奶奶把嫂子叫的连看热闹的都落了泪，她一边哭一边按着袋里的一百块洋钱票。大白鼻子等也哀声震天，哭湿了整条的手绢。殡很威武：四十八人的杠，红罩银龙。两档儿鼓手，一队清音，十三个和尚，全份执事，金山银山，四对男女童儿，绿轿顶马，雪柳挽联，素车十来辆。纸钱撒了一街，有的借着烧纸的热力直飞入空中。最威风的是天赐。他是孝子，身后跟着四名小雷公。四虎子搀着他，在万目之下，他忘了死的是谁，只记得自己的身分。他哭，他慢慢的走，他低着头，他向茶桌致谢，他非常的郑重，因为这是闹着玩。他听见了，路旁的人说："看这个孝子，大人似的！"他把脸板得更紧了些。直到妈妈入了土，大家都散去，他才醒过来："妈妈入了土！"他真哭了，从此永不能看见妈妈！他坐在坟地上，看着野外，冷清清的，他茫然——什么事呢？

由坟地回来，天已黑了。天赐很乏了，可是家中的静寂如同在头上浇了些凉水。他的眼，耳，鼻找那点熟识的面貌，声音，与味道。没有了，屋中的东西还是那样，可是空气改变了。没人再张罗他吃喝，甚至没有人再呼吓他。他想起妈妈的好处，连她的坏处也成了好的。他含着泪坐下，他必须是个大人了；已经没了妈妈。他可怜妈妈在那清冷的坟里，正如同他在这空静的屋里。他似乎明白了一点什么。

爸躺在西屋的床上，衣服带着许多黄土，就那么睡着了。他仿佛明白妈而不明白爸了。爸这几天改了样子。他看着爸，那短黄胡子有了不少根白的，脸上多了皱纹，睡着还叹气。这是那慈善的爸么？他有点怕。找了四虎子去。

"我怎办呢？"他问。

"先跟纪妈要点吃的，"四虎子给出主意，"吃完了睡。"

"在那儿睡？"一切的事都没有准地方了！妈活着，他恨那些规矩；妈死了，他找不着规矩了，心中无倚无靠，好似失了主儿的狗。

"跟爸去睡！"四虎子在牛老太太死后显着很有智慧。

丧事的余波也慢慢平静，老头儿把该开付的账都还清，似乎没有什么可作的了。他常和天赐在一块，有的也说，没的也说，这给他一些快乐。天赐在这种闲谈中，得到许多的知识，因为爸说的都是买卖地上的话。对于金钱，他仿佛也发生了趣味。爸的一辈子，由谈话上显出来，就是弄钱。在什么情形之下都能弄钱。跟爸到铺中去看看，伙计们非常的敬重他，称呼他作少爷。铺子里的人们收钱支钱，算账催账，他们都站在钱上。妈妈给他的小印，他系在贴身小袄的钮上，可是这个小印已没有多少意义：他想不出作官有什么好处，钱是唯一的东西。钱使爸对他慈善，要什么就买什么；钱使爸厉害，能征服了雷公奶奶。四虎子没钱，纪妈没钱，所以都受苦。他长大了，他想，必须作个会弄钱的人。他买了个闷葫芦罐，多跟爸要零钱，而往罐里扔几个。不时的去摇一摇，他感到这里是他自己的钱。他问四虎子种种东西的价钱，而后计算他已经到了能买得起什么东西的地位。啊，他能买一个大而带琴的风筝了！普通的小孩买不起带琴的！他觉到自己的身分与能力。他很骄傲。他问爸：咱们这所房值多少钱？爸说值三千多，木架儿好，虽然不大。三千多！这使他的想象受了刺动。七毛钱就能买个很好的风筝；三千多！爸必是个有能力的人。爸决不是马马虎虎的，不是！他必定得跟爸学。“爸，明儿个我长大了，你猜我能挣多少钱？一月一千！”

“好小子！”爸很喜欢，“好小子！”

“爸你挣多少钱？”

“我？哪摸准儿去；作买卖有赔有赚！”

“别赔呀，干赚，不就好了吗？”

“对呀！”爸点着头，十分欣赏儿子的智慧。

可是“怎么就赚了呢？”

“得长眼睛，”爸的眼睛并不高明，可是说着很有意思：“货缺了就得勒着，货多了就得快放手。作买卖得手快心狠，仗着调动；净凭随行市卖大路货不用打算赚钱！”

“呕！”天赐没都明白了，可是假装明白了。

跑到后院去找纪妈，“纪妈！咱们的米多还是面多？”

“多又怎样呢？”

“少就得勒着，多了放手！”他不但自傲能用这两个词儿，并且觉得他已能管辖纪妈。

“扯你的淡去！”妈妈死后，纪妈没了规矩。

“给你告诉去！”

“去！趁早走！”她知道天赐不肯走。自从妈妈死后，天赐的吃喝冷暖都由她在心。“嗐，我说，你跟我下乡好不好？”纪妈自从由奶妈改为女仆每年回家三四天。现在又该她休息了，她怕没人照管天赐，所以想带着他。

天赐愿意去，他没看见过乡下。“等我告诉爸去，多要点钱，给他们买点点心拿着！”他不自觉的学着妈妈的排场。

爸答应了，并且把太太的旧衣裳给了纪妈些。太太的东西能偷的被雷公奶奶等偷去不少，爸不在乎这些物件，不过不应当偷，所以一赌气给纪妈这些东西。“我爱给谁就给；偷我，不是玩艺！”妈一死，爸直添脾气。

正是冬月将残，腊月就到的时候，天赐穿了不知多少衣服，脖上缠了围巾，戴上手套，厚棉裤把腿挤得直往外叉。将出太阳，他和纪妈出了城门。天气还好，太阳虽不很热，幸而没风。纪妈的眼非常的亮，抱着一包零碎衣服，满心的盼望。天赐提着一包儿点心——爸给纪老者买的。出了城门，纪妈雇了两头驴。天赐的心跳开了，他没骑过驴。纪妈很在行，两只脚翻翻着而不登镫，身子前仰后合的而很稳当。天赐被赶脚的搀上去，驴一动，他趴下了身，嘴找了驴脖子去。赶脚的揪住他的腿，重新骑好，纪妈一劲嚷扶着他！驴慢慢走开，天赐的厚棉裤只管旋他的腿，简直夹不住驴，一会儿向前，一会儿向后，有时候要横着掉下去。他的脸发起烧，用力揪住软鞍子，眼盯住驴耳朵。驴晓得这是个外行，一会儿抬起头来闻闻空气，一会儿低下脖子嗅嗅尿窝儿，一会儿摇摇身上，一会儿岔开腿，抽冷子往起颠一下。天赐没有抓弄，觉得两脚离地很高，而头是在空中。走了不远，他的屁股铲了。纪妈说：随着驴的劲儿！他找开了驴劲，驴低他高，驴往前他往后，一会儿离了鞍子，忽然的落在鞍上找不着驴劲，而把自己颠得发慌。他没了办法，赶脚的没了办法，驴倒还高兴。天赐扫了兴，平日净和纪妈夸口，他会这个会那个，原来他治不住一头驴！况且肚子还饿了呢，没有这么饿过！冷空气，驴尿味，和上下的颠，好像使肚子没了底儿。虽然已在家中吃了两个鸡子，可是肚皮似乎已与脊背碰到一处，他好像能看见自己的身子已完全透光儿了。

幸而路旁有个野茶馆，摆着烧饼与麻花。滚下驴来，他吃开了烧饼。嚼着烧饼，他看明白了，原来已到了乡间；一路上他什么也没见，只看见了驴耳朵。啊，这是乡间！他不大喜欢乡间的样子：没有铺户，没有车马，四外都是黄灰的地，远处有些枯树。看哪儿都一样：地，树，微弱的阳光。偶尔有个行人，不是挑着点什么，便是背着粪筐，乡下似乎没有体面的人，也没有闲逛的人。他想城里。城里的烧饼多么酥！他不饿了，把没吃完的烧饼给了赶脚的。

紧走慢走，晌午了才到十六里铺。十六里铺只是一个小村，在田野里摆着，孤苦零仃的，村外有条大道，通到黄家镇。把着村口有个小铺，破石墙上贴着“你吸什么烟呀？哈德门！”石头很多，路上的石头缝里有点碎马粪渣儿。路旁高起一块好像用石堆起的河堤，堤上有堆着的秫秸与磨盘。门外有的爬着狗，有的站着一两个小孩，都叼着手指，瞪着眼看他们。门上很少有漆的，屋子都是平土顶，墙多半是石块堆起的。没有悦目的颜色，除了有一家门垛上贴着四个红喜字。也没有什么声音，天赐只听见一两声鸡叫；门外有老人晒暖，叼着长烟袋一声不出。处处都那么破，穷，无声无色，好像等着一点什么风儿把全村吹散了。连树木都显着很穷，树干上的皮往往被驴啃去，花斑秃似的。路旁有个浅坑，坑中水不多，冻成一层黑色的冰，冰上有不少小碎砖块。纪家在坑上的右边，几间小屋在一株老槐树旁藏着，树底下有几只鸡和一只鸭子。驴奔了坑去，孩子们开始跟过来看，大人们也认出来纪妈，大家很亲热的招呼她，可是眼都看着天赐。他滚下驴来，赶脚的把那包点心递给他。他立在坑沿上看着大家，大家看着他，都显着很傻，像邻村的狗们遇到一处那么彼此楞着。

纪老者出来了。他有七十多岁，牙还很齐；因为耳有点沉，眼睛所以特别的精神，四外看看，恐怕有人向他说话。小短蓝布棉袄，没结钮，用条带子拢着，露着胸的上部，干巴巴的横着些铜紫色的皱纹。背微弯了些。

“爹！”纪妈高声的喊。

“哎！哎！”老头子楞磕磕的笑了，眼中立刻有点不是为哭用的泪。“哎！回来了！好！”

“这是福官，”纪妈喊着。

“哎！少爷来了，好！哎，进来吧！长这么高了！”

天赐觉得这个老头儿可爱，他把点心包递过去，可是想不出说什么。

“给你买来的点心，爹！”纪妈扯了爹一把。

“哎，好！好！啊！”爹没的可说，泪落下来一半个。“哎，少爷，还惦记着我，哎，好！进来吧！”

纪妈的男人也出来，跟着三个小孩。他有四十来的岁，高个子，麻子脸，不说话。三个小孩都蓬着头，穿着短袄，有两个裤缝里露着鸡鸡的。

一进门，一大堆粪；粪堆旁立着个女人，比纪妈还老，可是小婶。“嫂子回来了？快屋里去吧！”她赶着去掀北屋的厚草帘子。邻居们也全跟进院来，在粪堆前站着看。爹笑着嚷：“都进来坐！进来！”没人动弹。爹又说了：“不进来，就走！”大家还不动。

屋子是一明两暗，很低很暗，土地，当中供着财神爷的纸龛。纪妈让天赐上东间去，一铺随檐大炕，山墙架着一条长板子，板子上放着一锅盖的棒子面饼，像些厚鞋底儿。天赐找不到椅子，只好坐在炕沿上。墙上有不少臭虫血，还有张薰黑的年画——“恶虎村”，他又遇见了黄天霸。看着这张旧画——天霸的刀上抹了一个臭虫——他又茫然了。没想到过，世界上有这样的人家。

老爹在炕与板案之间转了个圈：“给少爷什么吃呢，哎？老大，先煮几个鸡子去！”老大还没说话，出去找鸡子。三个孩子以为爷爷是疯了，低声的问妈：“妈！妈！怎么爷爷要煮鸡子？鸡子不是留着卖的吗？”妈妈用袖子甩了他们一下子。爷爷没听见可是看见了，以为孩子们是要吃食：“哎，吃饼子吧！拿去吃！穷是穷，有饼子就吃，爷爷可不能饿着孩子们！吃去吧！”一人拿了一块饼子，眼还溜着天赐。纪妈已上了炕：“爹，你吃点心吧，少爷给你买了会子！”爹又笑了：“哎，我吃！我吃！少爷还惦记着我！自从你妈妈死的那年，我没吃过一块大饽饽！什么年月！哎，好！”他可是没去动手，眼睛找了纪二娘去：“二的，你去烧水呀。”纪婶看嫂子穿的头蓝布袄，还沿着青假缎子边，都看楞了。听爹喊，她才想起招待客人。“妞子！”爹在炕席底下摸出五个铜子：“快跑，上小铺买两包高末儿去，高的！哎，早年间，家里哪有没茶叶的时候！”他坐在炕沿上，楞起来。

“爹，二弟还没信？”纪妈问。

爹摇头。纪妈的小叔是当木匠的，自从被大兵拉夫拉了去，始终没有消息。小婶很好，只是爱犯羊角疯，没法儿出去作事。

“今年的地呢？”

“什么？”爹没听明白。纪妈重了一回。“呕，地？咱们那几亩冤孽产又潦了，连根柴火也没剩。租的都收得很好，有八成；可是一交了租……哎，不用提了！你那几块子钱，金子似的，金子！可是这不像句话啊，老在外头，算怎回事呢？哎，我老糊涂了，想不出法子来！”

纪妈也不言语了。

老者抹了抹胡子："回来先喝点水，吃俩鸡子，少爷！乡下，苦乡下，没的吃！"他和天赐招呼着。

纪家的二三十亩地，只剩了那几亩洼地，没人要。他们租着点地种，可是粮食打下来不值钱！

天赐听着看着，他不懂。在家里，爸老是说钱，几百，成千；这里，席底下放着五个铜子！这里什么都没有，鸡子是为卖的！他摸摸袋中，还有一块多钱呢。他摸着那块现洋，半天；拿了出来，顺着光亮的炕沿一溜，眼看着纪妈，"给老头儿吧？"

老爹的眼光更精神了，声儿也更高："哎，少爷你收着！你已经给我买了点心！我不能收这块钱！姓纪的一辈子豪横，谁叫——哎，谁知这是怎回事呢？你收着，我要是接你的，我是小狗子！"爹向外边喊："茶还没得呢，怎么了？"

天赐可更莫名其妙了。这些人，穷，可爱，而且豪横；不像城里的人见钱眼开。可是他们穷，为什么呢？谁知道这是怎回事呢？他又看着墙上的黄天霸，在刀上抹了一条臭虫血。

十八　月牙太太

纪家的鸡子特别好吃，真是新下的。饼子也好，底下焦，中间松，甜津津的有个嚼头儿。大妞们善意的送了天赐块白薯，他可没接过来，嫌他们的手脏。

一擦黑大家就去睡，天赐和老头儿在一炕上。老头儿靠着有灶火的那头儿躺下："少爷，累了吧？歇歇吧！洋油贵，连灯也点不起！哎！"天赐也躺下，原来炕是热的！一开头还勉强忍着，以为炕热得好玩；待了一会儿，他出了白毛汗。仰着不行，歪着不行，他暗中把棉裤垫上，还不行。眼发迷，鼻子发干，手没地方放，他只好按着裤子，身子悬起，像练习健身术。胳臂一弯一伸，肚子上下，还能造一点风。可是胳臂又受不了。把棉袄什么的全垫上，高高的躺下，上面什么也不盖；底下热得好多了，可是上边又飘得慌。折腾了半夜，又困又热又不好意思出声。后半夜，炕凉上一点来，他试着劲儿睡去。

第二天起来，他成了火眼金睛，鼻子不通气。

不行，他受不了这种生活。他想着不发娇，可是纪家的人太脏，他不能受。村里，什么也没有；早上只有个卖豆腐的和卖肉的，据说都是每三天来一次。村口的小铺是唯一的买卖，可是也不卖零吃。纪老头儿急得没有办法，只好给他炒了些玉米花和黄豆，为是占住嘴。

村外也没的可玩，除了地就是地，都那么黄黄的；只看见三四株松树，还是在很远的地方。天赐想起年画上有张“农家乐”，跟这个农家一点也不同。这里就没的乐。这里的小孩知道什么是忧虑，什么是俭省，一根干树枝也拿回家去。这里笼罩着一团寒气，好似由什么不可知的地方吹来的。天赐一天也没个笑容。他想家。

住了两夜，纪妈带天赐回了城。纪老者送下他们来，并且给天赐拿了二十个顶大的油鸡蛋。

回到家中，天赐安稳了许多，他一时忘不了纪家那点说不清的难过劲儿；作梦还看见那三个小孩——那个顶小的穿着破花布屁帘，小手拿着块饼子。他细问纪妈关于乡间的事，听得很有趣。乡下是另一个世界：只有人，没有钱。

他要求爸给纪妈长点工钱，爸答应了。爸为什么能这样痛快呢？他不明白。他想象着自己应当是黄天霸，半夜里给纪老头送几块钱去；纪老头是可爱的，可敬的。但这只是想象，没有用处。反过来想到他自己，他又高了兴。他幸而是城里的人，他爸有钱。可是为什么他有钱，别人没有呢？不能想明白了，他只能自庆他的好运气。

过了年他已十五岁，按着年节算岁数。他身上起了些变化：薄嘴唇上的小汗毛稍微重了一些，有一两根已可以用手揪起。喉头也凸出点来，一上一下的很像个小肉枣，说话不那么尖了，脸上起了些红点。身量并没长多少，可是他觉出身上多了一些力量，时常往外涨，使他有时憋闷得慌。他懂得了修饰。自己偷偷的买了瓶生发油，不敢叫别人看见，可是高了兴便叫纪妈闻闻他的头发。很好照镜子，见了姑娘可又不好意思，又愿看又不敢，虽然在镜子中他以为他很漂亮。老多日子也没找“蜜蜂”去，因为那是姑娘。有好些事儿使他心中不安，可是不好意思去问人，连四虎子也不好去问。他觉得自己是往外长，又觉得堵闷得慌。

因为这种堵得慌，他把十六里铺慢慢的忘了。他自己是更值得注意的。世界上只有他自己在变化着玩，仿佛是。他不爱从前爱玩的东西了，他爱块漂亮的小手绢，什么背后画着个姑娘的小镜子，偷着吸了半根“哈德门”，晕了半天。没事就擦皮鞋尖。这时候他更爱乱想，越想越寂寞，有时候觉得搂抱谁一下才痛快。

爸愿他去学买卖，好继承那些事业。他记得妈的遗言，作官比作买卖好。他不能决定。有时候他会为自己打算。及至说到真事，他又不屑于细想了。他是少爷。他有时会装作马马虎虎：“学买卖？”他一笑。没意义。和爸要个三毛两毛的在街上转倒也逍遥自在。

既不去学买卖，又一时不能作了官，总得有点事作似乎才对得起爸。既对得起爸，又不失掉自由，还是去读书。可是学校没意思，老师不好，同学也不好。现在的天赐不是以前的天赐了，不能再到学校去当小菜碟儿；要上学校去的话，他应当作主任！他见过世面了：死过妈妈，顶过灵，上过十六里铺，骑过驴，买过生发油！什么他不懂得？！他不要再上学校。其实呢，他心中也有点怕。两件事使他想起就怕，妈妈的死和学校里的冷酷。顶好还是请位先生，在家里读书，爱读什么就读什么，不必学算数，上体操。

不过，他不能直接和爸说去，他学会了留心眼。叫四虎子去说，要碰了钉子反正是四虎子碰。他还得运动四虎子一下，送给他点礼物。是的，送了礼便好说话，妈妈活着的时候不老这么办吗？

“虎爷！”这是他新创造的名词，很有些男子气：“过了会子年，还没送你点礼物呢！要什么？说吧！”揪起嘴上一根小毛，作为是胡子。

“别瞎扯淡，这两天心里不痛快！”四虎子出的气很粗。

“怎么了，虎爷？”

“怎么了？我不干了，伺候不着！”四虎子越说越上气。

天赐楞了，没有四虎子便没了世界，四虎子不是最老最老的朋友么？

“我告诉你，”四虎子看天赐楞住，心中舒服了些：“自从有你的那年，死鬼老太太就说给我娶亲。今年你十几了？”

“十五。”

“我娶了媳妇没有？”

天赐摇头。

“完啦！我告诉你，钱要是在人家手里，媳妇就娶不上。我看透了！不干了，不伺候了，我四虎子离了牛家还吃不了饭是怎着？！”

天赐看清楚牛家不对，可是不甚明白到底娶媳妇为什么这样重要，至于使四虎子这么着急。设若四虎子必得要媳妇的话，他自己也应当要一个。媳妇不就是姑娘，而姑娘不是很好看么？“虎爷，我跟爸说去，咱们一人娶一个；要不然的话，一人娶俩；大狗子他爸不是有俩媳妇么？”

“别胡扯，”四虎子可是笑了，“我这儿是说真事儿呢。我不能跟别人说，你是我的老朋友，是不是？我就能跟你说。”

天赐板起脸来，心中十分高兴，身上似乎增加了分量。老朋友，一点不错！“虎爷，我真跟爸说去。”

虎爷又觉得不好意思了：“可是，可是，别说是我叫你去的，那多没脸！”

“说谁的主意呢？”

“干脆吹了吧，没媳妇就没有，认命！”虎爷又软了。

“对啦，让纪妈去说！老朋友？好啦，哎！”他点着头，学着纪老者。“我也求你点事。”

“说吧，什么事都行，咱哥俩的话！”

天赐把要请位先生的意思说明，虎爷答应给办。二位老朋友非常的痛快，由天赐出钱请虎爷吃了两串冰糖山楂，代替送礼。

两边的话都到了爸的耳中，爸照例允准，只是没主意。请谁教书呢？说谁家的姑娘呢？俱无办法。

天赐认识个姑娘——“蜜蜂”，马上推荐。爸觉得很好，“蜜蜂”已经十六岁，按照云城的办法是满有当媳妇的资格。可是老黑不愿意，嫌虎爷的岁数太多。他愿把蜜蜂给天赐，可是牛老者又不愿意，因为老黑在商界的地位太低。末了还是由纪妈为媒，在十六里铺说了个姑娘，据说人材本事都好，就是嘴不十分好，歪着。虎爷倒不在乎这点，自要人好就行。天赐不大赞成，一听十六里铺他就堵得慌；可是老朋友既然愿意，他也就不便多说，反而想象着十六里铺的好处：“虎爷，那儿还有驴呢，不坏！”亲事就算定了，纪妈兼了媒人，身分猛进。

四虎子是三月里结的婚，天赐在四月才找到了先生。这位先生姓赵，大学毕业，好念书，会作诗，没事作，挺穷。赵先生在学校里教过几次书都失败了，他管不住学生。他的脑袋不知怎长的，整像头洋葱，头顶上立着几根毛儿，他可是很会教天赐。他和天赐说开了：你爱念什么就念什么，不明白的问；不问也没关系。天赐很乐意这么办。每天有一课叫作“思想”，师生相对无语，各自想着心事。想完了就讨论，想不出就拉倒。天赐想改造十六里铺，先修一条马路，赵先生给补上：马路两边得有树和流水。天赐很佩服赵老师，问他一切的问题，老师都有的说。天赐念小说，老师敢情能背《红楼梦》！爸要来查看，天赐就练字，老师教他写魏碑。爸走了，师生就研究林黛玉的性格与习惯。老师会说：“你闭上眼想想看！”一闭上眼，天赐很会想象，他看见了黛玉！他很想找“蜜蜂”去；蜜蜂可是不会黛玉那样呢！大概世界上没有第二个黛玉了，除非再想出一个来。他想，他拿笔瞎写，有一天写了篇“蜜蜂”，赵老师很夸奖，叫他再去看她，回来再写。他找了她去。“蜜蜂”已长成个大姑娘，脸似乎长了些，也不光着脚，黑眼珠还是那么黑，可是黑得不能明白了。她走路非常的轻巧，大脚片不擦地似的。天赐不敢多看她，她不是先前那样自然了，她会笑出点什么意思来。天赐回来了，皱着稀眉毛想：假如“蜜蜂”的嘴再小一点，鼻子再长出一分，然后配上那俩黑眼珠？那一定更好看。蜜蜂得光着脚，在河岸上，绿阴凉底下，不出声的轻走！好了，他就这么写了一篇。赵老师说：“这就对了，这就是文学，你明白了没有？可是你没写出个主点来，‘蜜蜂’哪儿最好？当然是那对眼，黑的，怎个黑法？”他等着天赐自己想。

“黑得像——墨！”

老师摇头。

“黑得像——夜里！”

老师拍了桌子：“河岸上，绿阴凉下，眼黑得像夜里！天赐你行了，你比我高！你猜我想象什么？像两颗黑珠子。珠子是死的呀，夜会动会流，流到不知道多远，是不是？”

天赐明白了，他也学着作诗，没人管他，他自己会用功。他什么都细心的看，而后去想。他管四虎子太太叫“月牙太太”，因为她的嘴歪；虎爷差点恼了他。虎爷说天下的歪嘴要算他的太太第一，天赐说月牙也只有一个，于是他们照旧是好朋友。

爸很怀疑赵老师到底教了些什么乱七八糟。他和老师谈，老师夸奖天赐有天才。爸不懂。老师拿出天赐的文章来，爸才相信天赐的书没白念，有一篇文章用了六张红格子纸！爸没看说的是什么，数了数字数，够一千五百字！“一千多字！这简直是作论了！”赵老师笑了：“有三年的工夫，他什么也会作了！”

“可也别太累了他，”爸转了念头，“我就有这么一个小子！作论累心哪！”爸信服了赵老师，也替儿子骄傲。逢人必说天赐会作论。天赐也很高兴，遇上爸叫他作点事的时候，他会说：“别，别乱了我的心思，正在这儿作论！”

十九　诗人商人

跟赵先生一年多，天赐在文字上有了很大的进步，写得也怪秀气。爸的铺子的春联都由他写，伙计们向他伸大拇指，他怪害羞的挺得意。

爸承认赵先生是好老师；可是在另一方面，他发现了：书房中的书籍增多了，但是短了别的东西。桌上的磁瓶，铜墨盒什么的都不见了，天赐使着个小粗碟子当砚台。爸追问四虎子，虎爷不知道。问天赐，天赐笑了。老师没钱买书或别的东西，便拿起点东西去卖掉。

“为什么不跟我要钱呢？”爸糊涂了。

“赵先生说了，屋里东西多，显着乱得慌！”

“可那是我的东西！”爸倒不在乎那点东西，他不喜欢这个办法。

“卖了你的东西和向你要钱还不是一样？”天赐完全投降了赵老师。

“在我的门口卖东西？！”这太丢人了，爸以为。

“常卖着点，老师说，好忘不了穷；穷而后工！”天赐非常的得意：“前天，我把皮鞋卖了，卖了一块半钱；我请老师吃了顿小馆，老师很喜欢！”

“你是我的儿子，还是他的儿子？”爸的脸沉下来。什么都可以马虎，可不是这么个马虎法，这是诚心教坏！

天赐没回答出什么来，他晓得妈与爸的规矩，但是赵老师的办法更有意思。这能使他假装穷，而穷得又不像纪家那样。这是卖了皮鞋去吃小饭馆。赵老师是真穷，天赐得陪着。就是赵老师的穷，虽是真的，也非常的好玩。赵老师会卖了铜墨盒买本小书，而后再卖了书买烟卷。由爸与十六里铺，他明白了钱的厉害；由赵老师，他得到个反抗钱的办法，故意和钱开玩笑。钱自然还是好东西，可是老师的方法使钱会失去点骄傲，该买书的偏买了香烟，用鼻子向钱哼几声！肚子饿了就卖棉袍，身上冷就去偷煤，多添点火，老师有办法，而且挺快活。

爸受不了这个："好吗，先生还偷东西，教给孩子卖皮鞋？我只懂得买，不准卖！"爸非辞赵先生不可。纪妈以为爸是对的，他们偷煤，而且把没点完的洋蜡放在地上喂老鼠！碟子当了砚台，筷子当作通火的铁条，因为铁条与铲子都没了影！

天赐舍不得老师，而且决定反抗，他现在是十六七的小伙子了，自己很有些主张。他说话已经和大人一个声儿了，嘴上的汗毛也很重，他不能完全服从爸。他本是很喜欢整齐清洁的，因为妈妈活着的时候事事有一定的办法，可是他也爱老师的凡事没有一定，当作诗的当儿还有工夫擦桌子么？老师和他都是诗人，而爸是商人，这是很清楚的；诗人不能服从商人，也是很清楚的。

虎爷怕事闹僵了，出头调停，以后不准他们再卖东西，由他把守大门，担任检查。爸也不要再生气，因为虎爷相信天赐既会作论，将来必能作官。赵老师算是没被逐出去，遇到该卖东西的时候，不等虎爷检查出来，就先声明："出去创造点钱，远远的，不在门口卖！"虎爷也就不深究，因为他也觉得有些东西早就该卖，堆着只管占地方，没别的好处。况且老师卖了东西还请客呢，虎爷常吃他的水果与零食；嘴上得到便宜，眼睛还能不闭上么？

爸还有个不满意的地方——天赐常去看“蜜蜂”。天赐很喜欢找她去，她现在已是“夜里的蜜蜂”。老黑夫妇没工夫管孩子们，由着他们的性儿反。天赐也跟着他们反，而且和“蜜蜂”特别的亲密。他不嫌他们脏了，因为他自己也学着赵老师的样子，不再修饰；他那瓶没有用完的生发油早送给了“月牙太太”。他喜欢蜜蜂的什么也不知道；他背诗，他念“记蜜蜂”，她都睁大了黑眼，“哟！挺好听！”他学着小说上的语调对她说：“我与小姐有一度的姻缘！”她还是“哟，很好！”她可是长了本事，也会用针给弟弟们缝补袜子什么的，头发上往往挂着点白线头儿，天赐替她取下来，摸摸她的头发，她也不急。下雨的天，她还是光了脚。

爸有回到老黑铺子去，遇上了他们在一块玩。爸叫天赐回家。天赐看爸的神色不对，没说什么回了家，和赵老师讨论这件事。赵老师说，没有女的就没有诗，诗人都得爱女人！姑娘是杨柳，诗是风，没有杨柳，风打哪里美起？天赐问老师怎不去找女人？老师说被女人打过一个很响的嘴巴，女人打嘴巴如同杨柳的枝子砸在头上，没意思了。

爸没再提这回事，可是暗中给天赐物色着媳妇；跟老黑家的孩子打连连[①]，没有好儿。

爹近来确是长脾气，他总好叨唠。他爱和天赐闲谈，可是谈不到一处；天赐有时候故意躲着爸，而爸把胡子撅起多高。爸似乎丢了从前那个快活的马虎劲儿。年岁越大越关心他的买卖，而买卖反倒不如以前那么好了。三个买卖在年底结帐的时候，竟自有一个赔了的。爸一辈子没赔过，这是头一次。为什么赔了，爸找不出病根来。他越闷

① 打连连，常来往。有瞎混的意思。

气越觉得别家买卖不像话，没有规矩。可是人家那不像话的赚了，他赔！他觉着云城的空气也不怎么比从前紧起来，作买卖的大家拚命的争赛，谁也不再信船多不碍江这句话。大家无奇不有的出花样，他赶不上人家，也不想赶；想赶也不会！钱非常的紧，乡下简直没人进城买什么。他相信那些老方法，在相当的程度上他也货真价实。可是他赔了钱。那些卖私货的，卖假货的，都赚。商人得勾结着官府，甚至得联得东洋人。而且大家都打快杓子，弄个万儿八千，三万二万便收锅不干了；他讲老字号，论长远，天天二三十口子吃饭，不定卖几个钱呢！他不明白这是怎回事，正如纪老者不明白乡下为什么那样穷。人家卖东洋货，他也卖，可是他赚不着。人家减价，他也减价，还是没人来买他的。他用血本买进来，他知道那些洋钱是离开了云城，而希望再从乡间送来；乡下只来粮食，不来钱。乡下人卖了粮，去到摊子上买些旧衣服，洋布头，东洋高粱粉条，不进他的铺子来。他一点也不敢再像从前那样大意，他也赶着买，赶着卖，可是赶不上别人。人家包卖一大批胶皮鞋，个巴月的工夫干拿走三四万；他批了一角，没人问。人家是由哪儿批下来的？他摸不着门。他赔着卖也没人家的贱。他有门面，人家雇几十人满街嚷嚷。他得上房捐铺捐营业捐赈灾捐自治捐，人家不开铺面。以前，他闭着眼也没错，自要卖就能赚，而确是能卖。现在，他把眼瞪圆了，自己摸着算盘子儿，没用。他只能和些老掌柜们坐在一块儿叹息。他们都不服老，他们用尽心思往前赶，修理门面，安大玻璃窗，卖东西管送去，铺中预备烟卷，新年大减价，满街贴广告，没用。赚钱的就是洋人的买卖，眼看着东洋人的一间小屋变成了大楼，哈德门烟连乡下也整箱的去。他唯一的安慰是看着新铺子开了倒，倒了又开；他的到底是老字号。可是假若老这么赔下去，他也得倒！作了一辈子的买卖，白了胡子而倒了事业，他连想也不敢再想了。而天赐偏不爱学买卖！他怎能不叨唠呢？

天赐听说这个赔钱的消息，忙去告诉老师，老师很高兴。“这与咱们有什么关系？不但没关系，而且应当庆祝商业精神的死亡。咱们打点酒庆贺这个？”

“可别叫爸知道了！”天赐小心一些。

“其实他应当欣赏此举。钱在哪儿心就在哪儿。三个铺子都倒了，岂不完全省了心，作了自由的灵魂！”

赵先生说的确是有味，可是天赐到底有点不放心：“假如爸的买卖都倒了，我怎办呢？”

“那有什么难办？一对儿流浪诗人，完了。天下到底是穷人多，我们怕什么呢？”

这个又打动了天赐的幻想：赵老师，蜜蜂，虎爷和虎太太，他自己，都在四处漂流。都光着脚，在树荫下，叫蜜蜂捞点鱼，大家吃吃，倒也自在。这种生活必定比处处有拘束，有规矩强。

尤其使他高兴的是他的一小篇小文，由赵先生给寄到天津一家报馆去，居然在文艺栏里登出来。报馆给他寄来三份。看见自己的名子印在纸上，他哆嗦起来。自幼儿除了虎爷敬重他，到处他受人欺侮，私孩子，拐子腿，被学校开除。现在他的名子登在报纸上！他觉得爸的财产算不了什么，最有价值的是名，不是利。报纸上有自己的名子，大概普天下都知道了。继而一想，也许不能，在十六里铺就没看见有报纸，老黑铺中的报纸只为包裹铜子。云城的人家里，据他所知道的，就很少有书有报的。云城那两份小日报，除了一些零七八碎的新闻，和些大减价的广告，只有剑侠小说还有点人看。赵老师管这些小说叫作“黄天霸文艺”，连报馆都该烧了。可是他自己这种“非黄天霸文艺”有什么用呢，谁看呢？天赐怀疑了：假若没人读，写它干什么呢？还是钱有用，至少比文字有用。这他可不敢和赵老师说。

到了八月节结账，三个买卖全不赚，只将够嚼谷。这比赔了还难过。一个商人的心里只有两面，赚或赔，如同日之与夜。不赚不赔算怎回事呢？说着都丢人。会作买卖的才敢赔。牛老者的气色很难看，他的圆脸瘦了一圈，背弯了许多。可是他还挣扎。夜里睡的工夫越小，他越爱思索。他很想照着从前那样马虎，可是作不到。从前瞎碰出来的成功，想起来使他舒服些，自己一笑；及至拿从前的年月和现在一比，他茫然了。他觉得心中堵得慌。一到天亮他就再也睡不着，起来在院中走遛儿，他咳嗽。

天赐的心软了些。他得帮助爸，爸需要同情。他不能一天到晚作诗人。作诗人不过是近来的事，妈妈管了他十多年，妈妈不是一切都有办法么？

他和爸说了，他决定帮助爸。爸笑了。可是他能帮助什么呢？细一想，他什么也不懂，十六七年的工夫白活。手艺没有，力气没有，知识没有。他是个竹筒儿！该感激的还只有赵老师，只有赵老师教给他一些文字，其余的人没教给过他任何的东西。大概他只能等着作官或作诗人了！他没有办法，承认了自己的没用。

算了吧，先睡个觉去！他把头蒙上，睡了个顶香甜的大觉。

二十　红半个天

转过年来，赵老师自动的不干了。他的一本小说印了出来，得了二百五十块钱。“天赐，我创造出钱来了，想上上海；跟我去？”

天赐听到“上海”，心里痒了一阵。但是他不能去，他到底是商人的儿子，知道钱数；二百五不是个了不得的数目。妈妈死的时候，花了一千多，棺材寿衣还不在内。更使他惭愧的是他分三别两，谁的是谁的，妈妈的教训；他不能跟赵老师去，完全花老师的钱。老师要是花他的倒无所不可，他到底比老师阔，虽然钱不在他手里。他向老师摇头。

“二百五十块大洋，在上海可以花几天，”赵老师把烟卷吃到半根就扔了。“上海，醇酒妇人，养养我的灵魂！”

天赐不想说而说出来了：“钱花完了呢？”

“钱既是为花的，怎能不完？完过不止一次了。想当初，爸死，给我留下好多钱，不知怎么就完了。有钱就享受，没了钱也享受，享受着穷，由富而穷，由穷而富，没关系。就怕有了二百五而不花，留着钱便失了灵魂！你不去？吾去也！虎爷呢？得请请虎爷。”赵老师给了虎爷五块钱，没给纪妈任何东西，他不喜欢纪妈。

天赐以为老师必定打扮打扮，既然是“发了财”。至少应整理整理东西，既然是要走。老师没事人似的，吸着烟卷。下半天，老师空手出去了，一直等到吃晚饭的时候还不回来。天赐在书房的墙上找着个小纸条：“销魂者唯别而已矣，再见！”据四虎子说，他看见老师出去，可是没说话，眼睛红着点。天赐没吃晚饭。

这次的寂寞是空前的。他不是小孩子了，不能有点玩艺就满意的玩半天了。他要朋友，不是学校中拜盟兄弟那种朋友，是真朋友。虎爷与纪妈在感情上是朋友，可是他们与他谈不到一处了。“蜜蜂”也失去魔力，既不“记”蜜蜂了，她由想象中的价值落下来许多；她的美一大半是由他创造的。赵老师走了，没人再陪着他白天作梦玩了，她还是她。过去是一片没有多少意义的恐怖；将来怎样他还不甚关心，可是也不光明，自己到底去作什么呢？他不明白这个世界，云城是这样，十六里铺是那样，怎回事呢？只有赵老师能给他一些空虚的快乐，虽然是空虚的。他似乎看明白了他没法对实际的问题发生兴趣。只有在瞎琢磨的时候，他心中仿佛能活动，能自由。到了真事情上，他不期然而然的要抓住妈妈那些规矩，云城那些意见，爸的马虎。他“自己”想不出高明主意来。他不会着急，蒙头大睡是最大的反抗。

对着镜子，他好像不认识自己了。眉毛多了些，嘴上有一半圈小毛，薄嘴唇有了些力量，鼻子可是不似先前卷得那么有劲了。脸上找不出一些可靠的神气，眼珠黄了些。“自己”是丢失了些，也没地方去找。有时候他坐在书房里，一坐便是半天，想起王老师，米老师，学校那些位老师，和赵老师。他们到底都是干什么的呢？不明白。米老师的嘎唧嘴法使他发笑而又害怕。有时候他想写一点什么，费了许多的纸，什么也写不成。往往一个字使他想一天，结果是蒙头去睡，那一个字断送了一大篇文章，说不定那是多么美的一篇呢！一个字！

这个时候——天赐十八岁——云城起了绝大的一个变动。男女可以同学，而女子可以上衙门告爸爸或丈夫去！自然男女兼收的地方是男的女的都不去，而衙门里也还没有女子告爸爸的纪录，可是有了这么股子“气儿”了。云城在新事情上是比别处晚得许多的。这股子气儿使老年人的胡子多掉了许多根；带着怒气抹胡子是不保险的。妈妈们的心整天在嗓子眼里，惟恐儿女作出不体面的事来。有好多人家的子女就退了学，而学校教员改行教私学的也不少。云城的规矩是神圣的老人们尽了抓钱的责任，所希望于儿女的就是按着规矩男大当娶，女大当聘，而后生儿养女，乖乖的很热闹。年轻的人们，大多数是随着父亲作买卖的，对于这个新事也反对，可是乐意看看：街上有一对男女同行，使他们的眼睛都看流了泪，酸酸的很痛快。干这路新玩艺的只是些学生。学生们开会，学生们走街，学生们演说，学生们男女混杂。连被强迫退了学的学生也偷偷的出来参加。不久就由人们造出个名词来——“闹学生”；和闹义和团，闹鬼子，闹大兵的闹是一个字。学生们也确是很喜欢这些事，他们跟爸要了钱出来，而后在爸的门前贴上“打倒资本主义”，很有趣。老人们越瞪眼，他们越起劲。

天赐的心跳起来，他看着他们，居然有了穿洋服的！他咽了唾沫。这才是生命！不受家庭的束管，敢反抗，所谈的是世界，国家，社会；云城算得了什么？他忙去理发，理成“革命头”，又穿上了皮鞋，在街上听着看着。他敢看女人了，女人也看他，都是女学生！在打扮上他是可以赶得上他们的，只可惜他不在学校里，不能参加他们的集会与工作。

可是，不久有人来约他了。他不是在天津的报纸上发表过一篇小文么？有人看，他们看过他是文学家。他们得办报，作扩大的宣传，他是人材！天赐驾了云。他有了朋友，男的女的。有个女的被妈妈扯了嘴巴还跑出来，脸上还肿着。这激起他的热情，他得写诗了，诗直在心里冒泡儿。

千金的嘴巴，
桃腮上烧起桃云；
烧吧，烧尽了云城，
红半个天！

天赐作的。挂在大家的口上。有人批评“千金”用的不妥，他为自己辩护，说这是双关语，既暗示出这个嘴巴的价值，又肯定的指出女性；这是诗！他辩论，自傲，想象他的伟大。连赵老师也没他强了，他是革命的，赵老师不过会受穷。他爱国，爱社会，可怜穷人。这在云城是极新颖的事。云城的人没有国，没有社会，穷人该死。他的眼光很远，他是哲人，他不知道自己是怎回事。

“闹学生”正在热闹中间，北方起了内乱。云城人最怕战事，因为一打仗不但买卖受损失，他们还得凑军饷，上临时捐，分认军用票。虽然在战前战后他们可以抬高物价，勒死穷人，但究竟得不偿失，而且不十分像买卖规矩。云城是崇拜子贡的，“孔门弟子亦生涯”，如果能保存点圣贤之道，也不便完全舍弃；假如不能，也就无法，不是他们的错儿。他们永远辨不清这些内战是谁跟谁打，也不关心谁胜谁败，他们只求军队不过云城；如若过来，早早过去。他们没有意见，只求幸免。如有可能，顶好挂挂日本旗子。

听说军队已到了黄家镇，一催马便是云城。使天赐大失所望。学生们不闹了。他还在想象中，正在计划一些宣传的文章。不知怎的大家都散了。他在想象中，对于真事的觉到就比别人迟得多。他在真事中，他比别人的主意少得多。大家散了以后，有人说已听见了炮声，他才醒过来，一点主意没有。

爸忙起来。他不怕炮声，听惯了。他怕炮打了他的铺子。爸忙叫天赐去帮忙，天赐插不上手，也插不上嘴。他在这时节既不能作诗，又不能作事，只会给人家添乱，一着急会平地绊个跟头。他饿的比别人早，还得别人伺候着。在忙乱中他不自觉的讲款式；他忘不了妈妈的排场与规矩，除非在想象着当野人或诗人的时候。伙计们尊敬他，伺候他，他是少爷。他觉得这也倒还有趣，闹学生他是人材，闹大兵他是少爷，左右逢源。

自要战事在云城一带，谁都想先占了云城；这个城阔而且好说话：要什么给什么，要完了再抢一回，双料的肥肉。兵到了！多数的铺子白天已关上，只忙了卖饼的，县里派烙，往军营里送。饼正烙得热闹，远处向城内开了炮。城内的军队一手拿着大饼，一手拿着枪，往城墙上跑。有的双手都拿着饼，因为三个人抱一杆枪。城外的炮火可是很密。打了一天，拿大饼的军队势已不支，开始抢劫；正在半夜，城的各处起了火。牛老者在家中打转，听着枪声，不住的咳嗽。远处有了火光，他猜测着起了的地方，心里祷告着老天爷别烧他的铺子。天赐很困，但也睡不着，他看着爸，心里十分难过，可是想不出怎样安慰爸来。纪妈，虎爷夫妇，也全到前院来，彼此都不愿示弱，可是脸上都煞白。

“福隆完了！”爸欠着脚向南看：“一定是！”爸哆嗦起来。

“不能……不能是福隆！”大家争着说。

“我的买卖，我还不知道在哪块？是福隆，三十多年的买卖！虎子，你扶我上墙看一眼！”爸哆嗦的很厉害，出入气很粗，可是他要上墙去看。

“爸，我去！”天赐不能不冒险了，枪子还直飞呢。

“你去看吗？你那两只眼！”爸不信认任何人的眼。

天赐没法，他只知道福隆在南街上，真测不出距离来。

爸非上墙不可，福隆烧起来，他只能对枪子马虎了，他必须亲眼看看去，他准知道福隆是在哪角。

天赐拿着灯；虎爷扶着牛老者，登了一条长板凳。爸上不去，他哆嗦，张着嘴，头上出着冷汗。扶着虎爷的手，他喘；憋足了气，借着虎爷的力量，上去一只腿。就那么一脚在上，一脚在下的歇着，闭上了眼。他积储力量呢。猛的，他那哆嗦着的手握紧虎爷的，想再上那一只脚。拍拍拍拍一阵机关枪！虎爷也出了汗："下来吧，鸡冠子枪！"老头不语，一手扶墙，一手握住虎爷，还往上去。到底他上去了，咳嗽了一阵，手在墙头上抓着，死死的抓着，他看见了。南街的道东，红了一片，大股的黑烟裹着黑团与火星往高处去；黑团与火花起在半空，从烟中往下落；烟还往上升，直着的，斜着的，弯弯着的，深黑的，浅灰的，各种烟条挤着，变化着，合并着，分离着。忽然一亮，烟中多了火花火团，烟色变浅。紧跟着火光低下去，烟又稠起来，黑嘟嘟的往上乱冒，起得很高，把半天的星斗掩住。空中已有了糊味。那是福隆和它左右的买卖。没有人救火，自由的烧着。他像木在那里，连哆嗦也似乎不会了，只有两只眼是活着，看着三十多年的福隆化成一大股黑烟，弯弯着，回绕着，凶勇而又依依不舍的往北来，走着走着还回回头。

虎爷虽然是双手扶着他，架不住他的上半身猛的往下一倒，他摔了下来。天赐叫了一声，灯落在地上。全是黑的，只是天上隐隐的有些浮光，飞着纸灰。

二十一　人面桃花

战事完了。云城果然红了半个天，应了天赐的诗句。爸的福隆只剩下点焦炭与瓦块。重要的账簿与东西，在事前已拿了出来；货物可全烧在里面。爸从前的马虎是因为他有把握，那是太平年月，眼看着福隆完了，他觉得无须再活下去了。这几年他不敢马虎，而结果反倒是这样，对于买卖与他自己完全不敢信任了。火是无情的，枪子是没眼睛的，他的老年是在火与枪弹中活着，没想到过！他病了一大场。

天赐多少日子也没到书房去，他不能再作诗。他对不起爸，不应当作那“红半个天”的句子。他对不起云城，南街北街烧了两大片，最热闹的地方成了土堆。在作诗的时候他小看云城；当云城真受了伤，他反倒爱它了。不该诅咒这个城，他觉得。他不敢多上街去。营商是他所不喜欢的，但是随便把别人的房子烧了，他简直没想到过；他后悔作过那样的诗。他到底是爸的爱子，感情使他怜惜着爸。他很细心伺候爸，唯恐爸就这么死了。妈妈是为替他争气而死的；不能再把爸咒死。他觉出他的矛盾来，可是没法调和；爸的病是真的，不能因为爸的志愿不高尚而不管，他没有那样的狠心。听着爸在床上哼哼，他不能再逃往诗境；生死是比柳风明月更重大的，虽然他不甚明白关于生死的那些问题。

学生们耻笑他，说他开倒车去尽孝道。赵老师来信，说他不同来上海是他的不伟大；干什么就干什么；脚踏两只船是不可能的。天赐不理他们，由他们说去，先看爸的病要紧，这是种责任。

爸的病慢慢的好上来。没人在他面前敢提“福隆”。他自己反倒笑了：“你们都不提福隆，好！其实，算什么呢？在病里我琢磨出来了：我没本事，一向马马虎虎，运气叫我赚了俩钱。后来我打算不马虎了不是，福隆倒连根烂了。我不明白，我也不想明白。还是马虎好，老了老了，何必呢？！”

他虽是这么说，大家谁也不信。及至他能出去活动活动了，总绕着走，不由福隆的火场经过。他拄上了拐杖，一边走一边和自己说，白胡子一起一落像个白蝴蝶。他念道“福隆”呢！

爸能出去活动，天赐也又有了事作。他加入了云社。这是云城几家自古时就以读书作官为业的所组织的诗社。社里的重要人物的门前差不多都悬着“孝廉”，“文元”等字样的匾。他们走在县衙门前咳嗽的更响亮，走在商会事务所外鼻子哼出凉气。他们的头发虽剪去，可是留得很长，预备一旦恢复科举好再续上辮子。他们的钱都由外省挣来；幼年老年是在云城，中年总在外边；见过皇上与总统的颇有人在。他们和云城这把儿土豆子没来往。天赐本没资格加入云社，可是经小学的一个同学的介绍，说他是孝子，并且能诗，虽然是商家的子弟，可是喜欢读书，没有一点买卖气。所以他们愿意提拔他。这个同学——狄文善——虽也才二十上下岁，可已经弯了腰，有痰不啐，留着嗽着玩。云社是提倡忠孝与诗文的，所以降格相从许天赐加入。云社每逢初一十五集会，他们不晓得有阳历。集会是轮流着在几家人家里，也许作诗钟，也许猜灯谜，也许作诗，有时候老人们还作篇八股玩玩。天赐这又发现了个新世界，很有趣。这里的人们都饱食暖衣的而一天发愁——他们作诗最喜欢押“愁”，“忧”，“哀”，“悲”等字眼。他们吸着烟卷，眼向屋顶眨巴，一作便作半天，真“作”。什么都愁，什么都作。天赐第一次去，正赶上是作诗，题是“桃花”。他学着他们的样子，眼向上眨巴，“作”。他眼前并没有桃花，也不爱桃花，可是他得“作”。大家都眨巴眼，摇头，作不出。他觉得这很好玩，这正合他的胃口，他专会假装。他也愁起来。愁了半天，他愁出来四句：“春雨多情愁渐愁，百花桥下水轻流，谁家人面红如许，一片桃云护小楼。”他自己知道这里什么意思也没有，纯粹是摇头摇出来的。假如再摇得工夫大一些，也许摇出更多的愁来。他不能再摇，因为头已有点发晕。及至一交卷，他知道他有了身分，这些老人——原本没大注意他——全用一种提拔后进的眼神看他了。他开始以为他的诗有点意思，可惜头摇得工夫小了些！老人们爱那个“愁渐愁”。有个老人也押愁字，比天赐的差得多——“流水桃花燕子愁”。可是大家闭上眼想了半天，然后一齐如有所悟：“也很深刻！”老人自己想了想：“谁说不是！”天赐也闭眼想了想，或者燕子也会愁，没准。

除了作诗以外，天赐还看到种种的新事，人家屋中有古玩，有字画，果盘中摆着佛手。人家喝茶用小盅，一小盅得喝好几次。人家说话先一裂嘴，然后也许说，也许不说。人家的服装文雅，补钉都有个花样。人家不讲论饭馆子，而谈自家怎样作小吃。人家的笑带钩儿，还带着“我看不起你”的意思。人家什么事都有讲究。人家称呼他“赐翁”！

他也得那样，当然的。这些人与赵老师不同而且更好了：赵老师不讲究衣服，这些人也穿得很随便，可是这些人在不讲究中有讲究；他们把绸子作里，而拿布作面，雅。赵老师三个月不理发是常事，这些人的发也很长，可是长得有个样子，不使油而微有些香水味。他们不穿皮鞋，可是穿丝袜子；老式的千层底缎鞋，丝袜，有种说不上来的调和与风雅。这是妈妈的办法，而加上点更高的审美，这像桂花，花朵不鲜明而味儿厚。天赐爱这个。妈妈对了，人是得作官，离开云城去作官，见过皇上或总统的人毕竟不凡。这些人看不起白话文，白话诗，连读小说都讲究唐人作的。他很惭愧他作过白话诗。这些人看不上男女同行，他们讲究纳妾，纳妾好作诗，风流才子。他们不问他的家事，不问家中有什么财产；他们偶尔谈到钱，是说有件古玩已见过二千五还没卖。他们能拿起件古东西而断定真假。他们差不多都会画山水，自己夸奖着，他们懂得医术，自己能开方配丸药。他们提到一个人，先说一大套官衔，哪年哪月升的，哪年哪月撤差，都丝毫不乱。他们管本县县长叫“徐狗子”。

他回家就脱了皮鞋。看屋里，俗气通天！登上椅子把“苏堤春晓”的镜框扯下来，扔在厨房去。他得去设法弄字画，如一时没有钱买古玩的话，佛手是必须摆上的。他自己的服装是个问题，即使爸给钱，他不晓得怎样去做，也叫不上来那些材料的名儿来。

狄文善给他出了主意，叫他到元兴估衣铺去买几件“原来当”的老衣服，如二蓝实地纱袍子，如素大缎的夹马褂；买回来自己改造一番，又经济又古气。狄文善随着他去，给他挑选，给他赊账，再给他介绍裁缝铺。天赐没钱没关系，狄文善愿借给他；要不然，狄文善就全给他赊下，到节下把账条直接送给爸——一个才子给爸拉点账是孝道的一种，天赐爱这个办法，这可以暂不必和爸直接交涉，等账条到了再说。狄文善什么都在行，而且热心；什么老铺子都赊得出东西来，而且便宜。铺子里都称呼他“二爷”，他们给二爷沏茶，让二爷吸烟，陪着二爷闲谈。二爷要赊账，他们觉到无上的光荣。二爷弯着点腰，看他们的东西都有毛病，他咳嗽着，摇头，手指轻弹着象牙长烟嘴。二爷挑好东西只说一句“节下再算”。他们把二爷送到门外。

天赐打扮上了，照了照镜子——不像样！扁脑杓，拐子腿，身腔细，穿上古装，在满身上打转；真像穿上了寿衣。二爷给他出主意："弯着点腰，以软就软，以松就松；再摇着点，自然潇洒。"天赐摇起来，果然是脱了俗气，和吕洞宾有点相似！初在街上摇摆，大家看他，他要害羞；和二爷走了两趟，他的鼻子利用原来的掀卷顶到了树尖上去，闻着仙人在云中留下的香气。他的脚尖不往一块碰了，因为用脚踵走，走得很慢很美。扇子之类的小零碎，在云城不易买到古式的，二爷有时送给他点小玩艺，有时卖给他。卖给他的，并不当时要钱，也不说价，二爷不是商人："先拿着用吧；这把扇子还是祖父在杭州作官时买的，画得好，写的也不坏。扇股可别用汗沤，这是斑竹，可不同普通的竹子，把花纹沤黑了可糟！"二爷是真朋友，什么都教给他；为他，二爷赔了好多钱。生活也确是有了趣味，什么都作，而作的不伤神；什么都谈，谈得很雅。他们一同到城北去垂钓——绝不能说钓鱼——二爷的鱼竿值三十多块钱，二爷说！钓着鱼与否全没关系，为是养神。天赐真觉得必须养神，不趁着年轻力壮养神，什么时候才养呢？二爷的鱼虫是在磁罐里养过一个多月的，用湿细草纸盖着，通红，像一条条的珊瑚枝。钓了半天，二人才钓上一寸多长的一对小"柳叶"，可是有多少诗意呢！

天赐也到二爷家中去。二爷的姐姐比二爷大着两岁，是个才女，会画工笔牡丹，会绣花，会吹箫。二爷的母亲很喜爱天赐。去过两趟，老太太就许他见见才女。才女出来周旋了两句就进去了，可是天赐以为是见了仙女。才女叫文瑛，长长的脸，稳重，细弱；两道长细眉，黑而且弯。穿得随便而大雅。文瑛是她父亲在广州作官时生的，父亲死在任上，她会讲广州话！狄老夫人顺口答音的把天赐家中情形都探了去，（没问，是顺口答音的探。）而后二爷透了点更秘密的表示，假如这三位才子联为一家……天赐落在一种似恋非恋的境界里，又想起来"我与小姐有一度姻缘"。可是没法叫她知道了；她不常见他，偶尔给他一两声箫听听！他得作诗了，"如此箫声疑梦里，桃花一半在云间！”他哼唧着，摇着头，落在枕上一两点养神的泪，因为睡不着。

狄老夫人非常的厚待他，有什么不对的地方也委婉的说他，她说：“我拿你当作亲儿子！”她告诉他说话要小心，举止要大方，帽子别着了土，鞋底边得常刷点粉，衣服该怎么折，茶要慢慢的喝。“在我这儿都可以随便，咱们这样的交情；在别人家就得留点神，是不是？”她找补上。他很感激，他就怕人家笑话他是商人的儿子。到别人家去，献上茶，他干脆不喝；渴就渴，不能失仪！在狄家他稍微随便一些，既然狄老夫人对他那么亲热。有时候狄家来了客，他可以不走，而躲在二爷屋中去。文瑛会在这种时节给他端一小碗八宝粥，或是莲子羹来。“怕老妈子手脏，我自己给你端来了。”她把碗放下，稍微立一会儿，大方而有意的看他一眼，轻轻转身，走出去。天赐不再想回家。

这些，他都不敢让爸知道。他的古装不在家里穿。虎爷看见了他的打扮，他告诉虎爷：“这便宜呀，旧的改新；你摸摸这老材料够多么厚，十年也穿不坏，省钱！”没法子，对虎爷不能不说这种无诗意的话，饶这么说，虎爷还直吐舌头。

最放心不下的是那些账条。设若到年底，爸忽然接到它们而不负责还债，怎办？怎办？他假装马马虎虎，可是不能完全忘掉。他甚至于想起个不肯用，而到万不得已时还非用不可的办法：赵老师的钱的创造法——偷东西去卖。这个不是高明法子，也有点不体面，但是为自己在外边的身分与尊严，为这种生活的可爱，到必要时还非这么干不可。即使得罪了爸，也不能舍弃这种生活。这是在云间的生活，高出一切。他开始觉到人应当有钱。爸的弄钱是对的，不过不应那么花。人须先有钱，而后像云社的人们那样花，花得有趣而没有钱声与钱味。钱给他们买来诗料。

更使他不忍舍弃这种生活的自然是文瑛。一个会画会写的女子在家里！一对儿才子才女！天天在一块儿作诗，替桃花发愁，多么有趣！文瑛必是爱他的，他想。不是女学生那种随便交际，而是尽在不言中的一点幽情；那碗八宝粥！把爸的钱都花了而得到她，也值。他念《西厢记》，送完粥，临去秋波那一转！他的想象使他的全身软起来，他觉得自己该变成个女的——安静，温柔，多情，会画工笔牡丹，多愁善病。决不能再作黄天霸了，那可笑。他得是张生，贾宝玉多情多得连饭都可以不吃，身子越瘦越会作诗。人得像蝴蝶似的，一天到晚在花上飞。他愿化为蝴蝶，一个小小的黄蝶，专爱落在白牡丹上！他得偷爸的东西，好当蝴蝶。

二十二　家败人亡

爸的病始终没好利落，好几天，歹几天；他自己向来不会留神，稍好一点他便想吃口硬的，吃了便又不舒服。他不想恢复福隆了，没那个精神；那两个买卖，他也不大经心，他得恢复他的马虎，这可是另一种马虎，一种不能不承认自己的衰老的马虎。这种马虎是会杀人的。

天赐十九，爸七十。天赐愿给爸办整寿，他有了会写会画的朋友，他得征求寿文寿诗寿图，以减少爸的商人气，而增高自己的名士身分。爸打不起精神干这个，可是也不便十分拦阻，这是儿子的孝心。他已给儿子还了不少的账——连狄二爷那把扇子开来账条——爽性叫儿子再露一手。他还那些账的时候，不能不叨唠几阵，可是同时心中也明白，儿子不是为吃喝嫖赌花了，是为制衣服买东西，虽然那些破东西没有一样看上眼的。他想开了，儿子本是花钱的玩艺，不叫他这么花，他会那么花。他看不起云社那群“软土匪”，可是他们也有用处：商会办不动的事，他们能办，他们见县官比见朋友还容易。儿子不和他们打拉拢，很好；能和他们瞎混，也好。这年头作买卖不是都得结交软土匪与官场么？随儿子的便吧，他管不了许多。天赐的婚事倒是常在他心里，他怕儿子被云社那群人吃了去，真要娶个官宦人家的小姐来，那才糟。他自己吃过了亏。他自己年轻的时候，也是迷着心，而老太太的娘家父亲爱上他的和气与财力，非让他作女婿不可。他一辈子没翻过身来。他并不恨老伴儿，可是想起来不免还有惧意。结婚最保险的办法是女的比男的穷，身份低；驸马爷至多会唱四郎探母！是的，他得赶紧替天赐张罗着，趁着自己还有口气。先办寿，后办婚事，花吧，反正自己还有多少年的活头？福隆都烧了，身子落在井里，耳朵还能挂得住？

天赐比妈妈又厉害了，先排练虎爷：“虎爷，有人来找我，你站在屏风门外喊‘回事’，明白不？等我答了声，你再向外喊，‘请’。然后拿着客人的名片，举得和耳朵一边齐，你，在前面，叫客人跟着，不要慌，慢慢的走，眼看着地，会不？来，练习一个！”

虎爷想了想：“咱哥俩说开了，我不会；就是会，我也不来这套，明白不？你要是不要我的话，吹！我不会耍猴儿玩。告诉你，你那头一对哗啷棒是我给你买的，不是揭根子，我懂得交情。我就是不干这路钩套圈，明白不？”

天赐的脸都气绿了。可是没法对付虎爷，虎爷到底是他最老的朋友。他也没有辞去虎爷的能力；虎爷要是想揍他一顿，还真就揍。云社的人们是不讲打架的。天赐把这口气咽了，过了一会儿反觉得自己很有涵养。同时云社的人都很夸奖他，他们决定下次集会讨论牛老者的寿文问题。他们非常的热心，愿把次好的字画陈设借给他用，给他出主意，替他去跑腿。他们就是喜欢别人按照他们的排场办事，他们赔上俩钱也愿意；赚几个更好。他们可是暗示给他，到办寿那天他们不能去贺寿；和些商人混在一处是破例的事，他们不肯破这个例。他们可以在正日子的前一天来，假如天赐愿意给预备几桌精细酒饭的话。天赐觉得这是一种优遇，不是污辱。他希望女眷也能来，目的是在文瑛。假如文瑛肯来，他与她的关系就能更亲密一些。他确信这是个好机会。他可是不敢去明说；私下里写个短笺更多危险。他先求她画张牡丹，再说别的。他不敢猛进，仿佛更明白了什么是愁与西厢记。

爸的寿日的前三天，爸的精神很好，叫纪妈作了点汤面，吃完，想到铺中看看，刚要走，来了个伙计，告诉他："源成银号倒了。"

"什么?"爸的眼直了。

"源成倒了。"

爸没说出第二句话，就瘫在那里。

天赐慌了，忙叫虎爷帮着把爸抬到床上，而后去请医生。医生没给开方，告诉他预备后事。

爸就那么昏昏迷迷，挺在床上，呼吸很慢可是很粗，白胡子一起一落，没有别的动作。

爸不信服银行，他的钱全交在源成，一个山西人的老买卖。自从广东的"稻香村"顶了山西人的干果店，浙江人也顶了山西人的银号。可是源成没倒；几次要倒，都是谣言；牛老者没有信过一回这种谣言："源成要是倒了，就没了天下!"他笑着说。他不信那些新事儿，什么保火险，买保险箱，他都不干。他只信源成，源成在他年轻的时候已经是老买卖；况且源成确能使他信靠，交钱支钱，开个汇票，借个三千五千，全没错儿，而且话到钱来，没有银行那些啰哩啰嗦。源成真倒了，没了天下!他什么也不知道了。他的俩买卖能不赔不赚的维持；源成拿着他的命。

天赐想不到这些，他着急，可是还迷着心作那个官样的寿日。他只信医生一半话，还希望爸会起来，仍然作七十整寿。他看着爸，爸睁了几次眼，都没说出什么又闭上了。爸的手已不能动。到了半夜，他开始怕起来，爸的呼吸更困难了，眼睛已不再睁开。他又看到了死，死又使他清醒过来："虎爷，爸不好!"他的泪随着下来。他希望爸——像妈那样——跟他说几句话。爸一辈子没说过什么漂亮的，可是爸可爱，爸是真爱他。哪怕胡说几句话呢，他愿听听爸的最后的声音。死时而一语不发比死还难堪，爸不是还有点呼吸么？他不由的叫出来："爸！爸！"爸连眼也不睁！"爸！你说一句！"爸不语！他觉到许多地方对不住爸，他不应当看不起爸；爸要死，而他无从跟爸说他的过错！爸真底是可爱的。纪妈和虎爷主张给爸穿寿衣，以免死后倒动。他不肯，他不肯那样狠心拿活人当作死人待，爸还有气儿呢。可是他扭不过他们去，寿衣找出来，刚穿上褂子，爸已不再呼吸。他放声的哭起来。妈死的时候没使他这样伤心，并不是爸的身分与智慧比妈高，不是；爸可爱，不管他是商人还是强盗。

怎办呢？他没主意，他想坐在爸的身旁看着，看到永远；或是去睡觉。他不能去睡。他必须出主意，妈死的时候有爸操持一切；现在，爸也找了妈去，只剩下他自己。他知道这个，可是没办法。虎爷，虎爷是他的老友，他要求虎爷。虎爷没放声哭，可是泪始终没干，头上出着冷汗。虎爷从十二岁就跟着爸。爸死，虎爷把以前的委屈都想起来，况且以后他没了家——牛家就是他的家。

虎爷出了主意，先到铺子取点钱，然后通知亲戚。天赐怕那群亲戚，但是没法不通知。对于取钱，他想多取一些，这场丧事必须办得体面，像预定的办寿那样体面，这才足以对得起爸，爸的钱还给爸用。

虎爷一清早就出去了，先去取钱。只取来二百！他和铺子里打听明白了：铺子有"账"：人家欠铺子，铺子也欠人家，作买卖本是一种活动周转。爸死了，欠人家的债得还，而账本上人家欠铺子的未必能要进来。这么一翻身，两个铺子所有的货、钱，未必够还债的。源成是倒了，存的钱已连根烂，而且没地方再周转去。两个买卖都得倒。天赐傻了，他不懂买卖，他以为买卖就是平地挖钱。怎么他也没想到买卖会要倒。他更觉得爸不应死，可是已经死了！他想到云社那群朋友，他们必定有主意，他至少还有两所房屋。房子可以不要，爸的丧事必须办得风光，只有这个可以补上一点孝心，等爸入了土不就太晚了么？他嘱咐虎爷去请亲友，也请几位云社的人，主要的是狄文善。他似乎很有把握了，有云社的朋友来，亲戚们便不敢闹，朋友们是随便可以见知县的。朋友们来必定会指着两所房弄些钱来，他必须为父亲花一两千。

虎爷跑了一天。晚间，天赐希望来几个人；没个人影。第二天，铺子来了几个人，慌忙着又走了，只留下两个学徒帮忙。天赐等着近亲来到好入殓；没个人影。寿木是早已预备下的，爸自己看的木料。没人来，只好按时入了殓，连虎爷也哭放了声。

接三，除了铺中来了几位，还有两三家远亲。别人都没到。

源成倒了的消息早已传遍全城，跟着就是牛老者死的消息。谁肯来吊丧呢？云社的人本和天赐没关系，他们提拔天赐，因为他好玩，而且知道他有钱。现在他的钱没了，还理他作甚？他们不提“钱”这个字，可是关于钱的消息比谁也灵通。近亲更不用提，对于钱的来去比人的生死更关心多多了。他们都知道了，何必再来烧纸吊孝，白费些钱？他们等着呢，等天赐卖房时再说，他自要敢卖房，他们就有个阵式给他瞧。他如不卖，他们会叫他卖。他们钉着那两所房；死几个牛老者也没大关系，他们才不来白赔眼泪。

送三的时节，天赐哭得死去活来，冷清清的只有他一人穿着重孝，虎爷落着泪搀扶着他。几个伙计腰中围了孝带，手中拿着长香。和尚在空静的街上打着乐器，打得极快。后面跟着几个看热闹的孩子。送三回来，虎爷已熬了两夜，倒在条凳上就睡去。两个学徒和纪妈虎太太商议好分着前后夜。灵前跳着点烛光，天赐坐在一旁，眼哭得干巴巴的疼。他都明白了：钱是一切，这整个的文化都站在它的上面。全是买卖人，连云社的那群算上，全是买卖人，全是投机，全是互相敷衍，欺弄，诈骗。他不应当看不起爸，爸是对的，况且爸还慈善呢，至少是对于他。他不恨任何人了，只恨他自己，他自己没有本事，没有能力，他仗着爸的钱去瞎扯淡，他不知将来怎样，没主意。小小的个人，已经看到两次死，死是总账。他想起妈妈，和那颗小印。妈妈嘱咐他作官，爸临死什么也没说，他到底去干什么呢？干什么不都得死么？他不再想了，死是总账。他就那么坐着打开了盹儿。他看见过去的事和爸，迷迷忽忽的。猛一点头，他醒了，爸在棺材里，他在棺材外，都像梦。和尚又回来念经，他继续打盹，可是不能再迷忽的看见什么。

出殡依然冷落，没有几个人。爸挣了一辈子钱，妈妈的殡反倒那么风光！他已哭不出，只和虎爷一边走，一边落着泪。走到狄家门口，文善文瑛都在门口站着呢，就那么站着，没有任何表示。文瑛设若躲进去，也还算有情。她不动，正和街上看殡的人一样冷静，她似乎绝不认识天赐。他认识了自己："天赐，你什么也没有，除了爸那几个钱；现在钱完了，你什么也不是！"

出了城，"杠"走得非常的快。爸和妈并了骨。他的泪又来了，爸和妈全永远埋在这里，只有那个坟头是他们曾经活过几十年的标记，像两个种子深深埋在地下，只等腐烂！他捉不到什么，什么都是坟地样的空虚。

他怕回家，那个空家。但是必须回去，家到底是个着落。可是，不久这个着落也得失去！他和虎爷回来，虎爷是他唯一的朋友。虎爷不会作诗，没有排场，不懂什么，可是有一颗红的心。

铺中掌事的等着他呢，买卖是收与不收，听他一句话。收呢，马上报案；不收呢，他得有办法；他如能周转钱去便可以不收。他没有那个能力，也没心程作买卖。收！

家中怎办呢？他独自带着虎爷与纪妈过日子么？吃什么呢？房必须出手。卖去大的，再买所小的。纪妈得回家，虽然极舍不得她。平日和纪妈并没怎样的好感，现在可舍不得她，她是他的乳娘，自幼把他看大。前途是暗淡的，他想捉住过去的甜蜜，他爱老朋友。但是纪妈得走，没法子。他亲自送她到城外，给她雇上驴；走出老远她还在驴上掩着脸哭呢。他不能放走虎爷，虎爷也不想走。“不怕，不怕！”虎爷红着眼皮说：“咱们有法子，不怕！”

决定卖房子，房子就分外的可爱，没有一个犄角儿没有可纪念的事儿的，他闭着眼摸也会摸不错任何东西，它们都有历史，都可爱。

可是房契在哪儿呢？虎爷不知道，天赐不晓得。虎爷知道牛太太活着的时候，是在她手里；她死后，谁知道牛老者把它放在什么地方了呢？虎爷到铺子去问，大家都笑起来，铺子岂是存房契的地方？他回来，和天赐翻箱倒柜的找，找不到。爸是马虎人。

“虎爷，”天赐在爸死后头一次笑，“我看出来了，大概就是这点家具准是咱们的，别的全糟了！”

“不能，”虎爷仿佛是有把握，“不能！契纸一定在家呢，慢慢的找！”

什么地方都找到了，没影儿。天赐好像觉得这怪好玩了：“别是叫老鼠拉去了吧？”

虎爷没说什么。

买卖报了歇业，连福隆的地皮卖出去，仅够还账的。过了个把月，消息传到天赐的耳中，房契是在铺子掌事的手里，爸交给他的。他已经跑了，用契纸押了三千块钱。房契还在云城，没有三千块钱赎可是回不来。天赐得马上搬家，人家要房住。

天赐反倒笑了：“虎爷，我说什么来着？别的少说，咱们找房吧。”

虎爷以为天赐的嘴不吉祥，但是事实真是这样，他也只好拿出笑脸来："不怕，咱们把东西卖巴卖巴，租个小房，再想办法，活人还能饿死？"

天赐虽不能高兴，也不太悲观，开始写小纸签，该卖的都贴上，没签的是留下来的。狄二爷卖给他的那把扇子也贴上了小纸条！爸的衣服，他舍不得，"虎爷，我仿佛觉得这些衣服还有热气呢，不能卖！"

"你是玩呢，还是干真事呢？"虎爷问。

天赐没回答出来。

待了半天，虎爷想起来了："你是爱玩；想当初你抓周的时候，抓的是哗啷棒。"

二十三　隐士卖梨

正在整理东西，有人来找虎爷，说他的老丈母娘在城外等着他呢，有很要紧的事。虎爷走了，天赐独自看看这个，动动那个，信手的贴小签儿。

进来一伙人，雷公奶奶领头。天赐一看见她就木住了，好像虾蟆见了蛇。一个男人把月牙太太困在后院，另一个男人把天赐拉到门口："看着我们搬东西，一出声或是一动，你看这个！"袖口中露出个刀子尖，在天赐的胁部比画了一下。门口放着辆敞车。

天赐不敢动，呆呆的看着男女们往外搬运东西，搬得很快。雷公奶奶撅着尖嘴，仰着头，一趟一趟的搬，很有仙气，看着看着，天赐感到了趣味，他欣赏他们给他的地位——大家好像都是他的仆人，而他监督着他们给搬家呢，他的身分很高。虽然刀子始终没离开他的身旁，可是他觉得他须及时的享受，他微笑着，有时还帮句嘴儿："掉地上一把扇子，老太太。"他惹不起他们，可是他会想象着乐观。

人多好作事，不到一顿饭的工夫，细软的东西和好搬的小件已装满了车。袖里藏刀的那位很客气的代表大家对他说："大件的木器给你留着，咱们是亲戚，不能赶尽杀绝，是不是？再见吧！"

天赐以为这种客气几乎可以媲美云社的人们，他也不能失礼：

“谢谢诸位！要是愿意的话，再拉一趟吧！”

“那就不必了，大家都很忙，没那个工夫，再见。”

大家依依不舍的分了手。

桌子大柜，箱子什么的都留在原处；柜中箱中可是都空了。椅子一把没留。墙根上落下一把扇子——狄二爷卖给他的那把。天赐拾起扇儿，心中茫然。月牙太太从后院跑来，厨房并没动，只搬走了两口袋面。天赐不愁，也不生气，低着头在屋中走遛，一点主意与思想都没有。

虎爷回来可楞了：“调虎离山计！哪儿有什么老丈母娘呀！你就老老实实的看着他们抢？”

天赐觉得“调虎离山”用的十分恰当：“不老实着怎办呢？肋条上有把刀子！”

虎爷又开始点东西，看看有多少木器；再说，堆房里还有些零七八碎呢。天赐拦住了虎爷：“虎爷，歇歇吧，怎知道他们不再回来拉木器呢？”

“敢！再来？人命！”虎爷气得脸都紫了。

“那才合不着。好腻烦，睡会儿去！”天赐上了西屋，床上的被褥已经搬了走，他就那么躺下去。

虎爷虽然不怕出人命，可是也不敢找雷公奶奶们去，她们是牛家的本族，他怎能够管。他只好马上把木器们撮出去，能卖多少钱卖多少，别等他们真再回来。厨房的东西留下一部分，还留下床和两只箱子，其余的全卖。他上街去找旧货贩子，叫虎太太锁上大门，非等他回来不开。

那么些东西只卖了一百五十多块钱，还是三家合股买的，云城好像要穷干了。虎爷准记得那张条案是三十多块买的，可是人家说得好：“现在谁要这种老沉货呀？谁花三十多买一张桌子呀？东西是好哇，可是得在手里压着，一辈子未必有个买主。你这是老人家了！”这末一句称赞使虎爷落了泪。老人家了！虎爷狠了心，卖；总比又被人家抢了去强，虽然这比被抢也差不了许多。

有了这点钱，天赐又有主意，他计划着，想象着，比如他和虎爷开个小铺子，或是一同上上海，主意太多了，他也说不上哪个较比的好。这么乱想使他快活；他看着妈妈的箱子与爸的床被人抬走本想要哭。虎爷不撒手钱，并且告诉天赐少瞎扯淡。虎爷有主意，他先去租三间房，然后再讲别的。叫月牙太太把钱票给他缝在小褂的里面，他出去找房。天赐觉到虎爷的能干，好吧，随他办吧；有人办事就好，他自己只会想象。

房租好，虎爷买了两把椅子，因为椅子都被人抢去。桌子就用板子支搭，用不着买。厨房的东西一点不缺，搬过去马上可以作饭。就剩了搬运。天赐的脸白起来，泪在眼中转；这真得离开家了！就剩了那么点点东西！他舍不得那两株海棠，舍不得那个后院——练镖耍刀的宝地！不能白天搬，妈妈活着肯白天搬家而只搬着两只空箱与一些碎煤么？妈妈是可爱的，那些规矩是可爱的，妈若是活着，不会落到这步田地，不会！就是爸活着也不能这么四大皆空。他曾反抗妈，轻看爸；如今，他自己就是这样！他不许虎爷白天搬运，等太阳落了再说，反正东西不多。他不怕别的，还不怕云社的人看见么？

虎爷不听这一套。“你不用管好了，我们俩搬；你看看门横是行了吧？”

天赐独自看守大门，不能再闹玄虚了，这是真事！他恨他自己，什么本事也没有，连点力气都没有，到底是干什么的呢？只会玩，只会花钱，只懂得一点排场，当得了什么呢？他应当受苦，他没的怨。

不大会儿虎爷夫妇已把东西运完，看房的也来到，该走了。天赐不肯迈那个门坎，这一步便把他的过去与将来切开，他知道。十九年的生活舒适饱暖，门坎的外边是另一个世界。他不肯哭，可是泪不由的落下来。他瘫软在那里。虎爷也红了眼圈，一把扯住天赐，连拉连扯的走了出去。他们都不敢回头，门洞中两块石墩有什么样的黑点都清清楚楚的在他们心里。

虎爷租的三间屋是西房，院中大小一共七家儿，孩子有三十来的个。最阔的是邮差，多数是作小买卖的，还有一家拉车的。炉子都在院里，孩子都在院里，院里似乎永没有扫过。三间西屋的进身非常的小，要是摆上张大八仙桌便谁也不用转身。虎爷用木板支了张长案，正合适。进身小，可是顶子高，因为没有顶棚。墙上到处画着臭虫血。天赐住北边那间，虎爷们住南间，当中作厨房。

天赐受不了这个。窗户上的纸满是窟窿，一个窟窿有一只或两只眼看着他，大概院中的孩子们有一半都在这儿参观呢。“扁脑杓儿，”“还穿着孝呢，”大家观察着报告着。虎爷已经很累，倒在床上睡了，好像这三间屋子非常可爱似的。天赐也倒在床上，看着屋顶的黑木椽，椽上挂着不少尘穗。他睡不着。想到在云社的人们家里集会，作诗，用小盅吃茶，他要惭愧死。

虎爷醒了，出去买吃食。他们夫妇吃窝窝头，单给天赐买了三个馒头。菜就是炒咸菜。天赐看见单给他买馒头，生了气。“为什么看不起我呢？我能吃粗的！”

“好吧，以后不再给你单买。”

天赐放在口中一块窝窝头：“好吃；这不跟十六里铺那饼子是一样的面吗？很可以吃。”

“吃过三天来就不这么说了，”虎爷还把馒头送在天赐的手下。“说，咱们干什么呢？”

“咱们？”天赐又要施展天才。

“别胡扯，说真的！”虎爷迎头下了警告。

“真的？我没主意。”

“咱们这儿还有一百多，作个小买卖怎样？”

“叫我上街去吆喝？”天赐不觉的拿起馒头来。

“我吆喝，你管账，摆个果摊子；我会上市。”

“叫我在街上站着？”

“还能在屋里？”

“我不干！”天赐不能在街上站着卖东西：“我会写会作，我去谋事，至少当个书记。”

“哪儿找去？”

天赐不晓得。“要是饿死的话，我是头一个，我看出来了。”

“实话！”虎爷一点也不客气。“你是少爷，少爷就是废物，告诉你吧。”

天赐没法儿反抗，他真是废物。他那个阶级只出小官，小商人，和小废物。他怕虎爷生气，虎爷是唯一的，也是最好的朋友。把虎爷再得罪了，他大概真有饿死的危险。他答应了，作小买卖吧，谁叫他自己没主意呢。既答应了这个，他又会思想了；他就怕没主意，一旦有了主意——不管是谁的——他会细细的琢磨。他会设身处地的推想。自要他走入了一条道，他便落了实；行侠作义，作诗人，当才子，卖果子，都有趣味。趣味使他忘了排场与身分，这是玩。他想开了：老黑铺子北边就不错，那里短一个果子摊，而且避风；赶上有暴雨，还可以把东西存在老黑那里。想起这个，便想起“蜜蜂”，应该看看她去，她也是老朋友。

吃过了饭，他立在屋门口看着街坊们。他觉得这群人都也有趣，他们将变成他的朋友，他也要作小买卖了。他们都没有规矩，说话声音很高，随便跟孩子瞪眼，可是也很和气，都向他点点头，让他屋里坐，连妇女也这样。他们吃饭就在院里，高声的谈他们自己的事：什么使出张假钱票，什么蒙了个五岁的娃娃，他们都毫不羞愧的，甚至于是得意的，说着。天赐很容易想出来：城里的都是骗子，钱多的大骗，钱少的小骗，钱是一切。只有一个真人好人，据他看，纪老者。纪老者不骗人。他想起纪妈，她还进城来不呢？

虎爷没工夫管邻人们，他忙着筹备一切。天赐插不上手，只会出些似乎有用又似乎没用的计划，他想象着由果摊就能变成个果局子，虎爷作掌柜，他还可以去作诗。他得把摊子整理得顶美观，有西瓜的时候得标上红签，用魏碑的字体写上“进贡蜜瓜”。他得起个字号，“冷香斋”！诗人的果摊！他非常的得意。

正是四月天气，市上没有多少果子。虎爷打了两“炮”樱桃，一些萧梨，香蕉，和青杏；配上点花纸的糖，红盒的葡萄干，也倒还像个摊子。天赐主张把青杏摆在小碟子上，盖上菠菜叶。虎爷没那个心肠。虎爷大概的把货物摆上，天赐看不上眼。等虎爷家去吃饭，他把筐上的竹箍扯下来，削成细签。然后从新摆弄果子，摆成塔和各种堆儿，果子不服从命令要滚，便用竹签互相的插上，仿佛作豆细工似的。梨上还插上个红樱桃，颇为美观。虎爷回来差点气疯了：“把梨都插烂了，你是怎回事呢？你？”天赐不再管了，偷了点钱，去买了几本小书，坐在摊后，他细心的读念，称呼自己为隐士。他是姜太公，有朝一日必有明君来访，便作宰相。可是赶上他独自看摊子的时候，来了买主，他很会要价，该要一毛的，他要四毛，人们不还价就拉倒，要是还一毛五就多赚着五分。这是他从院中的邻居们学来的，他以为这很对。大家既都是骗子，作小买卖的吃了前顿没有后顿，便更应当骗，骗得合理。爸有好多钱还想再赚，白了胡子还一天到晚计算，何况只摆个果摊呢。高兴的时候，他很会讲话，拿出他说故事的本领，运用着想象，他能把买果子的说得直咽唾沫，非马上吃个梨不可。他的梨治一切的病：“老太太，拿上一堆，一堆才十五个，专压咳嗽！看这小梨，颜色是颜色，味道是味道。先尝一个，买不买不要紧。我拉个主顾！地道北山香白梨。”老太太不为自己吃，是给孩子们买。他登时改了口：“小孩吃这个顶好了，专消食化水。”老头儿，小伙子，大姑娘，都必吃他的梨；他的梨连猩红热都能治。说着说着，他自己也真信了他的话，他也得吃一个，因为觉得有点头疼。吃完一个果子，顺手打开一盒葡萄干，看着书，随便的捏着吃。赶上他不高兴，什么都是一毛钱一堆，拿吧。遇上老黑的孩子们从这儿过，果子是可以随便拿的。孩子们专会等虎爷不在摊上由这儿过。有时候被虎爷看见，天赐会说：“我给他们记着账呢！”

由孩子们的口中，他知道“蜜蜂”已出嫁，两个大男孩已在铺中帮老黑的忙。现在这一群是后起之秀；老黑自己也不准知道自己有多少孩子了。“蜜蜂”出嫁，嫁了个纸铺的伙计。天赐心中有点不得劲，拿了两包糖给孩子们：“给蜜蜂送去！”

二十四　狗长犄角

在杂院中，天赐明白了许多事儿。邮差住着北屋，身分最高，不大爱理人，早晚低着头出入，好像心中老盘算门牌的号数。几个作小买卖的是朋友；虎爷既也作买卖，所以他们对他很亲热，彼此交换着知识，也有时候吵起来，吵完便拉倒，谁也不大记着谁。拉车的身分最低，可是谁也不敢惹他，他喝俩钱的酒，随便可以拼命。大家对天赐显着客气，都管他叫“先生”。他越对他们表示好感，他们越客气。他身上有股与他们不同的味儿，仿佛是。妇女们看他在院中便不好意思赤了背。他学着说他们的话，讨论他们的事，用他们的方法作事，用他们的推理断事；他到底是他，他们不承认他是同类。他们的买卖方法不尽诚实，他们得意自己的狡猾，可是他们彼此之间非常的像朋友。为一个小钱的事可以打起来；及至到了真有困难，大家不肯袖手旁观，他们有义气。他们很脏，不安静，常打孩子。天赐看出来，这些只是因为他们没有钱，并不是天生来的脏乱。他们都有力量，有心路，有责任心，他们那么多小孩都是宝贝，虽然常打。他不如他们，没力量，没主意，会乱想。他们懂得的事都是和生活有密切关系的，远一点的事一概不懂。他们是被一种什么势力给捆绑着，没工夫管闲事。手抓来的送到口中去。他可怜他们，同时知道自己的没用。他们管他叫“先生”，是尊敬，还是嘲笑呢？他不能决定。

他想郑重的帮助虎爷，他必须变成他们中的一个。端阳节到了，虎爷红着心作一笔生意，除了果品，还添上粽子，连月牙太太也忙起来，她得管洗米，泡枣，煮叶，和包粽子。买卖确是不错，天赐高兴起来，把书本放下，一天钉在摊子上。他的脸色红起来，吃饭也很香，力量也长了。他觉出自己有了真本事。邻人们都称赞着：“先生有点劲头了！”他不爱这个“先生”，而暗喜自己长了力量。节前，东屋老田夫妇打起来，他过去拉劝，为是试试自己的力气；被田家夫妇把他揍在底下；架打完了，他还在地上趴着呢。大家都觉得对不起“先生”，而“先生”也承认了自己是“先生”。

节下的前一天，街上异常的热闹。虎爷在太阳出来以前就由市上回来，挑着樱桃桑葚红杏。月牙太太包了半夜的粽子。天赐也早早起来，预备赶节。满街都是买卖的味儿，钱锈与肉味腻腻的塞住了空中。在这个空气里，天赐忘了一切，只顾得作买卖，大家怎么玩，他会跟着起哄的。他头上出着汗，小褂解开钮，手和腕上一市八街的全是黑桑葚的紫汁，鼻子上落着个苍蝇。他是有声有色的作着买卖，收进毛票掖在腰带上，铜子哗啦啦的往笸箩里扔，嘴里嚼着口香蕉。稍微有点空儿，便对着壶嘴灌一气水，手叉在腰间，扯着细嗓：“这边都贱哪，黑白桑葚来大樱桃！”他是和对过的摊子打对仗：“这边八分，别买那一毛的，嗨！”虎爷是越忙越话少，而且常算错了账：“又他妈的多找出二分！”天赐收过来：“那没关系，我的伙计，明儿个咱们吃燉肉！哎，老太太要樱桃？准斤十六两，没错！”正在这么个工夫，他一回头，狄文瑛在摊旁站着呢。她还那么细瘦，眉弯弯的，稳重。她没向他点头，也没笑，就那么看了他一眼，不慌而很快的走开。

天赐木在了那块，忘了他是作买卖，他恨作买卖！一声没出，扣上他三毛钱的草帽，走了。

走了一天，到落太阳才回来。

虎爷恨不能吃了他："你上哪儿啦?!"

他不出声，戴着草帽收拾东西，皱着眉头。

第二天是节下，他告诉虎爷他歇工。

"你歇工？我揍出你的粪来！你怎回事呀?"

"不怎回事，作买卖没我!"

月牙太太怕二人吵起来，"得了，帮帮忙吧，明天再歇工；不卖今天卖几儿个?! 瞧我了!"

天赐的心软了："好吧，就帮今儿个一天!"

"你简直不是玩艺!"虎爷是真着急。

"别说啦，走吧!"虎太太给调解着。

过了十点钟，应节的东西已卖得差不离，天赐想起燉肉："虎爷，收了吧；下半天还有买卖吗？家去吃肉。"

虎爷答应了，他以为天赐是想起往年过节的风光；钱已卖满笸箩，虎爷也会体恤人。

"真想给纪妈送点东西去!"天赐一边收拾，一边念道。

"过了节的。家里的该住两天娘家，你送她去，就手看纪妈。我也歇两天，反正现在也没什么可卖的。节后得添酸梅汤了，是不是?"

正这么一边收摊，一边闲扯，摊前过去个人，高身量，大眼睛，小黑胡子，提着两个点心匣子。他看了天赐一眼，天赐也看了他一眼，觉得面熟。他可是走过去了。走出没有多远，他又回来了，站在摊旁看着虎爷。虎爷以为他是买东西的，拿出收摊子不再伺候的劲儿，不去招呼。

"你是虎爷吧，我的银儿?"高个子说。

"什么？王老师?!"他们一齐的跳起来。"留了胡子?!"

“可不是我！”大眼睛瞪圆了，拉了拉袖子。“哪儿都找到了，找不着你们。福隆没了，别的买卖倒了，房子别人住着，听说老头老太太都过去了。怎么回事儿？怎么回事儿？”

他俩争着要说，谁也不再顾得收拾东西。

“这儿不行，走，吃饭去，我的请；不请你们是个屌！”王老师先起下了誓。

“也得等把东西收起去？”虎爷说。

“也得家去告诉虎太太一声儿去？”天赐说。

“怎么？虎太太？有小老虎没有呢？快收，虎爷你收，天赐你家去言语一声，咱们在外边吃；回来再看虎太太去。”

天赐向来没跑这么快过，摔跟头也不怕，因为不怕也就没摔。到了家，在窗外只说了：“王老师请吃饭，”磨头就往回跑。

虎爷已把东西寄放在老黑那里。王老师的点心本是给牛老者买的，也暂放在那里。三人去找饭馆，节下都歇灶，只有家羊肉馆照常营业。

“将就了吧，”王老师领路，“改天再请吃好的。”

王老师一定请他们点菜，怎说也不行，非点不可，他们是真点不上来；王老师喊得和打架一样。他们胡乱的要了俩，王老师又给补上了八个。然后问他喝什么酒。天赐不会喝，虎爷也没多大量。王老师自己要白干，给他们要了点黄酒。

“一晃儿十几年，嘿！”王老师看着天赐：“在街上不敢认，不敢认！虎爷也改了样，可是还能认得出。我自己也老多了，老多了！”他抹了抹黑胡子。

王宝斋确是老了些，可是还那么精神；脸上胖了些，配上小黑胡子，很像个大掌柜的。他发了财。拿着牛老者的一千块钱，他上了天津，也不短到上海。他什么也干，自要赚钱他就干。他私运东洋货，偶尔也带点烟土，受朋友的托咐也代销脏货。可是他也越来越厚道，对于朋友。拿黑心赚钱，可是用真心交友，到处他是字号人物。他始终没忘了牛老者。要不是那一千块钱，他无论如何也倒不过手来。那一千块钱，加上他自己的运气，他就跳腾起来。这次，他特意来看牛老者。他不能把那点钱汇来，他得亲自送上，牛老者对他有恩。

他问天赐的事。天赐像说故事似的述说了一遍，虎爷随时加上点短而确当的补充材料。王老师一面让他们吃菜，一面给他们想主意："卖果子不像回事呀！"

他以为源成是连根烂了，那俩买卖也无从恢复；那两所房还能弄回来。可是也有困难，既是押出去当然有年限，就是马上有钱赎也不行。再说，赎回来也没用："俩卖果子的住两所大房，不像话！你们可别多心，咱们是老朋友！吃菜！"只有一条好办法，干脆把房子出了手：要是典主愿意再出点钱呢，一刀两断，房子便归了他。他要是不愿意呢，或是找钱太少呢，就另卖。这自然很麻烦，因为契纸没在天赐手里。可是也有办法，王老师有办法；非打官司不可呢，也只好打它一场。王老师去给办，他现在眼皮子很宽，他有人有钱，官司打输了——就打算是输了——也得争这口气。

"一卖，本家又来呢？"虎爷问。

"都把他们锁到衙门去，"王老师的脸已喝红，一劲儿扯袖子："衙门里咱有人，军队里咱有人，好虎爷的话，咱王宝斋为朋友不能含忽了！老山东有个牛劲！"

吃过了饭，王老师的小褂湿得像水洗了的，擦了五把手巾。"你们上哪儿？"他们没地方去。"这么着吧，干你们的去，咱们明天不见后天见。我去看几个朋友。要找我的话，南街南头万来栈。那两匣点心，你们拿家去，我就不到老黑那里去了。先替我问虎太太好！你们住在哪儿？"

天赐借笔给老师写下住址。老师已是五十多的人，眼已有点花，掏出大水晶墨镜看了看："我说你有聪明，看这笔字，我要不给你找个文墨事儿作，我是个屌！"他开发了饭账，就手给了虎爷十块一张的票子："给虎太太买点什么吃。"

天赐们回了家。吃得过于饱，在道上就发了困；躺在床上，可又睡不着，他想着王老师。起来，得和虎爷谈谈："虎爷，老师真能给找个事吗？"

"哪摸准儿去！"虎爷也困眼矇眬的。"给她，一给十块；没我的事！"虎爷已把十块钱给了月牙太太，他不能扣下她的。

"要是找着事，咱们可就不用作买卖了？"

"八字还没有一撇，先别闹油！"

"咱们先来包小叶喝喝，横是行了吧？"

"那倒行，我也怪渴的，烧羊肉太咸了！"

月牙太太的月牙更斜了，她张罗给买小叶去，她有了十块钱，袋里藏着呢。

"你要是把那十块钱丢了，不把你打成小叶，你踢着我走！放下！"

月牙太太把票子给了天赐，"你给我拿着，我得先作件褂子，看我这件，看！"

"你们是一路货！"虎爷下了总评语。

"我要是作了官，虎太太，"天赐故意的气虎爷，"给你作件纱的！"

喝过了茶，二人全睡了。虎爷鼻子眼上爬着三个苍蝇，他利用打呼的力量把它们吹了走，而后又吸回来。天赐床上的臭虫为是过节，白天就出来了，他会用脊背蹭，把臭虫辗碎。他们睡去，虎太太由天赐的袋中掏出票子来，上了街，去买布——三个人一人一件大褂料，她并不自私。

等了两天，王宝斋没露面。天赐嘬不住劲儿了。可又不好意思找老师去。就是去也得买点礼物，这是规矩。跟虎爷商议。虎爷也怕王老师鲇溜了，可是反对送礼。天赐是非带着礼物不去。折衷的办法是把卖剩下的果子挑好的装一筐，二人都同意。到了万来栈，王老师还没走，可是出去了，不一定什么时候回来。天赐稍为放点心。

第五天头上，栈里的伙计找他们，说王先生在五福居等着他们呢。二位都穿上新大褂，连虎爷也不抱怨月牙太太了，新大褂到底是体面。

五福居是云城最出名的饭馆，有几样拿手菜，苍蝇特别的多，老鼠白天就在地上跑。五福居发财都仗着这苍蝇与老鼠，不准打；一打它们，买卖准出毛病。

王老师在间雅座里看苍蝇们彼此对追玩呢。“来了，伙计们？坐，宽了大褂！我说，我已经定了几个菜，你们还要什么。客气是个屌！”王老师的真诚是随时用起誓封起来的。

酒饭吃个不离，王宝斋开始报告：“房子还是归了典主，这省点事，虽然伤耗俩钱儿。两所房按现在的市价，值五千五，卖不上六千，云城穷啊！押了三千，总算他妈的会押；现在人家愿再找一千五。一千五就一千五吧，咱们不是等着钱使？这算是停妥了，只等你去画押，天赐。这有了一千五，是不是？吃菜！我呢，欠牛老者一千，他连利钱也没要过，好银儿！一年按一分利算，我就欠着你，天赐，连本带利两千多，是不是？喝一盅！我不多还，也不少，还你二千五，行不行？算在一块儿，这是四千。”王老师喘了口气，把一小碟菜扒拉在嘴里。“这四千，我可不能交给你，你不用瞪眼；吃菜！我想好：给虎爷五百，开个小果局子。”

“哼，先摆着摊子好。”虎爷说的很不响亮，因为嘴里堵着一口菜："买果子的里里外外，我还没全摸着门；拿摊子试手也好。再说吧，一个大摊子并不比小局子的买卖小。"

"不管你怎样吧，反正给你留下五百，对给个铺子，哪时用哪时取。合着咱们还有三千五。天赐你有聪明，我想了，你应当念书去。跟我上北平，到那儿我把你安置好，你上你的学，我去干我的。钱，我给你存在银行里，一年取五百,四年是二千。这二千存活账，那一千五存长期四年，毕了业好手里有俩钱。钱是你的，花多少可得由着我；一年五百足足的够了。是这么着不是？"

天赐的心要跳出来，北平！上学！一年五百！可是"我连中学都没上过呀！"

"那没关系！"王老师瞪着眼："没关系。我虽不懂学校的事儿，可是常来来往往，常有人托我办这路事。北平有卖文凭的地方，买一张中学文凭。前些日子我还替孙营长的少爷买过一张。买了文凭就去报考，自要你交钱，准考得上。咱们熬个资格，你有聪明！作买卖你不行，天生来的文墨气儿，是不是？"

"咱们什么时候走呢？"天赐的心已飞出去。

"过两天，听我的信儿。"

"把虎爷搁在这儿？"天赐舍不得虎爷。

"你带着他干吗？放假的时候不会来看他吗？"

吃过饭，大家又分了手，天赐的鼻子又卷起多高来。虎爷家去整理天赐的铺盖，天赐和他要了几块钱在街上转转，得制办点衣裳。

小摊上有身白布洋服，长短合适，只是肥着些，天赐花了两块钱买下。又买了条东洋领子，一条花蛇皮似的领带，运回家来。叫月牙太太给他浆洗了，他把裤子趁着潮劲放在褥子底下，躺在床上压了半天。一边躺着一边盘算：还得买汗衫，皮带，皮鞋，洋袜……还得要钱。

虎爷又给了他十五块钱。他不赞成这鬼子衣裳，可是天赐就要走了，不能再勒着他。二十年的工夫，看他长大的，虎爷心里很难过，不能还不往外掏钱。

制买齐全，天赐上了装。白洋服像莲蓬篓，不抱着腰，而专管和袖子磨擦。领子大着一号，帽子后边空着一指，无风自转。裤腿短点，露着细腿腕，一挺胸就揪上一大块来。皮鞋可是很响，花领带也精神。虎爷说："真够洋味，狗长犄角！"全院的精神也为之一振，"先生"发了洋财，孩子们向他嘀哩嘟噜，作为是说洋话。天赐要笑又不好笑，把手放在裤袋里，心中茫然。

虎爷送他们上车，给天赐买了盒避瘟散，怕他晕车。火车一动，他的泪落下来。天赐平地被条大蛇背了走。直到车没了影，虎爷还在那儿立着呢。

天赐后来成了名，自会有人给他作传，——不必是一本——述说后来的事。这本传可是个基础的，这是要明白他的一个小钥匙。自生下到二十岁的生活都在这里。我们可还是不晓得他的生身父母是谁；大概他的父，也许他的母，是有点天才的。以上所记的很可以证实这一点。聪明是天生带来的，至于将来他怎样用他的聪明，这里已给了个暗示。这是个小资产阶级的小英雄怎样养成的传记。